WULF DORN

21

Dunkle Begleiter

Wulf Dorn

21

DUNKLE BEGLEITER

cbt

Bei diesem Buch wurden die durch das verwendete Material und die Produktion entstandenen CO_2-Emissionen ausgeglichen, indem der cbj Verlag ein Projekt zur Aufforstung in Brasilien unterstützt.
Weitere Informationen zu dem Projekt unter:
www.ClimatePartner.com/14044-1912-1001

FSC www.fsc.org MIX Papier aus verantwortungsvollen Quellen FSC® C014496

Wir produzieren Klimaneutral ClimatePartner.com/14044-1912-1001 Druckprodukt

Penguin Random House Verlagsgruppe
FSC® N001967

1. Auflage 2021
Erstmals als cbt Taschenbuch August 2021

Umschlaggestaltung: semper smile, München
Umschlagmotiv: © Arcangel Images/Victoe Habbick
sh · Herstellung: LW
Satz: KompetenzCenter, Mönchengladbach
Druck: GGP Media GmbH, Pößneck
ISBN 978-3-570-31393-0
Printed in Germany

www.cbj-verlag.de
Dieses Buch ist auch als E-Book erhältlich.

*Für meinen Bruder Christoph, seine Kollegen
und alle, die tagtäglich Leben retten,
wobei sie nicht selten ihr eigenes riskieren.*

»Die Geburt bringt nur das Sein zur Welt;
die Person wird im Leben erschaffen.«
THÉODORE JOUFFROY

»I was in the wrong place at the wrong time
For the wrong reason and the wrong rhyme
On the wrong day of the wrong week
I used the wrong method with the wrong technique.«
DEPECHE MODE

»Nur dass die Furcht vor etwas nach dem Tod,
das unentdeckte Land, von des Bezirk kein Wandrer wiederkehrt,
den Willen irrt…«
WILLIAM SHAKESPEARE

POST MORTEM

Niemand kann sich an seinen allerersten Gedanken erinnern. An diesen einen ganz besonderen Moment, in dem für uns alles beginnt. Den Moment, in dem wir begreifen, dass es uns gibt. Den Moment, in dem wir beginnen zu sein.

Dabei haben wir bei unserer Geburt eigentlich schon ein vollständig entwickeltes Gehirn. Es hat etwa hundert Milliarden Nervenzellen und die sind durch fast hundert Billionen Synapsen miteinander verknüpft.

Diese Zahl ist unvorstellbar, oder? Kein Wunder, denn sie ist tausendmal größer als die Summe aller Sterne der Milchstraße.

Jeder von uns trägt also ein eigenes kleines Universum in sich, das wie die leere Festplatte eines Computers nur darauf wartet, mit Wissen, Gefühlen und Erfahrungen befüllt zu werden. Und das wird es ständig, denn unser Geist ist unermüdlich. Er arbeitet auch dann, wenn das Bewusstsein schläft.

Inzwischen wissen wir eine Menge über das Weltall, über ferne Galaxien und Planeten, die Lichtjahre von uns entfernt sind. Aber über dieses eine ganz besondere Universum, das wir in uns tragen und das uns zu einer eigenständigen Persönlichkeit macht, wissen wir noch immer viel zu wenig.

Wie entsteht ein Gedanke, wie eine Idee oder ein Gefühl?

Und was bleibt von uns, wenn wir einmal nicht mehr sind?

Im Durchschnitt hat jeder Mensch etwa sechzigtausend Gedanken am Tag. Manche sind vielleicht unbedeutend, aber viele davon können unser Leben verändern. Unsere Zukunft. Das, was aus uns werden wird – und aus anderen.

Wir lernen, verstehen, überlegen, planen, hoffen, wünschen und lieben, und das alles macht uns zu den Menschen, die wir sind. Bis wir dann irgendwann ein allerletztes Mal denken.

An diesen letzten Gedanken – *meinen* letzten Gedanken – kann ich mich erinnern. Ich hatte Angst, schreckliche Angst.

Mein Name ist Nikka.

Ich wurde ermordet.

Aber das war erst der Anfang.

I.

DER DUNKLE ORT

1.

Alles geschah ganz plötzlich, ohne Vorwarnung. Als hätte ein gewaltiger Hammerschlag mein Leben in tausend winzige Scherben zersplittert. In einem Moment war ich noch ein ganz normales Mädchen, das ein ganz normales Leben führte, und im nächsten Augenblick war nichts mehr wie zuvor.

Ich fand mich auf dem Rücken liegend am Boden wieder, ohne zu wissen, wie ich dorthin gekommen war. Ich konnte nicht mehr richtig sehen und hatte höllische Kopfschmerzen. Mein Herz raste, alles war verschwommen, mir war schwindlig und entsetzlich schlecht. Vor meinen Augen tanzten Lichtblitze, Farben und Schatten. Als sei ich in ein Kaleidoskop geraten, das sich immer schneller und schneller drehte.

Über mir kreisten schemenhafte Gestalten mit verwaschenen Gesichtern, und da war ein wildes Durcheinander von Stimmen, die ebenfalls nur verzerrt zu mir durchdrangen.

»Was ist denn mit der los?«

»Keine Ahnung, Mann.«

»Ist plötzlich zusammengebrochen.«

»Geht mal alle zur Seite!«

»Oh fuck! Was hat die denn?«

Die Stimmen dröhnten in meinem Kopf und hörten sich an,

als würde man eine Aufnahme mal zu langsam, mal mit normaler Geschwindigkeit und dann wieder viel zu schnell abspielen.

»Hey! Hey du! Hörst du mich?«

Ich brauchte einen Moment, ehe ich begriff, dass das mir galt. Die Stimme klang unnatürlich tief, wie die eines Monsters, und die dazugehörige verschwommene Fratze hatte tellergroße schwarze Augen und einen wabernden Mund. Trotzdem war ich mir sicher, dass es ein Junge war, der sich da über mich beugte.

»Hey! Hörst du mich?«, schrie er wieder, und seine Monsterstimme zerriss mir fast das Trommelfell.

Natürlich höre ich dich, du Idiot! Und wenn du mich noch mal so anbrüllst, platzt mir der Schädel!

Das wollte ich sagen oder, noch besser, ebenfalls *schreien*, damit er endlich die Klappe hielt. Aber ich konnte es nicht. Ich konnte nicht mehr sprechen und mir auch nicht die Ohren zuhalten. Ich war vollkommen gelähmt, spürte weder meinen Mund noch meine Arme oder Hände und auch sonst nichts mehr. Als sei mein Körper auf einmal verschwunden.

»Wow, das ist ja krass!«, ertönte eine weitere Monsterstimme, die wohl ebenfalls zu einem Jungen gehörte.

»Hau ab, Mann! Lass sie in Ruhe!«

Monsterjunge Nr. 1 schien jetzt ganz dicht bei mir zu sein. Er schrie wieder, diesmal allerdings nicht in meine Richtung.

»Ruft einen Notarzt! Schnell!«

»Iiih, das ist ja voll eklig!«

Jetzt sprach ein Mädchen. Ihre schrille Stimme fühlte sich wie ein Zahnarztbohrer in meinem Gehirn an. Sie musste irgendwo über meinem Kopf schweben. Das war natürlich Blödsinn, aber so kam es mir vor.

Und was, zum Teufel, meinte sie damit? *Was* war so eklig?

Etwa ich?

»Lass den Scheiß und verschwinde«, brüllte Monsterjunge Nr. 1. »Hat jemand den Rettungsdienst angerufen? Verdammt, nun macht schon! Sie geht sonst drauf!«

Ich konnte immer noch nicht begreifen, was los war.

Warum lag ich hier?

Und warum war mir so furchtbar schwindlig?

Aber ich konnte nicht länger darüber nachdenken. Offenbar füllte sich mein Kopf nun mit irgendetwas Zähem an, das keinen klaren Gedanken mehr durchließ. Außerdem war ich entsetzlich müde. So müde, dass ich kaum noch die Augen offen halten konnte.

»Shit, bloß das nicht!«

Diesmal galt der Schrei des Monsterjungen wieder mir.

»Bleib da! Hörst du? Bleib da!«

Dableiben? Ich rührte mich doch gar nicht. Ich konnte mich ja nicht mal bewegen.

Ich wollte doch nur ausruhen.

Schlafen.

Ruhe haben.

Aber trotzdem geschah nun etwas mit mir. Ohne, dass ich es wollte, bewegte ich mich tatsächlich.

Abwärts.

Immer schneller und schneller.

Ich erschrak, war auf einmal wieder völlig wach und bekam Panik.

Nein!, wollte ich schreien. *Haltet mich! Helft mir!*

Ich wollte mich an irgendetwas oder irgendjemandem festklammern.

Aber weder Schreien noch Festhalten war möglich. Ich

war völlig erstarrt und etwas sog mich unaufhaltsam in die Tiefe.

»Eis!«, rief der Junge. »Bringt mir Eis! Los, macht schon! Wo bleibt nur der verdammte Notarzt?«

Das war das Letzte, was ich hörte. Dann verklangen die Stimmen, die Lichter verschwanden, und Dunkelheit schlug über mir zusammen. So, als würde ich zum Grund eines tiefen, moorigen Sees sinken.

Und dann war alles still.

Viel zu still.

2.

Seither waren fast drei Tage vergangen, und eines wusste ich nun sicher: Der Tod unterscheidet nicht. Es spielt keine Rolle, wer du bist, was du tust oder was du im Leben vorhast – irgendwann stehst du auf seiner Liste, ob du nun dafür bereit bist oder nicht. Dann zählt nur noch, ob du dein Leben so gelebt hast, wie du es wolltest. Ob du getan hast, was du tun wolltest. Ob du der Mensch gewesen bist, der du sein wolltest.

Ich war erst sechzehn und ganz bestimmt noch nicht bereit zu sterben. Mein Leben hatte doch gerade erst so richtig angefangen. Ich hatte Pläne für die Zukunft, alles lag noch vor mir. Alles war noch möglich. Ich hatte alle Zeit der Welt dafür.

Hatte ich gedacht.

Aber die Wirklichkeit sah anders aus. Jetzt lag ich hier, in einem weißen Krankenbett auf der Intensivstation, und wusste, dass nichts im Leben sicher war.

Von irgendwo hinter mir hörte ich meinen Herzschlag als leises Piepen aus dem EKG-Gerät. Meinen Herzschlag, der mir nun nicht mehr selbstverständlich vorkam und der auch nie wieder selbstverständlich für mich sein würde.

Nicht, nachdem ich einundzwanzig Minuten lang tot gewesen war.

So lange hatte es gedauert, bis der Rettungsdienst eingetroffen war, um mich zurückzuholen. Der Arzt hatte sich deshalb bei mir entschuldigt. Kurz vor meinem Tod hatte es einen schweren Unfall auf der Autobahn gegeben und die Rettungskräfte waren dort im Großeinsatz gewesen. Bis sie an dem Club angekommen waren, in dem ich leblos neben der Tanzfläche gelegen hatte, war eine Weile vergangen.

Bis dahin hatte jemand, an den ich mich nur als den Monsterjungen erinnern konnte, versucht, mich wiederzubeleben. Er hatte mir dabei zwei Rippen gebrochen und er hatte nicht lockergelassen.

Der Arzt hatte gesagt, ich hätte großes Glück gehabt, dass dieser junge Mann im Club gewesen sei. Ohne ihn hätte ich es bis zum Eintreffen der Sanitäter nicht geschafft.

Dann wäre ich dort geblieben – auf der anderen Seite, an einem dunklen Ort, der mir jetzt wie die Erinnerung an einen bösen Traum schien.

Einundzwanzig Minuten hatten für mich über Leben und Tod entschieden.

Eigentlich war das keine lange Zeit. Mein Schulbus brauchte im Morgenverkehr manchmal länger. Eine Folge meiner Lieblingsserie lief mehr als doppelt so lange und kam mir dennoch immer viel zu kurz vor. Und mein Schwimmtraining dauerte fast dreimal so lange.

Aber wenn man das erlebt hatte, was ich erlebt hatte, wenn man dort gewesen war, wo ich gewesen war, bekam diese Zeit auf einmal eine völlig andere Bedeutung. Jetzt war die Einundzwanzig meine neue Definition von Ewigkeit.

»Nikka? Alles in Ordnung?«

Der Polizist sah mich besorgt an. Er hatte sich mir als Hauptkommissar Stark vorgestellt und war schon älter, vielleicht fünfzig oder so. Er hatte rötliche, kurz geschnittene Haare und ein ernstes Gesicht. Ich mochte seine grauen Augen, ihr Blick wirkte freundlich und verständnisvoll.

»Es geht schon«, krächzte ich und musste mich räuspern. »Es sind nur diese Halsschmerzen.«

Die hatte ich wegen des Schlauchs, mit dem man mich nach meiner Wiederbelebung intubiert hatte, weil ich anfangs noch nicht selbstständig atmen konnte. Seither fühlte sich meine Kehle an, als hätte ich mit glühenden Kohlen gegurgelt. Der Arzt hatte gesagt, das würde wieder vergehen, ebenso die Schmerzen der gebrochenen Rippen.

»Ich kann mich an kaum etwas erinnern«, sagte ich, nachdem ich einen Schluck Wasser getrunken hatte. »Dr. Mehra meint, dass das von der Droge kommt. Das fühlt sich ziemlich beschissen an.«

Der Kommissar nickte. »Ich kann mir denken, dass das nicht leicht für Sie ist, aber wir brauchen Ihre Hilfe. Wir müssen herausfinden, was in dem Club vorgefallen ist. Nur so können wir Ihre Freundin finden.«

»Ich glaube, ich weiß, wer es getan hat«, sagte ich. »Zoe und ich haben jemanden gesehen.«

Der Kommissar rutschte mit erwartungsvollem Blick auf seinem Stuhl nach vorn. »Wen? Erzählen Sie mir alles, an das Sie sich erinnern können. Jedes Detail kann von Bedeutung sein.«

Ich trank einen weiteren Schluck und dann erzählte ich ihm von dem Abend. Dabei dachte ich ununterbrochen an Zoe, die jetzt spurlos verschwunden war. Meine beste Freundin, die es im Gegensatz zu mir vielleicht nicht geschafft hatte.

3.

DREI TAGE ZUVOR

Ich starb an einem Mittwoch. Es war der 31. Oktober, Halloween. Das Fest der bösen Geister. Wie passend!

Als hätte sich der Himmel mit dem Kalender abgesprochen, regnete es seit dem Morgen. Die Tage zuvor hatten wir noch einen tollen Indian Summer gehabt, der prima zu den Herbstferien passte, aber nun waren die bunten Farben über Nacht einem tristen Grau gewichen, und die Temperaturen hatten sich deutlich abgekühlt.

Die Idee, zu der Party zu gehen, war natürlich von Zoe gekommen. Keine zehn Minuten nachdem die Werbung dafür online gegangen war, hatte sie mir schon den Link geschickt.

DA MÜSSEN WIR HIN, hatte sie dazugeschrieben, in Großbuchstaben und von etlichen Emojis begleitet: zwei tanzende Figuren und eine lange Reihe breit grinsender Halloweenkürbisse.

Typisch Zoe. Keine Party ohne sie, und erst recht nicht, wenn es sich dabei um die Neueröffnung des einzigen Clubs im Ort handelte.

Ehrlich gesagt, war ich nicht besonders scharf darauf hinzugehen. Im Gegensatz zu meiner besten Freundin waren große Menschenansammlungen schon immer der Horror für mich. Aber ich wollte nicht als Partymuffel gelten – vor allem, seit mir Zoe prophezeit hatte, ich würde irgendwann als alte Jungfer enden, wenn ich nicht wenigstens ab und zu mal unter Leute ging.

»Das Leben spielt da draußen«, hatte sie gesagt. »Nicht in der Schwimmhalle, in deinem Zimmer oder im Kino und erst recht nicht in deinen Büchern.«

Damit hatte sie wohl recht, auch wenn ich mich meistens in meinen Büchern wohler fühlte als unter Menschen. Deshalb war Zoe wohl nicht nur meine beste, sondern auch meine einzige *richtige* Freundin.

Wir kannten uns schon seit dem Kindergarten und waren der beste Beweis dafür, dass Gegensätze sich anzogen. Zoe war groß, blond und lebhaft und ich… nun ja, das genaue Gegenteil eben.

Dass wir uns trotzdem so gut verstanden, lag daran, dass es zwischen uns von Anfang an eine Art besonderer Verbindung gegeben hatte. Wir dachten so oft das Gleiche, sprachen im selben Moment die gleichen Dinge aus und teilten den gleichen Humor, auch wenn Zoe ihn viel offener zur Schau trug. Das hatte keine von uns bisher mit jemand anderem so erlebt.

Wir waren Einzelkinder, und irgendwie war jede von uns für die andere wie die Schwester, die sie nie gehabt hatte. Wir waren immer füreinander da, passten aufeinander auf und teilten all unsere Geheimnisse.

Ich wusste, dass Zoe auf Miley Cyrus genauso wie auf Marilyn Manson stand. Dass sie sich gern Liebesschnulzen ansah, was sie aber niemals öffentlich zugegeben hätte. Dass sie unter ihrem Bett immer eine Notration Oreos für Frusttage versteckte und dass sie hin und wieder heimlich kiffte.

Für die letzten beiden Dinge hätte ihre Mom sie wahrscheinlich zu einem Daueraufenthalt in irgendeinem Beauty-Diät-Camp verdonnert. Vor allem wegen der Oreos.

Maria Wagner stellte sich für ihre Tochter eine Karriere als Schauspielerin oder als neue Heidi Klum vor, wohingegen Zoe selbst von einem Job in der Tourismusbranche träumte. »Am besten mit einem Büro in der Südsee«, hatte sie einmal gesagt. »Mit blauem Meer und Palmen vor dem Fenster.«

Zoes größtes Geheimnis war, dass sie sich nichts aus Jungs machte. Heutzutage eigentlich keine große Sache, sollte man meinen, und Fahlenberg war bestimmt keine Kleinstadt, in der man sich ständig über andere das Maul zerriss. Aber das war nur auf den ersten Blick so. Wenn man hinter die Kulissen schaute, war die Welt in den letzten Jahren irgendwie kleingeistiger geworden, fanden wir. Deshalb behielten wir Zoes Geheimnis für uns.

Ihr heimlicher Schwarm war Millie Bobby Brown, seit sie zum ersten Mal *Stranger Things* gesehen hatte, was fortan ihre Lieblingsserie war.

»Wenn ich jemals eine wie Eleven treffe, werde ich ihr einen Heiratsantrag machen«, hatte sie mir anvertraut, als wir letzten Sommer an unserem geheimen Lieblingsort oben auf dem Waldparkplatz abgehangen hatten.

»Warum gerade sie?«, hatte ich gefragt, und Zoes Antwort war wie aus der Pistole geschossen gekommen: »Na, weil sie sexy ist und Charisma hat.«

Nun, das konnte sie wohl besser beurteilen als ich. Für mich war schon immer klar, dass ich auf Jungs stand und auf *einen* ganz besonders. Aber Tom war natürlich schon vergeben, und Zoe war die Einzige, die wusste, dass ich in ihn verknallt war.

»Trag's mit Fassung«, hatte sie mir geraten. »Ich werde Eleven ja auch nie heiraten können. Man bekommt im Leben eben nicht immer alles, was man sich wünscht.«

Das stimmte wohl. Genauso wie es stimmte, dass man manchmal genau das bekam, was man sich am allerwenigsten wünschte.

Das wurde mir an jenem Mittwochabend klar, als mir Zoe ein weiteres Geheimnis anvertraute.

Ein ziemlich unheimliches.

4.

Ich hatte meine Eltern nie kennengelernt. Einen Tag nach meiner Geburt erlitt meine Mom eine Gehirnblutung und fiel ins Koma. Eine Spätfolge der Wehen, vermuteten die Ärzte.

Mein Dad war sofort zum Krankenhaus gefahren und in seiner Aufregung hatte er einem Lastwagen die Vorfahrt genommen. In dem Zeitungsartikel, den ich in meiner Andenkenkiste aufbewahrte, hieß es, er sei noch am Unfallort gestorben. Meine Mom folgte ihm zwei Tage später nach.

So wuchs ich bei meiner Großmutter auf, die es jedoch hasste, wenn man sie so bezeichnete. Dafür fühle sie sich viel zu jung, erklärte sie – obwohl sie inzwischen siebenundsechzig und somit für meine Begriffe alles andere als jung war. Deshalb hatten wir uns schon früh darauf geeinigt, dass ich sie bei ihrem Vornamen nannte: Ella.

Wir verstanden uns prima, auch wenn mir ihre Frömmigkeit und ihre ängstliche Art manchmal ziemlich auf den Geist gingen. Doch trotz ihrer ständigen Sorgen ließ sie mir meine Freiheiten, was sie bestimmt viel Überwindung kostete, und das fand ich ziemlich cool von ihr.

Als ich an diesem Abend nach dem Schwimmtraining mein Kostüm für die Party und ein paar Übernachtungssachen in meinen Rucksack packte, stand Ella in der Tür zu meinem Zimmer und gab mir zig Ermahnungen mit auf den Weg, wovor ich mich auf *solchen Partys*, wie sie es betonte, in Acht nehmen sollte. Vor allem natürlich vor den Jungs, die immer nur *das eine* wollten.

»Der liebe Gott passt nur auf die auf, die auch auf sich selbst aufpassen. Also steig zu keinem Fremden ins Auto, hörst du? Und auch nicht zu jemandem, den du kennst, wenn er etwas getrunken hat.«

»Nein, das mache ich ganz bestimmt nicht«, versicherte ich ihr. Ich nahm Herrn Rossi hoch, der schnurrend meinen Rucksack inspiziert hatte – und sicherlich jeden Moment hineingekrochen wäre –, und setzte ihn auf den Boden.

»Falls du es dir anders überlegst und doch nach Hause kommen willst, dann nimm dir ein Taxi«, sagte sie und steckte mir einen Zehner in die Jackentasche.

»Ella, das braucht es doch nicht. Ich werde bei Zoe schlafen und ihr Dad fährt uns hin und holt uns auch wieder ab.«

»Das braucht es sehr wohl«, beharrte sie und nahm unseren alten Kater auf den Arm, der sich sofort an sie schmiegte. »Sicher ist sicher. Man liest jeden Tag die schlimmsten Dinge in der Zeitung, und ich will auf gar keinen Fall, dass dir etwas zustößt. Du bist doch der einzige Mensch, den ich noch habe.«

Das beruhte auf Gegenseitigkeit. Wir hatten einfach zu viele geliebte Menschen verloren, um noch einen weiteren Verlust zu ertragen. Deshalb sah ich es ihr auch nach, wenn sie manchmal vergaß, dass ich in drei Monaten schon siebzehn wurde.

Ich nahm mir vor, den Zehner nicht anzurühren. Stattdessen würde ich ihn gleich nach meiner Rückkehr wieder in die Zuckerdose auf dem Küchenregal stecken, wo Ella ihr *Extra-*

geld für besondere Fälle aufbewahrte. Wir waren nicht arm, und es ging uns gut, aber uns stand eben nur das Einkommen einer Rentnerin zur Verfügung, und mein Taschengeld, das ich mir mit dem Austragen des Wochenanzeigers verdiente.

Nachdem ich Ella zum gefühlt hundertsten Mal versichert hatte, dass ich auf mich aufpassen würde, drückte ich ihr einen Kuss auf die Wange und machte mich auf den Weg.

Ich nahm den Sieben-Uhr-Bus und fuhr hinaus zum Stadtrand, wo die Wagners in einer schicken Siedlung wohnten. Ein stylishes Haus mit einem großen gepflegten Garten, an dessen Tor ein Messingschild für das Architekturbüro von Zoes Eltern warb.

Zoe erwartete mich schon und wir gingen sofort in ihr Zimmer. Nun, eigentlich war es kein Zimmer, sondern ein kleines Apartment im Obergeschoss. Es hatte sogar ein eigenes Bad.

Sie trug bereits ihr Kostüm und sah in ihrem schwarzen Outfit als Catwoman ziemlich sexy aus. Das einzig Bunte an ihr war unser Freundschaftsband, das keine von uns jemals ablegte.

»Wow«, sagte ich. »Halle Berry hat keine Chance gegen dich.«

Zoe sah mich fragend an.

»Du kennst den Film nicht?«

»Nein, ich fand einfach nur das Kostüm scharf.« Sie hielt mir einen Teller mit Karottensticks und einem grünlichen Dip hin. »Hier, willst du? Ist mit Avocado, aber ohne Knoblauch.«

Ich schüttelte den Kopf. »Nicht so wirklich, danke.«

Sie grinste. »Ich kann dieses Gemüsezeug auch nicht mehr sehen, aber du kennst ja meine Mom. Fürchtet Kohlenhydrate wie der Teufel das Weihwasser. Hauptsache, es hält schlank, ist gesund und natürlich. Aber da gibt es ja auch noch andere Sachen.«

Damit zog sie einen Joint aus ihrem Ausschnitt und hielt ihn mir vors Gesicht. »Reine Bioware.«

»Du willst doch jetzt nicht …«, begann ich, doch Zoe lachte nur und öffnete das Fenster.

»Nur ein bisschen zur Auflockerung.« Sie steckte sich den Joint an, zog daran und hielt ihn mir hin. »Nimm auch 'nen Zug, entspann dich.«

»Danke, heute lieber nicht.«

Ich legte meinen Rucksack neben Zoes Katzenmaske auf dem Bett ab. Dann holte ich mein Schminkzeug und das Kostüm hervor, das eigentlich nichts anderes war als eines von Ellas weißen Nachthemden. Den Saum hatte ich über Nacht in schwarzer Wasserfarbe eingelegt, sodass er nun ziemlich schmuddelig aussah.

»Was soll das denn werden, wenn's fertig ist?«, fragte Zoe und blies einen Mundvoll Rauch aus dem Fenster.

»Lass dich überraschen, ich hab's gleich.«

Ich zog das Nachthemd über. Es war mir zwei Nummern zu groß und sah an mir eher wie ein Kleid aus, genau wie beabsichtigt. Dann nahm ich einen Kamm und etwas Gel und drapierte meine langen dunklen Haare vors Gesicht.

Schließlich wandte ich mich zu Zoe um.

»Und? Wer bin ich?«

»Hey, das ist cool! Das tote Mädchen aus *Ring*!«

Sie streckte beide Daumen in die Höhe und ich lachte.

»Genau! Hundert Punkte für dich. Ist zwar schon ein alter Schinken, fast so alt wie ich, aber immer noch der gruseligste Film, den ich kenne. Jetzt muss ich nur noch meine Augen so richtig dunkel …«

»Pst!«

Zoe legte den Finger an die Lippen und trat ein Stück vom Fenster zurück. Ihr Blick wurde schlagartig ernst.

»Was ist los?«

»Schau mal, da draußen«, flüsterte sie.

»Was ist da?«

»Da steht einer.«

Noch immer sprach sie mit gesenkter Stimme, und ich war mir nicht sicher, ob sie mich verschaukelte oder nicht.

»Wer soll da stehen? Michael Myers, weil Halloween ist? Haha.«

Zoe schüttelte den Kopf. »Im Ernst jetzt. Da ist ein Typ, der uns beobachtet.«

»Kein Scheiß?«

»Nein, echt nicht. Komm her!« Sie winkte mich ungeduldig zu sich heran. »Schau selbst. Da unten bei der Hecke.«

Ich zögerte einen Augenblick, ehe ich zum Fenster ging. Halb erwartete ich, dass Zoe gleich losprusten und mir etwas wie »Buh!« ins Ohr rufen würde.

Aber das tat sie nicht. Stattdessen sah ich im trüben Abendlicht tatsächlich jemanden im Garten stehen. Eine schlanke dunkle Gestalt mit einem Kapuzenpullover, die sich halb zwischen den Büschen am Tor verbarg. Die hohe Gartenhecke hielt das Licht der Straßenlaternen ab, und wenn man es nicht besser wusste, hätte man glauben können, dort unten stehe eine Statue.

Zoe stand mit dem Rücken zum Fenster, und der Typ musste wohl gedacht haben, er sei ihr nicht aufgefallen. Aber als ich nun ans Fenster kam und zu ihm herunterschaute, duckte er sich hinter die Büsche und tauchte nicht wieder auf.

»Himmel, was war denn das?«

Zoe trat neben mich und schaute ebenfalls wieder in den Garten hinunter. »Keine Ahnung. Der Typ war schon ein paarmal da und immer steht er nur da und glotzt zu meinem Fenster rauf.«

»Das war nicht das erste Mal?«

»Nein, das geht jetzt schon ungefähr vier Wochen so. Er taucht immer wieder mal auf.«

»Wow! Hast du das deinen Eltern gesagt?«

Sie schaute mich an, als ob ich sie etwas Dummes gefragt hätte. »Natürlich nicht! Soll ich meiner Mom einen Herzinfarkt bescheren? Du kennst sie doch, die würde sich nicht mehr vor die Tür trauen. Und ich hätte dann Hausarrest, bis der Kerl geschnappt ist.«

»Aber das geht doch nicht! Irgendwas muss man doch dagegen tun!«

»Ach ja, und was?«

»Na, die Polizei rufen oder so.«

»Süße, und was soll ich denen erzählen? Dass wir hier einen Spanner im Viertel haben? Der Typ ist doch immer gleich wieder weg, wenn ich ihn sehe. Glaubst du, der würde hier brav stehen bleiben und auf die Bullen warten?«

»Nein, aber ... «

»Und selbst wenn die etwas unternehmen wollten, was sollten sie denn tun? Eine Streife vor unser Haus stellen? Bestimmt nicht! Mom würde durchdrehen. Außerdem würde das meinen Eltern die ganze Kundschaft vertreiben.«

»Na ja, es würde ihm wenigstens einen Schrecken einjagen«, sagte ich, auch wenn mir mein Vorschlag inzwischen selbst ziemlich naiv vorkam. »Vielleicht bleibt er dann weg.«

»Das glaubst du doch selbst nicht!« Zoe schnaubte abfällig den Rauch durch die Nase aus. »Bis jetzt hat es den doch auch nicht gejuckt, dass ich ihn gesehen habe. Nicht mal, nachdem ich neulich mein Handy hochgehalten habe. Er kommt immer wieder.«

»Du hast ein Foto von ihm gemacht?«

»Nein, ich war leider nicht schnell genug.« Sie seufzte und dann sah sie mich ernst an. »Okay, jetzt weißt du's, aber das muss unter uns bleiben, verstanden? Meine Eltern dürfen das nicht wissen. Das musst du mir versprechen, okay?«

»Aber du kannst dem Kerl das doch nicht durchgehen lassen!«

»Werde ich auch nicht.« Zoe sah wieder in den Garten hinunter. »Ich erwische ihn schon noch. Aber bis dahin hältst du die Klappe, ja?«

»Okay, ich werde niemandem etwas sagen. Versprochen.«

Zoe schaute einen Moment schweigend zum Fenster hinaus. »Eigentlich wollte ich nur wissen, ob du ihn auch siehst«, sagte sie schließlich.

Ich hob verwundert die Brauen. »Was soll das denn heißen?«

»Na ja, er steht da unten immer im Dunkeln, und ich war mir nicht so ganz sicher, ob ich ihn mir vielleicht nur einbilde.«

Sie drückte ihren Joint auf dem Fensterbrett aus, schob den Rest davon zurück in ihren Ausschnitt und versprühte mit einem routinierten Handgriff Haarspray im Raum.

»Vielleicht sollte ich die Scheiß-Kifferei ja besser lassen.«

»Das solltest du auf jeden Fall«, riet ich ihr, denn eigentlich hatte ich das Zeug immer nur ihr zuliebe mitgeraucht. Ich fand, dass es ziemlich eklig schmeckte, und wirklich entspannt war ich danach auch nie gewesen.

»Und vor allem solltest du auf dich aufpassen«, fügte ich hinzu, wobei ich mich fast schon wie Ella anhörte. »Vielleicht reicht dem Typ das Spannen ja irgendwann nicht mehr.«

»Ach Quatsch!« Zoe winkte ab. »Das ist einfach nur irgendein Klemmi, bei dem 'ne Schraube locker ist. Und er kann Gift drauf nehmen, dass ich ihn erwischen werde. Das Video davon werde ich dann auf Youtube stellen, damit jeder sieht, wie klein sein Ding ist.«

Sie schnappte sich einen der Karottensticks und ließ ihn zwischen ihren langen Fingern baumeln. »Sooo klein.«

Sie lachte, und auch ich musste schmunzeln, und dann klopfte es. Zoes Mom streckte den Kopf zur Tür herein.

»Seid ihr so weit? Dein Vater will sein Spiel nicht verpassen.«

»In exakt zweiunddreißig Minuten ist Anpfiff«, rief Rolf Wagner aus dem Erdgeschoss zu uns herauf, »und ich will das Spiel von Anfang an sehen!«

»Wir haben es gleich«, sagte Zoe. »Samara braucht nur noch ihr Make-up.«

Maria Wagner sah uns stirnrunzelnd an. »Wer?«

»Oh Mom«, seufzte Zoe. »Wenn du immer nur deine öden Fernsehkrimis schaust, verpasst du die besten Sachen.«

»Das ist ja wohl Ansichtssache«, entgegnete sie und klang ein wenig gekränkt. »Und lüfte noch, bevor ihr geht! Bei euch riecht es ja, als sei ein Friseursalon explodiert.«

Zoe zwinkerte mir zu und diesmal lachten wir beide. Dann vollendeten wir eilig unsere Maskerade. Zoe half mir mit ihrem Eyeliner und einem dunklen Lidschatten bei meinem Augen-Make-up. Danach sah ich wirklich zum Fürchten aus.

Als wir wenig später in Rolf Wagners Volvo aus der Hofeinfahrt zurücksetzten, sah ich noch einmal zu der Stelle, an der die Gestalt gestanden hatte.

Natürlich war dort niemand mehr.

Etwas weiter die Straße runter liefen zwei Frauen und ein Mann mit einer kleinen Gruppe Kinder. Auch sie hatten sich verkleidet. Im Vorbeifahren sah ich eine Prinzessin, eine Hexe, zwei Bettlakengeister und einen ziemlich kleinen Darth Vader, dem sein Todesstern davonrollte.

Der Mann lief dem Ball nach, brachte ihn dem Jungen zurück und sagte etwas zu ihm. Mir fiel auf, dass er einen dunklen Kapuzenpullover trug wie der Typ vorhin im Garten. Nur hatte er die Kapuze nicht über den Kopf gezogen.

Ich fragte mich, ob wir vielleicht nur diesen Mann gesehen hatten. Vielleicht hatte sich der Ball des Kleinen auch in den Garten der Wagners verirrt?

Aber das konnte ja nicht sein, wenn Zoe den Typ schon öfter dort gesehen hatte.

Mich beschlich ein ungutes Gefühl, und ich dachte, dass ich an Zoes Stelle nicht so cool bleiben würde.

5.

Der P2-Club befand sich im Industriegebiet am anderen Ortsende. Eigentlich war es nur eine umgebaute Werkshalle, und soweit ich wusste, waren dort vor vielen Jahren Sportschuhe hergestellt worden. Jetzt aber erstrahlte der alte Bau in voller Beleuchtung, und auch wenn die Fassade schon ziemlich heruntergekommen war, schien gerade das die Leute anzulocken. Dieser Grunge-Look wirkte im Neonlicht irgendwie cool.

Ich war ziemlich aufgeregt, denn im Gegensatz zu Zoe, die knapp ein Jahr älter war als ich, war ich noch nie in einem Club gewesen. Das ehemalige P2 hatte vor über einem Jahr geschlossen und damals war ich noch zu jung dafür gewesen. Nun kam ich mir ziemlich erwachsen vor, endlich auch reinzudürfen.

Als wir eintrafen, war der Parkplatz bereits übervoll. Fahlenberg hatte etwas mehr als hunderttausend Einwohner und an diesem Abend stand gefühlt mindestens die Hälfte davon vor dem Club-Eingang an.

Nachdem uns Rolf Wagner die üblichen väterlichen Ratschläge mit auf den Weg gegeben hatte (»Trinkt nicht so viel«, »Lasst die Finger von Drogen«, »Ruft mich an, wenn ich euch holen soll, aber nicht erst um zwei Uhr morgens« – den Hinweis auf die Jungs sparte er sich), machte er sich eilig auf den Heimweg. Zum Anpfiff seines Spiels würde er es wohl nicht mehr pünktlich schaffen, und auch wenn er es während der Fahrt zu verbergen versucht hatte, war er nicht besonders erfreut darüber.

Inzwischen hatte es aufgehört zu regnen. Als wir über den Parkplatz zur Warteschlange vor dem überdachten Eingang gingen, mussten wir einigen großen Pfützen ausweichen. Wir überholten zwei Mädchen, die in knappen Hexenkostümen vor uns herstöckelten, und stellten uns hinter einer Gruppe Zombies an.

»Mann, ich komme mir vor wie in einer Episode aus *The Walking Dead*«, sagte Zoe lachend, woraufhin sich einer der Zombies zu uns umdrehte.

Er war ein großer, sportlicher Typ, und sein Make-up sah echt cool aus, aber sein Grinsen wirkte ziemlich dümmlich und arrogant. Außerdem schien er nicht mehr ganz nüchtern zu sein.

»Mh, ein Kätzchen, die fresse ich besonders gern«, sagte er. Dann ging er dicht an Zoe heran, fasste sie bei den Hüften und sah sich mit noch breiterem Grinsen zu seiner Gruppe um. »Miau mal für mich, Kätzchen!«

Die anderen lachten, und ich dachte: *Großer Fehler, Junge!*

Dann wandte er sich wieder Zoe zu. »Echt jetzt, ich mag Katzen. Und so heiße wie dich ganz besonders. Willst du rausfinden wie sehr?«

Zweiter großer Fehler.

Zoe bedachte ihn mit ihrem berühmt-berüchtigten Eisblick, bei dem man unweigerlich Gänsehaut bekam und der trotz ihrer Maske funktionierte.

»Wenn du nicht gleich deine Finger von mir nimmst, zieht dich meine Freundin heute Nacht in deinen Fernseher und reißt dir die Innereien raus«, sagte sie in einem Tonfall, der selbst die Hölle zum Gefrieren gebracht hätte. »Damit dekorieren wir dann unser Schlafzimmer. Nicht wahr, Darling?«

Wie in solchen Situationen üblich ging ich auf ihr Spiel ein. Ich senkte den Kopf und starrte den Typ durch meinen Vorhang aus Haaren an, wobei ich mir richtig Samara-mäßig vorkam.

»Aber natürlich, Darling«, sagte ich mit ebenso drohender Stimme. »Ich liebe Zombiefleisch. Auch wenn an dem nicht besonders viel dran ist.«

»Stimmt«, pflichtete Zoe mir bei und musterte ihn abschätzend. »Wahrscheinlich überall.«

Dann machte sie eine Geste mit dem kleinen Finger, die sehr an den Karottenstick von vorhin erinnerte, und wir prusteten los.

Der Typ wich so schnell vor uns zurück, als habe er sich an Zoe die Finger verbrannt. »Dämliche Zicken!«

Zoe sah zu mir und wir klatschten uns ab.

»Zickenpower, Baby!«, riefen wir wie aus einem Mund.

Mit finsterem Gesicht wandte sich der Zombie wieder seiner Gruppe zu, von der er nun ebenfalls ein paar spöttische Kommentare zu hören bekam. Ich grinste. Vor dem würden wir nun unsere Ruhe haben.

Dann sagte jemand hinter mir: »Hey Samara!«

Ich schaute mich um und blickte einem dicklichen Minion ins Gesicht, der kaum größer war als ich.

»Cooles Outfit. Sieht total echt aus bei dir. Stehst du auf Horrorfilme?« Er gluckste, als habe er etwas Komisches gesagt. »Ich hab eine riesige Filmsammlung zu Hause. Vielleicht willst du ja mal vorbeischauen? Wir können auch auf der Party ein bisschen zusammen abhängen. Hast du Lust?«

Ich seufzte. Dieser kleine pummelige Kerl mit der hohen Stimme passte genau in das Schema von Typen, die sich für *mich* interessierten. Fehlten nur noch die Zahnspange, dicke Brille und/oder das Lieblingsthema Mama (Zutreffendes bitte ankreuzen, Mehrfachnennungen möglich).

Es war frustrierend. Der einzige Vorteil war, dass man für diese Art Jungs nur einen einzigen Blick brauchte, um sie verstummen zu lassen. Keinen Eisblick, auch keinen Samara-Blick, sondern einfach nur einen mitleidigen.

Nun lachte Zoe noch lauter und auch ich musste mir ein Grinsen verkneifen. Das wollte ich dem Typ dann doch nicht antun.

»Ach, vergiss es!«, brummte er, senkte schmollend den Kopf und tippte auf seinem Handy herum, als habe er plötzlich die wichtigste Nachricht seines Lebens erhalten.

Dann ging es endlich wieder ein Stück vorwärts. Wir näherten uns dem Eingang, neben dem ein übergroßes Frankensteinmonster aus Pappe stand, auf dessen Brust das Wort NEUERÖFFNUNG in bunten Neonlichtern blinkte. Der Papp-Frankenstein hatte verblüffende Ähnlichkeit mit Donald Trump, und über seinem toupierten Blondschopf verkündete eine gewaltige Sprechblase: *Wir machen die Cocktails wieder groß!*

»Das glaube ich erst, wenn ich es sehe«, kommentierte Zoe das Schild. Dann erzählte sie, dass der Vorbesitzer des Clubs schließen musste, nachdem die Getränke immer teurer und kleiner geworden waren, aber ich hörte ihr nur mit halbem Ohr zu.

Stattdessen galt meine Aufmerksamkeit einem Jungen mit

einer *Scream*-Maske. Auch er trug einen schwarzen Pullover mit einer Kapuze, die er sich bis zur Maske in die Stirn gezogen hatte.

Zoe schien ihn nicht bemerkt zu haben, und für einen Augenblick überlegte ich, sie auf ihn aufmerksam zu machen. Aber dann entschied ich mich dagegen.

An diesem Abend erhielten alle Kostümierten ein Freigetränk und für die Kurzentschlossenen gab es nicht weit vom Eingang entfernt einen Verkaufsstand mit Masken. Offenbar hatte dieser Junge seine Maske an dem Stand gekauft. Zumindest hingen dort noch etliche weitere davon. Es war also bestimmt nur Zufall.

Dennoch machte es mich nervös, wie er dastand und in unsere Richtung starrte.

Die Gestalt vorhin im Garten hatte keine solche Maske getragen, andernfalls hätten wir das leuchtend weiße Totenschädelgesicht gesehen. Aber sonst gab es durchaus Ähnlichkeiten. Auch er war groß und schlank und ebenfalls ganz in Schwarz gekleidet.

Und auch er stand wie versteinert da und schien uns nicht aus den Augen zu lassen.

Aber vielleicht täuschte der Eindruck ja. Vielleicht galt seine Aufmerksamkeit gar nicht uns. Man konnte schließlich nicht sehen, wohin er hinter seiner Maske tatsächlich schaute. Vielleicht sah er sich einfach nur die Leute an – die Zombies, Purger, Vampire und sonstigen Monster in ihren teils wirklich coolen Kostümen – und sein Blick war nur zufällig an Zoes scharfem Outfit hängen geblieben. Immerhin wäre er nicht der einzige Junge, dem es so ging.

Außerdem verhielten sich maskierte Menschen meist etwas sonderbar. Es war, als setzte die Maske etwas in ihnen frei.

Als käme dadurch etwas Heimliches zum Vorschein, das man sonst im Alltag verborgen halten musste.

Und so war es wohl auch bei diesem Jungen, der einfach nur reglos starrte und dadurch unheimlich wirkte. Wahrscheinlich hätte er das nicht getan, wenn man sein Gesicht gesehen hätte.

Aber noch bevor ich ihn weiter beobachten konnte, bewegte sich die Schlange wieder vorwärts. Schließlich hatten wir den Einlass erreicht. Wir zeigten unsere Ausweise vor, bezahlten und wurden endlich in den Club gelassen, wo ich die *Scream*-Gestalt vollends aus den Augen verlor.

Drinnen empfingen uns Gedränge, Hitze, Schweißgeruch und laut wummernde Musik. Bunte Lichter blitzten von der Decke, und alles war erfüllt von stickigem, künstlichem Nebel, der mir fast den Atem raubte.

Mann, worauf hatte ich mich da nur eingelassen?

»Cool, da läuft Birthday Massacre!«, rief Zoe mir zu. Sie schnappte meine Hand und zog mich mit sich in das Getümmel auf der Tanzfläche.

Wir schafften es gerade so zu den letzten Takten von *Happy Birthday*, dann verkündete der DJ: »Und jetzt wird's noch mal richtig retro, Leute!«

Gleich darauf dröhnten *The Cure* aus den Lautsprechern: *Why can't I be you?*

Das war wirklich ganz schön retro, aber die Menge ging ab und wir mit ihnen. Zoes Ausgelassenheit war herrlich ansteckend. Wir tanzten los und irgendwann war mir sogar die Menschenmenge egal. Gedränge hin oder her, wir hatten einen Heidenspaß.

Und so hatten die letzten Minuten vor meinem Tod begonnen, an die ich mich jetzt nicht mehr erinnern konnte.

Das Einzige, was mir von diesem Abend sonst noch in Erinnerung geblieben war, waren die Leute mit den Monsterstimmen. Der Junge, der unbedingt wollte, dass ich bei ihm blieb, während er versuchte, mir das Leben zu retten.

Und der dunkle Ort, an den ich lieber nicht denken wollte.

6.

Der Kommissar hörte mir aufmerksam zu und machte sich Notizen auf einem kleinen Block, der in braunes Leder gebunden war. Er stellte mir keine Fragen und ließ mir Zeit, als ahnte er, wie schwer es mir fiel, all das noch einmal zu durchleben.

Ich beendete meine Erzählung damit, wie ich im Krankenhaus wieder zu mir gekommen war. Ella und eine Krankenschwester waren bei mir gewesen und Ella hatte geweint. Sie hatte die ganze Zeit über an meinem Bett gewacht und richtig fertig ausgesehen.

Dann hatte die Schwester Dr. Mehra geholt. Ich kannte den netten Arzt mit dem indischen Namen noch von früher. Vor einigen Jahren hatte er meinen Opa behandelt, als er hier auf der Intensivstation im Sterben lag. Vielleicht sogar in diesem Zimmer – so genau konnte ich mich nicht mehr daran erinnern.

Dr. Mehra hatte einige Tests mit mir gemacht, mich nach meinem Namen und allerlei Dingen gefragt, um zu sehen, ob mein Gehirn Schaden genommen hatte.

Ich hatte ihm gesagt, dass ich Nikka hieß und dass man meinen Namen mit zwei K schrieb. Wie Nikka Costa, weil meine Mom ihre Musik so gemocht hatte – jedenfalls hatte Ella mir das so erzählt. Auch alle anderen Fragen hatte ich ihm problemlos beantworten können.

Erst als er wissen wollte, an was ich mich erinnern konnte, hatte ich passen müssen. Ich wusste noch, dass ich in dem Club zusammengebrochen war, aber ich wusste nicht warum.

Dr. Mehra hatte mir erklärt, dass das an der Droge lag, mit der man mich vergiftet hatte. Gamma-Butyrolacton, das hatte ich mir gemerkt.

Das Zeug ist eigentlich ein Reinigungsmittel, aber es wird häufig auch als K.-o.-Tropfen missbraucht, hatte er gesagt. Es ist hochgefährlich, führt zu Gedächtnisverlust, Atemnot und einem kompletten Blackout.

Manchmal konnte es sogar tödlich ausgehen, wie in meinem Fall. Bei mir hatten die Tropfen einen Kreislaufkollaps ausgelöst. Danach war mein Herz stehen geblieben. Hatte einfach aufgehört zu schlagen. Einundzwanzig Minuten lang.

Aber diese Tropfen hatten noch viel mehr angerichtet, dachte ich jetzt, als ich dem Kommissar davon erzählte. Sie hatten mein ganzes Leben verändert, mich fast für immer umgebracht und dann in einen Albtraum gestürzt, aus dem es kein Erwachen mehr gab. Weil die Wirklichkeit, weil mein Leben jetzt der Albtraum war.

Wer immer das getan hatte, hatte mir nicht nur jegliches Gefühl von Sicherheit, sondern auch meine beste Freundin genommen. Er hatte Zoe entführt. Davon war ich überzeugt.

»Ich kann einfach nicht glauben, dass es keine Spur von ihr gibt«, sagte ich. »Irgendjemand muss sie doch gesehen haben.«

Der Kommissar blickte von seinen Notizen auf. »Laut einer Zeugin ist Ihre Freundin zu den Toiletten gegangen. Das war, kurz bevor Sie zusammengebrochen sind. Danach herrschte ein ziemliches Durcheinander im Club, und niemand kann sich erinnern, Frau Wagner noch einmal gesehen zu haben.«

»Zoe wäre bestimmt sofort gekommen, wenn sie mitgekriegt hätte, was mit mir los war«, sagte ich und war den Tränen nahe.

Er nickte. »Das sehe ich ebenso. Deshalb gehen wir davon aus, dass irgendetwas auf den Toiletten vorgefallen ist.«

»Gibt es dort einen Hinterausgang?«

»Ja, da ist ein Notausgang. Aber wenn jemand diese Tür geöffnet hätte, wäre ein Alarm ausgelöst worden.«

Ich schüttelte den Kopf. »Das ist doch verrückt! Zoe kann sich doch nicht einfach in Luft aufgelöst haben.«

»Ganz bestimmt nicht. Vermutlich hat jemand das Durcheinander genutzt, um sie unbemerkt aus dem Club zu bringen. Aktuell werten wir noch die Überwachungsvideos aus, aber …« Der Kommissar zögerte kurz, dann sagte er leise: »Ich will Ihnen nichts vormachen, Nikka. Wir haben noch keinen Anhaltspunkt, was mit Ihrer Freundin geschehen ist oder wo sie sein könnte.«

Ich hatte das Gefühl, als würde plötzlich etwas in meiner Kehle stecken, und musste schlucken. »Können Sie nicht ihr Handy orten oder so etwas?«

Der Kommissar atmete tief durch, und seine Körperhaltung verriet, wie angespannt er war. »Das haben wir natürlich getan. Es war in ihrer Handtasche, die in einem Mülleimer lag. Nicht weit vom Eingang des Clubs entfernt. Die Schlüssel Ihrer Freundin und ihr Geld waren ebenfalls noch in der Tasche. Es war also kein Diebstahl. Jemand wollte die Sachen loswerden.« Wieder warf er einen Blick auf seine Notizen. »Sind Sie sich denn sicher, dass der maskierte Mann vor dem

Club dieselbe Person war, die Sie im Garten der Familie Wagner gesehen haben?«

Ich zuckte die Schultern, was einen Stich in meinen gebrochenen Rippen verursachte. »Nicht hundertprozentig, aber er muss es doch gewesen sein. Ich meine, das ergibt doch jetzt Sinn, oder? Warum sonst hätte er uns so anstarren sollen? Bestimmt war er es auch, der mich vergiftet hat.«

Der Kommissar schürzte die Lippen. »Nun ja, das wäre möglich. Es könnte aber auch sein, dass Ihnen jemand anderes diese Tropfen verabreicht hat. Das kommt inzwischen leider sehr häufig vor.«

Ich schnaubte verächtlich. »Das hat der Doktor auch schon gesagt. Mir ist klar, dass es da draußen jede Menge kranke Spinner gibt, aber denken Sie doch mal nach: Jemand vergiftet mich, und jemand anderes kidnappt meine beste Freundin, und das am selben Abend, zur selben Zeit? Das wäre doch ein sehr großer Zufall, finden Sie nicht?«

»Ich weiß, Nikka, das klingt weit hergeholt, aber wir dürfen diese Möglichkeit nicht außer Acht lassen. Es ist durchaus denkbar, dass jemand spontan die allgemeine Verwirrung genutzt hat, um Ihre Freundin zu entführen. Gibt es denn sonst noch irgendetwas, an das Sie sich erinnern? Was war das Letzte, was Frau Wagner zu Ihnen gesagt hat?«

Ich überlegte krampfhaft und hoffte, dass mir wirklich noch etwas einfiel. Etwas, das mir wenigstens halbwegs real erschien.

Stattdessen kehrten meine Gedanken immer wieder zu dem zurück, was ich während der einundzwanzig Minuten erlebt hatte, in denen ich eigentlich tot gewesen war. Mir wollte dieser dunkle Ort nicht aus dem Sinn gehen, auch wenn er mir immer mehr wie ein böser Traum vorkam. Ich konnte nicht vergessen, was ich dort gesehen hatte. Aber das konnte ich dem Kommissar unmöglich sagen. Er würde mich für völlig durchgeknallt halten. Und vielleicht war ich das ja auch.

»Nikka? Geht es Ihnen gut?«

Er sah mich besorgt an, und ich starrte auf die blasse Narbe, die eine seiner Brauen teilte. Ich konzentrierte mich auf dieses kleine Detail ebenso wie auf das Piepen des EKG-Geräts und den Geruch von Regen, der von seiner Lederjacke ausging.

Details waren jetzt wichtig für mich. Sie sprachen meine Sinne an und halfen mir, nicht an meinem Verstand zu zweifeln.

»Ich bin okay«, murmelte ich. »Aber ich kann mich leider an sonst nichts mehr erinnern.«

Er nickte. »Es tut mir ehrlich leid, falls ich Sie noch mehr beunruhigt habe und dass ich Ihnen nichts Positiveres berichten kann«, sagte er und stand auf. Er war so groß, dass ich mir beinahe den Hals ausrenken musste, um ihn anzusehen. »Nun erholen Sie sich erst einmal. Ich lasse Ihnen meine Nummer hier. Bitte melden Sie sich, falls Ihnen doch noch etwas einfällt.«

Als er diesen Satz sagte, kam ich mir wie das Opfer in irgendeinem dämlichen Krimi vor. Aber das hier war die Realität, auch wenn es mir schwerfiel, das zu akzeptieren.

»Finden Sie Zoe«, sagte ich und kämpfte wieder mit den Tränen. »Bitte!«

Er schob das Notizbuch in seine Jackentasche zurück.

»Wir tun unser Bestes.«

Wieder so ein Routinesatz, der mir Zuversicht geben sollte. Aber er wirkte nicht, denn die grauen Augen des Kommissars wichen meinem Blick aus. Inzwischen waren schon drei Tage vergangen, und wir wussten beide, was das bedeutete. Die Chance, dass Zoe noch am Leben war, wurde von Minute zu Minute geringer.

Und ich kann nichts dagegen tun!

Der Kommissar nickte mir zu und ging. Ich sah ihm nach, dann zog ich mir die Decke über den Kopf und ließ meinen Tränen freien Lauf.

Wer auch immer uns das antat, hatte etwas in mir zerbrochen. Noch nie zuvor in meinem Leben hatte ich mich so hilflos gefühlt.

So verzweifelt.

Und so wütend.

7.

Ella besuchte mich zur Mittagszeit. Sie sah ein wenig besser aus als am Vorabend, aber sie wirkte immer noch ziemlich mitgenommen. Trotzdem bemühte sie sich, locker und unbeschwert zu wirken und mir das Gefühl zu geben, dass alles wieder in Ordnung sei. Es brach mir beinahe das Herz.

Ich ertappte mich dabei, dass ich mich schuldig fühlte. Schuldig daran, dass es ihr so schlecht ging, weil Zoe und ich einen großen Fehler gemacht hatten. Wären wir nicht auf die Party gegangen, wäre das alles nicht passiert.

Dabei war das doch Blödsinn. Nicht die Party war schuld daran. Nicht Zoe und erst recht nicht ich.

Wieder kochte Wut in mir hoch. Wenn ich dieses Schwein nur in die Finger bekommen könnte! Ob er wusste, wie viel Leid er mir und Zoe und unseren Familien zufügte? Aber wahrscheinlich war ihm das scheißegal.

»Schau, was ich für dich habe.« Ella holte eine Pralinenpackung aus ihrer Handtasche. »Das sind die mit der Orangenfüllung, die du so gerne magst. Der Doktor sagt, das sei in Ordnung.«

»Danke.« Ich rang mir ein Lächeln ab. »Das ist lieb, Ella. Später vielleicht.«

»Gut, aber versprich mir, dass du sie essen wirst, ja? Ich bringe dir jederzeit neue. Du bist so dürr und blass geworden.«

»Versprochen.« Ich zwang mich erneut zu einem Lächeln.

Sie legte die Schokoladenpackung zu ihren früheren Mitbringseln auf meinen Nachttisch: einem Kruzifix und zwei gerahmten Bildern von Pater Pio und der Mutter Gottes. Ich wusste, dass sie es auch damit nur gut meinte, aber trotzdem machte mich dieser Anblick nur noch zorniger.

Wenn es die drei wirklich gab, warum hatten sie mich dann nicht beschützt? Wo war der liebe Gott, an den Ella so innig glaubte, oder die Schutzengel, von denen sie mir früher immer erzählt hatte?

Am liebsten hätte ich ihr gesagt, was wirklich auf der anderen Seite auf uns wartete. Dass ich dort keinen lieben Gott und keinen Jesus gesehen hatte, sondern etwas, das mir eine Heidenangst gemacht hatte. Etwas, an das ich mich *nie, nie, nie* wieder erinnern wollte.

Aber es wäre unfair gewesen, meine Wut an ihr auszulassen. Ella konnte wirklich am allerwenigsten dafür.

Die Schwester kam ins Zimmer und holte mich aus meinen Gedanken.

»Mittagessen«, sagte sie strahlend. Sie wünschte mir einen guten Appetit und verschwand wieder.

Ich hob den Deckel vom Tablett. Darunter kam irgendetwas Püriertes zum Vorschein – wahrscheinlich wegen meiner Halsentzündung. Es sah aus, als hätte sich der Koch auf meinem Teller übergeben. Als mir der Essensgeruch in die Nase stieg, hätte ich beinahe dasselbe getan.

Ich bekam keinen Bissen davon runter, aber Ella nötigte mich, wenigstens den Nachtisch zu essen. Mit viel Überwindung löffelte ich etwas Götterspeise, die einfach nur pappsüß und glibberig schmeckte.

Etwa zwanzig Minuten später erschien die Schwester wieder und erlöste mich, indem sie mich zur Untersuchung abholte. Sie brachte mich in die neurologische Abteilung, wo man einige Tests mit mir durchführen wollte.

Der Neurologe hieß Dr. Sander. Er war vielleicht Ende dreißig und ein ziemlicher Nerd. »Das ist interessant« schien einer seiner Lieblingssätze zu sein. Ich konnte mir gut vorstellen, dass er einer von den Typen gewesen war, die es im Bio-Unterricht nicht erwarten konnten, Kuhaugen oder Frösche zu sezieren und dann stundenlang darin herumzustochern.

Er testete zuerst mein Reaktionsvermögen und meine Reflexe, die alle »interessant« für ihn waren. Ebenso wie meine Gehirnströme, für deren Messung ich eine Art verkabelter Badekappe aufsetzen musste, die mit einem Computer verbunden war. Abschließend scannte er noch meinen Kopf. Für diese Magnetresonanztomografie wurde ich in ein röhrenähnliches Gerät geschoben, das etliche Schnittbilder meines Gehirns aufzeichnete. Als diese dann auf Dr. Sanders Monitor abliefen, sah das wie ein wirrer bunter Videoclip aus. Auch dieses Ergebnis war für ihn »interessant«.

»Was genau meinen Sie damit?«, fragte ich, woraufhin er zusammenfuhr und mich dann ansah, als hätte er erst jetzt bemerkt, dass zu dem Gehirn auf seinem Monitor auch ein Mensch gehörte.

»Nun ja«, sagte er, nahm seine Brille ab und säuberte die Gläser mit einem Papiertaschentuch. »Du hast keinerlei Gehirnschädigungen. Deine Reflexe und Reaktionen sind alle optimal.«

»Dann ist doch alles in Ordnung, oder?«

»Ja, sicher, natürlich«, stammelte Dr. Sander und setzte seine Brille wieder auf. »Dieses Ergebnis ist nur etwas ungewöhnlich, wenn ein Gehirn länger als zehn Minuten ohne Sauerstoff gewesen ist. Ich meine, immerhin war das bei dir mehr als doppelt so lange der Fall. Aber dein Lebensretter muss wirklich alles richtig gemacht haben. Die Herzdruckmassage hat dafür gesorgt, dass dein Gehirn weiter durchblutet wurde. Und dein Blut muss noch mit genügend Sauerstoff angereichert gewesen sein. Normalerweise sind das etwa zwanzig bis dreißig Prozent, aber so wie es aussieht, muss das bei dir etwas mehr gewesen sein. Treibst du denn Sport?«

»Ich schwimme.«

»Regelmäßig?«

Ich nickte.

»Nur so oder auf Leistung?«

»Ich habe das silberne Leistungsschwimmerabzeichen und möchte irgendwann an den Landesmeisterschaften teilnehmen.«

»Ah«, machte Dr. Sander. »Das ist interessant. Als Schwimmerin hast du sicherlich gelernt, deinen Sauerstoffvorrat effizienter einzuteilen als Leute, die keinen Sport betreiben. Selbst dann, wenn du nicht bei Bewusstsein bist. So etwas geht einem irgendwann in Fleisch und Blut über, wie man so schön sagt. Daran kann es liegen. Und bestimmt auch daran, dass dein Gehirn gekühlt wurde.«

Ich schaute ihn verdutzt an. »Gekühlt?«

»Ja, gekühlt. Hirn auf Eis, sozusagen.« Er grinste auf eine Art, die eindeutig sagte *Ich-weiß-etwas-was-du-nicht weißt*, was ihn nur noch nerdiger wirken ließ. »Hat Dr. Mehra dir das denn nicht gesagt?«

»Nein, was denn?«

»Der junge Mann, der dich wiederbelebt hat, war ein echter Profi. Er hat deinen Kopf in Eis gepackt und so dein Gehirn auf eine Temperatur von unter 32 Grad Celsius gekühlt. Dadurch wird der Verfall der Hirnzellen verlangsamt. In deinem Fall konnte er so die Nekrose sogar *komplett* aufhalten. Interessant, nicht wahr?«

»Ja«, murmelte ich. »Das ist wirklich interessant.«

»Sage ich doch«, strahlte Dr. Sander. »Aber eines ist noch viel interessanter.«

Er rollte mit seinem Stuhl wieder zurück zum Monitor und deutete auf die bunten Bilder, die einen Querschnitt durch meinen Kopf darstellten. Die Animation lief noch immer, und es sah aus, als würde mein Gehirn aufblühen und dann wieder in sich zusammenschrumpfen, wie eine Blume in Zeitrafferaufnahme. Bei genauerem Hinsehen erkannte ich die äußere Form meines Schädels und meine Augäpfel, die zwischen dem dreieckigen Vorsatz der Nase wie hohle Pingpongbälle wirkten. Und natürlich sah ich mein Gehirn.

Ich musste daran denken, dass in diesem Organ meine gesamte Persönlichkeit zu Hause war. Jeder Gedanke, jede Erinnerung, jedes Gefühl, das ich jemals empfunden hatte. Liebe, Freude, Schmerz, Leid, Trauer – einfach alles.

Dabei sah dieser Querschnitt irgendwie nichtssagend aus. Wie das Innere einer Walnuss, nur dass die beiden Hirnhälften auf dem Monitor bunt hervorgehoben waren.

»Hier siehst du den Scan deines Kopfes«, sagte Dr. Sander, als ob ich das nicht selbst wüsste. »Die farblichen Hervorhebungen kennzeichnen die Hirnaktivität. Je kälter die Farbe, desto niedriger die Hirnfunktion. Bei einem Hirntoten wäre das Bild natürlich schwarz, aber bei einem Komapatienten zum Beispiel würden die Gehirnhälften vorrangig in Blau und

Violett angezeigt werden.« Er schaute mich wieder an. »So weit verstanden?«

Ich seufzte entnervt und zeigte auf den Monitor. »Bei mir sehe ich in erster Linie Gelb, Rot und Orange.«

»Eben«, sagte er und grinste. »Und zwar *sehr viel* Orange. An manchen Stellen sogar ungewöhnlich viel Rot. Und *das* ist interessant.«

»Warum? Wenn ich Sie richtig verstanden habe, ist das doch ganz normal, oder?«

Nun wich sein Grinsen einem tadelnden Blick. »Ganz normal wäre weniger Rot und Orange und stattdessen mehr Gelb. Was ich damit sagen will, ist, dass du eine erhöhte Gehirnaktivität aufweist.«

»Okay«, murmelte ich und sah wieder auf die Bilder. »Ist das nun gut oder schlecht?«

»Es ist interessant«, sagte Dr. Sander. »Offenbar hat der Vorfall dein Gehirn stimuliert. Das ist nicht schädlich, falls du das so verstanden haben solltest. Mir kommen nur nicht oft Patienten unter, die eine so *hohe* Gehirnaktivität aufweisen. Jedenfalls nicht, wenn man sie unter normalen Bedingungen testet. Bei dir sieht es so aus, als würdest du gerade eine komplizierte Rechenaufgabe lösen wollen und dabei gleichzeitig auf einem Hochseil balancieren. Sämtliche deiner Sinne sind aktiv, und zwar überdurchschnittlich.«

»Aber so fühle ich mich überhaupt nicht«, sagte ich. »Ich komme mir ganz normal vor, wie immer. Na ja, den Umständen entsprechend eben.«

Dr. Sander beäugte mich, als wären mir plötzlich Antennen aus dem Kopf gewachsen oder als hätte ich ein drittes Auge bekommen.

»Interessant«, sagte er leise und schien dabei mehr mit sich selbst zu sprechen. »Ich wünschte, ich hätte eine Vergleichsaufnahme von davor.«

Ich spürte, wie ich immer zorniger wurde. Für ihn schien ich nicht mehr als ein *interessantes* Versuchskaninchen zu sein.

»Und was bedeutet das nun? Ist mit mir alles in Ordnung oder nicht?«

»Ja.« Er hob abwehrend die Hände. »Bei dir ist alles bestens. Im Gegenteil, ich denke, du hast riesiges Glück gehabt. Aber falls dir in den nächsten Tagen doch noch etwas Ungewöhnliches an dir auffallen sollte, melde dich sofort bei mir. Ich würde das gerne noch weiter beobachten.«

»Weil mein Gehirn *interessant* für Sie ist«, gab ich zynisch zurück.

»Ganz genau. Ich wüsste zu gern, was dich so beschäftigt.«

Ich schnaubte zornig. »Zum Beispiel dass ich tot war und dass meine beste Freundin entführt wurde. Ist Ihnen das eigentlich klar?«

»Natürlich ist es das, und es tut mir leid«, sagte er, wobei er sich nicht besonders mitfühlend anhörte. Stattdessen schaute er mich weiterhin prüfend an. »Aber ich glaube, da ist noch etwas. Vielleicht etwas Unterbewusstes?«

Ich hätte es ihm sagen können, aber dann hätte er mich wohl direkt in die Klapsmühle gesteckt.

8.

Ich war froh, als ich endlich wieder in meinem Zimmer war. Für eine Weile lag ich einfach nur auf dem Bett und starrte zur Decke. Dabei hallten die Worte dieses durchgeknallten Doktors wie ein Echo in meinem Kopf nach.

Großes Glück gehabt ... Großes Glück ... Großes Glück ...

Auch Dr. Mehra hatte das gesagt. Und die Schwestern. Und Ella. Eigentlich jeder.

Ja, natürlich hatten sie recht, ich lebte noch, und das war wirklich großes Glück. Aber was war mit Zoe?

Allein der Gedanke an sie schnürte mir die Kehle zu. Was, wenn sie kein Glück gehabt hatte?

Ich schaute auf mein Freundschaftsband. Darunter hatte man mir ein Messband angelegt, das mit den Geräten verbunden war, die hinter meinem Bett leise piepten und summten.

Ich kam mir vor wie im Cockpit eines Ufos. Wahrscheinlich würden sich gleich ein paar Aliens zu mir beamen und mit mir davonfliegen. *Tut uns leid, Nikka*, würden sie sagen. *Wir haben dich auf dem falschen Planeten abgesetzt. Aber jetzt bringen wir dich heim.*

So fühlte ich mich zumindest.

Fremd, verloren und schrecklich einsam.

Doch statt der Aliens erschien nur Schwester Ramona, um meinen Blutdruck zu messen. Sie war vermutlich Mitte zwanzig und ich mochte sie. Sie hatte tolle braune Augen und ich war ein wenig neidisch auf ihre dunklen glänzenden Haare. Meine eigenen wirkten meist etwas stumpf, was am vielen Chlorwasser beim Training lag.

»Na, das ist aber ein hervorragender Blutdruck«, sagte sie lächelnd. »Hundertzwanzig zu neunundsiebzig, genau wie aus dem Lehrbuch. Wie geht es dir denn sonst?«

»Geht so«, sagte ich und bemühte mich, ebenfalls zu lächeln.

»Wie war's bei Dr. Sander?«

»Interessant.«

Sie kicherte. »Ich weiß, er ist mit Abstand der schrägste Vogel, den wir hier in der Klinik haben. Aber fachlich hat er echt was drauf. Und jetzt wird es Zeit, dass du endlich etwas isst.«

Daraufhin brachte sie mir das Abendessen. Es war ein großer Teller Kürbiscremesuppe und zwei Scheiben Brot.

»Ich hole den Teller nicht eher ab, bevor du ihn nicht leer gegessen hast«, sagte sie mit gespielter Strenge. »Das ist ein Befehl, verstanden?«

»Jawohl!«

Ramona lachte und ging aus dem Zimmer.

Tatsächlich hatte ich jetzt etwas Hunger. Ich kostete die Suppe, und sie schmeckte besser, als sie aussah.

Während ich aß, dachte ich an das Bild meines Gehirns auf dem Monitor. Wahrscheinlich gierte es jetzt nach Nahrung und musste sich stärken, um weiterhin so aktive orange und rote Flecken zu erzeugen. Diese Vorstellung amüsierte mich irgendwie.

Dann plötzlich vernahm ich hinter mir ein Geräusch. Es klang seltsam, wie ein Tappen und dann wieder so, als würde man etwas über den Boden schieben. Ich schaute an der hochgestellten Rückenlehne meines Bettes vorbei, doch da waren nur die Messgeräte.

Ich musterte sie eingehend, aber keines von ihnen schien solche Geräusche von sich zu geben. Alles war wie immer.

»Seltsam.«

Ich musste es mir eingebildet haben.

Kopfschüttelnd setzte ich mich wieder zurecht und aß weiter. Doch dann hörte ich es wieder. Jetzt schien es noch näher zu sein.

Erneut schaute ich mich um und auch diesmal war nichts Ungewöhnliches zu sehen.

Aber ich war mir sicher, dass ich etwas gehört hatte. Etwas, das jetzt eigentlich ganz dicht bei mir sein musste.

Ganz dicht hinter mir.

Oder nein ... *über mir!*

Ich schaute hoch – und sah in das entstellte Gesicht eines Mannes. Mir stockte der Atem.

Das konnte nicht sein. Das war unmöglich!

Aber ich sah ihn. So deutlich, wie ich auch alles andere im Raum sah.

Der Mann war wirklich dort oben. Er kroch wie eine Spinne an der Decke auf mich zu. Sein Gesicht sah entsetzlich aus, als sei er mit dem Kopf in einen Fleischwolf geraten. Da war keine Haut mehr, nur rohes blankes Fleisch, frei liegende Adern und Sehnen.

Die Reste seines blonden Haars ragten wie schilfbewachsene Inseln aus der wunden Kopfhaut, und seine weißen Zähne schienen mich aus dem lippenlosen Mund anzugrinsen, so wie auch ein Totenschädel zu grinsen scheint. Aber die Laute, die er von sich gab, wirkten schmerzhaft und gequält.

Er trug einen schwarzen Lederanzug und schwere Stiefel, und streckte jetzt seine behandschuhte Hand nach mir aus.

Ich schrie auf, stieß dabei das Tablett und den Teller mit der heißen Suppe zu Boden und sprang aus dem Bett.

Nach nur zwei Schritten blieb ich hängen und fiel hin. Diese verdammten Kabel! Ich war an die Geräte gekettet und konnte nicht weg!

Panisch versuchte ich, das Messarmband loszuwerden, während der Ledermann weiter auf mich zukroch. Die Hand hielt er immer noch nach mir ausgestreckt. Nur noch wenige Augenblicke, dann wäre er so nah, dass er mich packen konnte.

Mir schlug das Herz bis zum Hals. Verzweifelt zerrte ich am Verschluss des Armbands. Das nun wild piepende EKG-Gerät kippte um und krachte auf den Boden.

»Shit, Shit, Shit!«

Hektisch fummelte ich weiter an dem Verschluss herum. Mein Herz raste, die Sekunden zogen sich in die Länge. Dann endlich spürte ich, wie sich die Lasche des Armbands löste, und schließlich hatte ich mich befreit. Keine Sekunde zu früh, denn nun war der Ledermann direkt über mir.

Noch immer auf dem Boden liegend schob ich mich aus seiner Reichweite, bevor ich aufsprang. Beinahe verlor ich das Gleichgewicht, fing mich im letzten Augenblick wieder und rannte aus dem Zimmer.

Direkt vor meiner Tür stand jemand auf dem Gang und versperrte mir den Weg. Bevor ich überhaupt reagieren konnte, war ich schon in ihn gerannt und riss ihn mit voller Wucht zu Boden.

Als ich auf ihn fiel, durchfuhr ein heftiger Schmerz meine

gebrochenen Rippen, doch vor lauter Panik bekam ich es kaum mit.

Keuchend sah ich mich um. Der Ledermann war verschwunden. Die Zimmerdecke sah wieder aus wie immer. Als sei nichts gewesen.

Ramona und zwei weitere Schwestern kamen angelaufen. Sie starrten mich erschrocken an. Ebenso wie der Junge, den ich umgerannt hatte und auf dem ich noch immer lag.

9.

»Fühlst du dich wieder etwas besser?«, fragte Dr. Mehra und musterte mich besorgt. Vom Gang hörte ich die leisen Stimmen des Jungen und einer Krankenschwester.

Ich nickte nur und sah beschämt zu der Putzfrau hinüber, die mit stoischer Miene die Scherben meines Tellers in einen Müllbeutel warf und dann die Kürbiscremesuppe vom Boden aufwischte. Eine der beiden Brotscheiben lag neben dem umgestürzten EKG-Gerät, dessen gesprungenes Display nun dunkel war. Aber auch ohne das Gerät spürte ich, dass mein Herz noch immer heftig pochte.

Dr. Mehra leuchtete mir mit einer kleinen Stablampe in die Pupillen, dann nickte er zufrieden und steckte die Lampe in seine Kitteltasche zurück.

»Hier, nimm das ein.« Er reichte mir einen kleinen Becher, in dem eine einzelne Pille lag. »Das ist ein leichtes Sedativum. Es wird dir helfen, wieder zur Ruhe zu kommen.«

Ich schluckte die Pille mit etwas Wasser und blickte der Putzfrau hinterher, die, ohne mich anzusehen, aus dem Raum ging.

»Es tut mir wirklich leid. Das ist mir alles so schrecklich peinlich!«

Dr. Mehra sah mich verständnisvoll an. »Es muss dir nicht peinlich sein. Solche Halluzinationen und Angstzustände sind nicht ungewöhnlich. Das liegt zum einen an den Nachwirkungen der Droge, aber natürlich auch am Stress. Du hast viel durchgemacht und musst das alles erst einmal verarbeiten. Deshalb solltest du nach deinem Klinikaufenthalt auch zu einem Fachmann gehen, mit dem du über alles sprechen kannst. Wir haben ein paar Adressen für dich, wenn du möchtest.«

Ich nickte und stellte den Wasserbecher auf den Nachttisch zurück, von wo aus mich Maria und Pater Pio anstarrten. »Wie lange, glauben Sie, wird das noch so gehen? Diese Halluzinationen, meine ich.«

»Das kann ich leider nicht beurteilen«, sagte Dr. Mehra. »Stressbewältigung ist etwas sehr Individuelles. Aber du bist eine starke junge Frau und mit etwas Hilfe bekommst du es sicherlich bald in den Griff.«

Langsam entspannte ich mich ein wenig und atmete tief durch. Davon taten mir zwar wieder die Rippen weh, aber die wachsende Erleichterung überwog, und auch der letzte Rest meiner Panik verflüchtigte sich schließlich.

»Ich glaube, Ihre Pille wirkt«, sagte ich. »Jetzt geht es mir tatsächlich etwas besser.«

»Das freut mich«, sagte Dr. Mehra und deutete lächelnd zur Tür. »Dann würde ich dir jetzt gern jemanden vorstellen. Oder besser gesagt, *richtig* vorstellen – eure Begegnung gerade war ja etwas überstürzt. Es ist ein ganz besonderer junger Mann, der dich da besuchen möchte. Ist dir das recht?«

»Ist er derjenige, der mich gerettet hat?«

»Ja.«

»Klar, ich würde ihn sehr gern kennenlernen.«

»Dann werde ich ihn mal holen.«

Dr. Mehra schenkte mir einen aufmunternden Blick, dann ging er auf den Gang hinaus.

Kurz darauf kam der Junge von vorhin herein. Ich schätzte ihn auf achtzehn oder neunzehn. Er war groß und hatte dunkle Haare, die ihm in die Stirn hingen. Seine schwarze Lederjacke war ihm zu weit, ebenso wie das abgetragene schwarze T-Shirt mit dem *Depeche Mode*-Logo. Damit versuchte er wohl, seinen schlaksigen Körper zu vertuschen. Aber seine staksigen Beine in den ausgewaschenen Jeans verrieten dennoch, wie dünn er war.

Über seiner rechten Schulter trug er einen Rucksack, was vermutlich lässig aussehen sollte, trotzdem wirkte er ziemlich unsicher, und als ich ihn anschaute, wurde er rot.

»Hi«, sagte ich.

»Hi, ich bin Sascha.«

Der Monsterjunge, dachte ich, und noch ehe ich es zurückhalten konnte, hatte ich es bereits ausgesprochen.

Er sah mich irritiert an. »Wie bitte?«

»Ach nichts«, entgegnete ich schnell. »Es war nur ... So hast du dich für mich angehört, als ich ... du weißt schon ... als ich *weggetreten* war. Da wirkte alles so verzerrt und unwirklich. Eben als wärst du ein Monster.«

»Oh! Ich habe dir hoffentlich keine Angst gemacht?«

»Nein, hast du nicht. Du hast alles richtig gemacht. Sorry wegen vorhin. Das war ziemlich Panne, was?«

Er strich sich eine Strähne aus dem Gesicht und grinste verlegen. »Du solltest Rugby spielen. Gegen deinen Schwung hätte kein Gegner eine Chance.«

Ich grinste zurück. »Das war nur die Revanche für die beiden Rippen, die du mir gebrochen hast.«

»Ja, das tut mir auch wirklich leid. Aber das kann bei einer

Herzdruckmassage nun mal passieren. Ist schon etwas anderes, als wenn man im Ersthelfer-Kurs an einer Puppe übt.«

»Trotzdem danke. Ich meine, dafür, dass du mir das Leben gerettet hast. Das ist mir die zwei Rippen wert.«

»Ist schon okay.«

Ich fand es irgendwie witzig, wie schüchtern er war. Er konnte mir nicht einmal richtig in die Augen schauen.

»Also ich finde das mehr als nur okay. Ohne dich wäre ich jetzt nicht mehr hier.«

Er rieb sich die Nase. »Na ja, weißt du, eigentlich ist das ja mein Job.«

»Kollabierte Mädchen in Clubs zu retten?«

»Ja, das heißt nein. Ich meine, *überhaupt* Leben zu retten. Ich mache gerade eine Ausbildung zum Rettungssanitäter.«

»Wow! Für einen Azubi bist du aber schon richtig gut. Die Ärzte haben mir erzählt, was du alles getan hast. Wie ein Profi.«

Er machte eine abwehrende Geste. »Ach, ich habe einfach nur ein paar richtig gute Ausbilder. Die sind ein tolles Team, da lernt man viel, und es macht Spaß.«

»Mit Lob kannst du nicht so wirklich umgehen, was?« Diese Frage hätte ich besser nicht gestellt, denn nun errötete er erst recht. »Na, jedenfalls war es für mich ein glücklicher Zufall, dass ausgerechnet du an dem Abend im Club gewesen bist.«

Er schüttelte den Kopf. »Das war kein Zufall, ich bin dort einer der DJs.«

Mir fielen die Worte aus dem Lautsprecher ein und ich schaute auf sein T-Shirt. *Jetzt wird's richtig retro, Leute!*

»Trotzdem war es Glück, dass *du* da warst und nicht einer von den anderen DJs«, sagte ich. »Oder seid ihr alle Rettungssanitäter?«

»Nein, nur ich.« Er schmunzelte und dann wühlte er in seinem Rucksack.

»Hier.« Er hielt mir ein Buch entgegen. »Ich dachte, dir ist vielleicht langweilig. Auf der Intensiv sind ja keine Handys erlaubt und Fernseher gibt es auch nicht.«

Ich nahm das Buch und las den Titel. »*Gregs Tagebuch.* Cool, die Reihe steht schon lange auf meiner Wunschliste.«

»Echt?« Er sah kurz überrascht drein, schien dann aber irgendwie ein bisschen lockerer.

»Ja, echt. Ich glaube, um mir alle Bücher leisten zu können, die ich noch lesen will, muss ich Lotto spielen.«

Er strahlte. »Ich habe die ganze Reihe zu Hause. Wenn dir der erste Band gefällt, bringe ich dir auch noch die anderen vorbei.«

»Das ist nett. Aber ich hoffe, dass ich nicht mehr so lange hier bleiben muss.«

Er nickte und schaute mich wieder unsicher an. »Kann ich dich etwas fragen?«

»Sicher, schieß los.«

»Das, was vorhin passiert ist ...«, begann er und rieb sich übers Kinn. »Willst du mir sagen, was du da gesehen hast?«

Ich hatte mit vielem gerechnet, aber nicht mit dieser Frage.

Ich überlegte einen Moment. Natürlich hätte ich nur zu gern mit jemandem über den Ledermann gesprochen und auch über den dunklen Ort, wo ich diesen unheimlichen Kerl schon einmal gesehen hatte. Aber das war einfach zu abgefahren, zu verrückt.

»Ehrlich gesagt, lieber nicht. Ich habe es mir ja sowieso nur eingebildet und das ist mir ein bisschen peinlich.«

»Ist schon in Ordnung.« Er nickte, schien jedoch etwas enttäuscht zu sein.

»Warum fragst du mich danach?«

»Ach, nur so.«

»Nur so?«

Sascha schaute mich einen Moment lang an und klammerte sich an den Träger seines Rucksacks, als müsste er sich daran festhalten. Ich konnte sehen, dass es in ihm arbeitete. Auch ihm schien etwas auf der Zunge zu liegen, aber er sprach es ebenso wenig aus wie ich.

»Du siehst müde aus«, sagte er schließlich. »Ich gehe jetzt wohl besser.« Er zögerte kurz, dann fügte er hinzu: »Kann ich dich morgen wieder besuchen?«

»Wenn du willst, gern.«

»Also dann.«

Er ging zur Tür, blieb stehen und sah sich noch einmal zu mir um.

»Ist echt Scheiße, das mit deiner Freundin. Die Cops waren bei uns im Club. Sie haben eine Menge Fragen gestellt und alles durchsucht, aber sie konnten nichts finden. Wir haben auch im Team darüber gesprochen, aber keiner von uns hat etwas von ihr mitbekommen. Es war einfach zu viel los an dem Abend. Und dann war ja noch die Sache mit dir ...« Er schien einen Moment nachzudenken, dann sagte er: »Ich weiß, wie du dich deswegen fühlen musst. Ich hoffe, es geht deiner Freundin gut und dass man sie bald finden wird.«

»Ja«, sagte ich leise. »Das hoffe ich auch.«

Aber tief in mir fürchtete ich, dass es für Zoe keine Hoffnung mehr gab.

10.

Irgendwann ließ die Wirkung der Beruhigungspille wieder nach und in dieser Nacht bekam ich kein Auge zu. Ich hatte Angst vor dem Einschlafen, vor den bösen Träumen, die mich vielleicht erwarten würden. Träume, in denen ich wieder an dem dunklen Ort war und diesmal nicht zurückgeholt werden konnte.

Aber das Verrückte war, dass ich mich auch vor dem Wachsein fürchtete. Davor, dass ich wieder etwas sehen würde, das es eigentlich nicht gab. Dass der Ledermann zurückkam. Dass er mir wirklich aus der Dunkelheit in die Realität gefolgt war.

Saschas Buch half mir, mich ein wenig abzulenken. Ich hatte noch nie von einem Jungen ein Buch geschenkt bekommen. Er schien sich wirklich Gedanken über mich gemacht zu haben und mich aufmuntern zu wollen. Das beeindruckte mich.

Die Zeichnungen und Texte waren echt witzig und an manchen Stellen musste ich richtig schmunzeln. Aber dann packte mich immer wieder dieses bedrohliche Gefühl und zwang mich, zur Decke zu sehen, hinter mein Bett, unter mein Bett und in jede dunkle Ecke des Raumes.

Ich saß da, im Lichtkegel der Nachttischlampe, und kam

mir vor wie auf einer hellen Insel, die von einem tiefen Meer aus Finsternis umgeben war. Einem Meer, in dessen Abgrund etwas auf mich lauerte.

Denn aus irgendeinem Grund, den ich mir nicht erklären konnte, war ich mir sicher, nicht allein in meinem Zimmer zu sein.

Es war, als ob mich jemand beobachtete.

Jemand, der *mich* sah, den ich aber nicht sehen konnte.

11.

Später war ich dann doch noch für eine Weile eingenickt. Doch es war kein richtiger Schlaf gewesen. Immer wieder war ich hochgeschreckt und hatte geglaubt, der Ledermann würde von der Decke herab nach mir greifen. Am nächsten Morgen fühlte ich mich wie gerädert.

Gleich nach dem Frühstück kam Dr. Mehra zur Visite. Er habe gute Nachrichten für mich, sagte er und erklärte mir, dass meine Werte allesamt stabil und wieder völlig normal seien. Es gab also keinen Grund, mich weiter auf der Intensivstation zu behalten. Stattdessen wurde ich auf eine normale Krankenstation verlegt, wo ich noch für ein oder zwei Tage zur Beobachtung bleiben sollte.

Man brachte mich in ein kleines Zweibettzimmer. Meine Bettnachbarin war eine blonde Frau um die vierzig, die mich mit ihrer Körperfülle an einen gestrandeten Wal erinnerte.

»Ich heiße Barbara«, stellte sie sich vor, »aber du kannst Babsi zu mir sagen. Wir werden bestimmt eine Menge Spaß miteinander haben. Vor dir hatte ich so eine alte Schachtel hier und die hat immer nur gepennt und geschnarcht. Was fehlt dir denn?«

Sie pausierte kaum lange genug, um Atem zu holen, dann

platzte sie mit ihrer eigenen Krankengeschichte los. Ein doppelter Leistenbruch, als sie eine Kiste Cola in den Kofferraum heben musste, weil ihr Ehemann, der faule Nichtsnutz … und so weiter und so weiter.

Sie quasselte ohne Punkt und Komma, und ich war froh, auf ihre Frage nicht antworten zu müssen.

Während sie mich volltextete, packte ich meine persönlichen Dinge aus dem Plastikbeutel, in dem man sie auf der Intensivstation verwahrt hatte: eine Silberkette mit einem Smaragdanhänger, die meiner Mutter gehört hatte, das kleine Portemonnaie, das ich im Club dabeigehabt hatte, und mein Handy.

Endlich, dachte ich. *Mein Fenster zur Welt.*

Der Akku war leer, und in einer ihrer wenigen Atempausen fragte ich Babsi, ob sie mir ihr Ladekabel borgen könnte.

Während mein Handy lud, schauten wir uns zusammen eine Kochshow an. Babsi gab unentwegt Kommentare dazu ab, bis sie irgendwann meinte, sie würde davon Hunger bekommen.

»Ich gehe mal runter in die Kantine«, sagte sie und zog einen Morgenmantel über, in dem vier Leute meiner Größe locker hätten zelten können. »Willst du auch was?«

Ich lehnte dankend ab und wartete, bis sie aus dem Zimmer gestampft war. Dann atmete ich tief durch, genoss für einen Moment die Stille und schaltete mein Handy ein.

Sofort fielen mich unzählige Meldungen und Kurznachrichten an. Himmel, sie wollten gar nicht mehr aufhören!

Ich klickte auf eine davon und sah, dass mein Name auf Facebook mit einem Video verknüpft worden war.

Nein, nicht mit *einem* Video, stellte ich gleich darauf fest. Es waren mindestens zehn!

»Was, zum Teufel …«

Ohne lange nachzudenken, tippte ich auf den ersten Link.

Es gab nicht viel, was ich in meinem Leben bereute, aber diese kleine Bewegung würde für den Rest meiner Tage die Nummer eins auf meiner Reueliste bleiben.

Das Video war im Club aufgenommen worden. Es zeigte mich, wie ich am Boden lag und mich übergab. Dabei schlug ich wie in Zeitlupe um mich, als wollte ich irgendetwas abwehren. Mein Nachthemdkostüm war mit etwas Rotem vollgekotzt. Es sah aus, als hätte jemand Rote Grütze über mir ausgeschüttet. Meine Haare lagen wirr über den Boden und klebten in meinem verschmierten Samara-Make-up.

»Oh Scheiße!«, stieß ich hervor, aber ich konnte nicht wegschauen. Es war nicht zu fassen, was ich da auf dem Display sah.

Die Musik, die bis jetzt aus dem Handylautsprecher gescheppert hatte, hörte abrupt auf, und um mich herum drängten sich Maskierte, die alle durcheinanderredeten. Manches davon konnte ich verstehen und es kam mir vor wie ein böses Déjà-vu. Nur hörte ich diesmal keine Monsterstimmen.

»Was ist denn mit der los?«

»Keine Ahnung, Mann!«

»Ist plötzlich zusammengeklappt.«

Dann stürmte Sascha ins Bild.

»Geht mal alle zur Seite!«, hörte ich ihn brüllen, während er die Schaulustigen wegzuschieben versuchte. Doch sie lachten nur, stellten sich gleich wieder um mich, und ein Mädchen rief: *»Oh fuck! Was hat die denn?«*

Sascha ging neben mir auf die Knie, rüttelte mich und sagte etwas zu mir. Doch ich reagierte nicht, sondern lag einfach nur in einer Pfütze meines Erbrochenen am Boden.

»Wow, das ist ja krass!«, hörte ich den Jungen im Hintergrund sagen, der das Video aufgenommen haben musste. Dann schwenkte er noch dichter an mich heran, worauf Sascha ihn anblaffte: *»Hau ab, Mann! Lass sie in Ruhe!«*

Der Junge hinter der Kamera gluckste hämisch, als mir wieder ein Schwall Erbrochenes aus dem Mund kam. *»Mann, hat die viel drin«*, hörte ich ihn.

Durch meinen Tränenschleier erkannte ich eines der Hexenmädchen, an denen Zoe und ich auf dem Parkplatz vorbeigekommen waren. Sie wich vor mir zurück und stieß einen Schrei aus. *»Iiih, das ist ja voll eklig!«*

Dann reichte es mir. Erst recht, als ich nun auch den Titel des Videos las: SAMARA KOTZT!!! Es hatte inzwischen 124.483 Likes bekommen und jede Sekunde wurden es mehr.

Mit einem Aufschrei schmetterte ich mein Handy durch den Raum, wo es an der gegenüberliegenden Wand zersprang. Dann saß ich eine Weile heulend auf dem Bett, umklammerte meine Halskette und kam mir absolut elend vor. So entwürdigt, so gedemütigt und so zornig.

Ich würde nie wieder auf die Straße gehen können. Alle würden auf mich zeigen, sich vor Lachen ausschütten.

Schaut her, da ist Samara, die kotzende *Samara!*

Ich konnte ihr hämisches Lachen schon hören. Und selbst wenn ich es schaffte, dass alle Videos davon gelöscht wurden – was ein Ding der Unmöglichkeit war, weil es immer einen Idiot geben würde, der es gleich wieder hochlud –, würde ich Zeit meines Lebens einen Stempel auf der Stirn tragen. So etwas vergaßen die Leute nicht. Jedenfalls nicht so schnell.

»Wäre ich doch nur tot geblieben«, schluchzte ich, nur um gleich darauf diesen Gedanken zu bereuen. Nein! Ganz egal, was die mir antaten, ich wollte leben. Und zwar ein ganz normales Leben. Das war mein gutes Recht!

Schniefend kletterte ich aus dem Bett, ging zum Waschbecken und sank auf die Knie, um die Trümmer meines Handys aufzuheben.

Im selben Moment klopfte es, und noch ehe ich etwas sagen konnte, ging die Tür auf.

Es war Sascha. Er schaute kurz zu mir und dann auf die Teile meines Handys, die überall verstreut lagen. Dann kniete er sich zu mir und half mir beim Aufsammeln.

»Facebook kann manchmal ziemlich scheiße sein, was?«

Ich schniefte, wischte mir mit dem Ärmel übers Gesicht und nickte. »Ja, aber vor allem sind es die Leute.«

Er stand auf, zog ein paar Papiertücher aus der Halterung neben dem Waschbecken und hielt sie mir hin. »Zum Naseputzen und damit wir dein Handy darin begraben können. Muss ja nicht jeder mitbekommen.«

»Gute Idee«, sagte ich und vergrub mein Gesicht in einem der Tücher. Wie peinlich, dass er mich so sah. »Tut mir leid. Für einen Moment bin ich richtig ausgerastet.«

»Das hat man gehört«, sagte er. Dann fügte er schnell hinzu: »Also, ich meine, *ich* habe es gehört. Weil ich direkt vor der Tür stand. Sonst hat es niemand mitbekommen, glaube ich mal. Aber du musst dir deswegen nichts denken, da würde doch jeder von uns ausrasten. Geht es dir jetzt besser?«

»Abgesehen davon, dass ich mich wie ein Stück Scheiße fühle?«

Ich wickelte die Überreste meines Handys in die Papiertücher und pfefferte das Ganze in den Mülleimer.

Sascha schlug die Augen nieder. »Ich weiß«, sagte er leise. »Die Welt da draußen ist einfach verrückt.«

Ich rang um Fassung und kämpfte gegen neue Tränen an. »Das ist so durchgeknallt! Wie kann man nur so krank sein und so etwas auch noch lustig finden? Ich versteh das einfach nicht!«

»Ich auch nicht«, erwiderte er. »Du bist nicht die Einzige, der so was passiert ist, weißt du. Ein paar Kollegen von mir waren letztes Jahr auf einem Open-Air-Festival im Einsatz. Als sie einem Mädchen mit Alkoholvergiftung helfen wollten, sind deren Freunde auf sie losgegangen. Eine Kollegin haben sie krankenhausreif geprügelt. Das Video davon hatte sogar noch mehr Klicks als deines.« Er schwieg einen Augenblick, dann sagte er noch leiser: »Diese Kollegin war meine Freundin. Danach ist sie weggezogen, keine Ahnung wohin.«

Ich schüttelte mich. Das war unglaublich, aber ich hatte so etwas auch schon mal in den Nachrichten gehört.

»Vielleicht solltest du besser umschulen und Psychiater werden«, schlug ich vor. »Diese irre Welt könnte eine Menge davon gebrauchen.«

Sascha grinste gequält. »Nee du, lieber nicht. Dann hätte ich bestimmt sieben Milliarden Patienten und nie wieder Urlaub.«

Wir lachten beide, was bei mir jedoch plötzlich in einen Weinkrampf umschlug. Ich konnte einfach nicht anders, es brach alles aus mir heraus. Ich verlor völlig die Kontrolle, taumelte und wäre fast hingefallen, doch Sascha hielt mich fest. Schluchzend drückte ich mich an ihn und er nahm mich zögerlich in den Arm.

»Schon okay«, flüsterte er. »Lass es einfach raus.«

Und das tat ich auch. Ich plärrte wie ein Baby und konnte nichts dagegen tun. Sascha hielt mich, und es fühlte sich gut an, obwohl wir uns doch eigentlich gar nicht richtig kannten.

Als der Weinkrampf dann endlich nachließ, schämte ich mich erst recht vor ihm.

»Tut mir leid«, sagte ich und ließ von ihm ab. »Ich wollte dich nicht so vollheulen.«

»Ist schon okay. Ist nicht mein Lieblings-T-Shirt.«

Er lief rot an und grinste und ich musste wieder lachen. »Du Arsch«, sagte ich und wischte mir die Tränen ab. »Du nimmst mich ja gar nicht ernst.«

Er zuckte mit den Schultern. »Das Leben ist zu ernst, um es immer ernst zu nehmen. Was ist, hast du Lust auf einen Tapetenwechsel? Ich würde dir gern jemanden vorstellen. Sie würde sich freuen, dich kennenzulernen.«

»Ist es deine Mom?«, fragte ich vorsichtig und dachte dabei: *Oh nein, hoffentlich nicht! Nicht schon wieder so einer!*

»Was?« Er schüttelte irritiert den Kopf. »Nein, es ist eine … eine Freundin.«

»Okay, dann ist es ja gut. Aber ich brauche erst noch ein paar Minuten, um mich frisch zu machen.«

»Sicher. Keine Eile. Ich warte dann draußen.«

Als sich die Tür hinter ihm geschlossen hatte, stellte ich mich ans Waschbecken und betrachtete mich im Spiegel.

Ich sah schlimm aus. Abgemagert, blass und mit Augenringen. Wie ein Häufchen Elend. Und einige fanden so etwas auch noch lustig.

Das machte mich wieder zornig.

»Nein«, sagte ich zu meinem Spiegelbild. »Ich werde mir nichts mehr gefallen lassen! Nie wieder und von niemandem! Ihr Spinner könnt mir alle gestohlen bleiben!«

Einen Moment lang überlegte ich, ob es nicht angebracht wäre, mir ein großes FUCK YOU tätowieren zu lassen. Am besten mitten auf die Stirn.

Mir stiegen wieder Tränen in die Augen und das verschwommene Gesicht des Mädchens im Spiegel bedachte mich mit einem bitteren Grinsen.

Du musst es dir nicht tätowieren lassen, schien es zu sagen. *Es genügt, wenn du es dir im richtigen Moment denkst.*

12.

Ich hatte erwartet, dass Sascha mit mir in die Cafeteria gehen würde, um mir dort seine Freundin vorzustellen. Stattdessen fuhren wir mit dem Aufzug in den fünften Stock hinauf, wo er mich in den linken Flügel des Gebäudes führte.

An einem der Flurfenster blieb ich stehen und genoss einen Moment die Aussicht. Von hier oben konnte man über die Waldklinik hinweg bis hinauf zum Fahlenberger Forst sehen. Trotz des trüben Himmels mit den schweren grauen Novemberwolken hatte der Anblick dieser Weite etwas Befreiendes. Ich stellte mir vor, mit meinem Mountainbike auf einem der vielen verschlungenen Waldwege unterwegs zu sein und den Duft von Laub, Tannennadeln, Harz und kühlem Moos zu atmen.

Allein diese Vorstellung genügte, um für einen Moment alles zu vergessen, und ich schöpfte ein wenig Kraft daraus. Doch dann führte mich der imaginäre Waldweg zu der Lichtung, auf der Zoe und ich schon unzählige Sommertage verbracht hatten, und erneut legte sich ein Schatten über mich.

Sascha merkte, dass ich ihm nicht länger folgte, und kam zu mir zurück. »Alles in Ordnung? Fühlst du dich nicht wohl?«

»Nein, ich bin okay. Man hat nur so einen tollen Ausblick von hier. Schade, dass ich auf der Intensivstation kein Fenster hatte. Vom sechsten Stock aus hätte ich sogar noch weiter gesehen.« Ich löste meinen Blick von den fernen Baumwipfeln und kehrte vollends in das Hier und Jetzt zurück. »Aber sag mal, wer ist diese Freundin eigentlich, die wir besuchen wollen?«

»Sie heißt Cordelia«, sagte er. »Cordelia Gerlach. Eigentlich ist sie nicht so wirklich eine Freundin, eher eine Art Patientin, aber sie ist sehr nett.«

»Hast du ihr auch das Leben gerettet?«

»Nicht direkt, aber ich war dabei.« Er räusperte sich. »Sie ist schon zweiundachtzig, weißt du, und sie hat keine Angehörigen mehr. Also besuche ich sie ab und zu. Wir sollten jetzt aber weiter, wenn wir mit ihr reden wollen. In einer Stunde kommt schon die Visite.«

Irgendwie fand ich es rührend und seltsam zugleich, dass Sascha sich um diese alte Frau kümmerte. Ich fragte mich, ob er sich für sie verantwortlich fühlte und ob es ihm mit mir ebenso erging. Vor allem aber war ich neugierig, warum es ihm so wichtig war, dass wir uns kennenlernten.

Wir gingen weiter bis zum Ende des Ganges, in dem sich die Privatstation befand.

Sascha klopfte an die Tür zu Zimmer 501. Von drinnen hörten wir ein »Ja, bitte?« und dann traten wir ein.

Der Raum war viel größer als das Doppelzimmer, das ich mir mit der geschwätzigen und immer hungrigen Babsi teilte. In unserem Zimmer gab es nur blasse weiße Wände, doch dieser Raum war ockerfarben getüncht. Die Besucherstühle waren aus Holz, nicht aus Plastik, und auf dem Tisch stand eine Vase mit frischen Schnittblumen. Auch roch es hier deutlich angenehmer, nicht so sehr nach Krankenhaus. Hätten neben dem Bett nicht ebenfalls etliche medizinische Geräte gestanden, hätte es auch ein Hotelzimmer sein können.

Doch so schön dieser Raum auch war, irgendetwas stimmte damit nicht. Ich konnte nicht sagen, was es war, aber etwas hier verursachte mir ein merkwürdiges Kribbeln im Nacken. Wie ein kalter Luftzug, auch wenn das Fenster geschlossen war.

Cordelia Gerlach saß in ihrem Bett und sah von einem Buch auf, als wir eintraten. Sie war eine hagere Frau mit faltigem Gesicht und schneeweißen Haaren, die sie zu einem Dutt hochgesteckt hatte. Ihre blauen Augen funkelten uns freudig entgegen.

»Ah Sascha, da seid ihr ja! Wie schön!« Sie legte das Buch beiseite und sah mich an. »Und du bist bestimmt Nikka.«

»Guten Tag, Frau Gerlach«, sagte ich und erwiderte ihr Lächeln.

»Oh nein, Liebes, bitte sag Cordelia zu mir. Das ist persönlicher und vor allem kürzer. In meinem Alter hat man für lange Namen keine Zeit mehr.«

Sie lachte leise und zeigte auf die beiden Stühle am Besuchertisch.

»Aber bitte, nehmt doch Platz. Wir haben einiges zu bereden und im Sitzen plaudert es sich besser. Möchtet ihr Tee? Ich kann uns welchen kommen lassen. Einer der Vorzüge meiner luxuriösen Unterbringung.« Als sie weitersprach, deutete sie auf das gerahmte Hochzeitsbild neben ihrem Bett, das sie sorgsam auf einem weißen Zierdeckchen drapiert hatte. »Mein guter Hagen war nicht nur ein exzellenter Bankier, er wusste auch, wie man aus Versicherungspolicen das Bestmögliche herausholen kann. Also tut euch keinen Zwang an. Was darf ich euch bestellen?«

Wir lehnten beide dankend ab, stellten die Stühle an ihr Bett und setzten uns.

»Er ist ein netter Junge, Nikka«, sagte Cordelia. Sie zwinkerte mir zu und deutete mit dem Kinn zu Sascha. »Falls du gerade keinen Freund hast, solltest du die Chance nutzen. Noch dazu, wo er dir ja das Leben gerettet hat. Damit erfüllt er schon mal die beiden wichtigsten Erwartungen, die wir Frauen an einen Mann stellen können. Dass er nett ist und vor allem nützlich. Hör auf den Rat einer alten Schachtel, die ihr Leben in vollen Zügen genossen hat.«

Aus dem Augenwinkel sah ich, wie Sascha wieder mal die Farbe wechselte. Nun hätte er mit einer überreifen Tomate konkurrieren können.

»Aber unsere Zeit ist leider bemessen, und ich wollte dich nicht sehen, um mit dir über euer Liebesleben zu reden«, fuhr sie fort, und nun wurde auch mein Gesicht heiß. Aber bevor ich ihr klarmachen konnte, dass da nichts zwischen uns lief – ganz gleich, was Sascha ihr möglicherweise erzählt hatte –, wurde der Ausdruck auf ihrem Gesicht wieder ernst. »Ich wollte mir dir sprechen, weil wir wohl beide am selben Ort gewesen sind.«

»Wie bitte?«

Ich sah sie verwundert an und das eigenartige Funkeln in ihrem Blick verursachte mir eine Gänsehaut.

»Nun, Liebes, ich spreche von der anderen Seite.«

»Ich habe keine Ahnung, was Sie meinen«, sagte ich und musste schlucken.

»Oh doch, das hast du, Nikka. Du schämst dich nur, darüber zu sprechen, weil du befürchtest, dass man dich dann für nicht ganz klar im Oberstübchen halten könnte. Stimmt's oder habe ich recht?«

»Nun ja, ich ... ich ...«

»Keine Sorge«, unterbrach sie mich. »Wir sind hier unter

Freunden, und ich weiß genau, wie es dir geht. Wir haben beide den Tunnel und das Licht gesehen, und wir haben dort beide etwas erlebt, das uns niemand glauben wird, der nicht selbst dort gewesen ist. Das gilt übrigens auch für diesen jungen Zweifler hier.«

Sei deutete mit einer knappen Geste zu Sascha. Er räusperte sich verlegen, doch sie ignorierte ihn und sah mich weiterhin an.

»Wobei ich gestehen muss, dass ich nur sieben Minuten dort war«, sagte sie. »Soweit ich weiß, war es bei dir dreimal so lange, nicht wahr? Und es muss dir wie eine Ewigkeit vorgekommen sein. Bei mir war es jedenfalls so.«

Ich nickte nur und wusste nicht, was ich antworten sollte. Dann sah ich Sascha an. »Woher hast du das gewusst?«

Er schlug die Augen nieder und zuckte mit den Schultern. »Ich ... na ja, ich ... Es war irgendwie in deinem Blick, als wir uns das erste Mal unterhalten haben. Was auch immer du da in deinem Krankenzimmer gesehen hast, es hat dir solche Angst gemacht, dass es unmöglich aus dieser Welt stammen konnte.«

»Nicht aus dieser Welt«, wiederholte ich.

»Also ... ja«, stammelte er. »Immerhin hast ja nur du es gesehen.«

Diese ganze Situation kam mir nun irgendwie bizarr vor. So, als würde ich das hier nur träumen. Und ein Teil von mir wünschte sich sogar, dass es nur ein Traum war. Denn wenn Cordelia behauptete, den dunklen Ort ebenfalls gesehen zu haben, würde das bedeuten, dass es ihn wirklich gab.

Aber das wollte ich nicht.

Nein, das wollte ich ganz und gar nicht!

»Nun mach nicht so ein Gesicht«, sagte Cordelia und griff

nach meiner Hand. Die ihre war knochig, von Altersflecken übersät und so blass, dass man die blauen Adern darin erkennen konnte. Ihre Haut fühlte sich wie Papier an, aber ihr Griff war dennoch warm und fest und irgendwie tröstlich.

»Ich sehe doch, wie es in dir arbeitet, Nikka, und dass du dich vor der Erinnerung fürchtest«, sagte sie sanft. »Aber dafür gibt es wirklich keinen Grund. Wir haben nur das gesehen, was alle irgendwann zu sehen bekommen werden. Die einen früher, die anderen später. Was mich betrifft, werde ich wohl schon bald wieder dorthin zurückkehren. Noch eine Wiederbelebung wird mein altes Herz nicht mehr zulassen. Und um ehrlich zu sein, will ich das auch gar nicht.«

»Warum sind Sie so sicher, dass es diesen dunklen Ort wirklich gibt?«, fragte ich. »Wir könnten ihn uns doch auch nur eingebildet haben.«

Sie schmunzelte. »Es wäre doch ein großer Zufall, wenn wir uns beide exakt dasselbe eingebildet hätten, denkst du nicht? Außerdem sind wir beileibe nicht die Einzigen, die davon berichten können. Es gibt unzählige Rückkehrer, die von diesem Tunnel erzählen. Menschen aus aller Welt und allen Kulturen. Jeder von ihnen hat das Licht gesehen und viele auch die … nun ja, die Dinge *dazwischen.*«

Ich spürte, wie ich zu zittern begann, und mein Mund fühlte sich auf einmal schrecklich trocken an.

»Aber ich will nicht glauben, dass dieser Ort echt ist«, sagte ich und musste mich zusammennehmen, nicht wieder zu weinen. »Ich *kann* es einfach nicht glauben! Es war schrecklich und hatte nichts mit dem Himmel oder so etwas zu tun. Es war wie die Hölle.«

»Ach, Liebes!« Cordelia seufzte. »Himmel und Hölle und all diese anderen Dinge sind doch nur menschliche Erfindungen. Es geht doch hier nicht um eine Sache des Glaubens. Jede Religion und jeder Glaube begründet sich durch einen Mythos, den die Menschen selbst erdacht haben. Und warum tun sie das? Weil sie nach Antworten suchen. Aber vor allem, weil sie fürchten, dass ihr Tod endgültig sein könnte. Dass nichts von ihnen bleibt. Deswegen bietet auch jede Religion ein Nachleben in der ein oder anderen Form an: Himmel, Hölle, Wiedergeburt – irgendeine Art zu ›bleiben‹. Aber wir beide und unseresgleichen wissen es jetzt besser, nicht wahr?«

»Nein«, sagte ich. »Ich weiß überhaupt nichts. Vielleicht habe ich mir alles nur eingebildet. Der Arzt sagt, es sei ganz normal zu halluzinieren. Das hinge mit dem Stress zusammen und mit dem Zeug, mit dem man mich vergiftet hat.«

Cordelia nickte, aber ihr Blick sagte etwas anderes. »Du hast Angst vor dem, was du gesehen hast, nicht wahr?«

Ich wich ihrem Blick aus und umfasste meine Knie, damit sie nicht sah, wie sehr meine Hände nun zitterten. Ich war ziemlich durcheinander, und da war auch noch immer das seltsame Gefühl, das ich in diesem Raum hatte. Es war alles so verwirrend und schien mir so unwirklich.

Cordelia ließ mir einen Augenblick Zeit, dann fragte sie: »Möchtest du uns davon erzählen?«

Wieder musste ich schlucken. Ich sah unschlüssig zu Sascha, der mir aufmunternd zunickte. »Alles okay. Du kannst uns ruhig alles sagen, Nikka. Keiner von uns wird dich deshalb auslachen oder für verrückt halten.«

»Das ist es nicht. Es ist nur, dass ich nicht weiß, ob ich mich dann selbst für verrückt halte.«

»Schon allein dieser Gedanke beweist, dass du es definitiv nicht bist«, sagte Cordelia. »Du bist selbstreflektiert und vernünftig. Deshalb zweifelst du ja auch an deinen Erinnerungen.

Aber genau das sind sie nun einmal: Erinnerungen, keine Einbildungen. Also trau dich. Wir sind ganz Ohr.«

Ich fuhr mir durchs Haar und zögerte. Irgendwie kam mir das alles nun furchtbar albern vor und ich schämte mich.

Aber ein anderer Teil von mir, ganz tief in mir drin, wollte unbedingt, dass ich es erzählte. Dass ich es endlich *loswerden* konnte.

Und was sollte schon so schlimm daran sein? Wahrscheinlich lachte bereits die halbe Welt über die Videos, in denen ich mich vollkotzte. Dagegen war das hier doch harmlos, oder? Noch mehr zum Narren machen konnte ich mich schließlich nicht. Und diesmal hielt zumindest niemand eine Kamera auf mich.

»Ich kann auch rausgehen, wenn dir das lieber ist«, sagte Sascha, doch ich schüttelte den Kopf.

»Nein, bleib ruhig da. Ich erzähle es euch. So, wie ich denke, dass ich es erlebt habe. Aber das bedeutet nicht, dass es wirklich so gewesen ist oder dass ich es auch glaube, okay?«

Cordelia entgegnete nichts. Sie lächelte nur. Aber als ich weitersprach, wurde ihr Blick wieder ernst und aufmerksam.

Ich begann mit dem Moment auf der Tanzfläche. Wie ich mich plötzlich am Boden wiedergefunden hatte und die verzerrten Gesichter und Monsterstimmen um mich herum gewesen waren.

Für all das gab es eine logische Erklärung, deshalb fiel es mir leicht, darüber zu sprechen.

Doch dann kam ich zu dem, was ich danach zu sehen geglaubt hatte. Die Dunkelheit und das, was dort auf mich gelauert hatte.

Immer wieder stockte ich in meiner Erzählung, aber in meinem Kopf sah ich wieder alles ganz deutlich vor mir. Als ob ich es noch einmal erleben würde.

13.

Nachdem alles dunkel geworden war, hatte ich für eine Weile das verrückte Gefühl gehabt, ich würde mich auflösen. So, wie sich eine Brausetablette auflöst, die man in ein Wasserglas wirft. Es war, als würde ich einfach verschwinden, nicht mehr sein.

Aber dann war mir der Satz von Descartes in den Sinn gekommen, über den ich einmal einen Aufsatz geschrieben hatte: *Ich denke, also bin ich.* Und da ich mich an diesen Satz erinnern konnte, *dachte* ich noch.

Also *war* ich noch.

Aber *wo* war ich?

Was war aus den verzerrten Gesichtern und den Leuten mit den Monsterstimmen geworden?

Hatte man mich irgendwohin gebracht, nachdem ich zusammengebrochen war? In einen Nebenraum vielleicht?

Gut möglich, aber warum war es dann so dunkel?

Und warum war niemand bei mir?

Ich kapierte das einfach nicht.

Träumte ich vielleicht nur?

Ja, das ist ein Albtraum, dachte ich. *Das kann nur ein Albtraum sein!*

Eine bessere Erklärung fand ich nicht.

Nun, wenigstens konnte ich mich wieder bewegen. Ich spürte meine Hände und Füße wieder. Das war schon mal ein Trost, wenn auch nur ein schwacher. Denn meine restliche Lage war alles andere als tröstlich. Es war bitterkalt und die Finsternis machte mir Angst.

War ich etwa blind geworden?

Nein, irgendwie fühlte es sich nicht so an. Es kam mir eher vor, als habe jemand jede noch so kleine Lichtquelle ausgeschaltet.

Und es war so furchtbar still! Das war kaum auszuhalten. Alles, was ich hörte, waren mein eigener schneller Atem und das Klappern meiner Zähne.

Kein Wunder, dass ich so fror, ich war ja splitterfasernackt! Wo, um alles in der Welt, waren meine Sachen?

Ha, wenn das mal kein Beweis dafür war, dass ich das alles nur träumte! So funktionierten solche Träume doch, oder? Sie begannen mit einer echt peinlichen Situation und dann kam noch eine dazu und noch eine.

Ich rechnete damit, dass gleich das Licht angehen und ich nackt in unserer Aula stehen würde. Dort müsste ich dann vor der gesamten Schülerschaft des Serling-Gymnasiums ein Referat halten. Alle würden auf mich zeigen, auch die Lehrer, und sich vor Lachen ausschütten. Irgendetwas in der Art.

Andererseits … warum fühlte sich dann alles so echt an? So, als wäre ich *wirklich* hier. Wo immer dieses Hier auch war.

Ich wartete. Das Licht ging nicht an. Niemand zeigte auf mich oder lachte mich aus.

Da war einfach … nichts.

Überhaupt nichts.

Das war noch viel schlimmer, als nackt in der Aula zu stehen. Dunkelheit hatte ich noch nie ertragen können, schon als kleines Kind nicht. Deshalb hatte es auch immer ein Nachtlicht in meinem Zimmer gegeben.

Aber hier gab es nicht den winzigsten Lichtschimmer. Alles war so undurchdringlich schwarz wie dicke Tinte.

Ich schlang die Arme um mich, rieb meine eiskalten Schultern und spürte die Gänsehaut überall auf meinem Körper. Der Boden unter meinen Füßen fühlte sich rau, uneben und irgendwie glitschig an. Als würde ich auf kaltem, feuchtem Stein stehen.

Und dann war da noch dieser seltsame Geruch, der so dick in der Luft hing, dass ich ihn fast schmecken konnte. Wie schales Bier und Pfefferminzkaugummi, den man schon eine Weile gekaut hatte.

Eklig!

Mir wurde wieder schlecht und ich spürte Panik in mir aufsteigen.

Ruhig bleiben, Nikka, ganz ruhig, sagte eine Stimme in meinem Hinterkopf. *Es gibt bestimmt eine Erklärung dafür. Schließlich gibt es doch für alles eine Erklärung.*

Ich versuchte mich zu beruhigen. Ohne Erfolg. Immerhin stand ich nackt in der Dunkelheit und hatte keine Ahnung, was mit mir los war. Wie, um alles in der Welt, hätte ich da ruhig bleiben sollen?

Aber ich musste mich zusammenreißen. Eine Panikattacke war das Letzte, was mir jetzt weiterhelfen würde. Ich musste nachdenken, musste mich daran erinnern, was passiert war.

Aber mir kamen nur zusammenhanglose Erinnerungsfetzen in den Sinn. Es war, als versuchte ich ein Puzzle zusammenzufügen, von dem ich das fertige Bild nicht kannte.

Ich wusste noch, dass Zoe und ich auf der Tanzfläche gewesen waren. Es war laut gewesen – so laut, dass ich den Bass der Musik in meinem Magen gespürt hatte. Zoe hatte neben mir getanzt und mir irgendetwas zugerufen. Aber ich konnte mich nicht erinnern, was.

Irgendetwas mit einer … *Säule*?

Stimmte das?

Ich wusste es nicht.

Dann streng dich an!, befahl meine innere Stimme. *Los, weiter! Was fällt dir sonst noch ein?*

Aber ganz gleich, wie sehr ich mir auch den Kopf zermarterte, es gab kein Weiter. Das war alles. In meiner Erinnerung klaffte ein tiefes Loch. Der totale Filmriss.

Danach erinnerte ich mich nur noch an die Monsterstimmen. Und dann die Dunkelheit – diese verfluchte Dunkelheit, die ich kaum noch aushalten konnte!

Vielleicht träume ich ja doch?

Von diesem Erklärungsversuch wollte ich einfach nicht ablassen. Weil alles andere keinen Sinn ergeben hätte.

Aber ich hatte noch nie in einem Traum so klar und logisch gedacht wie in diesem Moment. Wenn das also tatsächlich nur ein Traum war, dann war es der intensivste, den ich jemals …

Ein Geräusch ließ mich zusammenfahren. Nur ein kurzes Kratzen, dann war es wieder still. Aber ich war mir sicher, dass ich es gehört hatte.

Tatsächlich?, fragte die innere Stimme und klang ziemlich skeptisch. *Du bist dir wirklich sicher?*

Nein, war ich nicht. Vielleicht hatte ich mich auch getäuscht. In meiner Verfassung konnte einem die Fantasie schon mal Streiche spielen. Immerhin stand ich nackt und schutzlos im Dunkeln, verdammt!

Als es weiterhin still blieb, nahm ich all meinen Mut zusammen, kniete mich hin und tastete vorsichtig über den Boden. Ich hoffte, dass meine Sachen irgendwo in der Nähe lagen. Wenigstens das Nachthemd, damit ich mich nicht mehr ganz so schutzlos fühlte. Ich musste etwas um mich spüren. So, wie man seine Bettdecke hochzieht, die ja auch keinen wirklichen Schutz bietet, einem aber zumindest das Gefühl von Sicherheit gibt.

Aber meine Hände berührten nur unebenen Stein, der von etwas überzogen war, das sich wie feuchtes Moos anfühlte.

Angewidert zog ich meine Hand zurück und wollte mir lieber nicht vorstellen, was ich da wirklich berührt hatte. Jedenfalls kein Nachthemd und auch nicht meine anderen Sachen.

Dann hörte ich wieder ein Geräusch.

Kein Zweifel, da war etwas.

Ganz in meiner Nähe.

Wieder und wieder und wieder.

Nun klang es, als ob etwas Schweres Stück für Stück über den Boden geschleift würde. Oder als ob da etwas auf mich zukroch.

Entsetzt sprang ich aus der Hocke auf und machte einen Schritt rückwärts, weg von dem Geräusch. Dann noch einen Schritt und noch einen.

Aber noch während ich weiter rückwärtsging, wurde mir bewusst, dass das keine gute Idee war. Ohne etwas zu sehen, könnte ich irgendwo dagegenlaufen oder im schlimmsten Fall ins Leere treten, abstürzen und mir das Genick brechen. Also blieb ich wieder stehen.

Verdammt! Wenn ich doch nur etwas sehen könnte!

Dann kam mir ein weiterer Gedanke. Was, wenn ich nicht die Einzige war, die hier festsaß? Was, wenn der Verursacher des Geräuschs jemand war, den man ebenfalls in dieser Dunkelheit ausgesetzt hatte? Jemand, der vielleicht verletzt war und deshalb nur noch kriechen konnte.

Ich schluckte, riss mich zusammen und sagte: »He, wer ist da?«

Doch meine Stimme war kaum lauter als ein scheues Flüstern. Im Dunkeln spricht man automatisch leise – erst recht, wenn man Angst hat.

»He du, hörst du mich?« Diesmal sprach ich lauter und bemühte mich, selbstbewusst und vor allem furchtlos zu klingen. »Was ist los mit dir? Bist du verletzt?«

Das schleifende Geräusch verstummte, aber ich bekam keine Antwort.

»Kannst du nicht sprechen?«

Nichts.

»Lass den Scheiß und gib wenigstens einen Laut von dir! Irgendeinen!«

Doch wieder blieb alles still. Keine Reaktion.

Nun zitterte ich erst recht – und nicht nur vor Kälte. Das wurde mir langsam wirklich zu unheimlich. Selbst wenn da jemand vor mir im Dunkeln lag, der Hilfe brauchte, hätte er oder sie doch wenigstens irgendwie auf sich aufmerksam machen können.

Aber ich hörte nichts, rein gar nichts. Nur meinen eigenen Atem, der inzwischen hektisch und stoßweise ging.

Ich konnte meine Panik kaum noch unterdrücken. In dieser Finsternis galoppierte meine Fantasie mit mir los, ohne dass ich etwas dagegen tun konnte. Sie gaukelte mir vor, dass das da vor mir gar kein Mensch war, sondern ein Monster, das mich belauerte. Etwas mit Augen so groß wie bei einem dieser hässlichen Tiefseefische. Etwas, das heimlich näher kam.

Und dann spürte ich *tatsächlich* etwas Kaltes, das nach meinem linken Fuß griff.

Ich schrie auf, sprang zurück und wirbelte herum. Dann stolperte ich in die entgegengesetzte Richtung los. Mit ausgestreckten Armen fuchtelte ich dabei wie wild um mich. Da war nichts, keine Wand, kein verdammter Lichtschalter, einfach nichts!

Und wenn der Boden plötzlich endete?

Scheiß drauf, schrie meine Angst. Solange mich nur dieses ... dieses *Ding* nicht mehr berührte!

Meine nackten Füße patschten über den feuchten Stein. Immer wieder stieß ich mit den Zehen gegen Unebenheiten, rutschte aus und konnte gerade noch das Gleichgewicht halten. Aus allen Richtungen hörte ich das gespenstische Echo meines Keuchens wie aus weiter Ferne.

Was sollte ich jetzt bloß tun?

Wohin sollte ich laufen?

Scheiße, ich wusste ja nicht einmal, wo vorn oder hinten war!

Auf einmal tauchten winzige Lichtpunkte vor meinen Augen auf. Sie umschwirrten mich wie Insekten, aber mir war klar, dass sie nicht wirklich da waren. Sie entstanden, weil sich das Gehirn nicht mit absoluter Dunkelheit abfinden kann. Es braucht ständig neue Reize, und wenn es die nicht bekommt, erfindet es eben selbst welche. Das hatte ich im Bio-Unterricht gelernt.

Also durfte ich den Lichtern nicht trauen. Keiner dieser Punkte zeigte mir den Weg.

Aber es hatte auch keinen Sinn, dass ich weiter wie ein aufgeschrecktes Huhn durch die Dunkelheit irrte. Das war einfach zu gefährlich.

Ich zwang mich zum Stehenbleiben, unterdrückte mein Keuchen und lauschte, ob ich hinter mir etwas hörte. Aber alles blieb still. Wer oder was auch immer das vorhin gewesen war, ich war ihm davongelaufen.

Ein Hauch von Erleichterung dämpfte meine Panik und erlaubte mir, wieder ein wenig klarer zu denken. Jemand oder etwas war mit mir an diesem dunklen Ort, so viel stand fest. Und selbst wenn es mich nicht verfolgt hatte, waren da vielleicht noch andere, die mich jederzeit anfallen konnten.

Ich musste mir etwas einfallen lassen. Irgendwo musste es doch einen Ausgang geben!

Am liebsten hätte ich laut um Hilfe gerufen, aber solange ich nicht wusste, was das vorhin gewesen war, ob es gefährlich war oder nicht und wie viele es davon vielleicht noch gab, war es besser, dass ich mich so still wie möglich verhielt.

Immer noch tanzten die Lichtpunkte vor mir. Sogar noch mehr als zuvor.

Nicht beachten, flüsterte mein vernünftiges Ich. *Diese Lichter gibt es nicht.*

Oder doch?

Vielleicht täuschte ich mich, aber ich glaubte – nein, ich war mir fast sicher –, dass sich einer dieser Punkte *nicht* bewegte. Die anderen sprangen wild umher, aber dieser eine blieb, wo er war. Geradeaus vor mir. Doch er schien so weit entfernt zu sein wie ein Stern.

Ich starrte den Punkt eine Weile an und nichts änderte sich. Vielleicht war er tatsächlich keine Einbildung.

Also gut, ich wollte mir zwar keine allzu großen Hoffnungen machen, aber wenigstens hatte ich nun ein Ziel. Ich würde darauf zugehen und beobachten, ob der Lichtpunkt weiterhin blieb, wo er war. Und wenn ich Glück hatte, würde er sogar größer werden und sich als Ausgang herausstellen. Das hoffte ich jedenfalls aus tiefstem Herzen.

Wieder streckte ich die Arme tastend aus und diesmal bewegte ich mich vorsichtiger. Nach dem steinigen Boden und dem Echo zu urteilen, musste ich in einer Art riesiger Höhle sein, und da gab es eben manchmal auch Felsspalten. Also machte ich einen langsamen Schritt nach dem anderen, wobei es mir schwerfiel, nicht einfach wieder loszulaufen. Ich kam mir vor wie die Schlafwandlerfigur auf dem Dachfirst unseres Nachbarn – das lächelnde Tonmännchen mit dem Nachthemd und der Laterne –, nur dass *mir* das Nachthemd fehlte und mir auch keineswegs nach Lächeln zumute war.

Wie, zum Teufel, war ich in einer Höhle gelandet? Noch dazu in einer so riesigen? Das ergab absolut keinen Sinn!

Aber darüber, wie das alles möglich war und wie ich hierhergekommen war, konnte ich mir später noch den Kopf zerbrechen. Zuerst einmal musste ich den Ausgang finden.

Also weiter, weiter!

Mein Herz schlug schneller, als ich erkannte, dass das Licht vor mir tatsächlich keine Täuschung war. Es wuchs an, je weiter ich darauf zuging, und langsam wurde es sogar ein ganz klein wenig heller vor mir. Noch konnte ich kaum etwas erkennen, aber das da vorn konnte wirklich der Ausgang sein.

Bitte, bitte, lass es so sein!

Ich ging schneller und musste aufpassen, nicht wieder auszurutschen. Der Boden wurde feuchter und immer schlüpfriger. Wenn ich jetzt hinfiel und mir etwas brach ... Nein, das wollte ich mir gar nicht erst vorstellen. Nicht, wo ich nun endlich auf dem richtigen Weg war!

Nach einer Weile wurde aus dem Lichtpunkt, der anfangs kaum größer als ein Stecknadelkopf gewesen war, ein etwa golfballgroßer heller Fleck. Allmählich konnte ich auch meine Umgebung ausmachen, wenn auch nur schemenhaft.

Offenbar befand ich mich in einem Felstunnel. Die Wände waren schroff behauen, voller Kanten und Aushöhlungen. Im schwachen Lichtschein schimmerten sie feucht und schwarz wie Obsidian. Und der Boden war mit einer Art von schmierigen, dunklen Flechten überwuchert.

Ich fragte mich, ob ich vielleicht in einem Bahntunnel war. Aber nein, da waren keine Gleise.

Ein Bergwerk?

Ganz egal, was mir noch für Möglichkeiten einfielen, es war alles gleich absurd. Wenn ich nicht stundenlang ohnmächtig gewesen war – was ich irgendwie nicht glauben konnte –, musste ich mich immer noch in Fahlenberg befinden, und dort gab es im ganzen Umkreis keinen einzigen Tunnel oder eine Höhle dieser Art. Bergwerke hatten wir auch nicht, soweit ich wusste.

Also wo, zum Teufel, war ich?

Ich hatte die Frage noch nicht zu Ende gedacht, als mich plötzlich jemand am Arm packte und zur Seite riss. Es geschah so schnell, dass ich keine Zeit hatte, mich zu wehren.

Ich schrie und fiel hin.

Entsetzt sah ich zu dem Mann auf, der meinen Arm festhielt – so fest, als wäre seine Hand ein Schraubstock. Es war noch immer zu dunkel, um ihn richtig erkennen zu können, aber ich sah, dass er schwarze Ledersachen trug und dass seine Hände in dicken schwarzen Handschuhen steckten. Mit der einen hielt er mich weiterhin gepackt und renkte mir fast die Schulter aus, und mit der anderen klammerte er sich an den Felsvorsprung, hinter dem er sich bis eben versteckt haben musste.

Als er sich noch näher zu mir beugte, konnte ich sein Gesicht erkennen. Ich wollte ihn anschreien, dass er mich loslassen sollte, doch vor Schreck bekam ich keinen Ton heraus.

Sein Gesicht! Himmel, dieses Gesicht! Den Anblick würde ich nie wieder vergessen können.

Der Mann sah aus, als ob ihn ein Raubtier angefallen hätte. Von seiner linken Wange war kaum noch etwas übrig. Ich starrte auf blankes Fleisch, frei liegende Adern, Sehnen und Knochen, und dazwischen funkelte ein weißer Augapfel. Sein zweites Auge fehlte.

»Nicht«, sagte er, was von einem hässlichen Klicklaut aus seiner Kehle begleitet wurde.

Ich wand mich, um aus seinem Griff frei zu kommen, aber er umklammerte meinen Arm nur noch fester.

»Lass mich los! Das tut weh!«, schrie ich ihn an, aber er schüttelte nur wie in Zeitlupe den Kopf.

»Nicht ... weiter!« Jedes Wort schien eine Qual für ihn zu sein. »Nicht ins ... Licht!«

Ein stechender Schmerz jagte durch meinen Arm bis in meine Brust. »Bist du taub? Lass mich los, verdammt!«

Als er immer noch nicht reagierte, schlug ich mit der freien Faust nach ihm und traf ihn an der Schulter. Er stöhnte auf und ließ endlich von mir ab.

Ich wirbelte herum und wollte zuerst weglaufen, doch schon nach ein paar Schritten blieb ich wieder stehen und schaute mich um. Der Ledermann kam mir nicht nach. Er sah mich nur schwer atmend an.

Ich hatte Mühe, seinem Blick standzuhalten. Er war so schrecklich entstellt. Sein hautloses Gesicht schimmerte feuchtrot und sah tausendmal schlimmer aus als alles, was ich jemals in Horrorfilmen gesehen hatte.

Doch auch wenn er wie ein Monster aussah und mir vorhin fast die Schulter ausgekugelt hatte, war mir nun vollends klar, dass er nicht gefährlich war. Im Gegenteil, nachdem sich der erste Schrecken bei mir gelegt hatte, konnte ich nun auch die Angst dieses Mannes spüren. Er wirkte ebenso verloren wie ich.

Ich rieb mir den schmerzenden Arm und ging vorsichtig zu ihm zurück. »Wo sind wir hier?«

Er starrte mich weiter an, als wüsste auch er keine Antwort darauf.

»Wer bist du? Was ist mit dir passiert?«

»Nicht … ins Licht«, wiederholte er, und erneut klickte und blubberte es widerlich in seiner Brust.

Ich wollte lieber nicht darüber nachdenken, ob er unter seiner Lederjacke ebenso entstellt war wie im Gesicht. Nun tat es mir leid, dass ich ihn geschlagen hatte. Aber er hatte mir ja keine andere Wahl gelassen.

Er wich ein Stück von mir zurück und dann klammerte er sich auch mit der anderen Hand an den Fels. So, als fürchtete er, den Halt zu verlieren. Dabei fiel mir auf, dass er den Kopf schräg hielt und den Blick seines verbliebenen Auges starr auf mich richtete, als ob er um jeden Preis vermeiden wollte, in das Licht zu sehen.

»Wo sind wir?«, fragte ich noch einmal und deutete zu dem Licht. »Was ist da vorn? Ist das der Ausgang?«

Doch der Ledermann antwortete nicht. Er schob sich rückwärts am Fels entlang und verschwand in einer dunklen Spalte.

»Bleib hier«, hörte ich seine Stimme aus der Dunkelheit. »Schau … nicht … hin!«

Ich schüttelte den Kopf. Keine zehn Pferde konnten mich

hier halten. Ich wollte raus, so schnell wie nur irgendwie möglich!

Trotzdem beunruhigte mich seine Angst vor dem Licht.

»Warum soll ich nicht weitergehen? Was ist denn da vorn?«

Zuerst erhielt ich wieder nur sein Keuchen zur Antwort, dann hallten seine Worte qualvoll abgehackt aus der Finsternis. »Bleib ... dann werden sie ... dich zurück ... zurückholen.«

»Sie? Wen meinst du? Verflucht noch mal, rede mit mir!«

»Du musst ... die Perspektive ... ändern.«

»Was? Was soll der Blödsinn? Sag mir endlich, was hier los ist!«

Doch der Ledermann schwieg. Ich hörte ihn nur noch schwer atmen. Wahrscheinlich konnte er nicht mehr. Bei seinen Verletzungen grenzte es ja ohnehin schon an ein Wunder, dass er überhaupt mit mir hatte sprechen können. Er brauchte dringend Hilfe, so viel stand fest.

Ich sah zu der Spalte, in die er sich verkrochen hatte. Dort war es so stockfinster wie vorhin am anderen Ende des Tunnels und ich würde ihm ganz bestimmt nicht dorthinein folgen.

Wenn ich etwas für ihn tun wollte, musste ich mich erst selbst retten. Ich musste weiter, hier raus, und dann konnte ich Hilfe für ihn holen.

Als ich ihm das sagte, hörte ich nur sein gurgelndes Stöhnen. Besser, ich beeilte mich. Lange würde er nicht mehr durchhalten.

Ich wandte mich wieder dem Licht zu. Bis zum Ausgang waren es vielleicht noch fünfhundert Meter, vielleicht ein bisschen mehr. Das Licht, das mir von dort entgegenstrahlte, war angenehm und weich, auch wenn es ziemlich blendete. Und irgendwie zog es mich dorthin.

Warum fürchtete sich der Ledermann so sehr davor?

Wen hatte er mit *sie* gemeint und wohin würde man mich zurückholen?

Warum war er nicht selbst zum Ausgang gelaufen? Kraft genug hätte er doch gehabt, immerhin hatte er mich ziemlich fest gepackt. Mein Arm tat mir von seinem Griff noch immer weh. Sehr sogar. Und auch meine Brust schmerzte nun immer mehr. Jeder Atemzug stach wie Nadeln.

Das musste von meinem Sturz kommen, dachte ich. Seltsam war nur, dass ich doch gar nicht auf die Brust, sondern auf die Seite gefallen war, weil mich der Ledermann ja am Arm festgehalten hatte.

Egal, ich musste weiter. Raus hier! Das Licht war der Ausgang, und ich sah dort vorne nichts, wovor ich mich in Acht nehmen sollte.

Ich ging los, nun wieder etwas langsamer, während ich die Arme um meinen schmerzenden Brustkorb schlang.

Himmel, was war das nur? Es tat so weh!

Weiter, weiter, nicht aufgeben! Du bist gleich da!

Inzwischen war das Licht so grell geworden, dass ich nicht mehr hinsehen konnte. Aber war das wirklich Tageslicht? Es konnte ebenso gut ein riesiger Scheinwerfer sein. Jedenfalls spürte ich keine Wärme. Mir war immer noch eiskalt. Vor allem – und das war das Seltsamste daran – am Kopf. Dort fror es mich am meisten.

Egal, ich musste weiter. Und wenn ich das alles erst einmal hinter mir hatte, war ich sehr auf die Erklärung gespannt. Ich selbst hatte nämlich immer noch keine.

Dann bewegte sich plötzlich etwas an der rechten Tunnelwand und warf mir seinen langen Schatten entgegen. Verunsichert blieb ich stehen, beschirmte die Augen mit der Hand und blinzelte in die Helligkeit.

Da vorn war noch jemand. Keine fünfzig Schritte von mir entfernt. Gegen das grelle Licht konnte ich nur schemenhafte Umrisse ausmachen, aber es musste ein Mädchen oder eine Frau sein. Sie kauerte an der Wand und hielt die angezogenen Beine mit den Armen umschlungen.

»Hey!«

Meine Stimme hallte so laut von den Wänden wider, als hätte ich durch ein Megafon gerufen.

»Hey, du!«

Langsam ging ich weiter, wobei ich an die Warnung des Ledermanns denken musste. Beim Näherkommen erkannte ich, dass es wirklich ein Mädchen war. Es rührte sich nicht und es wirkte auch nicht gefährlich auf mich. Jedenfalls, soweit ich das gegen das blendende Licht beurteilen konnte.

Als ich nur noch ein kurzes Stück von ihr entfernt war, hob sie den Kopf und sah mich an. Und da erkannte ich sie.

Ich blieb wie angewurzelt stehen und traute meinen Augen nicht. Das konnte nicht sein! Es war einfach nicht möglich! Aber sie war es tatsächlich.

»Z-Zoe?«, stammelte ich und konnte es nicht fassen. »Bist du das wirklich?«

Das war die wohl dümmste Frage, die ich jemals jemandem gestellt hatte. Natürlich war sie es. Meine beste Freundin mit ihrem eigenwilligen blonden Kurzhaarschnitt hätte ich überall wiedererkannt.

Sie hockte vor mir am Boden und drückte sich an die Wand, als wollte sie im Fels verschwinden. Und auch sie hatte nichts an. Ihre Haare waren verstrubbelt und ihre weit aufgerissenen Augen vom Weinen gerötet. Sie musste höllische Angst haben.

Ich stolperte auf sie zu, aber noch bevor ich sie erreichte, durchfuhr mich ein weiterer heftiger Schmerz. Es war, als ob mich ein Lastwagen gerammt hätte.

Ich schrie auf. Mein Körper begann unkontrolliert zu zucken und ich fiel hin.

Verdammt, es tat so unglaublich weh! Ich hatte Krämpfe und krümmte mich am Boden.

Nun fühlte es sich an, als ob ein Elefant über mich trampeln würde, und dann noch einer und noch einer und noch einer. Eine ganze Elefanten*herde*.

Und dann war da eine Stimme. Nicht von Zoe, sondern von jemandem, der sehr weit weg sein musste. Als ob irgendwo hinter uns im Tunnel ein Mann wirres Zeug keuchte.

»Ha, ha, ha, ha, staying alive, staying alive ... ha, ha, ha, ha ... «

Wieder und wieder.

Was soll der Scheiß?, schrie ich, aber meine Stimme erklang nur in meinem Kopf.

Dann erschien Zoes angstverzerrtes Gesicht über mir. Sie sagte etwas, aber ich konnte sie nicht verstehen. Im nächsten Moment wurde ich zurück in die Dunkelheit gerissen. Und dann ...

14.

... kam ich im Krankenhaus zu mir. Na ja, und den Rest kennt ihr ja schon.«

Mein Kopf fühlte sich schwer an und ich lehnte mich erschöpft auf dem Stuhl zurück. Nach dem vielen Sprechen war mein Hals trocken und wieder wund geworden und ich musste mich räuspern.

Ich hatte mir alles von der Seele geredet und irgendwie fühlte sich das gut an. Trotzdem kam ich mir wie jemand vor, der von einem Drogenrausch berichtet hatte. Was ja auch durchaus wahrscheinlich war.

Unsicher schaute ich die beiden an und für einige Augenblicke herrschte Schweigen. Dann stand Sascha auf, nahm ein leeres Trinkglas vom Tisch und füllte es am Waschbecken.

»Die Elefantenherde war wohl ich.« Er reichte mir das Glas und setzte sich wieder neben mich. »Und ich hatte Bier getrunken, bevor ich dich beatmet habe. Das würde den Geruch erklären. Und deine Zuckungen ... Das muss von dem Defibrillator gekommen sein, den der Rettungsdienst dabeihatte. Aber eigentlich ...«

Er zögerte und rieb sich nervös über die Schenkel. »Eigentlich kannst du das gar nicht mitbekommen haben. Auch nicht, dass wir Eiswürfel über deinen Kopf geschüttet haben. Du kannst nicht am Kopf gefroren haben, weil du ja nicht einmal einen *Herzschlag* hattest. Dein Gehirn hätte das überhaupt nicht registrieren können. In dem Zustand, in dem du warst, stellen alle Nervenbahnen ihre Reaktionen ein, weil sich die Funktion des Gehirns einzig aufs Überleben reduziert. Du hättest nichts von alldem mitbekommen können. Das ist absolut unmöglich!«

Nun zeigte endlich auch Cordelia eine Reaktion. Es war ein entschlossenes Kopfschütteln.

»Unmöglich? Nein, mein Lieber, dieses Wort solltest du dir schleunigst abgewöhnen. Denn ganz offensichtlich war es eben *doch* möglich.«

»Aber …«

»Kein Aber«, fuhr sie ihm ins Wort. »Oder hast du etwa vergessen, dass ich euch ebenfalls gehört habe, als ich eigentlich tot war und das deiner Meinung nach ›unmöglich‹ sein sollte? Einer der Sanitäter hat gesagt, bei so einer *alten Tusse* lohne sich der ganze Aufwand doch gar nicht, weißt du noch? Aber du brauchst das nicht zu kommentieren, darüber haben wir ja schon gesprochen.«

Sie sah zu mir und lächelte. »Keine Sorge, Liebes, ich kann mir nur zu gut vorstellen, wie du dich jetzt fühlen musst. Was du erzählt hast, hörte sich alles sehr vertraut an. Bis hin zu den Flechten auf diesem schrecklichen Boden. Und ja, ich denke auch, man ist nicht allein, wenn man dort ankommt. Es sind noch andere dort, die den Weg zum Licht suchen. Oder die auf dem Weg dorthin hängen geblieben sind, wie im Fall dieses Ledermannes – weil etwas sie davon abhält, in das Licht zu gehen. Mir ist dort ein kleiner Junge begegnet. Auch er hielt sich an den Wänden fest.«

Ich trank das Glas aus, wobei ich nun so sehr zitterte, dass ich es mit beiden Händen halten musste. »Ihr glaubt doch nicht etwa, dass es diesen Ort wirklich gibt?«

Cordelia schaute zuerst zu Sascha und dann zu mir. »Er wohl nicht, ich schon. Aber darum geht es nicht. Die eigentliche Frage ist, was du von dort *mitgebracht* hast.«

»Was? Wieso mitgebracht?«

»Liebes, man kann nirgendwo sein, ohne etwas von dort mitzubringen. *Das* wäre unmöglich.« Sie bedachte Sascha mit einem kurzen Blick, ehe sie sich wieder mir zuwandte. »Wohin wir auch gehen, irgendetwas bringen wir *immer* mit. Ein Souvenir, ein Foto oder auch nur eine Erinnerung. Aber manchmal ist es auch etwas ganz anderes.«

»Aber ich habe nichts von dort mitgebracht«, protestierte ich, obwohl ich eine düstere Ahnung hatte, was sie damit meinte. »Ganz bestimmt nicht!«

Cordelia sah mich eindringlich an. »Bist du dir sicher?«

Dieser Blick gefiel mir nicht. Er gab mir das Gefühl, als wüsste sie mehr darüber als ich.

»Haben *Sie* denn etwas mitgebracht?«

Sie nickte. »Oh ja, das habe ich.«

»Und was war es?«

Nun lächelte Cordelia auf eigenartige Weise und zeigte mit ihrem dünnen Finger in eine Ecke des Raumes hinter mir.

»Ihn.«

Erschrocken fuhr ich herum, was mir einen Stich in den gebrochenen Rippen einbrachte, und dann begriff ich.

Das war es also gewesen, was mir gleich beim Betreten des Zimmers aufgefallen war. Ich hatte es vorhin nicht bewusst wahrgenommen, aber tief in mir hatte ich es gespürt. Und nun, da Cordelia ihn mir zeigte, *sah* ich ihn sogar.

Das Zimmer mit den ockerfarbenen Wänden war hell. Durch das große Fenster fiel Tageslicht herein und noch dazu waren die Deckenlichter eingeschaltet. Der Raum war gleichmäßig ausgeleuchtet, es hätte also überall gleich hell sein müssen. Aber diese eine Ecke war dunkler. Nicht viel, doch es schien, als wäre da ein Schatten, der dort eigentlich nicht sein konnte. Es war ein großer Schatten. Etwa so groß wie ein Mensch.

»Klärt mich mal bitte jemand auf«, sagte Sascha. »Was soll denn da sein?«

»Tut mir leid, Junge, du kannst ihn nicht sehen«, sagte Cordelia ruhig. »Aber Nikka kann es jetzt, nicht wahr?«

»Wer ...« Ich schluckte, konnte es einfach nicht glauben. »Wer ist das?«

»Mein dunkler Begleiter.« Cordelia zwinkerte dem Schatten zu. »Ich bin mir sehr sicher, dass es mein Mann ist. Wir sind uns dort drüben begegnet, weißt du. Aber dann holten mich Saschas Kollegen zurück, noch ehe ich vollends in das Licht gehen konnte. Er war bereits dort und muss wohl auf mich gewartet haben. Die ganze lange Zeit. Mein treuer Hagen.«

Ich starrte weiter in die Ecke, rieb mir die Augen und blinzelte mehrmals. Aber der Schatten war noch immer da.

»Jetzt wartet er hier bei mir, der Gute«, sagte Cordelia lächelnd. »Und wahrscheinlich werden wir schon bald wieder zusammen sein. Ich bin neugierig, wie das dann sein wird. Ob er dort wohl auch seine getragenen Socken immer neben dem Bett liegen lassen wird? Ich hoffe nicht.«

Sie kicherte. Mir war überhaupt nicht nach Lachen zumute. Um Fassung ringend sah ich sie an. »Sie glauben also wirklich, dass es die andere Seite gibt?«

»Aber natürlich, Liebes. Ich glaube nicht nur daran, ich *weiß* es. So, wie du es jetzt auch weißt.«

Ich starrte vor mir auf den Boden und schüttelte den Kopf. »Ich habe nie an so etwas geglaubt.«

»Hagen und ich auch nicht«, sagte Cordelia. »Aber du und ich haben weiter existiert, obwohl unsere Körper tot waren. Und ich habe meinen Mann auf der anderen Seite gesehen. Es *gibt* also ein Danach – vielleicht eine Art zweites Dasein in diesem Licht, das uns so sehr angezogen hat. Und ist es nun nicht ein tröstliches Wissen, dass etwas von uns bleiben wird? Ich denke, dadurch verstehen wir beide jetzt auch den Sinn unseres irdischen Daseins. Wir sollten im Leben etwas Gutes schaffen, das es wert ist, danach weiter zu existieren.«

Wieder sah ich mich nach dem Schatten um. Cordelia schien sich nicht davor zu fürchten. Wenn es wirklich ihr Mann war, gab es auch keinen Grund dafür. Aber bei mir war das anders.

»Und was ist, wenn ich etwas … *anderes* von dort drüben mitgebracht habe?«

Wieder sah Cordelia mich wissend an. »Es ist dieser Ledermann, nicht wahr?«

»Ja, aber warum er? Warum nicht meine Eltern? Ich habe sie da drüben nicht einmal gesehen.«

»Nun, Liebes, warum auch immer er jetzt bei dir ist, es scheint einen Grund dafür zu geben. Und ich glaube, sobald du den Grund kennst, wirst du diesen Mann auch wieder loswerden.«

Sascha räusperte sich. »Ihr wisst schon, wie sich das alles gerade für mich anhört?«

»Aber ja doch«, sagte Cordelia. »Wir hören uns wie zwei Menschen an, die eine derart außergewöhnliche Erfahrung gemacht haben, dass sie nur mit ihresgleichen darüber sprechen können. Genau deshalb wollte ich deine Freundin ja kennenlernen.«

»Ich will das alles nicht, Cordelia«, sagte ich. »Ich möchte diesen Ledermann einfach nur loswerden.«

»Dann versuche herauszukriegen, was er von dir will. Ich fürchte, dir wird keine andere Wahl bleiben.«

»Und was ist mit Zoe? Wenn sie wirklich dort drüben ist, dann …«

Ich konnte den Satz nicht zu Ende sprechen, aber ich sah in Cordelias Blick, dass sie mich trotzdem verstand.

»Ich wünschte, ich hätte eine Antwort für dich, Liebes. Aber du wirst es selbst herausfinden, davon bin ich überzeugt.«

In diesem Moment klopfte es an der Tür und dann kam die Visite ins Zimmer. Wir mussten gehen, aber ich versprach Cordelia, dass ich sie bald wieder besuchen würde.

Erneut lächelte sie auf diese eigenartige Weise, die ich nicht durchschauen konnte. Als wüsste sie etwas, das niemand außer ihr wusste.

»Pass auf dich auf, Liebes«, sagte sie. »Du hast jetzt eine Aufgabe, und ich denke, es wird nicht einfach für dich werden. Aber lass dich nicht beirren. Wenn ich etwas in meinem langen Leben gelernt habe, dann, dass alles irgendwann einen Sinn ergibt. Das hat nichts mit Schicksal oder gar Bestimmung zu tun, es kommt einzig darauf an, was man aus seiner Situation macht. Vergiss das nie, Nikka. Ich wünsche dir viel Erfolg und nur das Allerbeste.«

Ehe wir den Raum verließen, sah ich kurz noch einmal zu dem Schatten in der Ecke. Er war noch immer da. Doch weder die Ärzte noch die Schwestern schienen ihn zu bemerken.

Unseresgleichen, dachte ich, und Cordelia zwinkerte mir ein letztes Mal zu.

15.

»Tut mir leid«, sagte Sascha, als wir zurück zum Aufzug gingen. »Ich hätte dich nicht zu ihr bringen sollen. Sie hat dich ganz schön durcheinandergebracht, was?«

»Was dir vermutlich von vornherein klar war, oder? Und trotzdem hast du es getan«, sagte ich und blieb stehen. »Warum?«

Er schob die Hände in die Hosentaschen und seufzte. »Ich habe bei unserer ersten Unterhaltung einfach gemerkt, dass dich etwas beschäftigt. Etwas, was du loswerden musstest. Ich habe das schon bei einigen Leuten erlebt, die wir reanimiert haben. Aber außer Cordelia hat sich bis jetzt keiner getraut, offen darüber zu sprechen. Ich dachte, dass es dir vielleicht ähnlich ging.«

»Wundert dich das wirklich, dass keiner darüber spricht? Du hast doch selbst gesagt, dass du nicht daran glaubst.«

»Das tue ich auch nicht. Aber ich kann trotzdem verstehen, dass das etwas ist, worüber man sich gerne mit jemandem austauschen würde – mit jemandem, der weiß, wovon man spricht.«

»Ich werde aus dir nicht schlau, Sascha. Du kümmerst dich um Leute wie Cordelia und mich, hörst dir unsere Geschichten an und willst alles darüber wissen. Aber dann glaubst du uns kein Wort.«

Wieder seufzte er und starrte aus dem Fenster. Ich konnte spüren, dass es in ihm arbeitete. Schließlich sah er mich wieder an und ich erkannte ein merkwürdiges Funkeln in seinen Augen. Eine Mischung aus Angst und Trotz.

»Okay«, sagte er. »Willst du wissen, was ihr beiden erlebt habt? Für solche angeblichen Nahtoderfahrungen gibt es genügend medizinische Erklärungen. Tatsächlich ist es nämlich so, dass nach einem Herzstillstand die Hirnaktivität für kurze Zeit ansteigt. Das liegt am Stress, der dadurch entsteht, dass das Gehirn nicht genügend Sauerstoff bekommt. In diesem Zustand beginnt man zu halluzinieren und dann schüttet der Körper Endorphine aus.«

»Glückshormone?« Ich schüttelte den Kopf. »Nein, ich war alles andere als glücklich, als es passiert ist.«

»Das lag bestimmt an dem GBL«, sagte er. »Es hat deinen Puls hochgejagt und Panik bei dir ausgelöst. Kein Wunder, dass du Angst hattest. Aber im *Normalfall* schüttet der Körper Endorphine aus, das ist wissenschaftlich belegt. Man hat das sogar bei Katzen festgestellt. Deshalb schnurren sie meistens, wenn sie sterben. Und jeder von den drei Menschen, deren Tod ich miterlebt habe, hat kurz davor gelächelt. Man weiß zwar noch nicht genau, warum das so ist, aber wahrscheinlich handelt es sich um so eine Art Schutzmechanismus des Körpers, der Schmerzen unterdrücken soll.«

Ich erinnerte mich an das Gefühl, als ich das Bewusstsein verloren hatte. Dass ich mir vorgekommen war, als würde ich versinken und mich auflösen. Und ja, auf einmal hatte ich tatsächlich keine Schmerzen mehr gespürt. Ich war einfach nur weg gewesen.

»Was den Tunnel und dieses Licht betrifft, von dem ihr beiden geredet habt«, fuhr Sascha fort, »auch dafür gibt es eine Erklärung. Es ist nichts anderes als ein Bild, das durch eine Verengung der Sehnerven erzeugt wird. Es sind die letzten Signale, die diese Nerven ans Gehirn schicken, bevor sie ganz zu arbeiten aufhören.«

Er wartete einen Moment, ehe er hinzufügte: »*Das* habt ihr beiden erlebt, und nichts anderes. Deshalb sehen Menschen auf der ganzen Welt immer das Gleiche, ganz egal, an was sie vorher geglaubt haben. Sie sehen es, weil unsere Körper alle gleich funktionieren.«

Es klang einleuchtend, trotzdem ließ diese Erklärung für mich noch einige Fragen offen.

»Und was ist dann mit dem Schatten in Cordelias Zimmer? Ich habe ihn schließlich auch gesehen.«

Sascha schürzte die Lippen und fuhr sich durch die Haare. »Ja, nachdem sie dir davon erzählt hat. Sorry, Nikka, nimm mir das nicht krumm, aber wenn man etwas sehen will, sieht man es auch.«

»Vielleicht ist es aber auch andersherum«, gab ich zurück. »Dass du nur Dinge siehst, die *du* sehen willst, und dich vor allem anderen verschließt.«

»Ich glaube, du verstehst mich falsch. Es ist nicht so, dass ich es nicht sehen *will*. Ich *kann* es nur einfach nicht sehen. Also vertraue ich auf den gesunden Menschenverstand, auf die Wissenschaft und auf das, was ich über Anatomie gelernt habe. Weil es einfach logisch ist.«

Ich ließ seine Worte auf mich wirken und schaute an ihm vorbei zu den Wäldern jenseits des Fensters. Schon als kleines Kind war ich oft dort gewesen. Ella hatte mir die Bäume und Pflanzen erklärt, und wir hatten beide darüber gestaunt, welch tolle Dinge die Natur hervorbringen konnte. Wie alles miteinander zusammenspielte und am Ende ein großes Ganzes ergab.

Sie hatte mir auch bewusst gemacht, dass unser Körper ein ebenso komplexes Wunder war, in dem ebenfalls unendlich vieles zusammenarbeitete.

Es geht immer vom Kleinen zum Großen, hatte sie gesagt. *Deshalb ist jeder von uns ein Universum für sich.*

Sollte dann nicht etwas davon bleiben? Von einem ganzen Universum?

Ich hoffte es jedenfalls.

»Das mag ja alles so sein«, sagte ich schließlich. »Aber wenn das für dich alles so klar ist, verstehe ich immer noch nicht, wieso du mich zu Cordelia gebracht hast.«

Er vergrub seine Hände noch tiefer in den Hosentaschen und wirkte nun wie ein trotziger kleiner Junge auf mich. »Na ja, wir hatten beiläufig über dich gesprochen, und da wollte sie dich kennenlernen.«

»Beiläufig?«

Er zögerte und leckte sich die Lippen. »Ja, also nicht so ganz beiläufig«, sagte er leise. »Es war wegen des Artikels in der Zeitung, in dem über dich und deine Freundin berichtet wurde. Sie fand es einfach nur schrecklich und ich ja auch.«

Ich sah ihm in die Augen, und ehe er meinem Blick wieder auswich, entdeckte ich etwas Trauriges darin.

»Da ist doch noch etwas, Sascha. Du bist nicht ganz ehrlich mit mir. Es muss doch einen Grund geben, warum du dich so dafür interessierst, was Cordelia und ich erlebt haben.«

Er senkte den Blick und zuckte nur mit den Schultern.

»Warum willst du wissen, was wir gesehen haben?«, hakte ich nach. »Mir kannst du es doch sagen.«

Sascha starrte für eine Weile auf seine Sneakers und schien irgendwie mit sich selbst zu ringen. Dann sagte er: »Vielleicht ein anderes Mal.«

Er ging zum Aufzug, aber ich folgte ihm nicht. Nachdem sich die Tür hinter ihm geschlossen hatte, blieb ich allein am Fenster zurück und schaute auf eine Welt hinaus, die mir jetzt irgendwie fremd und anders vorkam.

Doch nicht die Welt war anders geworden, sondern ich.

16.

Als ich später in mein Zimmer zurückkehrte, lag Babsi auf ihrem Bett, sah sich eine Quizshow an und aß einen Cupcake.

»Na, wie war dein Tag?«, fragte sie kauend. »Hoffentlich besser als meiner. Also ich sterbe hier fast vor Langeweile.«

Sie hielt mir die Sechserpackung hin, in der noch ein Cupcake übrig war. »Möchtest du den? Die sind nicht schlecht.«

»Nein, danke.« Ich deutete zu der Zeitung auf ihrem Nachttisch. »Kann ich mir die kurz leihen?«

»Klar, aber lass mir das Kreuzworträtsel übrig. Das habe ich mir extra für später aufgehoben.«

Das Kreuzworträtsel interessierte mich auch nicht. Ich wollte wissen, was in dem Artikel stand, von dem Sascha gesprochen hatte. Tatsächlich war die große Überschrift nicht zu übersehen: KEINE SPUR VON VERMISSTER SIEBZEHNJÄHRIGER.

Daneben war ein Foto abgedruckt. Zoe in perfektem Makeup, die dem Fotograf zulächelte. Das Original dieses Fotos hing im Wohnzimmer der Wagners. Zoe hatte es ihren Eltern letztes Jahr zu Weihnachten geschenkt.

Der Anblick schnürte mir die Kehle zu.

17.

Um zwei Uhr morgens lag ich noch immer wach im Bett. Babsi schnarchte, als wollte sie den ganzen Fahlenberger Forst umsägen, aber daran allein lag es nicht.

In meinem Kopf arbeitete es unentwegt. Mir ging all das durch den Sinn, über was ich mit Cordelia gesprochen hatte. Unsere Erlebnisse auf der anderen Seite und der Schatten in ihrem Zimmer. Und dann dachte ich an das, was Sascha mir erklärt hatte.

Natürlich ergab das alles Sinn, aber ich fragte mich, weshalb er sich so sehr gegen unsere Version der Dinge sträubte. Ich war sicher, dass das nicht nur daran lag, dass er sich auf wissenschaftliche Fakten verlassen wollte. Da musste mehr dahinterstecken.

Bestimmt hätte Dr. Sanders Monitor nun jede Menge rote und orangefarbene Hirnregionen bei mir angezeigt. Der Neurologe hätte das sicherlich wieder für interessant befunden. Aber mich machte es einfach nur fertig. Vor allem, weil ich mich trotz meines aktiven Gehirns noch immer nicht an den Club erinnern konnte. Weil mir nicht einfallen wollte, was dort geschehen war. Warum es überhaupt dazu gekommen war, dass ich nun hier lag.

Wie waren die verdammten Tropfen in mein Getränk gekommen?

Hatte ich denn überhaupt etwas getrunken?

Offenbar schon.

Aber ich hätte doch nie etwas von einem Fremden angenommen.

Es war, als stocherte ich in dunklem Wasser herum und hoffte, dass etwas an die Oberfläche kam. Aber das passierte nicht.

Und wenn Dr. Mehra recht hatte, würde das wahrscheinlich auch nie passieren. Weil ich unter einer gottverdammten Amnesie litt.

Himmel, es machte mich so zornig!

Ich sah zu Babsi, die neben mir im Dunkeln schnarchte.

Du löst gerne Rätsel?, dachte ich. *Na schön, ich hab eines für dich. Da wird dir bestimmt nicht langweilig. Wer will mich töten und entführt dann meine beste Freundin?*

In diesem Moment hörte ich wieder ein vertrautes Geräusch an der Decke. Augenblicklich stellten sich mir die Härchen an meinen Armen auf. Ich fuhr hoch und spürte eine seltsame Spannung, als hätte sich die Luft plötzlich elektrisch aufgeladen.

Nein, durchfuhr es mich. *Nicht jetzt! Bitte nicht jetzt! Ich kann nicht mehr!*

Aber dann sah ich ihn. Der Ledermann hing wieder kopfüber an der Decke und beobachtete mich. Dann krabbelte er langsam auf mich zu, bis er im Radius der dämmrigen Nachtbeleuchtung angekommen war.

Wieder schaute ich in sein grauenvoll entstelltes, hautloses Gesicht. Auf sein eines helles Auge, das mich unverwandt anstierte.

Vor Angst war ich wie versteinert. Kalter Schweiß lief mir übers Gesicht und ich konnte kaum atmen.

»Geh weg«, flüsterte ich. »Hau ab und lass mich endlich in Ruhe!«

Aber er rührte sich nicht. Er saß einfach nur dort oben und starrte mich an.

Mir kamen Cordelias Worte in den Sinn. *Warum auch immer er jetzt bei dir ist, es scheint einen Grund dafür zu geben. Und ich glaube, sobald du den Grund kennst, wirst du diesen Mann auch wieder loswerden.*

»Also gut«, sagte ich und nahm all meinen Mut zusammen. »Was willst du von mir? Sag schon!«

Aber er sprach nicht, sondern tippte nur mit einem behandschuhten Finger an die Decke.

»Was?«, zischte ich ihm zu. »Was, zum Teufel, meinst du damit?«

Sein Tippen wurde heftiger, sodass ich seine Fingerspitze auf dem Deckenputz zu hören glaubte. Aber ich verstand nicht, was er von mir wollte.

Dann gab Babsi einen plötzlichen Schnarcher von sich, der wie ein lautstarkes Grunzen klang. Ich schrak zusammen, und als ich wieder zur Decke sah, war der Ledermann verschwunden.

Aber vielleicht war er ja auch nie dort oben gewesen.

18.

Die Stimmen von Babsi und einer der Schwestern weckten mich. Ich blinzelte benommen und sah zur Uhr neben dem Waschbecken. Fast halb neun. Irgendwann musste ich also trotz des Schnarchens meiner Zimmernachbarin doch noch eingeschlafen sein. Und ich hatte nichts geträumt. Jedenfalls nichts, an das ich mich erinnern konnte.

Kein Wunder, dachte ich bei mir. *Jetzt kommen die dunklen Träume ja auch zu mir, wenn ich wach bin.*

Ich schob den Nachttisch beiseite, auf den die Schwester mein Frühstückstablett gestellt hatte, ging zum Waschbecken und warf mir mehrere Hände voll kaltes Wasser ins Gesicht.

»He, Schlafmütze, isst du das gar nicht?«, fragte Babsi, nachdem die Schwester gegangen war.

»Nein, ich habe keinen Hunger.«

»Kann ich es dann haben?«

»Nur zu«, sagte ich, woraufhin sie sich das Tablett schnappte und die beiden Brötchen nebst Butter, Marmelade und einem Döschen Leberwurst verputzte.

Ich beobachtete sie im Spiegel, während ich mich frisch machte. Dabei fragte ich mich, ob diese Frau wirklich solchen Appetit hatte oder ob sie eigentlich eine ganz andere Art von

Hunger zu stillen versuchte. Ob sie sich vielleicht von etwas ablenkte, das ihr fehlte. So, wie mir jetzt mein früheres Leben fehlte, als ich einfach nur ein ganz normales Mädchen mit ganz normalen Alltagsproblemen gewesen war – Probleme, die mir jetzt irgendwie klein und unbedeutend vorkamen.

Aber dann lenkte mich etwas von meinen düsteren Gedanken ab. Etwas, das nichts mit Barbara zu tun hatte. Erschrocken hielt ich im Händewaschen inne und starrte auf die Zimmerecke im Spiegel.

Eine optische Täuschung, dachte ich. *Das muss am Spiegel liegen.*

Ich drehte mich um, rieb mir die verschlafenen Augen und sah wieder hin. Die Ecke war dunkler als die anderen. Und das, obwohl das Tageslicht vom Fenster direkt dorthin fiel.

Wenn man etwas sehen will, sieht man es auch, hörte ich Sascha in meinem Kopf sagen.

Aber das bildete ich mir nicht ein. Die Zimmerecke war *wirklich* dunkler als die anderen.

Für einen Moment überlegte ich, Babsi darauf anzusprechen. Sie zu fragen, ob sie den Schatten auch sah. Aber eigentlich wusste ich ja schon, was sie mir darauf antworten würde.

Wenig später erschien die Stationsärztin zur Visite. Frau Dr. März zeigte sich erfreut, dass mein Frühstückstablett restlos leer gegessen war.

»Wie ich sehe, hast du wieder Appetit«, sagte sie, während sie meinen Blutdruck maß. »Gut so, ein paar Kilo mehr werden dir guttun. Der Blutdruck ist heute etwas niedrig, aber das ist so weit unbedenklich. Dafür ist dein Puls erhöht. Hast du dich vorhin irgendwie angestrengt?«

»Bin wohl etwas zu schnell aufgestanden«, sagte ich und

versuchte, nicht zur Zimmerecke neben meinem Bett zu schauen.

»Damit solltest du die nächsten Tage etwas vorsichtiger sein«, erwiderte sie, und dann lächelte sie mich an. »Tja, ich denke, das war dann alles. Du kannst wieder nach Hause.«

»Heute schon?«

»Sicher. Oder gefällt es dir hier etwa so gut, dass du noch bleiben möchtest?«

Ich schüttelte den Kopf und sie lachte.

»Na, dann alles Gute für dich, Nikka. In etwa einer Stunde haben wir deine Entlassungsunterlagen fertig. Dann gehört die Welt da draußen wieder ganz dir.«

Die Welt da draußen.

Einerseits war ich froh, endlich hier rauszukommen, aber es machte mir auch Angst. Vor allem, weil irgendwo da draußen noch immer mein Mörder war. Und er hatte Zoe.

19.

Ich wollte Ella sofort die gute Nachricht mitteilen, aber ich hatte kein Handy mehr und mir auch keine Telefonkarte für mein Zimmer besorgt. Babsi führte schon den ganzen Morgen ein Dauertelefonat – offenbar mit einer Freundin aus ihrer Abnehmgruppe – und das Stationstelefon war für Patienten tabu. Also musste ich an der Anmeldung in der Eingangshalle nachfragen.

Die Frau hinter dem Schalter sah mich an, als sei ich gerade aus einer Zeitmaschine gestiegen. Eine fast Siebzehnjährige ohne Handy schien ihr noch nie untergekommen zu sein – jedenfalls nicht in diesem Jahrtausend.

Nachdem ich ihr versprochen hatte, mich kurzzufassen, rief ich bei Ella an, damit sie mich abholen kam. Danach beschloss ich, die verbleibende Zeit für einen weiteren Besuch bei Cordelia zu nutzen.

Ich mochte die alte Frau und wollte unbedingt noch einmal mit ihr sprechen. Ich wollte ihr von meiner Begegnung letzte Nacht erzählen, und von der dunklen Ecke in meinem Krankenzimmer. Es tat gut zu wissen, dass es wenigstens eine Person gab, die mir glaubte.

Vor dem Aufzug warteten eine Frau und ihr kleiner Sohn.

Er hatte sich an seine Mutter gedrückt und hielt ihre Hüfte mit beiden Armen fest umschlungen. Die beiden sahen entsetzlich traurig aus.

Als wir dann gemeinsam in den Aufzug stiegen, stellte sich die Frau mit dem Rücken zu mir, und ihre Schultern begannen zu zucken.

»Nicht weinen, Mama«, flüsterte der Junge, der sie weiterhin umklammert hielt. »Bitte nicht mehr weinen.«

Sie legte ihren Arm um ihn und zog ihn noch enger an sich. »Es ist gleich wieder vorbei«, sagte sie mit leiser, schluchzender Stimme.

Ich musste an Ella und mich denken. An die Wochen, in denen wir meinen Großvater jeden Tag hier besucht hatten. Bis er eines Morgens schließlich nicht mehr da gewesen war.

Im fünften Stock angekommen, stieg ich aus und sah mich noch einmal zu den beiden um. Die Frau beachtete mich nicht, aber der Junge schaute mich kurz an. Sein Blick war traurig und ratlos.

Am liebsten hätte ich ihm von dem Licht erzählt, das auf der anderen Seite wartete – auf denjenigen, den die beiden offenbar verloren hatten oder bald verlieren würden. Aber ich schwieg und dann glitt die Tür des Aufzugs wieder zu.

Ich machte mich auf den Weg zur Privatstation und fand die Tür zu Cordelias Zimmer offen vor. Erstaunt sah ich, dass ihre persönlichen Dinge nicht mehr da waren. Der Rahmen mit dem Hochzeitsfoto stand nicht mehr auf dem Nachttisch, das Buch, in dem sie gestern noch gelesen hatte, war nicht mehr da, und die Vase auf dem Tisch war leer.

»Kann ich dir helfen?«, fragte eine der beiden Schwestern, die gerade das Bett frisch bezogen.

»Ich möchte zu Frau Gerlach.«

»Bist du mit ihr verwandt?«

»Nein, ich bin nur eine ...« Fast hätte ich *Freundin* gesagt, aber dafür kannte ich Cordelia nicht gut genug. Also sagte ich: »Eine Bekannte.«

»Ich habe dich gestern doch auch schon hier gesehen«, sagte die zweite Schwester, die deutlich jünger als ihre Kollegin war. »Du bist Saschas Freundin, stimmt's?«

Ich verzichtete auf eine Erklärung und nickte nur.

Die junge Schwester legte den Kopfkissenbezug beiseite und sah mich mitleidig an. »Hat sie es euch denn nicht gesagt?«

»Nein. Was denn?«

»Frau Gerlach ist heute Morgen ins Hospiz verlegt worden.«

Ich schluckte und starrte auf das leere Bett. *Eine Sterbeklinik*, dachte ich, und meine Augen füllten sich mit Tränen. Das also hatte sie gemeint, als sie gestern gesagt hatte, sie werde bald wieder bei ihrem Mann sein.

»Tut mir sehr leid, dass du es so erfahren musst.« Auf dem Gesicht der jungen Schwester spiegelte sich tiefes Bedauern. »Sie wollte wohl nicht, dass ihr es mitbekommt. Aber so ist das nun mal. Sie ist eben schon alt.«

Mir fiel ein, wie Cordelia sich selbst bezeichnet hatte. *Eine alte Schachtel, die ihr Leben in vollen Zügen genossen hat.*

»Ja«, sagte ich leise und wischte mir die Tränen weg. »So ist das wohl.«

Es war, wie Cordelia gesagt hatte. *Die einen früher, die anderen später.* Aber nur weil man sich dessen bewusst war, tat es nicht weniger weh.

Bevor ich ging, schaute ich noch einmal zu der Ecke des Raumes, in der Cordelias dunkler Begleiter auf sie gewartet hatte.

Der Schatten war verschwunden.

20.

»Oh nein!«

Ella stieß einen Seufzer aus und hielt mit ihrem alten Fiat vor unserer Garage. »Ich hätte es ihm wohl besser nicht sagen sollen.«

Für einen Moment hatte ich keine Ahnung, wovon sie sprach, aber dann sah auch ich den schwarzen Volvo, der am Straßenrand vor unserem Haus parkte. Die Fahrertür öffnete sich, und Rolf Wagner stieg aus, kaum dass wir angehalten hatten.

Nun seufzte auch ich. Ich konnte mir vorstellen, warum er hier war. Bei ihrem letzten Besuch im Krankenhaus hatte Ella mir erzählt, dass die Wagners mich unbedingt sehen wollten. Sie hofften, dass ich ihnen irgendwelche Hinweise geben konnte. Irgendetwas, das erklären würde, wo Zoe jetzt war. Fast als vermuteten sie, ich hätte der Polizei etwas verschwiegen.

Ella hatte Zoes Dad schließlich davon abbringen können, mich im Krankenhaus zu besuchen. Sie hatte ihm gesagt, dass es mir noch nicht gut gehe und dass ich noch nicht so viel Aufregung vertragen könne. Also hatte er gewartet, bis ich wieder nach Hause kam. Und nun stand er vor unserem Haus im Regen.

Ella stellte den Motor ab und sah mich schuldbewusst an.

»Ich konnte einfach nicht anders, Liebes. Er war so beharrlich, hat mich jeden Tag angerufen und sich nach dir erkundigt. Das letzte Mal, kurz bevor ich losgefahren bin, um dich abzuholen. Und ich ... na ja, du weißt schon ... ich kann einfach nicht lügen.«

Ich nickte. »Ist schon okay. Er ist bestimmt völlig verzweifelt wegen Zoe. Das sind wir doch alle.«

Vorsichtig nahm ich meine Tasche vom Rücksitz, spürte dabei einen schmerzhaften Stich in meinen gebrochenen Rippen und stieg aus.

Zoes Dad kam sofort auf mich zu. »Hallo Nikka, wie geht es dir?«

»Ich bin in Ordnung, danke.«

»Das ist gut.« Er musterte mich mit seinen von Schlafmangel dunkel geränderten Augen. »Freut mich, dass es dir wieder besser geht.«

Rolf Wagner war groß und schlank. Für sein Alter sah er sehr gut aus. Er joggte viel, nahm jedes Jahr am Fahlenberger Stadtmarathon teil und spielte als Libero in der Altherren-Liga unserer Ortsmannschaft. Bis heute hatte er immer deutlich jünger auf mich gewirkt, als er war, und als ich so dreizehn oder vierzehn gewesen war, hatte ich sogar mal ein bisschen für ihn geschwärmt.

Aber jetzt sah er alt aus, hager und ausgelaugt. Der Kummer hatte seine jugendliche Ausstrahlung zunichtegemacht. Ich glaubte sogar, mehrere neue graue Haare bei ihm zu erkennen.

»Von Zoe gibt es immer noch nichts Neues«, sagte er mit rauer Stimme. »Maria ist völlig am Ende. Sie geht nicht mehr aus dem Haus, sitzt nur noch neben dem Telefon und spricht kein Wort. Es gab eine Suchaktion, aber mehr als Zoes Handtasche und ihr Handy haben die nicht gefunden. Es ist so … so schrecklich.« Er schluckte schwer und strich sich die nassen Haare aus der Stirn.

Ella trat zu uns. »Herr Wagner, wollen Sie nicht lieber mit uns reinkommen und einen Kaffee trinken? Wir werden hier ja ganz nass.«

Er beachtete sie nicht, schien sie nicht einmal zu hören. »Wo ist meine Tochter, Nikka? Was hast du gesehen? Du weißt doch etwas!«

»Tut mir leid, aber ich kann mich an nichts mehr erinnern. Jemand hat mich betäubt und das Zeug hat eine Amnesie bei mir ausgelöst. Ich habe wirklich versucht, mich an irgendetwas zu erinnern, aber da ist nichts. Zoe war auf einmal weg.«

Wieder rieb er sich übers Gesicht, und diesmal glaubte ich Tränen zu sehen, die sich auf seinen Wangen mit den Regentropfen vermischten. »Steckt ihr in irgendwelchen Schwierigkeiten? Hatte Zoe Probleme? Mir kannst du es doch sagen, Nikka!«

»Bitte, ich weiß *wirklich* nichts mehr. Ich frage mich doch selbst die ganze Zeit, was …«

»Und was ist mit dem Mann in unserem Garten?«, fiel er mir ins Wort. »Warum habt ihr uns davon nichts gesagt?«

Also hatte ihm der Kommissar davon erzählt. *Na prima!*

»Zoe wollte nicht, dass Ihre Frau sich aufregt. Sie hat das alles nicht so ernst genommen. Ich habe selbst erst kurz vor der Party davon erfahren und habe Zoe noch gesagt, dass es ein Fehler ist, das für sich zu behalten. Aber ich musste ihr versprechen, Ihnen nichts zu sagen.«

»Ist das die Wahrheit?« Er packte mich bei den Schultern.

Sein Griff war unangenehm fest und verzweifelt, und ich konnte spüren, wie er zitterte. »Nikka, du musst mir *alles* sagen. Hörst du? Alles!«

»Ich denke, das reicht jetzt«, mischte Ella sich ein. »Sie sehen doch, wie es meiner Enkelin geht. Und wenn sie sagt, dass sie sich an nichts erinnern kann, dann ist das auch so.«

Er schüttelte den Kopf. »Aber manchmal fällt einem doch noch etwas ein. Nicht wahr, Nikka? Nur eine Kleinigkeit. Irgendetwas.«

»Es tut mir leid«, sagte ich leise. »Wirklich.«

Er riss die Augen so weit auf, dass es aussah, als würden sie ihm jeden Moment aus den Höhlen fallen. »Das ist alles? Es tut dir leid? Ich dachte, du bist ihre beste Freundin? Zoe liebt dich wie eine Schwester, Herrgott noch mal!«

Er funkelte mich wütend an, dann packte er meine Schultern noch fester und schüttelte mich. »Denk noch einmal nach! Das schuldest du ihr! Zoe hätte an deiner Stelle auch nicht aufgegeben.«

»Sie tun mir weh!« Ich verzog das Gesicht vor Schmerz und drückte ihn von mir weg.

Nun verlor Ella die Fassung. »Herr Wagner, lassen Sie Nikka sofort los! Sie kann Ihnen nicht helfen. Akzeptieren Sie das endlich!«

Stöhnend ließ er von mir ab, schüttelte sich kurz und sah mich verwirrt an. Er wirkte wie ein Schlafwandler, den man gerade aufgeweckt hatte. Als sei ihm bis eben nicht klar gewesen, was er getan hatte und wo er war.

»Ich … ich …«, stotterte er, und dann liefen ihm die Tränen übers Gesicht.

Ich hatte noch nie einen Mann weinen gesehen und der Anblick gab mir einen Stich ins Herz. Zoes Dad war mir immer so stark vorgekommen, er schien immer auf alles eine Antwort zu wissen und immer fest im Leben zu stehen. Aber jetzt hatte man ihm den Boden unter den Füßen weggezogen und er war schwach und verletzlich geworden.

»Entschuldige«, sagte er mit zitternder Stimme. »Ich wollte dir nicht wehtun. Es ist nur ... Ich mache mir doch selbst solche Vorwürfe. Ich hätte besser auf euch aufpassen sollen. Aber dieses dämliche Fußballspiel war mir an dem Abend wichtiger. Das werde ich mir nie verzeihen können. Niemals!«

Ich griff nach seinem Arm. »Nein, Sie können doch nichts dafür. Sie haben nichts falsch gemacht.«

»Oh doch, das *habe* ich!«

Er versteifte sich, dann trat er einen Schritt zurück. Wieder funkelten seine Augen zornig, aber diesmal galt seine Wut nicht mir. Er war wütend auf sich selbst.

»Ich habe Zoe für selbstverständlich genommen. Ich habe nie daran gedacht, dass wir sie verlieren könnten. Dabei hätte ich es doch besser wissen müssen. Immerhin haben wir schon einmal ein Kind verloren. Aber bei Zoe dachte ich ... ich dachte ...«

Er sprach den Satz nicht zu Ende und rieb sich die Schläfen. Für einen Moment stand er nur da, während der Regen auf uns herabfiel, und schien vollkommen in seinen Gedanken verloren.

»Tut mir leid, dass ich euch belästigt habe«, sagte er schließlich. »Ich denke, es ist besser, wenn ich jetzt gehe.«

Er wandte sich um und ging mit hängenden Schultern zu seinem Wagen.

»Lass uns reingehen«, sagte Ella bedrückt.

»Einen Moment noch.« Ich lief Rolf Wagner hinterher, der nun in seinen Volvo stieg. »Warten Sie!«

Ich öffnete die Beifahrertür und setzte mich neben ihn. Er stocherte weinend mit dem Schlüssel am Zündschloss herum, dann ließ er den Arm sinken und schluchzte.

»Nikka, ich weiß nicht mehr, was ich tun soll. Wenn ihr etwas zugestoßen ist, überstehe ich das nicht!«

»Kann ich Sie etwas fragen?«

»Ja, natürlich. Was willst du wissen?«

»Sie haben vorher gesagt, dass sie nicht noch ein Kind verlieren wollen. Hatte Zoe denn Geschwister?«

Er rang um Fassung, atmete tief durch und legte den Kopf zurück. Als er mich schließlich ansah, waren seine Augen gerötet und sein Gesicht so bleich, wie ich es noch nie bei ihm gesehen hatte.

»Hat Zoe es dir denn nie erzählt?«

»Dass sie Geschwister hatte? Nein.«

Er nickte schwach. »Das dachte ich mir schon. Sie wird es vermieden haben, weil es meine Frau sehr belastet hat. Es war eine Totgeburt, die Maria fast das Leben gekostet hätte.« Ein trauriges Lächeln huschte über sein Gesicht. »Wir hatten uns so sehr auf das Mädchen gefreut, sie wäre unser Ein und Alles gewesen. Aber es sollte wohl nicht sein. Deshalb sind wir so froh, dass wir Zoe haben ... Und jetzt ...«

Seine Stimme brach und er begann wieder zu schluchzen.

»Es geht ihr bestimmt gut«, sagte ich mit belegter Stimme, nur um mir gleich darauf bewusst zu werden, wie blödsinnig das klang. Es war nur eine dumme Phrase, wie die des Kommissars. Würde es Zoe gut gehen, wäre sie jetzt hier bei uns. Dann hätte ich sie nicht an dem dunklen Ort gesehen.

»Das wäre schön, Nikka.« Rolf Wagner rieb sich die Tränen aus dem Gesicht. »Aber wir beide wissen, dass wir sie wohl nie wieder sehen werden.«

»Das dürfen Sie nicht sagen«, protestierte ich. »Wir dürfen Zoe nicht aufgeben! Das haben Sie vorhin doch selbst gesagt.«

Er sah mich an und sein Blick wirkte wie versteinert.

»Nein«, sagte er leise. »Wir werden Zoe bestimmt nicht aufgeben. Niemals. Ich will wissen, wo sie ist und was man mit ihr gemacht hat. Aber ich kann mir keine Hoffnungen mehr machen. Das würde mich meine letzte Kraft kosten und die brauche ich jetzt für meine Frau. Sonst zerbricht Maria vollends daran und ich verliere sie auch noch.«

21.

Nachdem Herr Wagner weggefahren war, ging ich ins Haus. Gefolgt von unserem alten Kater stieg ich die Treppe hoch, brachte meine Sachen auf mein Zimmer und zog mir etwas Trockenes an.

Ich entschied mich für einen blauen Pullover, der noch von meiner Mom stammte. Ella hatte einige ihrer Sachen aufbewahrt, und inzwischen war ich groß genug, dass sie mir passten.

Ich setzte mich aufs Bett und strich mir über die Schultern, um den weichen Stoff zu spüren. Schon lange hatte ich meine Mom nicht mehr so vermisst wie jetzt.

Ich betrachtete das Foto meiner Eltern auf dem Nachttisch. Es zeigte Mom und Dad vor gut siebzehn Jahren, wie sie sich lachend am Strand von Arcachon umarmten. Neben ihnen erhob sich eine riesige Sanddüne wie ein goldener Berg.

Mom war wunderschön. Sie hatte ihr langes dunkles Haar zu einem lockeren Pferdeschwanz hochgebunden, so wie ich jetzt, und ihre braunen Augen strahlten vor Glück. Ich sah ihr sehr ähnlich, war ebenso klein und zierlich wie sie und hatte dieselben breiten Wangenknochen und denselben großen Mund.

Mein Dad war das genaue Gegenteil gewesen, groß und blond, mit blauen Augen und einer muskulösen Figur. Ella behauptete, dass ich seinen Blick geerbt hatte und dass ich hin und wieder auch denselben Dickschädel hatte wie er.

Als das Foto gemacht worden war – von jemandem, über den ich nie etwas erfahren würde –, war Mom schon mit mir schwanger gewesen, auch wenn man es noch nicht erkennen konnte. Ich war also im letzten Urlaub meiner Eltern dabei gewesen, irgendwo an diesem französischen Strand, dessen Namen Mom auf die Rückseite des Fotos geschrieben hatte.

Wie so oft wünschte ich mir, ich hätte wenigstens ein bisschen was davon mitbekommen, an das ich mich jetzt erinnern könnte.

Ein bedrückendes Gefühl machte sich in mir breit, gegen das ich mich nicht wehren konnte. Bis auf den Regen, der leise gegen das Fenster prasselte, und das gelegentliche Geschirrklappern von unten aus der Küche war es still im Haus.

Es kam mir seltsam vor, wieder hier zu sein. Als ob ich jahrelang weg gewesen wäre.

Alles war noch so, wie es immer gewesen war, und doch schien es mir plötzlich anders. Ich war hier groß geworden, war mit dem Haus bis ins kleinste Detail vertraut. Ich kannte jeden lockeren Pflasterstein im Garten, jede knarrende Diele im Flur. Ich wusste noch, wann ich welches Poster in meinem Zimmer aufgehängt hatte. Und den vertrauten Geruch nach Kirschholzpolitur würde ich mein Leben lang mit dem Treppengeländer neben meinem Zimmer verbinden.

Trotzdem fühlte ich mich jetzt fremd. So, als wäre ich zum ersten Mal hier. Und als sei es irgendwie falsch, hier zu sein – weil Zoe dieses Glück nicht hatte.

Vielleicht lag es auch daran, dass all diese vertrauten Dinge nun Erinnerungen an ein früheres Leben waren. An eine Zeit vor meinem Tod. Eine Zeit vor den einundzwanzig Minuten, die für mich alles verändert hatten.

Auch Herr Rossi schien die Veränderung zu wittern. Er strich mir nicht wie sonst um die Beine oder sprang auf meinen Schoß. Stattdessen saß er in einigem Abstand zu mir auf dem Bett und beäugte mich skeptisch.

Wir hatten den Kater eines Morgens im Garten vor der Tür gefunden. Er war noch so klein gewesen, dass er sich kaum auf seinen tapsigen Pfoten hatte halten können. Er liebte es, in unseren Sachen zu stöbern, vor allem in Ellas Einkaufskorb, und schien ständig auf der Suche nach etwas zu sein. Deshalb hatten wir ihn damals nach der Zeichentrickfigur benannt, die ich als kleines Kind so lustig fand: Herr Rossi, der mit seinem Hund Gastone das Glück sucht.

Jetzt aber saß der graue Kater nur da, putzte sich und beobachtete mich, als müsste er abwägen, ob er mir vertrauen konnte oder nicht. Er schnurrte nicht einmal.

Als wäre ich eine Fremde für ihn.

»Hey«, sagte ich sanft. »Willst du mir nicht wenigstens Hallo sagen?«

Ich streckte ihm eine Hand hin. An jedem anderen Tag wäre er sofort hergekommen, hätte seinen Kopf an meinem Handrücken gerieben und mich zum Streicheln aufgefordert. Aber jetzt legte er die Ohren an und fauchte. Sein Fell sträubte sich und er gab ein drohendes Knurren von sich. Dann sprang er vom Bett und verschwand durch die halb offene Tür nach draußen.

Ich sah ihm nach und kämpfte mit den Tränen.

Hatte ich mich wirklich so verändert?

Warum fürchtete er sich vor mir?

Dann spürte ich etwas in meinem Rücken. Eine Kälte, bei der sich meine Nackenhärchen aufstellten. Die Luft schien plötzlich so aufgeladen, dass sie fast schon knisterte.

Erschrocken fuhr ich herum.

Da war er wieder. Der Ledermann!

Er hockte an der Decke neben meinem Bücherregal und starrte zu mir herab.

In der Helligkeit des Zimmers sah ich ihn deutlicher als je zuvor. Das zerschundene Gesicht, von dem nahezu die gesamte Haut fehlte. Seine schwarze Jacke und die Hose, die so abgewetzt waren, als habe man das Leder mit Sandpapier abgerieben. Und das eine Auge, dessen Blick mich zu durchbohren schien.

Wie vergangene Nacht in der Klinik streckte er auch nun wieder seine behandschuhte Hand nach mir aus. Als wollte er mich zu sich winken.

Mein anfängliches Entsetzen wich einer namenlosen Wut. Er hatte kein Recht, hier zu sein. Nicht in unserem Haus, nicht in meinem Zimmer und erst recht nicht in meinem Leben.

»Hau ab!«, schrie ich ihn an. »Verpiss dich! Lass mich endlich in Ruhe!«

Aber er blieb, wo er war, und wieder tippte er auf eine Stelle an der Decke, die sich direkt vor ihm befand.

»Verdammt, was willst du denn von mir? Warum verschwindest du nicht endlich? Ich will dich nicht sehen! Du bist doch nur Einbildung, sonst nichts!«

Aber ich wusste, dass es nicht so war. Er hockte *wirklich* dort oben, darauf hätte ich jeden Schwur geleistet.

Im selben Moment hörte ich ein Poltern auf dem Gang. Ella stürmte die Treppe herauf und kam mit vor Schreck weit aufgerissenen Augen in mein Zimmer.

»Mein Gott, was ist denn los?« Sie keuchte und musste sich auf die Kommode neben der Tür stützen. »Ist etwas passiert?«

Wir zitterten beide vor Aufregung, und ich wusste nicht, was ich antworten sollte.

»N-nein, es ist nichts. I-ich bin nur erschrocken.«

»Liebes, wovor denn? Hier ist doch nichts.«

»Ich … dachte, da wäre eine Spinne. Eine *große* Spinne. Aber ich habe mich getäuscht.«

Ellas Blick schweifte durch mein Zimmer. Ich konnte sehen, dass sie mir nicht glaubte. Aber sie wirkte nicht ärgerlich, nur besorgt.

»Geht es dir wirklich gut, Liebes? Du bist so weiß wie die Wand.«

»Es ist nichts. Ich war nur … Ach, ich weiß auch nicht. Ich bin wohl einfach noch etwas durcheinander.«

Ich sah zu der Stelle an der Decke, wo ich den Ledermann gesehen hatte. Er war verschwunden, aber nicht ganz. Die Ecke, aus der er mich beobachtet hatte, war jetzt dunkler als die anderen. Als hinge dort ein großer Schatten.

Ellas Blick folgte dem meinen, aber ihr schien nichts Außergewöhnliches aufzufallen.

»Komm«, sagte sie schließlich. »Ich habe uns etwas gekocht. Du musst unbedingt essen, damit du wieder zu Kräften kommst.«

Ich nickte und rieb mir meine zitternden Hände. »Das klingt prima. Gib mir noch eine Minute, ja?«

»In Ordnung. Aber komm bald, sonst wird das Essen kalt.«

Ihr Blick streifte nochmals durch mein Zimmer, dann senkte sie den Kopf und ging.

Als ich wieder allein war, näherte ich mich vorsichtig der dunklen Ecke. Es war verrückt, aber ganz gleich, aus welchem

Winkel ich sie betrachtete, der Schatten blieb. Auch als ich die Deckenlampe einschaltete, wirkte die Stelle immer noch ein wenig dunkler, als sie es eigentlich sein sollte.

Mein Physiklehrer hätte mir jetzt bestimmt erklärt, dass das unmöglich sei. Dass ich es mir nur einbildete. Ein Schatten ist der unbeleuchtete Raum hinter einem Körper, und wo kein Körper das Licht abhält, kann folglich auch kein Schatten entstehen. Das war simple physikalische Logik.

Aber es war, wie Cordelia gesagt hatte: Nichts war *unmöglich*. Dieses Wort steckte nur die Grenzen unseres Vorstellungsvermögens ab.

Sie hatte den Schatten in ihrem Zimmer ihren *dunklen Begleiter* genannt. Und so schwer es mir auch fiel, das zu akzeptieren – ich hatte nun auch einen.

22.

Als ich in die Küche kam, roch es nach Ellas hausgemachter Tomatensoße und zerriebenen Basilikumblättern. Ella türmte einen Berg Pasta auf meinen Teller, wie ich es sonst selbst immer tat, doch ich brachte kaum etwas davon herunter.

Ihr zuliebe aß ich ein paar Bissen, wobei ich immer wieder zur Wand gegenüber sah. Auch hier in der Küche war nun eine Ecke dunkler als die anderen.

Wer auch immer dieser Ledermann war, er folgte mir. Ich war inzwischen überzeugt, dass Cordelia recht hatte: Ich würde ihn erst wieder loswerden, wenn ich wusste, was er von mir wollte. Diese Vorstellung schnürte mir die Kehle zu.

Ella wirkte ebenfalls bedrückt. Ihr ging noch immer die Begegnung mit Zoes Dad nach, seine Verzweiflung und die Ungewissheit, was mit seiner Tochter geschehen war.

Wir sprachen kurz darüber, aber die meiste Zeit schwiegen wir beim Essen. Keine von uns beiden hatte Lust auf irgendwelchen Small Talk, der an jedem anderen Tag das Mittagessen belebt hätte. Die alltäglichen Dinge oder was sich gerade in der Welt tat, hatten jetzt an Bedeutung verloren. Über unser Leben hatte sich etwas Finsteres gelegt – wie ein weiterer dunkler Begleiter, den loszuwerden noch viel schwerer werden würde.

Nach dem Essen ging Ella auf ihr Zimmer. Es war Zeit für ihren Mittagsschlaf, und ihr war anzusehen, dass sie ihn jetzt dringender brauchte denn je. Die Ereignisse der letzten Tage hatten auch an ihr gezehrt.

Ich blieb in der Küche zurück und wusch das Geschirr ab. Im Haus war es wieder so still wie in einem Grab. Nur das Ticken der Wanduhr aus dem Wohnzimmer war zu hören. Am liebsten hätte ich mir Kopfhörer aufgesetzt und so laut wie möglich Musik gehört, aber mein Handy mit allen Dateien lag nun irgendwo in einem Müllcontainer der Klinik.

Irgendwann hielt ich es kaum noch aus. Dieses Gefühl der Hilflosigkeit trieb mich noch in den Wahnsinn. Mit jedem Ticken der Uhr verstrich eine weitere wertvolle Sekunde für Zoe. Tief in mir wusste ich, dass es noch nicht zu spät für sie war – auch wenn ich niemandem hätte erklären können, warum.

Deshalb musste ich einfach etwas für sie tun.

Aber was?

Mit einem hatte Zoes Dad recht gehabt: Wenn es etwas gab, das Zoe helfen konnte, dann waren das meine Erinnerungen. Jedes Detail konnte wichtig sein.

Nur hatte ich bis jetzt kaum Erfolg damit gehabt, mich an irgendetwas zu erinnern. Aber vielleicht hatte ich es ja auf die falsche Weise versucht? Ob man etwas fand, hing doch schließlich immer davon ab, *wo* man danach suchte. Und falls das auch für Erinnerungen galt, dann gab es eigentlich nur einen Ort, an dem es mir gelingen konnte.

Ich schnappte meine Jacke und einen Schirm und machte mich auf den Weg.

23.

Außer mir warteten noch zwei weitere Mädchen an der Bushaltestelle. Sie waren vielleicht zwölf oder dreizehn und ich kannte sie nicht. Aber sie schienen *mich* zu kennen. Sie tuschelten miteinander über ihre Handys hinweg und sahen dabei immer wieder kichernd zu mir.

Irgendwann platzte mir der Kragen.

»Was glotzt ihr so? Habt ihr ein Problem?«

»Nö, wieso?«, entgegnete das eine Mädchen, und dann kicherten sie wieder.

Dieses verdammte Video! Ob es irgendjemanden im Ort gab, der es noch *nicht* gesehen hatte?

Wahrscheinlich nur Ella, und falls sie doch schon davon erfahren hatte – was ich schwer vermutete –, war sie wenigstens so taktvoll gewesen, es nicht anzusprechen.

Erneut kochte blinde Wut in mir hoch, aber es hatte keinen Sinn, sich darüber aufzuregen. Es war, wie es war, ich konnte es nicht rückgängig machen. Mir blieb nichts anderes übrig, als abzuwarten, bis irgendwann Gras darüber gewachsen war.

Als der Bus endlich eintraf, suchte ich mir einen Platz, der möglichst weit von den Mädchen entfernt war. Sie kicherten weiter und hielten sich gegenseitig ihre Handys hin, aber sie schauten nicht mehr zu mir. Wahrscheinlich hatten sie inzwischen etwas Lustigeres entdeckt als ein Mädchen im Nachthemd, das sich in seiner eigenen Kotze auf dem Boden wand.

Ich presste die Stirn gegen die kühle Scheibe und wünschte mich an den Tag zurück, an dem mir Zoe den Link für die Party geschickt hatte. Wie vieles würde man doch anders machen, wenn man eine zweite Chance bekäme! Aber es war müßig, über so etwas nachzudenken, schließlich konnte man jede Entscheidung nur einmal im Leben treffen.

Im Vorbeifahren beobachtete ich die Leute auf der Straße. Sie hasteten durch den Regen und jeder schien es eilig zu haben. So, als wüssten sie, wie kurz ihre Zeit war und dass alles von einem Moment zum nächsten vorbei sein konnte.

Ich fragte mich, ob die Dinge, denen sie so eilig nachgingen, diese Zeit wert waren. Wie viel von dem, was ihnen jetzt so wichtig schien, würde am Ende wirklich einen Unterschied machen? Was würde davon bleiben?

Und was wäre es bei mir?

Was würde ich zurücklassen?

An was würden sich die Leute erinnern, wenn ich einmal nicht mehr da war?

Hoffentlich nicht nur an dieses gottverdammte Video.

24.

Ich war die Einzige, die an der Haltestelle im Industriegebiet ausstieg. Von dort waren es nur wenige Gehminuten bis zum Club. Ich hoffte, dass mir hier wirklich einige neue Erinnerungen in den Sinn kommen würden. Etwas, das helfen würde, Zoe zu finden.

Im trüben Nachmittagslicht wirkte der Betonbau des P2 trist und einsam. Er war nicht mehr cool, sondern einfach nur abstoßend.

Ich überquerte den großen Parkplatz, auf dem um diese Zeit kein Auto stand, und nahm dabei denselben Weg wie Zoe und ich an jenem Abend. Von der ungefähren Stelle, an der wir aus Rolf Wagners Auto gestiegen waren, näherte ich mich Schritt für Schritt dem Clubeingang.

Ich wich den Pfützen aus und erinnerte mich an die Hexenmädchen. An das Klackern ihrer hohen Absätze auf dem Asphalt. Dabei bemühte ich mich, nicht daran zu denken, dass eine von ihnen später einen angeekelten Schrei ausgestoßen hatte, als sie mich am Boden liegen sah. Das war schließlich keine richtige Erinnerung, ich hatte es nur in dem Video gesehen.

Dann kam ich zu der Stelle, wo der betrunkene Zombie

Zoe so plump angemacht hatte. Ich dachte an den pummeligen Minion und an den Jungen mit dem schwarzen Kapuzenpulli und der *Scream*-Maske.

Ob er wirklich der Mistkerl war, dem Zoe und ich diesen Höllentrip zu verdanken hatten?

Wahrscheinlich.

Der Verkaufsstand mit den Masken, neben dem er gestanden hatte, war nicht mehr da. Stattdessen starrten nun die verdunkelten Schaufenster eines neuen Möbelhauses über den Parkplatz zu mir herüber. Riesige Plakate verkündeten die Neueröffnung im Januar und an der Eingangstür klebte der Schriftzug FÜHL DICH WOHL IM NEUEN DAHEIM.

Von wegen, dachte ich. Ein Ort zum Wohlfühlen sah für mich anders aus. Auch dieser verlassene Glas-Beton-Block, neben dem noch einige Paletten und Container einer Baufirma standen, wirkte eher düster und bedrohlich als einladend auf mich. Er war genauso hässlich wie der neue Discounter, der Baumarkt und die übrigen Neubauten um mich herum, die laut der großen Aufstelltafel bald Bürogebäude, weitere Geschäfte und eine Spedition beherbergen würden. Sie waren hier innerhalb kurzer Zeit wie Pilze aus dem Boden geschossen und ein Bau war scheußlicher als der andere. Überhaupt war hier die Stimmung bei Tag ganz anders als am Abend und ich kam mir vor wie die einzige Überlebende in einem dieser Endzeit-Filme.

Wie sehr eine Menschenansammlung und die richtige Nachtbeleuchtung doch über diese betongraue Trostlosigkeit hinwegtäuschen konnten. Jetzt bei Tag wirkte das alles hier wie ein völlig anderer Ort. Das machte das Erinnern nicht gerade einfacher für mich. Erst recht nicht, weil aus mehreren Richtungen Baulärm über den Parkplatz hallte.

Ich musste mich also umso mehr konzentrieren. Um das irritierende Umfeld auszublenden, schloss ich die Augen und ließ den Abend noch einmal vor meinem geistigen Auge ablaufen. Doch mehr, als ich bis jetzt ohnehin schon gewusst hatte, wollte mir einfach nicht einfallen.

Ich musste *in* den Club, dorthin wo es geschehen war.

Ich rüttelte an der Eingangstür, aber wie erwartet war sie verschlossen. Mir blieb also nichts anderes übrig, als später noch einmal wiederzukommen, wenn das Personal da war.

Vielleicht würde ich dann auch Sascha wiedersehen – *DJ SaXa*, wie er sich auf den Plakaten neben mir nannte. Der Gedanke gefiel mir.

Der Regen wurde wieder heftiger. Nun ging er in wahren Sturzbächen nieder und dicke Tropfen tanzten wie wild auf dem Asphalt. Auch der Wind nahm zu und riss mir fast den Schirm aus der Hand.

Na prima! Der Stadtbus fuhr im Stundentakt und ich war gerade mal eine knappe Viertelstunde hier.

Seufzend wich ich einer vorbeifliegenden Plastiktüte aus und drückte mich an die Wand neben der Tür. Ich beschloss unter der Überdachung am Eingang zu warten, bis das Unwetter nachließ.

Mir war kalt, und ich war frustriert, weil mir hier draußen nichts, aber auch gar nichts Neues einfallen wollte. Was auch immer im P2 geschehen war, war dort dringeblieben, und ich kam nicht an diese Erinnerung heran.

Der Regen prasselte ohne Unterlass und nach einer gefühlten Ewigkeit gab ich es auf. Ich wollte gerade zurück zur Haltestelle gehen, als ein roter Smart auf den Parkplatz fuhr. Er hielt dicht vor mir und eine Frau mit Piercings im Gesicht und kurzen rabenschwarzen Haaren stieg aus.

Sie hielt sich eine nietenbesetzte Handtasche schützend über den Kopf und hastete auf mich zu.

»Das Scheißwetter hört wohl gar nicht mehr auf«, sagte sie und klopfte sich den Regen von ihrer Lederjacke. Sie musste zwischen dreißig und vierzig sein, aber ihr Gothic-Look machte es schwer, ihr Alter zu schätzen. »Wartest du hier auf jemanden?«

»Ich, ähm, ja ...« Einem spontanen Einfall folgend, deutete ich zu einem Zettel an der Eingangstür, auf dem *Personal gesucht* stand. »Ich wollte mich um einen Job bewerben.«

»Aha.« Sie musterte mich, dann sah sie auf ihre Armbanduhr. »Ist aber noch zu früh. Ich mache hier nur sauber. Der Chef kommt erst in einer Stunde oder so.«

»Okay.« Ich lächelte. »Ich dachte nur, es macht vielleicht einen guten Eindruck, wenn ich etwas früher da bin. Aber der Bus war dann doch schon *ziemlich* früh da. Ist es in Ordnung, wenn ich drinnen warte?«

Die Frau kramte in ihrer Handtasche und zog einen Schlüsselbund heraus, von dem ein lederner Totenkopfanhänger baumelte. Sie sah zum Himmel, der nach wie vor voll dicker Wolken hing, die sich auf uns entluden.

»Klar. Hast du auch einen Namen?«

»Nikka.«

»Ich bin Jessica. Komm mit rein.«

Sie schloss die Tür auf, und ich folgte ihr durch den Gang, der mit den Aushängen für die nächsten Partys gesäumt war.

Hier waren Zoe und ich an dem bulligen Türsteher vorbeigekommen. Er hatte jeden Neuankömmling gemustert und die muskelbepackten Arme vor der massigen Brust verschränkt gehabt. Sein schwarzes T-Shirt mit dem *Security*-Aufdruck hatte bedenklich gespannt, und Zoe hatte mir zugeflüstert: »Wenn der sich noch weiter aufbläst, reißt gleich sein Hemd.«

Eine neue Erinnerung!

Das machte mir Hoffnung.

Jessica deutete zum Durchgang in den Hauptraum. »Geh ruhig rein und schau dich um.«

Sie selbst verschwand hinter einer Tür, auf der NUR FÜR PERSONAL stand. Gleich darauf gingen überall die Lichter an, und ich musste an einen von Ellas Sprüchen denken: *Manchmal geschehen noch Zeichen und Wunder.* Für die nächsten Minuten würde ich den Club für mich allein haben. Wenn das mal kein Glück war!

Ich ging in den Hauptraum und dann auf die Tanzfläche, genau wie Zoe und ich es getan hatten. Um mich herum war es so still, dass man eine Stecknadel hätte fallen hören.

Ich spürte eine Gänsehaut, als ich zu der Stelle sah, an der ich zusammengebrochen sein musste. Sie war keine zehn Meter von der Tanzfläche entfernt. Ich selbst konnte mich zwar nicht daran erinnern – so, wie ich mich an kaum etwas hier im Club erinnern konnte –, aber ich erkannte den schmalen Gang zu den Toiletten wieder, den ich im Video gesehen hatte.

Ich schluckte, atmete langsam ein und aus und wartete, bis mein Herzschlag sich wieder beruhigt hatte. Dann konzentrierte ich mich, sog alles in mich auf, was ich sah, und hoffte, dass weitere Erinnerungen in meinem Kopf auftauchen würden.

Wir sind auf die Tanzfläche gegangen. Was haben wir dann gemacht?

Ich dachte angestrengt nach. Zuerst geschah nichts, aber als ich schließlich die Augen schloss, erschienen Bilder vor mir.

Anfangs noch abgehackt wie bei einem stotternden Motor, der langsam anlief, aber dann immer schneller und deutlicher.

Schließlich war es, als wäre ich mitten in einem Film, in dem ich selbst die Hauptrolle spielte.

Ich glaubte, wieder in der Menschenmenge zu stehen, fühlte die Hitze und das Gedränge, roch den stickigen Kunstnebel und hörte die Musik und die Stimme des DJs.

25.

»Und jetzt wird's noch mal richtig retro, Leute!«

The Cure brandeten los. *Why can't I be you?*

Zwei Frauen neben uns johlten begeistert auf. Sie schienen im entsprechenden Alter für den Song zu sein, auch wenn das schwer zu bestimmen war, weil sie sich als eine erwachsene Version der Zwillinge aus *Shining* verkleidet hatten.

Auch Zoe und ich johlten und tanzten los. Die Stimmung war irgendwie ansteckend. Zwar ging es schrecklich eng zu, und immer wieder wurden wir geschubst, aber es war trotzdem ein Riesenspaß. Die Musik war richtig gut und es liefen auch ein paar von meinen Lieblingssongs.

Am interessantesten aber fand ich es, beim Tanzen die Leute in ihren Kostümen zu beobachten. Manche hatten sich richtig viel Mühe gegeben, bei anderen musste man eher raten, was sie darstellen wollten.

Zwischendrin entdeckte ich auch einige, die sich gar nicht verkleidet hatten. Meistens waren es Jungs. Die Sorte, die nicht tanzte, sondern sich nur träge auf der Stelle bewegte und dabei Mädchen abcheckte.

Irgendwann rief mir Zoe etwas zu. Ich schrie zurück, dass ich sie nicht verstanden hatte, woraufhin sie eine Trink-Geste machte. Sie deutete zur Theke und dann zu einer freien Stelle neben einer der vier Säulen, die die Tanzfläche begrenzten.

Ich verstand, bahnte mir zwischen den Leuten meinen Weg zu der Säule und wartete dort, während Zoe zur Bar ging.

Der Bass rumorte in meinem Magen und die tanzende Menge kam mir im Stroboskopgewitter wie eine Vision aus einem Fiebertraum vor.

»Hey, was geht? Cooles Outfit!«

Ein spindeldürrer Junge kam auf mich zu. Er trug einen schwarzen Umhang und eine *Pinhead*-Maske. Ich hätte das Kompliment gern erwidert, aber es sah viel zu albern aus, wie er bei einem Schluck aus seiner Flasche die Gumminadeln der Maske beiseitebiegen musste. Außerdem schwankte er bedenklich, und ich fragte mich, ob denn alle Jungs hier schon betrunken waren.

Er beugte sich dicht an mein Ohr und ich roch seine Alkoholfahne. »Das war vorhin richtig stark mit euch beiden da draußen.«

»Was meinst du damit?«

»Na, wie deine Freundin und du diesem Idiot 'ne Abfuhr erteilt habt. Der ist jetzt stinksauer.«

»Kennst du den Typ?«

»Klar, das ist Rob. Wir haben früher ab und zu was gemacht, aber jetzt nervt er nur noch. Ist ständig besoffen.«

»Na, du bist heute aber auch schon ganz gut dabei.«

Er schüttelte den Kopf, wobei die Gumminadeln seiner Maske wackelten. »Ey, ich bin normal nicht so. Manchmal passiert das eben. Aber bei Rob ist das Dauerzustand. Und dann wird er richtig aggressiv.«

Das letzte Wort bereitete ihm ziemliche Schwierigkeiten, aber als er es schließlich heraushatte, fuhr er sich mit dem

Zeigefinger quer über den Hals. »Mit dem solltet ihr euch besser nicht mehr anlegen.«

»Ich werde es mir merken.«

»Gut. Heute tut der auch nichts mehr. Ich hab ihn vorhin auf dem Klo das Ave Maria beten sehen.« Er lachte. »Verstehst du? Würfelhusten. Kotzen.«

»Ja, ich hab's schon kapiert.«

Er torkelte kurz wie ein Tanzbär vor mir, dann fand er sein Gleichgewicht wieder und beugte sich zu mir vor. »Ich finde den Film ja echt gut«, lallte er. »*Ring* meine ich. Aber eines war mir nie so richtig klar.«

»Und was?«, fragte ich, während ich nach Zoe Ausschau hielt.

»Na, was die Tussi unter ihrem Nachthemd anhatte. Hast du denn was drunter an?«

»Ach verpiss dich! Geh und schlaf deinen Rausch aus.«

»Ey, ich wollt's doch nur wissen. Ist rein cine... cineastisches Interesse, verstehst du?«

Er kam wieder dicht an mich heran und griff nach meinem Nachthemd.

Nun reichte es mir und ich gab ihm einen Schubs. Er taumelte rückwärts und stieß mit Zoe zusammen, die ihn mit ihrem Eisblick sofort verscheuchte.

»Wow«, sagte sie und hielt mir ihren knallroten Cocktail hin, in dem eine Limette und ein Augapfel aus Fruchtgummi schwammen. »Kein Wunder, dass hier alle hackedicht sind. Das Zeug zieht einem echt die Beine weg. Hier, halt mal.«

Sie drückte mir das Glas in die Hand und fasste sich an die Schläfen. »Puh, ist das heftig! Mir ist echt nicht so ... so gut.«

»Alles okay?«

Sie schüttelte sich, als hätte ihr jemand einen Eimer Wasser über den Kopf geschüttet. »Ja, geht schon. Warte mal kurz hier, ich komm gleich … wieder.«

Hastig wandte sie sich ab und schwankte durch die Menge auf die Toiletten zu. Das kam mir merkwürdig vor, denn normalerweise vertrug Zoe eine ganze Menge.

Besorgt folgte ich ihr, aber im Gedränge kam ich kaum vorwärts. Ich war zu klein, um über die anderen wegzusehen, und musste den Hals recken, damit ich Zoe nicht aus den Augen verlor. Dabei übersah ich einen Jungen, der direkt vor mir stand, und rannte in ihn hinein. Etwas von dem Cocktail in meiner Hand schwappte auf sein weißes Hemd.

Ich starrte auf den roten Fleck, der sich wie Blut auf dem Stoff ausbreitete. »Sorry!«

Erst jetzt sah ich hoch in sein Gesicht, und sofort wünschte ich mir, ich könnte im Boden versinken.

Es war Tom, ausgerecht Tom!

»Hey Nikka.«

Er grinste mich an und sah einfach toll aus wie immer. Hätte er nicht irgendwann die Firma seines Vaters übernehmen sollen, hätte er sich als Model bei Armani oder Dolce & Gabbana bewerben können. »Siehst cool aus in dem Kostüm. Ich hätte dich fast nicht erkannt. Tolle Party, was?«

»Ich … äh … ja … also, das tut mir jetzt total leid!«

Prima, jetzt stammelte ich auch noch dämlich herum!

Mir schoss das Blut in den Kopf und mein Gesicht begann zu brennen. Wenn das hier die Weltmeisterschaft in Peinlichkeit gewesen wäre, bekäme ich mit Sicherheit die Goldmedaille. Hier waren Hunderte von Leuten, und ich schüttete ausgerechnet *ihm* meinen Drink übers Hemd. Noch dazu in einer Aufmachung, in der ich mir jetzt nur noch albern vorkam.

»Nicht so schlimm, das geht bestimmt wieder raus.« Er

strich sich über das Hemd, das zu keiner Kostümierung, sondern zu einem richtigen Anzug gehörte – einem bestimmt sehr *teuren* Anzug. »Bist du schon länger da?«

»Nein. Das heißt ja. Eine halbe Stunde oder so. Und du?«

»Auch noch nicht lange. Wir waren vorhin beim Essen und wollten nur kurz vorbeischauen. Jetzt, wo der Club endlich wieder geöffnet hat. Coole Sache, oder?«

Wir, dachte ich, und dann entdeckte ich seine Freundin, die sich zu ihm durchdrängte. Sie bedachte mich mit einem knappen »Hi« und dann starrte sie auf Toms Hemd.

»Oh je, Schatz, was ist dir denn passiert?«

Ihr nächster Blick galt dem Glas in meiner Hand und der Fruchtgummi-Augapfel darin glotzte zurück.

Kaum zu glauben, Leute, spöttelte eine Stimme in mir, die sich wie ein Sportmoderator anhörte. *Gleich doppeltes Gold bei dieser Weltmeisterschaft. Nikka Farlandt ist die ungeschlagene Peinlichkeitsqueen!*

Vor lauter Verlegenheit nahm ich einen großen Schluck von dem Cocktail, der einfach nur ekelhaft nach Kirschsaft mit viel zu viel Wodka schmeckte, während Tom erneut den Fleck mit einer knappen Bemerkung abtat. Dabei sah mich seine Freundin nur kühl an.

Ich wusste, dass sie Laila hieß, und kannte sie nur vom Sehen, aber für mich verkörperte sie so ziemlich alles, was ich nicht war. Sie war groß und hatte eine Top-Figur. Ihre langen schwarzen Haare schimmerten beinahe bläulich im Licht der Scheinwerfer und ihr bronzefarbener Teint war makellos. Ihren Eltern gehörte ein Zahntechniklabor, und sie war das einzige Mädchen in der Oberstufe, das es sich leisten konnte, regelmäßig nach Mailand zum Shoppen zu fahren – noch dazu in einem nagelneuen und sündteuren Cabrio.

Kein Wunder, dass Tom mit ihr zusammen war und nicht mit einer wie mir.

Schnell trank ich einen weiteren großen Schluck von dem ekelhaften Cocktail. Dabei überlegte ich fieberhaft, wie mir nun wenigstens ein halbwegs würdevoller Abgang gelingen könnte.

Tom machte es mir leicht. »Tja, wir müssen dann wieder los. Wir fliegen morgen schon ziemlich früh mit Lailas Eltern in den Urlaub.«

»Oh, das ist toll!« Ich wich Lailas Blick aus und trank mein Glas leer. »Na dann, viel Spaß beim …«

Ich stockte. Mit einem Mal fühlte ich mich seltsam leicht. Alles um mich herum begann sich zu drehen. Es war, als ob mich jemand am Kopf hochhob und herumwirbelte.

»Was ist denn jetzt los?«, wollte ich sagen, bekam aber nur ein Lallen heraus. Meine Zunge fühlte sich wie ein Bleiklumpen in meinem Mund an. Es war, als sei ich von einer Sekunde zur nächsten sturzbetrunken geworden.

Ich musste lachen und wusste nicht warum. Im nächsten Moment wurde mir entsetzlich schlecht. Meine Kehle zog sich zusammen und ich würgte.

Tom und Laila wichen vor mir zurück.

Ich rülpste laut und dann übergab ich mich. Dabei ruderte ich wild mit den Armen, um nicht vornüberzukippen.

Ich hatte keine Kontrolle mehr über mich, als ob mein Körper fremdgesteuert wurde, und dann …

26.

… war ich zusammengebrochen. Danach kamen die Monsterstimmen und mein unheimlicher Ausflug an den dunklen Ort.

Ja, so ist es gewesen!

Ich schlug die Augen auf und stellte fest, dass ich unbewusst zu der Stelle gegangen war, an der ich am Boden gelegen hatte.

Jetzt war dort alles wieder sauber, aber auf dem Video hatte der Boden schlimm ausgesehen. Ich hatte alles vollgekotzt. Und jetzt wusste ich auch noch, dass ausgerechnet Tom live dabei gewesen war.

»O mein Gott«, murmelte ich und schämte mich abgrundtief.

Dann bemerkte ich, dass ich nicht mehr allein im Raum war. Jessica stand mit ihrem Putzwagen neben der Theke und beobachtete mich.

»Alles in Ordnung mit dir?«

»Wie? Ja, ich bin okay. Ich habe nur gerade an etwas gedacht.«

Sie hob eine ihrer gepiercten Brauen und sah mich einen Moment an. Dann füllte sie ein Glas mit Wasser und schob es über die Theke.

»Hier, trink das. Geht aufs Haus.«

»Danke.«

Ich ging zu ihr und trank einen großen Schluck. Das kühle Wasser tat gut. Meine Erinnerung war so lebhaft gewesen, dass ich immer noch glaubte, den Kirschsaft und den vielen Alkohol zu schmecken.

Kein Wunder, dass weder Zoe noch mir das Zeug darin aufgefallen ist. In so einen Cocktail hätte man sogar Kloreiniger mischen können.

Mit dem zweiten Schluck leerte ich das Glas und spülte mir den üblen Geschmack aus dem Mund.

Jessica ließ mich keinen Moment aus den Augen. »Hör mal, ich weiß, wer du bist. Du bist die Kleine, die an Halloween hier umgekippt ist, stimmt's?«

Also deshalb hatte sie mich ständig so gemustert. Wahrscheinlich hatte sie die ganze Bescherung aufputzen müssen, die ich verursacht hatte, und zum Dank dafür hatte ich sie nun auch noch angelogen. Ich errötete und nickte nur.

»Dachte ich's mir doch. Du bist mir gleich so bekannt vorgekommen. Aber du suchst hier doch nicht wirklich einen Job, oder?«

Ich schüttelte betreten den Kopf. »Nein, tut mir leid, das war nicht richtig von mir, Sie anzulügen. Ich hätte es Ihnen sagen sollen. Ich wollte nur hier sein, um herauszufinden, ob ich mich vielleicht so wieder daran erinnern kann, was passiert ist.«

Sie lehnte sich gegen die Theke, stützte das Kinn auf eine Faust und sah mich ernst an. Ich las das Tattoo auf ihrem Unterarm: *Niemals ein Fehler, immer eine Lektion.*

»Schon gut, Kleine. Ist ja schließlich auch nichts, was man jedem gleich auf die Nase binden will. Hat es denn wenigstens geklappt?«

»Ja, ich denke schon.«

»Weißt du, wer es war?«

Ich schlug die Augen nieder. »Nein.«

»Das Gefühl kenne ich.« Sie schnaubte ärgerlich. »Als mir das damals passiert ist, bin ich irgendwo im Stadtpark zu mir gekommen. Ich wusste kaum noch meinen Namen und hatte nicht mal mehr meinen Slip an.«

Ich sah sie erstaunt an und sie zuckte mit den Schultern. »Tja, Kleine, so etwas kommt öfter vor, als man denkt. Und es ist auch nichts Neues, mir ist das schon vor zwölf Jahren passiert.«

»Das … tut mir sehr leid.«

Sie zuckte die Achseln. »Mir auch. Aber das Leben geht weiter. Irgendwie geht es immer weiter. Aber pass in Zukunft besser auf, von wem du dich einladen lässt.«

Mein Blick wanderte über die vielen Flaschen, die sich in einem riesigen Regal hinter der Theke aneinanderreihten. Daneben lehnte der Donald-Trump-Frankenstein aus Pappe an der Wand. *Wir machen die Cocktails wieder groß.*

»Jessica, darf ich Sie um einen Gefallen bitten?«

»Noch einen? Tja, kommt drauf an.«

»Könnten Sie mir die Nummer von Sascha geben? Ich muss ihn dringend sprechen. Er hat mir an dem Abend das Leben gerettet.«

»Ich weiß. Aber die Nummern unseres Personals sind für Fremde tabu.«

»Bitte, ich bin doch keine Fremde für ihn! Es ist wirklich wichtig.«

Jessica verdrehte die Augen und seufzte. »Also gut, ich glaube, bei dir kann ich wohl eine Ausnahme machen. Aber wehe, du bringst Sascha in Schwierigkeiten! Der Junge hat sich echt für dich ins Zeug gelegt. Vergiss das nie!«

»Ich weiß und dafür bin ich ihm auch unglaublich dankbar.«

Sie sah mich eindringlich an und kam dann so dicht an mich heran, dass ich ihr Patschuli-Parfüm riechen konnte. »Sascha ist viel zu gut für diese Welt. Von der Herzmassage hatte er zwei Tage lang Muskelkater, dass er kaum die Arme heben konnte, und er hatte eine Scheißangst, dass du es nicht schaffst. Also versprich mir, dass du ihn in nichts reinziehen wirst.«

Das tat ich, auch wenn ich mir nicht sicher war, ob ich dieses Versprechen halten konnte. Ich brauchte seine Hilfe. Jemanden, der mich verstand. Sascha war der Einzige, der wirklich wusste, was mit mir los war, auch wenn er mir vielleicht nicht alles davon glaubte.

Jessica kritzelte seine Nummer auf einen Notizzettel und schob ihn mir zu. »Hier. Ich hoffe, du bist nett. Seine letzte Freundin hat ihn einfach im Stich gelassen. Sie hatte zwar Gründe, aber es war trotzdem nicht okay. Zumindest nicht so, wie sie es gemacht hat. Sascha hat etwas Besseres verdient.«

»Danke für Ihre Hilfe.«

Sie winkte ab. »Jaja, schon gut. Sieh zu, dass du das Schwein findest, und mach es fertig.« Sie stieß sich von der Theke ab. »Und jetzt verschwinde, ich hab noch eine Menge zu tun. Zieh die Tür hinter dir zu, wenn du rausgehst.«

Damit schob sie ihren Putzwagen zur Tanzfläche und ließ mich zurück.

Als ich ins Freie trat, hatte der Regen etwas nachgelassen. Nachdenklich machte ich mich auf den Rückweg zur Haltestelle.

Nun wusste ich also, was geschehen war. Aber wer dafür verantwortlich war und wieso er das alles getan hatte, wusste ich immer noch nicht.

Jessicas Worte verfolgten mich. Sie hatte nie erfahren, wer sie unter Drogen gesetzt und wer weiß was mit ihr angestellt hatte. Umso mehr nahm ich mir vor, den Kerl zu finden, der Zoe und mir das angetan hatte.

Das war ich uns dreien schuldig.

II.

DER LEDERMANN

27.

Als ich wieder zu Hause war, rief ich die Nummer an, die mir Jessica gegeben hatte. Es meldete sich nur eine anonyme Mailbox. Eine elektronische Frauenstimme nannte mir die Nummer, die ich gewählt hatte, und forderte mich auf, eine Nachricht zu hinterlassen.

Ohne Handy kam ich mir seltsam vor. Bei WhatsApp wäre ich mir sicher gewesen, dass es wirklich die richtige Nummer war. Ich hätte Sascha eine Nachricht schicken können und höchstwahrscheinlich sogar gesehen, wenn er sie las.

Stattdessen musste ich nun auf eine anonyme Mailbox sprechen und warten, bis Ellas altes Telefon irgendwann klingeln würde. Wie hatten die Leute das früher nur ausgehalten?

Doch es verging keine halbe Stunde, bis sich Sascha schließlich meldete. Er habe in einer Stunde Dienstschluss, sagte er, und fragte mich, wo wir uns treffen wollten.

Ich schlug das Eiscafé in der Innenstadt vor. Ein neutraler Ort war mir für dieses Treffen lieber als bei ihm zu Hause oder bei mir.

Ella hatte lange geschlafen und von meinem Nachmittagsausflug in den Club nichts mitbekommen. Nun war sie wenig begeistert von der Idee, dass ich alleine ausgehen wollte.

»Ich kann und will es dir nicht verbieten, Liebes, aber überlege es dir bitte noch einmal. Du bist doch noch nicht ganz gesund.«

»Es geht mir gut, Ella, und ich werde nicht lange weg sein«, versprach ich. »Außerdem ist es mir wichtig, so schnell wie möglich wieder in einen normalen Alltag zurückzufinden. Ich will nicht jedes Mal Angst haben oder mich unsicher fühlen, wenn ich aus dem Haus gehe. Wenn ich zu lange damit warte, wird es nur schlimmer werden. Du weißt doch, der einzige Weg, sich seiner Angst zu stellen, ist, sich ihr zu stellen.«

Das überzeugte sie zwar nicht so wirklich, aber sie gab nach.

Wenig später lief ich zum zweiten Mal an diesem Tag zur Haltestelle und nahm den nächsten Bus in die Innenstadt.

Ich wäre lieber mit dem Rad gefahren, aber meine Rippen taten mir immer noch weh. Außerdem regnete es wieder, als stünde die nächste Sintflut bevor.

Umso mehr wunderte es mich, dass die Person mit dem blauen Regencape, die ein paar Meter hinter mir gegangen war, nicht in den Bus stieg. Sie blieb einfach nur an der Haltestelle stehen und hielt ihre Kapuze tief ins Gesicht gezogen. Als der Bus anfuhr, wandte sie sich ab.

28.

Ich kam zu früh im Café an, aber ich musste nicht lange warten. Sascha war ebenfalls überpünktlich. Er hatte sich nicht einmal die Zeit genommen, sich umzuziehen.

In seinen Sanitäterklamotten sah er ziemlich cool aus und wirkte auch nicht so schlaksig wie in den Jeans und der Lederjacke, die er bei unseren letzten Begegnungen getragen hatte.

Er bestellte sich einen Bananenshake, und ich nahm eine heiße Schokolade und dazu ein großes Stück Obsttorte, das ich heißhungrig aß. Seit meiner Rückkehr aus dem Club hatte ich plötzlich wieder Hunger, und ich deutete das als gutes Zeichen.

»Dann war das Zeug also in dem Cocktail«, sagte Sascha, nachdem ich ihm alles erzählt hatte.

»In *Zoes* Cocktail«, berichtigte ich ihn. »Das bedeutet, dass ich mit meiner Vermutung richtiglag.«

»Der Typ hatte es also nur auf sie abgesehen. Aber warum?«

»Wenn es wirklich irgendein perverser Klemmi war, liegt es ja auf der Hand. Er war scharf auf sie und hat sich nicht getraut sie anzusprechen, wie jeder normale Typ es tun würde.«

Er rührte nachdenklich mit dem Strohhalm in seinem Shake. »Du weißt schon, was das dann bedeuten würde?«

Ich musste schlucken. »Ja«, sagte ich ernst und schob den

leeren Teller beiseite. Bevor ich mir ausmalen konnte, was so ein Typ mit Zoe angestellt haben könnte, sprach ich schnell weiter. »Es bedeutet aber auch noch etwas anderes, denn Zoe hätte sich bestimmt nicht von einem Fremden einladen lassen. Und wenn sie einen Bekannten getroffen hätte, hätte sie ihn ja nicht einfach an der Bar stehen gelassen, sondern ihn mit zu mir gebracht.«

Nun sah Sascha mich mit großen Augen an. »Du meinst also, es war jemand vom Personal?«

Ich zuckte mit den Schultern. »Es kann doch nur so gewesen sein, oder?«

»Wow!« Er stieß hörbar den Atem aus. »Möglich ist es, ja. Aber es wird schwierig werden, das zu beweisen. Wir hatten für den Abend einige Aushilfskräfte da. Außerdem waren ja alle maskiert an dem Abend. Ich weiß also nicht, wer überhaupt hinter der Theke Dienst hatte.«

»Kannst du es rausfinden?«

»Eher nicht. Toni macht keine Dienstpläne oder so was.«

Ein Kellner nahm im Vorbeigehen meinen leeren Teller mit. Ich schaute ihm nach und dann wieder zu Sascha. »Wie viele Männer haben denn an dem Abend im Club gearbeitet?«

Sascha überlegte kurz. »Also, da waren der Türsteher und dann noch Toni und Ralf. Na ja, und ich.«

»Der Türsteher wird es wohl nicht gewesen sein«, sagte ich. »Er war ja die ganze Zeit am Eingang. Außerdem hat er auf mich nicht wie einer gewirkt, der irgendwelche Drogen braucht, um eine Frau rumzukriegen.«

Sascha sah mich neugierig an. »Und wieso nicht?«

»Er sah nicht so übel aus.«

»Dieser Fleischklops? Sag bloß nicht, du stehst auf solche Muskeltypen?«

Ich bedachte ihn mit einem knappen Grinsen, worauf er rot anlief.

»Also, nicht, dass mich das etwas angehen würde«, fügte er leise hinzu.

»Das ist jetzt auch nicht wichtig«, sagte ich. »Sag mir lieber, was für Typen Toni und Ralf sind. Würdest du ihnen so etwas zutrauen?«

Nun lachte er. »Nein, ganz bestimmt nicht.«

»Was ist daran so komisch?«

»Na, zum einen gehört Toni der Club. Er hätte einen Ruf zu verlieren. Aber das allein ist es nicht.«

»Was macht dich dann so sicher?«

Noch immer lachend zuckte er mit den Schultern. »Ganz einfach, die beiden sind schwul. Sie sind schon seit Jahren zusammen, und ich wüsste nicht, dass einer von ihnen jemals etwas mit einer Frau gehabt hat.«

Das war allerdings ein überzeugendes Argument. Zoe hätte sich schließlich auch niemals für einen Typ interessiert. Wenn sie mich ab und zu auf einen besonders süßen aufmerksam gemacht hatte, dann nur wegen mir.

»Und was ist mit den Aushilfskräften?«

»Das waren alles Mädels«, sagte Sascha und sog an seinem Strohhalm.

Ich schüttelte den Kopf. »Irgendwie kann ich mir nicht vorstellen, dass es ein Mädchen gewesen ist. Du etwa?«

»Nein, ich auch nicht.« Er schob sein Glas von sich. »Weißt du, nach dem, was dir passiert ist, habe ich ein bisschen bei meinen Kollegen herumgefragt. Denen vom Sanitätsdienst, meine ich. Vor deinem Zusammenbruch hatte ich noch nie mit GBL zu tun gehabt, und ich wollte wissen, wie oft so etwas vorkommt. Sie meinten, dass das gar nicht selten ist. Ein Kollege hat früher in der Großstadt gearbeitet. Er meinte, dass es da fast jedes Wochenende vorkommt. In fast allen Fällen trifft es Frauen, also geht man davon aus, dass in erster Linie Männer so etwas tun.«

Er seufzte, dann sagte er: »Als Mann muss man sich da echt richtig fremdschämen.«

»Dann könnte es also auch irgendein männlicher Gast gewesen sein, der sich einfach hinter die Theke gestellt hat? Wenn sich die Aushilfskräfte untereinander nicht gekannt haben, wäre das in dem Trubel bestimmt nicht aufgefallen. Erst recht nicht, wo ja alle maskiert waren.«

Sascha nickte. »Ich habe nur ab und zu von meinem Platz zur Bar rübergeschaut und da war echt die Hölle los. Ralf hat später gesagt, er hätte noch nie so viele Cocktails an einem einzigen Abend gemixt. Also könnte sich da jederzeit jemand reingemogelt haben. Der Thekenbereich war auch nicht abgesperrt oder so. Die Bedienungen mussten ja schnell rein- und rauskommen können.«

»Mist! Dann sind wir jetzt keinen Schritt weiter als vorher.«

Ich war auf einmal stinksauer und hätte am liebsten etwas gegen die Wand gepfeffert – am besten ein Glas, das laut klirrte. Stattdessen zog ich eine der Papierservietten aus dem Halter vor mir und riss sie in Streifen.

»Das stimmt vielleicht nicht ganz.« Sascha sah mich verschwörerisch an. »Es gibt noch etwas, das ich versuchen kann.«

»Und was?«

»Das sage ich dir, wenn es geklappt hat, okay?«

»Warum sagst du es mir nicht einfach jetzt?«

»Weil ich nichts versprechen will, was ich vielleicht nicht halten kann. Also gib mir einfach ein bisschen Zeit.«

Doch Zeit war gerade das, was ich am allerwenigsten hatte. Als Sascha mich wenig später in seinem alten Seat nach Hause fuhr, musste ich ständig an Zoe denken. An unsere Begegnung in dem Tunnel und an ihr angstverzerrtes Gesicht.

Cordelia hatte gemeint, dass es vielleicht noch nicht zu spät für Zoe war, solange sie nur nicht in das Licht ging.

Ich hoffte, sie hatte damit recht. Himmel, wie sehr ich das hoffte!

29.

Es war schon weit nach Mitternacht und ich wälzte mich immer noch im Bett hin und her. Der Regen trommelte leise gegen mein Fenster wie eine Schar winziger Finger, und obwohl es eigentlich warm in meinem Zimmer war, fröstelte ich. Ich war völlig erschöpft und übermüdet. Meine Rippen schmerzten und mein ganzer Körper fühlte sich so schlaff an wie sonst nur nach einem stundenlangen Schwimmtraining.

Trotzdem fand ich keinen Schlaf. Die Sorge um Zoe, mein Besuch im Club, die Begegnung mit Jessica und meine Unterhaltung mit Sascha wollten mir einfach nicht aus dem Kopf gehen. Vor allem aber quälte mich die Frage, wer der Kerl wohl sein mochte, der Zoe die Droge in den Cocktail gemischt hatte.

Soweit ich wusste, hatte Zoe keine Feinde. Und selbst wenn sie mir nichts davon erzählt hätte, wäre mir so was aufgefallen – schließlich hatten wir den Großteil unserer Zeit immer zusammen verbracht. Klar hatte sie ab und zu mal Zoff an der Schule gehabt, aber es waren nur die üblichen Streitereien gewesen, meistens mit anderen Mädchen und nur sehr selten mit Jungs.

Natürlich hatte es immer wieder Typen gegeben, die sich an sie ranmachen wollten, und manchen war es auch ziemlich ernst damit, aber das waren in erster Linie *nette* Typen gewesen. Bei einem von ihnen – Ben, der eigentlich Benjamin hieß und der vor ungefähr einem Jahr mit seinen Eltern nach Kanada gezogen war – hatte Zoe sogar gesagt, sie fände es schade, dass er kein Mädchen sei. Sie hatte ihn wirklich gemocht.

Zoe war nun mal eine echte Traumfrau, auf die die Jungs standen, und bestimmt hatte nicht jeder eine Abfuhr so verständnisvoll weggesteckt wie Ben. Trotzdem konnte ich mir bei keinem von ihnen vorstellen, dass er sich deswegen an Zoe rächen wollte oder etwas in der Art. Keiner von ihnen war ein Psycho gewesen.

Das hätte Zoe mir garantiert erzählt.

Wer immer dieser Kerl also war, er war niemand aus unserem engeren Umfeld. Und er war entweder absolut dämlich oder absolut kaltblütig. Immerhin hatte er sogar Zoes Tod riskiert.

Ich fragte mich, ob das vielleicht seine Absicht gewesen war.

Wohl eher nicht, oder?

Jedenfalls hoffte ich, dass er sich vor Schreck in die Hosen gemacht hatte, als seine Scheißdroge mich erwischt hatte. Was war wohl in ihm vorgegangen, als er gesehen hatte, dass ich seinetwegen fast draufgegangen war? Denn ich wäre jede Wette eingegangen, dass er es mitbekommen hatte.

Aber was war sein eigentlicher Plan gewesen?

Wenn er Zoe betäuben wollte, um was weiß ich mit ihr anzustellen, musste er ihr gefolgt sein, nachdem er ihr den Cocktail gegeben hatte. Schließlich hatte er ja nicht wissen können, wann sie den Cocktail trank und wann die Droge zu wirken begann.

Aber wenn es so gewesen war, müsste ich ihn dann nicht gesehen haben?

Zum gefühlt tausendsten Mal wühlte ich in meinen Erinnerungen, konnte aber nichts finden. Ich war durch den Typ mit der *Pinhead*-Maske abgelenkt gewesen, und als Zoe dann zu mir gekommen war und ihr schlecht wurde, hatte ich mich viel zu sehr um sie gesorgt, um auf die Leute in unserer Nähe zu achten.

Pinhead konnte ich immerhin ausschließen, er war ja die ganze Zeit bei mir gewesen.

Und dieser Zombie?

Wenn Pinhead mich nicht angelogen hatte – wozu er in meinen Augen viel zu betrunken gewesen war –, dann fiel dieser Rob ebenfalls als Verdächtiger aus, weil er sich zu dem Zeitpunkt mit einer Kloschüssel unterhalten hatte.

Und sonst? War da sonst noch jemand gewesen?

Nein, mir war niemand Verdächtiges aufgefallen.

Verdammt!

Ich steckte in einer Sackgasse fest und das machte mich nur noch wütender.

Wieder durchlief mich ein frostiger Schauer und ich zog mir die Bettdecke bis zum Kinn hoch. Die Straßenlaterne vor meinem Fenster warf den Schatten des Regens an die Zimmerdecke. Es sah aus, als würden dicke Tränen an ihr entlangfließen. Dann gesellte sich plötzlich ein weiterer Schatten hinzu, und diesmal wusste ich sofort, was es war. Genauer gesagt, *wer* es war.

Ich schnellte hoch, schaltete die Nachttischlampe ein und sah zur Zimmerdecke hinauf. Der Ledermann kroch ein Stück zurück und hielt einen Arm vors Gesicht. Ich schien ihn mit der Lampe geblendet zu haben.

Gut so, dachte ich zornig. *Du hast hier nichts verloren.*

Er sah mit jedem seiner Besuche schlimmer aus. Inzwischen

war sein wundes Gesicht mit einer rotbraunen Schorfkruste überzogen. Wie Lehm, der auf einem Totenschädel getrocknet war. Er war dürrer geworden und seine Lederkluft hing schlaff an ihm herab. Selbst seine Handschuhe wirkten nun mindestens eine Nummer zu groß.

Er zerfällt, dachte ich und musste gegen die Übelkeit ankämpfen, die bei diesem Gedanken in mir aufstieg.

Aber auch wenn sein Anblick kaum zu ertragen war, hatte ich trotzdem keine Angst mehr vor ihm. Hätte er mir tatsächlich etwas antun wollen, hätte er es schon längst getan. Stattdessen war ich einfach nur noch genervt.

»Kannst du mich nicht endlich in Ruhe lassen?«, fuhr ich ihn an, wobei ich meine Stimme dämpfte, damit Ella mich nicht wieder hörte. Ihr Zimmer befand sich direkt unter meinem. »Hau doch einfach ab. Ich habe schon genug Probleme.«

Er senkte den Arm, glotzte mich aus seinem einen Auge an und schüttelte den Kopf. In dem wenigen, was von seinem Gesicht noch übrig war, sah ich etwas, was ich am allerwenigsten erwartet hätte: Bedauern.

Es wirkte fast, als tue es ihm leid, hier zu sein.

»Du kommst nicht freiwillig zu mir, oder?«

Wieder schüttelte er den Kopf.

»Dann liegt es daran, dass wir uns … da drüben begegnet sind?«

Er nickte, und ich musste an das denken, was Cordelia über Fotos und Erinnerungen gesagt hatte, über Souvenirs und gewissermaßen wohl auch über *ihn*.

»Also habe ich dich von dort mitgebracht?«

Er schien einen Moment zu überlegen, dann zuckte er mit den Schultern.

»Na gut.« Ich stieß einen tiefen Seufzer aus, schlug die

Decke zurück und setzte mich auf die Bettkante. »Wenn ich dir helfe, verschwindest du dann?«

Er nickte.

»Versprochen?«

Sein Nicken wurde energischer, und ich hatte wohl keine andere Wahl, als ihm zu glauben.

»Okay, dann sag schon, was du willst.«

Er bewegte sich unruhig an der Decke hin und her und wirkte irgendwie ratlos. Dann fuhr er sich mit dem Finger über den Hals und deutete auf seinen lippenlosen Mund.

Ich kannte diese Geste. Kamil, dem der kleine Gemüseladen gehörte, in dem Ella und ich oft einkauften, machte dasselbe Zeichen. Immer dann, wenn sich neue Kunden mit ihm zu unterhalten versuchten.

»Du bist stumm?«

Erneutes Nicken.

»Aber im Tunnel konntest du doch noch sprechen?«

Er hob die Hände, wie um sich zu entschuldigen, dann deutete er auf seine Kehle.

Ich spürte einen säuerlichen Geschmack im Mund, als ich verstand. Offenbar erging es seinen Stimmbändern ebenso wie seinem übrigen Körper. Auch sie vertrockneten und zersetzten sich. Immerhin unterhielt ich mich gerade mit einem Toten – so durchgeknallt das auch war.

Der Ledermann kroch ein Stück auf mich zu, dann hielt er inne und machte eine Geste mit ausgestreckten Armen. Wegen seines schlechten Zustands wirkte er wie ein ungelenker Pantomime, und ich hatte keinen blassen Schimmer, was er mir zeigen wollte. »Sorry, aber was soll das bedeuten?«

Er musste die Geste mehrmals wiederholen, bis bei mir endlich der Groschen fiel.

»Motorrad fahren?«

Er nickte heftig. Dann skizzierte er mit den Fingern eine Form in die Luft, die ich sofort erkannte – jedenfalls fast, denn als ich »Haus« sagte, wiegte er den Kopf.

»Also für mich sieht das wie ein Haus aus«, sagte ich.

Wie um mir zu widersprechen, wiederholte er die Geste, diesmal nachdrücklicher.

»Tut mir leid, aber das ist immer noch ein Haus.«

Er zuckte resigniert die Schultern, als fiele ihm keine andere Möglichkeit ein, sich verständlicher zu machen.

Ich fühlte mich in meine Kindheit zurückversetzt, als Ella und ich manchmal Begrifferaten gespielt hatten. Besonders gut war ich bei dem Spiel allerdings nie gewesen. »Ist es denn ein besonderes Haus?«

Nun nickte der Ledermann und deutete auf sich.

»Also ist es *dein* Haus?«

Wieder nickte er, diesmal besonders heftig, dann tippte er hastig an die Zimmerdecke. Das hatte er schon beim letzten Mal getan, und davor auch schon.

Er wollte mir etwas zeigen. Aber was?

Mir fiel wieder ein, was er im Tunnel zu mir gesagt hatte. *»Du musst die Perspektive ändern.«*

Schließlich glaubte ich zu verstehen. Im Tunnel hatte er mir klarmachen wollen, dass wir auf der anderen Seite waren – an einem Ort, den nur die Toten betreten konnten – und dass das, was ich bis dahin für *normal* gehalten hatte, an jenem Ort nicht mehr galt.

Was, wenn das auch bei unserer jetzigen Begegnung so war? Was, wenn auch jetzt seine Perspektive eine andere als die der Lebenden war? Dann sah es für mich vielleicht so aus, als würde er auf allen vieren an der Zimmerdecke hängen, während es ihm gerade andersherum vorkam. Aus seiner Perspektive saß *ich* dann an der Zimmerdecke auf meinem Bett und sah zu ihm *herunter.*

»Es geht um etwas am Boden? Also, aus deiner Sicht, meine ich.«

Er formte Daumen und Zeigefinger zu einem Okay, wie ich es aus dem Tauchkurs kannte. Ich glaubte so etwas wie ein freudiges Grinsen zu sehen – ein *richtiges* Grinsen, das nicht nur von seinem frei liegenden Gebiss kam, sondern auch sein verbliebenes Auge umspielte.

Dann begann er mit dem Zeigefinger zu gestikulieren, strich damit über die Zimmerdecke und tat so, als würde er etwas schreiben.

Aufmerksam folgte ich seinen Bewegungen. Es waren drei Zeichen, die er ständig wiederholte.

»Ist das erste ein G?«

Er schüttelte den Kopf und klopfte ungeduldig auf die Stelle vor sich. Für einen Moment befürchtete ich, Ella würde ihn hören, ehe mir klar wurde, dass sie ihn gar nicht hören *konnte.* Schließlich erschien der Ledermann ja nur *mir.*

»Okay, okay, ich hab's verstanden. Also kein G. Dann zeig es mir noch mal, aber diesmal langsamer.«

Das tat er, wieder und wieder, und schließlich erkannte ich die Zeichen. Es waren keine Buchstaben sondern *Zahlen.*

»Sechs, Null, Drei«, sagte ich, und der Ledermann signalisierte mir ein weiteres aufgeregtes Okay.

Ich sprang vom Bett auf, hielt mir die schmerzenden Rippen und eilte zum Schreibtisch. Mit zitternden Händen riss ich ein Post-it vom Block und schrieb die Zahlen auf. Dann schaute ich wieder zu dem Ledermann hoch.

»Und was bedeutet das?«

Erneut zeigte er auf sich, aber das half mir nicht weiter. Ich verstand nur, dass ihm diese drei Zahlen wichtig waren.

Verdammt, wenn er doch nur sprechen könnte!

Frustriert starrte ich auf den gelben Zettel und überlegte angestrengt, doch mir wollte nichts dazu einfallen. Obendrein bekam ich nun wie aus dem Nichts heftige Kopfschmerzen.

»Sechs, Null, Drei«, murmelte ich vor mich hin und rieb mir die pochenden Schläfen. »Sechs, Null, Drei. Oder ist es vielleicht Sechshundertdrei?«

Du weißt schon, was du da gerade tust?

Erschrocken fuhr ich herum. Für einen Moment glaubte ich tatsächlich, dass jemand hinter mir stand und zu mir sprach. Doch es war meine *eigene* Stimme gewesen, die ich gehört hatte – nicht hinter mir, sondern tief in mir.

Dir ist klar, dass du etwas aufgeschrieben hast, was dir ein Toter gezeigt hat?, fuhr meine innere Stimme ungerührt fort. *Jemand, der eigentlich gar nicht hier ist.*

Das Pochen in meinen Schläfen wurde noch heftiger, und mir war plötzlich übel, wie bei einem heftigen Kater. Wieder sah ich zur Decke hoch. Der Ledermann war verschwunden und auch sein Schatten in der Ecke war nicht mehr zu sehen.

Du siehst den Schatten deshalb nicht, weil er nicht da ist, erklärte mir die Stimme. *Und er war auch nie da. Es gibt ihn nicht, weder den Schatten noch diesen Ledermann.*

Mir drohte fast der Schädel zu zerspringen. In meinem Kopf fiel plötzlich alles durcheinander. Mir war, als sei ich gerade aus einem absurden Traum erwacht und hätte mich selbst beim Schlafwandeln ertappt. Oder als hätte ich betrunken etwas getan, was ich sonst nie tun würde, und war jetzt schlagartig wieder nüchtern geworden.

Meine Lippen bebten und meine Augen wurden feucht.

Und weißt du auch, warum du denkst, dass du diesen Ledermann siehst?

Ich starrte auf den Zettel in meiner zitternden Hand, auf die drei Zahlen, die ich hastig hingekritzelt hatte, um sie ja nicht zu vergessen. Gerade waren sie mir noch so wichtig erschienen. Aber jetzt ... machten sie mir Angst.

»Ja«, flüsterte ich. »Ja, ich denke, ich weiß, warum ich ihn sehe.«

Dann sag es auch, beharrte die Stimme. *Sprich es aus!*

»Ich sehe ihn, weil ...« Ich holte tief Luft und schluckte hart. Meine Augen brannten und ich zitterte jetzt noch stärker. Dann sprach ich meine schlimmste Befürchtung aus, leise und mit bebender Stimme. »Ich sehe ihn, weil mir das alles zu viel wird. Ich bilde mir das alles ein, weil ich ... kurz davor bin, den Verstand zu verlieren.«

Mein inneres Ich entgegnete nichts, aber ich spürte seine Zustimmung, die ja eigentlich *meine eigene* Zustimmung war.

Ich ließ mich aufs Bett zurücksinken und vergrub das Gesicht in den Händen. Eine Welle der Verzweiflung überrollte mich und ich begann zu weinen.

Was, um alles in der Welt, war nur los mit mir?

Fühlte es sich so an, wenn man verrückt wurde?

Ich wusste, wie schnell das manchmal gehen konnte – so schnell, dass man kaum eine Vorwarnung hat. Denn genau das hatte ich schon einmal miterleben müssen.

30.

Es geschah, als ich in der sechsten Klasse war, und es sollte mich noch lange in meinen Albträumen verfolgen. Vor allem die Schreie. Die waren das Schlimmste daran gewesen.

An einem Vormittag kurz vor den Sommerferien hatten wir im Sportunterricht gegen die Mädchen aus der Parallelklasse Basketball gespielt. Unsere Lehrerin, Frau Berger, hatte wie immer die Schiedsrichterrolle übernommen.

Sie war jung und tough und wir mochten sie sehr. Frau Berger hatte immer ein offenes Ohr für uns. Sie brachte uns nicht nur bei, wie wichtig Sport und eine gesunde Ernährung sind, sondern auch, dass es im Leben auf Freundschaft und Zusammenhalt ankommt und dass wir uns in *dieser Männerwelt*, wie sie es nannte, nichts gefallen lassen mussten. Von ihr stammte der Spruch »Nur weil man im Stehen pinkeln kann, macht einen das weder schlauer noch stärker«, den eine Schülerin später als Graffiti auf der Mädchentoilette verewigt hatte.

Als Frau Berger das erfuhr, hatte es sie amüsiert. Unseren Hausmeister nicht. Herr Müller überpinselte den Spruch mit Wandfarbe, doch das Graffiti schimmerte immer wieder durch – so, wie die Wahrheit eben immer den Weg zurück ans Licht findet.

An jenem Vormittag hatte es für unsere Mannschaft mal wieder nicht besonders gut ausgesehen. Außer mir gab es noch drei weitere Mädchen in unserer Gruppe, die es gerade mal auf einen Meter sechzig oder so brachten. Dagegen waren die Schülerinnen im gegnerischen Team allesamt ziemlich groß. Sie konnten uns locker übergehen, weshalb der Ball meistens in ihrem Team war, und sie landeten einen Korb nach dem anderen.

Trotzdem machte es Spaß, und wir gaben uns alle Mühe, damit unsere Niederlage wenigstens nicht allzu verheerend ausfiel.

Doch dann, mitten im Spiel, blies Frau Berger plötzlich wie wild auf ihrer Trillerpfeife. Wir hielten alle verwundert inne und sahen zu ihr. Niemand von uns verstand, warum sie das tat. Es gab doch gar keinen Grund, das Spiel zu unterbrechen.

Dann auf einmal stürmte Frau Berger auf das Mädchen los, das gerade den Ball hatte. Sie riss ihn ihr aus der Hand und rannte damit durch die Sporthalle. Dabei stieß sie weiterhin in ihre Trillerpfeife, wieder und wieder – so schrill, dass es einem fast das Trommelfell zerriss. Ihr Kopf war hochrot angelaufen und ihre Augen so weit aufgerissen, wie ich es noch nie zuvor bei jemandem gesehen hatte.

Sie lief direkt auf die gegenüberliegende Wand zu, ohne auch nur einen Moment langsamer zu werden. Erst im allerletzten Augenblick warf sie den Oberkörper zur Seite und prallte mit der Schulter gegen die Täfelung.

Es gab einen hässlichen Schlag, und wir dachten schon, sie hätte sich etwas gebrochen. Doch Frau Berger blieb nur für eine Sekunde stehen, wirbelte dann zu uns herum und spuckte die Trillerpfeife aus wie ein Baby seinen Schnuller.

Dann begann sie zu schreien. Es waren schreckliche abgehackte Laute, die sich überhaupt nicht menschlich anhörten. Eher wie von einem gequälten Tier.

Wir Mädchen wichen erschrocken zurück und drängten uns verängstigt aneinander. Bei jedem der Schreie zuckten wir zusammen. Wir konnten einfach nicht begreifen, was da gerade geschah. Es war, als sei plötzlich ein anderes Wesen in den Körper unserer Lieblingslehrerin gefahren, hätte Besitz von ihr ergriffen und einen Tobsuchtsanfall bekommen.

Neben mir hörte ich eines der Mädchen weinen, aber ich konnte mich nicht nach ihr umsehen. Mein Blick war wie gebannt von dem, was da gerade Unglaubliches geschah. Ich war ja erst zwölf, und einen Erwachsenen so toben zu sehen, machte mir eine Heidenangst.

Dann wurden Frau Bergers Schreie zu Worten – und das war noch viel unheimlicher.

»Geht weg!«, brüllte sie, wobei sich ihre hohe Stimme überschlug. »Verschwindet! Haut ab, ihr verfluchten Mistdinger!«

Zuerst dachte ich, dass das uns galt, dass wir irgendetwas Schlimmes getan hatten. Auch wenn ich keine Ahnung hatte was, denn wir hatten doch nur Basketball gespielt. Aber dann hielt Frau Berger den Ball vor sich, als sei er eine Art Waffe, und schlug damit um sich.

»Weg! Weg von mir!«

Vor Schreck und Bestürzung wie erstarrt sahen wir ihr zu, wie sie sich gegen irgendetwas wehrte. Etwas Unsichtbares, das wohl nur sie sehen konnte. Dabei wurde sie immer panischer.

Schließlich brüllte sie wieder, diesmal lang gezogen und heulend, und schmetterte den Ball durch die Halle, bis er gegen die Wand am anderen Ende donnerte. Dann brach ihre

Stimme und Frau Berger sank schluchzend und wimmernd an der Wand entlang zu Boden.

Ich konnte nicht sagen, wie lange wir so dastanden und unsere aufgelöste Lehrerin anstarrten. Vielleicht waren es Minuten, vielleicht auch nur einige Sekunden, aber mir kam es unendlich lange vor.

Keine von uns wagte, auch nur einen Mucks zu machen. Wir drängten uns nur dicht zusammen und starrten zu Frau Berger, die nun wie eine schlaffe Marionette am Boden hockte. Sie lachte leise und gleichzeitig weinte sie.

Es war ein schrecklicher Anblick. Ich kapierte nicht, was mit ihr los war. Sie begann etwas zu brabbeln, und als ich es verstand, überlief mich ein kalter Schauer.

»Sie sind da. Sie sind alle da. Für immer. Für immer und ewig!«

Irgendwann erschien Herr Müller, der die Schreie vom Hof aus gehört hatte. Der Hausmeister war schon etwas älter und eigentlich die Ruhe in Person, aber als er in die Halle kam und sah, wie Frau Berger am Boden saß und wirres Zeug vor sich hin stammelte, war es mit seiner Gelassenheit vorbei.

»Alle raus hier!«, rief er, und wir liefen, so schnell wir konnten, zu den Umkleiden. Keine von uns sprach auch nur ein Wort.

Als wir wenig später zum Schulgebäude zurückgingen, stand ein Rettungswagen vor der Sporthalle. Von drinnen hörten wir Frau Bergers Schreie. Sie brüllte, jemand solle »seine beschissenen Finger« von ihr lassen, und dann lachte sie wie eine Wahnsinnige.

Keine von uns blieb stehen, um mitzubekommen, was danach geschah. Wir wollten nur noch zurück in unsere Klassenzimmer. Dorthin, wo wir uns sicher fühlten.

Bis zum Mittag hatte sich der Vorfall wie ein Lauffeuer an der ganzen Schule herumgesprochen. Am Nachmittag machten dann die ersten Gerüchte ihre Runde. Ganz besonders die Behauptung, dass Frau Berger drogensüchtig sei. Angeblich hatte sie zu viel von irgendeinem Zeug genommen und war deswegen so ausgerastet.

Aber das konnten die meisten von uns einfach nicht glauben – mich eingeschlossen. Eine Fitnessfanatikerin wie Frau Berger und Drogen passten so wenig zusammen wie eine Vegetarierin und eine Metzgerei.

Am nächsten Morgen erfuhren wir dann die Wahrheit. Gleich zur ersten Stunde kam der Rektor in unser Klassenzimmer. Er wurde von einem jüngeren Mann begleitet, den wir nicht kannten.

»Ihr werdet euch sicherlich viele Gedanken über den gestrigen Vorfall gemacht haben«, sagte der Rektor. »Deshalb habe ich Herrn Dr. Peters aus der Waldklinik gebeten, uns zu besuchen. Er wird mit euch über Frau Bergers Anfall sprechen und ihr könnt ihm eure Fragen stellen.«

Dr. Jochen Peters war ein netter und gut aussehender Mann um die dreißig. Er war mir auf Anhieb sympathisch, weil er mich irgendwie an meinen Dad erinnerte und sogar denselben Vornamen hatte. Er erklärte uns, was ein Gehirntumor war und dass so ein Tumor oft erst sehr spät entdeckt wurde. Danach sprach er über Frau Bergers Anfall und beschrieb uns, wie Halluzinationen entstanden.

Er gab sich viel Mühe, das alles für uns verständlich zu machen. So lernten wir, wie das Gehirn funktionierte. Dass es ein sehr kompliziertes Organ war, über das man immer noch nicht alles wusste. Und dass ein Tumor, Schlaflosigkeit, Drogen oder eine Krankheit den Stoffwechsel im Gehirn durcheinanderbringen und psychische Störungen auslösen konnten.

»Und das gilt übrigens nicht nur für Menschen«, sagte er. »Jedes Lebewesen mit einer komplexen Gehirnstruktur kann unter Wahnvorstellungen leiden.«

Solche Störungen führten oft dazu, dass man etwas sagte oder tat, das man sonst nie tun würde. Oder dass man etwas spürte, sah, roch oder schmeckte, das es gar nicht gab, obwohl man fest davon überzeugt war. Meist war es etwas Unangenehmes, das einen anekelte oder Angst machte. Ein übler Gestank oder Geschmack oder bösartige Stimmen – oder etwas, gegen das man sich mit einem Basketball wehren musste.

»Wenn unsere Gehirnfunktionen aus dem Gleichgewicht geraten, wird unser Denken *verrückt*, und zwar im wahrsten Sinne des Wortes«, erklärte Dr. Peters. »Und genau das ist eurer Lehrerin passiert.«

Frau Berger sahen wir nie wieder. Ein halbes Jahr später bekamen wir zu ihrer Beerdigung einen Tag schulfrei.

31.

Als ich am nächsten Morgen erwachte, war ich schweißgebadet. Ehe ich aufstehen konnte, saß ich eine ganze Weile am Bettrand, fühlte mich benommen, und mein Herz flatterte wie ein panischer Vogel in meiner Brust. Irgendwann musste ich also doch noch eingeschlafen sein. Aber es war ein kurzer, unruhiger Schlaf gewesen. In meinen Träumen hatte ich immer wieder die Schreie meiner Lehrerin gehört und das Quietschen ihrer Gummisohlen auf dem Hallenboden.

Ich hatte schon lange nicht mehr an Frau Berger gedacht, aber in dieser Nacht hatte mich die Erinnerung an sie wie ein böser Spuk heimgesucht. Wie ein Gespenst, das mir zuflüsterte, dass nun *auch ich* verrückt wurde. Weil ich Dinge sah und mich mit Leuten unterhielt, die niemand außer mir sehen konnte. Genau wie meine Lehrerin vor vier Jahren.

Als ich später zum Frühstück in die Küche ging, hing mir diese Angst noch immer nach. Nun verstand ich, wie sich Frau Berger gefühlt haben musste, mehr, als mir lieb war. Ich hatte zwar keinen Gehirntumor – das hätten die Ärzte in der Klinik sicher bemerkt –, aber vielleicht war in den einundzwanzig Minuten, die ich weg gewesen war, ja trotzdem etwas in meinem Kopf *verrückt* worden?

Schließlich hatte dieser nerdige Dr. Sander doch eine erhöhte Gehirnaktivität bei mir festgestellt. Er hatte die ungewöhnlich vielen roten und orangefarbenen Areale *interessant* gefunden, aber mich beunruhigten sie jetzt, denn scheinbar stimmte mit mir wirklich etwas nicht. War das der Beginn des Wahnsinns? Aber wieso konnte ich dann so klar und deutlich über alles nachdenken?

Halluzinationen waren gewissermaßen Botschaften aus dem Unterbewusstsein. Sie brachten etwas zum Vorschein, das tief in einem verborgen lag. Ähnlich wie bei Träumen, nur dass man eben nicht schlief. Auch das hatte uns Dr. Peters damals erklärt.

Also hatte Sascha wahrscheinlich recht gehabt, und der Tunnel und der Ledermann standen für etwas, das tief in mir vergraben war. Und Zoe hatte ich vielleicht an dem dunklen Ort gesehen, weil ich mir Sorgen um sie machte.

Andererseits hatte ich zu diesem Zeitpunkt doch noch gar nicht gewusst, dass Zoe verschwunden war. Als ich sie zuletzt gesehen hatte, war sie auf dem Weg zur Toilette gewesen. Ihr war schlecht geworden und ich hatte gedacht, sie würde sich dort übergeben.

Natürlich hatte ich mir Sorgen gemacht, weil es ihr offenbar nicht gut gegangen war. Aber reichte diese Sorge aus, um mir das Bild einer derart verängstigten Zoe zu zeigen? Irgendwie bezweifelte ich das.

Und was hatte es mit den drei Zahlen auf sich, die mir der Ledermann gezeigt hatte?

Ich mixte mir mit einer Handvoll Rucola, etwas Mineralwasser und einer Banane einen Smoothie, wie ich ihn sonst meist nur vor dem Schwimmtraining trank, und betrachtete den gelben Post-it-Zettel, den ich neben den Mixer gelegt hatte.

6 0 3

Was hatte es damit auf sich? Was wollte mir mein Unterbewusstsein mit diesen drei Zahlen mitteilen? Sie mussten etwas zu bedeuten haben, da war ich mir absolut sicher.

»Nikka?«

Ich fuhr zusammen und drehte mich zu Ella um. Ich hatte nicht bemerkt, dass sie in die Küche gekommen war.

»Können wir uns unterhalten, Liebes?«

»Klar. Worüber denn?«

Sie machte ein ernstes Gesicht und ließ sich am Küchentisch nieder. »Na ja, wir sollten über dich sprechen. Wie es dir geht.«

Ich goss mir den Smoothie in ein Glas und sah sie dann an. »Ella, ich bin okay.«

»Ach ja?« Sie hob die Brauen und schien keineswegs überzeugt.

»Wirklich, es geht mir gut.«

»Offen gesagt, scheint es mir nicht so, Liebes. Du bist schrecklich blass, wirkst übermüdet und hast Augenringe. Du siehst aus, als hättest du dir die ganze Nacht um die Ohren gehauen. Außerdem isst du kaum etwas.«

»Aber ich esse doch!« Ich hob demonstrativ das Glas und nahm einen Schluck.

»Oh Nikka, unter Essen verstehe ich etwas anderes. Außerdem wirst du immer dünner.«

»Aber …«

»Nein, Liebes, kein Aber.« Sie stand auf, kam zu mir und griff meine freie Hand. »Ich weiß, du findest, dass ich dich zu sehr bemuttere, und vielleicht tue ich das manchmal auch. Aber ich sehe doch, dass es dir *nicht* gut geht. Wenn du aber alles nur für dich behältst und nicht darüber sprichst, kann ich dir nicht helfen.«

»Ich bin *wirklich* okay«, versicherte ich noch einmal. »Ich mache mir nur Sorgen um Zoe, das ist alles.«

»Na gut.« Sie seufzte. »Wenn du nicht mit mir darüber sprechen willst, dann rede wenigstens mit jemand anderem darüber. Vielleicht mit jemandem, der darin geschult ist.«

Die Haustürglocke unterbrach unsere Unterhaltung und innerlich atmete ich erleichtert auf.

»Ich gehe schon«, sagte ich und lief zur Tür.

Es war der Postbote, der mir ein Päckchen für Ella und einen Brief in die Hand drückte.

»Ach, meine Buchbestellung, die hatte ich ganz vergessen«, sagte Ella, als ich wieder zurück in der Küche war. Sie legte das Päckchen beiseite und öffnete den Brief. »Und das ist die Rechnung für das Krankenhaustagegeld. Himmel, die berechnen sogar für deine Aufnahme und die Entlassung den vollen Tag! Dabei bist du nicht einmal bis zum Mittagessen geblieben. Eine Unverschämtheit! Das kann doch nicht rechtens ...«

Den Rest ihres Satzes bekam ich nicht mit, denn auf einmal durchfuhr mich ein Gedanke wie ein Blitz.

Das Krankenhaus!

Ja, das war es! Mein Herz machte einen Sprung vor Freude und Aufregung.

Nun wusste ich, was 603 bedeutete.

Ich lief zurück in den Flur, schlüpfte eilig in Jacke und Schuhe und schnappte mir meinen Schirm.

»Warte, wo willst du denn hin?«, rief Ella mir nach.

»Jemanden besuchen.«

32.

»Nikka, was machst du denn hier?«

Schwester Ramona war sichtlich überrascht, als sie mir die Tür zur Intensivstation öffnete.

»Ich wollte kurz zu Dr. Mehra.«

Die Schwester zuckte bedauernd die Achseln. »Tut mir leid, der Doktor kommt heute erst zur Nachmittagsschicht.«

Das wusste ich. Während meiner Zeit auf der Station war mir aufgefallen, dass Dr. Mehra hauptsächlich nachmittags im Dienst war.

»Oh, dann bin ich ja ganz umsonst hierhergefahren«, sagte ich und musste mich bemühen, damit sich meine gespielte Enttäuschung echt anhörte. Ich wollte nicht lügen, aber ich sah keine andere Möglichkeit, in die Station zu kommen. Einfach jemanden zu besuchen, war hier nicht möglich, das war nur den Angehörigen erlaubt.

»Was wolltest du denn von ihm?«, fragte die Schwester.

»Na ja, er wollte mir jemanden empfehlen, mit dem ich reden kann. Sie wissen schon, einen Psychologen oder so. Dr. Mehra meinte, er kenne einen guten.«

»Dann hat er bestimmt Dr. Forstner gemeint. Er leitet die Jugendstation der Waldklinik.«

»Könnten Sie mir seine Adresse geben?«

Die Schwester sah sich kurz um, als irgendwo hinter ihr ein Telefon klingelte. »Aber natürlich. Komm schnell mit rein, ich schreibe sie dir auf.«

Damit eilte sie voran und verschwand in einem Raum, an dessen Tür *Stationsstützpunkt* stand. Sie nahm den Anruf entgegen und gab mir durch die Glastür ein Zeichen, dass es einen Moment dauern würde.

Es war genau, wie ich es gehofft hatte. Hier herrschte immer viel Betrieb und keine der Schwestern hatte Zeit für eine längere Unterhaltung an der Tür.

Ich las die Nummern neben den Glasschiebetüren zu den Intensivzimmern. Alles in allem gab es zehn, die alle mit einer 6 begannen, weil dies der sechste Stock war. Ich hatte in 604 gelegen, Zimmer 603 befand sich gleich daneben. Ich sah zu Schwester Ramona, die noch immer telefonierte und dabei in irgendwelchen Akten blätterte, dann ging ich über den Gang und betrat das Zimmer.

Wie in meinem Krankenzimmer gab es auch hier kein Fenster und die Deckenlampe war ausgeschaltet. Im Halbdunkel empfing mich das vertraute Piepen der Geräte, begleitet vom mechanischen Schnaufen eines Beatmungsgeräts. Von dort führte ein dicker transparenter Schlauch zu jemandem, der im Bett lag.

Ich ging näher heran und erkannte einen Mann, dessen Kopf wie der einer Mumie bandagiert war. Trotzdem glaubte ich zu wissen, dass er nur noch ein Auge hatte und dass fast die gesamte Haut von seinem Gesicht geschürft war.

Der Ledermann! Ich hatte ihn gefunden.

Mein Herz schlug schneller, und als ich den Kopf hob, sah ich den Schatten in der Ecke wieder. Diesmal so klar und deutlich, dass es keinen Zweifel gab. Es waren die Umrisse eines hochgewachsenen Mannes.

Er stand hinter dem Nachttisch und schien mit einer Hand auf ein gerahmtes Familienfoto zu deuten, das darauf stand. Es zeigte einen jungen Mann – wohl den Patient im Bett –, wie er gesund und lachend in einem Garten stand und eine Frau und einen kleinen Jungen in den Armen hielt.

Irgendwoher kannte ich die Frau und den Jungen, und nach einem weiteren Moment fiel mir auch wieder ein, wo ich die beiden schon mal gesehen hatte. Wir waren uns unten im Empfangsbereich begegnet und dann zusammen im Aufzug gefahren. Der Junge hatte versucht, seine weinende Mutter zu trösten, und nun wusste ich auch warum. Ebenso wie ich nun den Namen des Ledermanns erfuhr. Er stand über einer Tabelle, die an seinem Bett hing.

Malte Schuster, geboren am 4. August 1986.

»Was willst du von mir?«, flüsterte ich dem Schatten zu. »Warum sollte ich hierherkommen?«

»Ach, hier bist du!«

Erschrocken fuhr ich zu Schwester Ramona herum.

»Sorry, ich wollte dich nicht erschrecken«, sagte sie, dann deutete sie zum Bett. »Ich habe gar nicht gewusst, dass du Herrn Schuster kennst.«

»Nur ein wenig.« Ich hoffte, dass sie mich nicht fragen würde, woher. »Was ist ihm denn passiert?«

Die Schwester sah mitfühlend zu dem bandagierten Patienten im Bett. »Er hatte einen schweren Motorradunfall auf der Autobahn. Es hatte stark geregnet, und er muss wohl den Unfall, der vor ihm auf der Straße passiert war, nicht rechtzeitig gesehen haben. Ein ziemliches Chaos, bei dem es leider auch ein paar Tote gegeben hat. Vier, soweit ich weiß.«

»Und wann ist das passiert?«

Die Schwester runzelte die Stirn. »Hm, lass mich überlegen. Ja, das war am Freitagabend. Kurz, bevor du zu uns gekommen bist.«

Ich dachte an das, was mir Dr. Mehra erzählt hatte. Dass es wegen eines Unfalls auf der Autobahn einen Großeinsatz gegeben hatte. Dass es deswegen so lange gedauert hatte, bis die Rettungskräfte bei mir gewesen waren.

»Als er eingeliefert wurde, trug er da schwarze Motorradkleidung?«

Schwester Ramona zuckte mit den Achseln. »Das weiß ich nicht. Er wurde von der Unfallchirurgie zu uns gebracht. Da trägt niemand mehr seine Straßenkleidung. Warum fragst du?«

»Ach, nur so.«

Ich sah wieder zum Bett, dann zu dem Foto auf dem Nachttisch und dem Schatten dahinter. Das war bestimmt keine Halluzination und erst recht kein Zufall.

»Hier«, sagte die Schwester und reichte mir eine Visitenkarte. »Das ist die Adresse von Dr. Forstner. Sag ihm einfach, dass du von uns kommst, dann müsste es bald mit einem Termin klappen.«

»Danke.«

Ich schob die Karte in meine Jackentasche und tastete instinktiv nach meinem Handy, das natürlich nicht da war.

»Schwester Ramona, darf ich Sie um noch einen Gefallen bitten? Ist nur eine Kleinigkeit.«

»Sicher, was brauchst du denn?«

»Ein Telefonbuch. Gibt es hier noch eines?«

33.

Es war gar nicht so einfach, die Adresse des Ledermanns auf die altmodische Art herauszufinden, aber nach einigem Blättern wurde ich schließlich fündig. Malte und Romina Schuster wohnten in der Robert-Hertz-Straße 19. Zum Glück hatte ich lange genug Zeitungen ausgetragen, um zu wissen, wo das war. Ohne Google Maps hätte ich sonst wohl ewig danach gesucht.

Den Schusters gehörte ein kleines Einfamilienhaus im Neubaugebiet und es lag ein ganzes Stück von der Bushaltestelle entfernt. Als ich endlich dort ankam, war ich erschöpft und so durchgefroren, dass ich kaum noch meine Hand spürte, mit der ich den Schirm hielt.

Am Gartenzaun hingen bunte Schleifen und Ballons, auf die der Regen prasselte. Daneben parkte ein roter Lieferwagen mit der Aufschrift *PETER MAGICUS – Magie für Groß und Klein. Lasst euch von mir verzaubern!*

Und genau das tat der Magier wohl gerade, denn durch die nur angelehnte Haustür der Schusters hörte ich Kinder lachen und applaudieren.

Also gut. Hier bin ich. Und was jetzt?

Wie zur Antwort entdeckte ich Romina Schuster, die neben

dem Haus im Schutz der offenen Garage stand und eine Zigarette rauchte. Sie trug einen dicken Wollpullover und fuhr sich mit einem Ärmel immer wieder übers Gesicht, um ihre Tränen wegzuwischen.

Heute sah sie noch schlechter aus als bei unserer Begegnung im Fahrstuhl. Sie hatte kaum noch etwas mit der lachenden Frau auf dem Familienfoto gemeinsam. Im Vergleich dazu war sie jetzt viel dünner, ihr Gesicht war nicht mehr sonnengebräunt, sondern bleich, und ihre blonden Haare, die sie zu einem Zopf gebunden hatte, wirkten stumpf und strähnig.

Während der Busfahrt hatte ich überlegt, was ich tun sollte, wenn ich ankam, und ich hatte immer noch keine gute Antwort darauf gefunden. Ich wusste nur, dass es sich richtig anfühlte, hierherzukommen. Also verließ ich mich auf mein Bauchgefühl, nahm allen Mut zusammen und ging auf Romina Schuster zu.

Als sie mich sah, nickte sie mir zu und blies den Rauch zur Seite.

»Bist du die Schwester von Maximilian?« Ihre Stimme klang rau und müde. »Falls du ihn schon abholen willst, solltest du noch ein paar Minuten warten. Der Zauberer müsste bald fertig sein.«

»Hallo Frau Schuster.« Meine Stimme war vor Nervosität belegt und ich musste mich räuspern. »Nein, ich möchte niemanden abholen. Mein Name ist Nikka Farlandt. Ich war auch auf der Intensivstation, im Zimmer gleich neben Ihrem Mann.«

Sie sah mich irritiert an und zog an ihrer Zigarette, dann blitzte etwas in ihren Augen auf. »Ach ja, jetzt erinnere ich mich. Dann bist du das Mädchen, das reanimiert werden musste?«

Ich nickte. »Tut mir sehr leid, das mit Ihrem Mann.«

Sie ließ die Zigarette zu Boden fallen, trat sie aus und steckte sich sofort eine neue an. Ihre Hände zitterten, sie konnte kaum das Feuerzeug ruhig halten. Als sie wieder aufsah, bemerkte sie meinen Blick.

»Ja, ich weiß, das sollte ich nicht tun«, sagte sie mit einem tiefen Seufzer. »Ich habe nicht mehr geraucht, seit ich mit Luca schwanger war. Aber jetzt … Es ist einfach alles so schlimm! Ich fühle mich so hilflos, so ausgeliefert. Und ich kann nichts tun. Ich liebe meinen Mann, unser Haus steht gerade erst zwei Jahre und unser Sohn kommt demnächst in die Schule. Wir sind doch noch ganz am Anfang. Aber jetzt werde ich Malte bald für immer verlieren.«

Neben uns im Haus war begeistertes Klatschen und Lachen zu hören. Dann wurde es unruhig, Stühle wurden gerückt und ein Junge rief etwas von Kuchen. Offenbar hatte der magische Peter zum Abschluss einen besonders tollen Zaubertrick vorgeführt und war jetzt dabei zu gehen.

Romina Schuster strich sich eine Träne fort und deutete zum Haus. »Luca hat heute Geburtstag. Ich habe es nicht übers Herz gebracht, die Party abzusagen. Er ist jetzt zwar schon sechs, aber er versteht das alles noch nicht so richtig. Wie auch? Es fällt mir ja selbst so schwer. Er glaubt immer noch, dass sein Papa wieder gesund nach Hause kommen wird. Weil er ihm doch eine Überraschung versprochen hat.«

»Eine Überraschung?« Bei diesem Wort reagierte etwas in mir.

Sie nickte schluchzend. »Ja, etwas ganz Besonderes. Malte wollte es Luca zum Geburtstag schenken. Er hat so ein Geheimnis darum gemacht, dass er nicht einmal mir verraten hat, was es ist. Jetzt werden wir es wohl nie erfahren, und ich fürchte mich davor, das meinem Sohn zu sagen. Dass es keine

Überraschung gibt und dass er … dass er seinen Papa nie wieder sehen wird.«

Mit einem Ausdruck wütender Hilflosigkeit schnippte sie ihre zweite Zigarette in ein Rosenbeet. Dann wandte sie sich von mir ab, damit ich nicht sah, wie sie weinte.

Da stand ich nun und fragte mich immer noch, was ich jetzt tun sollte. Was wollte Malte Schuster von mir?

Mir kam etwas in den Sinn, das Ella oft zu mir gesagt hatte, als ich noch klein gewesen war. *Die Wahrheit auszusprechen, fällt oft nicht leicht, aber es hilft immer.*

Ich schluckte schwer, dann sagte ich: »Frau Schuster, ich habe Ihren Mann gesehen. Ich war für einundzwanzig Minuten tot und bin ihm auf der anderen Seite begegnet. Ich glaube, er will Ihnen etwas mitteilen. Deshalb bin ich hier.«

Sie hatte mir noch immer den Rücken zugekehrt, aber ich konnte deutlich sehen, wie sie erstarrte. Ihr Schluchzen verstummte schlagartig. Dann wandte sie sich langsam zu mir um und schaute mich aus großen, geröteten Augen an.

Für einen langen Moment glaubte ich, sie würde mich anschreien. Dass ich mich zum Teufel scheren sollte. Dass ich verrückt sei und dass sie sonst die Polizei rufen werde.

Irgendetwas in dieser Art.

Aber sie schwieg und musterte mich aufmerksam. Dann nickte sie, als hätte ihr irgendetwas bestätigt, dass ich die Wahrheit sagte.

»Was ist es?«, fragte sie tonlos. »Was will Malte mir sagen?«

Ratlos hob ich die Schultern. »Ich weiß es nicht, aber wenn es ihm so wichtig war, hat es vielleicht mit dieser Überraschung zu tun. Haben Sie schon danach gesucht?«

Sie rieb sich erschöpft übers Gesicht. »Natürlich habe ich danach gesucht. Im ganzen Haus. Aber da war nichts.«

Im ganzen Haus.

Bei diesen Worten fiel mir die Geste des Ledermanns ein. Er hatte etwas mit den Fingern in die Luft skizziert, das ein Dach und Wände hatte.

Ein Haus, das kein Haus ist.

Viele Alternativen kamen dafür nicht infrage. Und da es hier keinen Gartenschuppen gab, blieb eigentlich nur eine Möglichkeit.

Mein Blick schweifte durch die offene Garage. Obwohl dort ein breiter BMW parkte, wirkte sie immer noch ziemlich groß, und der hintere Teil war wie eine Werkstatt eingerichtet.

An einer Wand hing Werkzeug säuberlich geordnet über einer Arbeitsbank. Daneben stand ein Regal mit Schrauben, Muttern und allerlei Motorteilen. Rechts davon hingen mehrere Werbeplakate für Motorräder und ein Foto in Postergröße, das Malte Schuster mit seinem kleinen Sohn zeigte. Sie trugen ölverschmierte Overalls, sahen lachend von einem zerlegten Motorrad auf und reckten die Daumen in die Höhe.

»Motocross war Maltes Hobby«, sagte Romina Schuster, die meinem Blick gefolgt war. »Ständig war er bei irgendwelchen Rennen und Luca hat ihn immer begleitet. Malte hatte unseren Sohn mit seiner Begeisterung regelrecht angesteckt. Luca wollte immer so werden wie sein Vater. Du hättest die beiden erleben sollen, wenn sie an Maltes Maschine herummontiert haben. Sie hatten so viel Spaß zusammen, da wusste man manchmal nicht, wer von den beiden der größere Kindskopf war.«

Der Anflug eines Lächelns huschte über ihr Gesicht, nur um gleich darauf einem zornigen Ausdruck zu weichen. »Dieses verdammte Motorrad! Ich habe Malte immer wieder gesagt, er soll vorsichtig damit sein. Wenn es nach mir gegangen wäre, hätte er es längst verkaufen sollen. Mit diesen Dingern muss man nur einmal nicht aufpassen und ...«

Sie verstummte, schniefte und durchwühlte die Taschen ihrer Jeans. Dann brachte sie ein benutztes Papiertaschentuch zum Vorschein und schnäuzte sich.

Die Perspektive ändern, dachte ich.

Der Ledermann hatte immer wieder nach unten gezeigt – jedenfalls aus seiner Sicht. Mein Blick fiel auf eine Reihe breiter Bodenbretter in der Garage. Sie deckten bestimmt eine Montagegrube ab, so wie in der Garage von Otto, einem von Ellas Bekannten, der hin und wieder an ihrem alten Fiat herumschraubte. Ottos Grube war so tief, dass er darin aufrecht stehen konnte, also würde diese es vermutlich auch sein. Platz genug, um etwas darin zu verstecken.

»Haben Sie da drin schon nachgesehen?« Ich deutete auf die Grube.

Romina Schuster schüttelte langsam den Kopf, als ob sie nun das Gleiche dachte wie ich.

Wie knieten uns hin und hoben ein Brett nach dem anderen heraus. Nachdem wir etwa die Hälfte der Grube abgedeckt hatten, schimmerte uns etwas Weißes darin entgegen, und dann erkannten wir, was es war.

Romina Schuster stieß einen Schrei aus, halb überrascht, halb entsetzt.

»Das ist es! Oh mein Gott, das ist es!«

Sie sah mich an und ihre Augen waren voller Tränen.

In der Grube stand ein elektrisches Kindermotorrad. Es sah wie Malte Schusters Motorrad auf dem Foto aus, nur dass es deutlich kleiner war. An der Lenkerstange waren bunte Schleifen angebracht, und auf dem Sitz lag ein hellblauer Kinderhelm, auf dem in silbernen Großbuchstaben LUCA stand.

34.

Luca Schuster war völlig aus dem Häuschen. Noch nie hatte ich einen so glücklichen Sechsjährigen gesehen. Nachdem wir das Motorrad aus der Grube gehoben hatten, stand er eine ganze Weile strahlend da und betrachtete sein Geschenk, als sei es das Schönste, was er je bekommen hatte – und wahrscheinlich war das auch so.

Der Magier hatte sich inzwischen verabschiedet, und nun kamen auch die anderen Kinder aus dem Haus, um Lucas' Geschenk zu bestaunen.

»Wow, wie cool ist das denn!«, stieß einer der Jungs hervor, und zwei andere hockten sich neben das Motorrad, um jedes Detail fachmännisch zu kommentieren. Jungs eben.

Natürlich gab Luca so lange keine Ruhe, ehe seine Mutter ihm erlaubte, ein paar Runden in der Hofeinfahrt zu drehen. Dass es noch immer regnete, schien ihn überhaupt nicht zu kümmern, und er bekam auch nicht mit, wie schwer es seiner Mutter fiel, ihm beim Motorradfahren zuzusehen. Für ihn strahlte heute die Sonne.

Wir standen mit den anderen Kindern im Schutz der Garage und sahen ihm zu, wie er voller Stolz über den Hof kurvte und dabei ganz offensichtlich seinen Vater imitierte. Romina

Schuster stellte sich neben mich. Ich sah, dass sie wieder weinte – leise und so, dass es keines der Kinder mitbekam.

Danach bestand sie darauf, dass ich noch ein wenig auf Lucas Party blieb. Wir gingen zurück ins Haus und wärmten uns mit süßem Kinderpunsch auf. Weil Luca selbst es mir anbot, aß ich auch ein Stück Geburtstagstorte, und wir unterhielten uns.

Der Kleine war völlig überdreht und hatte nur noch zwei Themen: sein tolles Geschenk und seinen Papa, der nicht nur der beste Papa der Welt sei, sondern auch sein bester Kumpel.

»Er sagt immer Kumpel zu mir, weißt du. Nur wenn ich was angestellt habe, dann nicht. Dann sagt er Luca. Und wenn's ganz schlimm war, dann sagt er Luca Schuster. Aber das sagt er nicht oft.«

Wir hatten einen ausgelassenen Nachmittag, und nach allem, was ich in den letzten Tagen durchgemacht hatte, tat es gut, unter so vielen lachenden Kindern zu sein.

Als ich mich schließlich verabschiedete, musste ich Luca versprechen, ihn bald wieder zu besuchen. Romina Schuster begleitete mich zur Tür. Auch sie wirkte nun etwas lockerer und hatte in den vergangenen Stunden oft gelacht. Als ob man ihr für eine Weile eine schwere Last von den Schultern genommen hätte.

»Ich weiß gar nicht, wie ich dir ...«, begann sie, dann wurde sie vom Klingeln ihres Handys unterbrochen. Sie entschuldigte sich und sah aufs Display. Sofort wurde ihr Blick wieder ernst.

Sie trat ein Stück in den Hausflur zurück und nahm den Anruf entgegen. Als sie schließlich wieder zu mir an die Tür kam, war ihr Gesicht blass und wie versteinert.

Ich wusste sofort, was der Ausdruck in ihren Augen bedeutete, und ich fragte mich, ob es Dr. Mehra selbst gewesen war, der ihr die schlechte Nachricht mitgeteilt hatte.

Für einen Moment sahen wir uns nur schweigend an und ich spürte den tiefen Schmerz in ihr.

»Ich möchte dich etwas fragen«, sagte sie schließlich. Sie sprach leise und in ihrer Stimme lag ein Zittern. »Du hast gesagt, dass du auf der anderen Seite gewesen bist und dass du meinen Mann dort gesehen hast …«

Sie zögerte, aber ich ahnte, was sie mich fragen wollte.

»Sie wollen wissen, wie es da drüben ist?«

Romina Schuster nickte schwach. In ihren Augen schimmerten erneut Tränen.

»Ich war nur sehr kurz dort«, sagte ich. »Deshalb habe ich auch nicht viel gesehen. Aber da war dieses Licht. Ihr Mann wollte nicht hineingehen, und ich weiß jetzt auch, warum. Er wollte noch dafür sorgen, dass Ihr Sohn sein Geschenk bekommt.«

Ich sah, wie ihre Lippen bebten und wie sie um Selbstbeherrschung rang. »Glaubst du, er ist jetzt in dieses Licht gegangen?«

»Ja, das glaube ich. Und ich glaube auch, dass Sie ihn dort irgendwann wiedersehen werden.«

35.

Als ich an diesem Abend auf mein Zimmer ging, sah ich zuerst zu der Ecke, wo bisher immer der Schatten auf mich gewartet hatte. Nun war es dort wieder so hell wie im übrigen Raum. Malte Schuster, der Ledermann, würde mich nicht mehr besuchen. Er hatte losgelassen und war aus dem dunklen Tunnel entkommen. Jetzt war er dort, wo wir alle eines Tages hingehen würden. Dort, wo zumindest ein Teil von uns weiterlebte.

Es war, wie ich es zu Romina Schuster gesagt hatte: Ich glaubte jetzt fest daran. Nein, mehr noch, ich *wusste* es.

Denn was ich heute erlebt hatte, konnte man nicht mit Zufällen oder Logik erklären. Ich war *wirklich* auf der anderen Seite gewesen, hatte den Ledermann *wirklich* gesehen und ich hatte ihm seinen letzten Wunsch erfüllt.

Und es bedeutete noch etwas anderes: Mit meinem Verstand war alles in Ordnung. Vielleicht hatte mein Aufenthalt auf der anderen Seite tatsächlich etwas in meinem Gehirn verändert – etwas, das ein Arzt sogar mit seinen Geräten messen konnte –, aber ich war *nicht verrückt*, und das war alles, was zählte.

Zum ersten Mal in meinem neuen Leben schlief ich mit

einem zufriedenen und guten Gefühl ein. Doch es hielt nicht lange an, denn im Traum sah ich Zoe wieder. Sie kauerte in dem kalten Tunnel an einer der Felswände, zitternd und nackt und voller Angst.

Ich schreckte aus dem Schlaf und schaltete sofort das Licht ein. Suchend sah ich mich in meinem Zimmer um, überzeugt, nun einen neuen Schatten in einer der Ecken zu sehen – Zoes Schatten.

Aber da war nichts.

»Wo bist du?«, flüsterte ich in die Stille des Zimmers hinein.

Doch ich bekam keine Antwort.

36.

Als ich am nächsten Tag aufstand, war es schon fast Mittag. Ich fühlte mich hundeelend, mein Kopf tat weh, und meine Rippen schmerzten. Ella hatte recht, ich war noch immer nicht ganz auf der Höhe. Die Ereignisse von gestern hatten mich ziemlich viel Kraft gekostet.

Im Badezimmer empfing mich ein blasses Spiegelbild, das so alt aussah, wie ich mich fühlte. Ich warf mir kaltes Wasser ins Gesicht, schluckte ein Ibuprofen und setzte mich auf den Rand der Badewanne.

Zu viele rote und orangefarbene Areale, dachte ich und massierte mir die Schläfen. Offenbar lief mein Gehirn nun wirklich ständig auf Hochtouren – so, wie Dr. Sander gesagt hatte.

Dabei hatte ich gehofft, dass jetzt alles besser werden würde, nachdem ich meinen dunklen Begleiter losgeworden war. Ich sehnte mich nach Normalität. Warum konnte nicht alles wieder wie früher sein?

Weil es kein Früher mehr gibt, antwortete mein inneres Ich. *Und weil du jetzt ein* neues *Leben lebst – egal ob dir das passt oder nicht.*

Nach einer Weile wirkte die Tablette endlich und ich machte

mich fertig für den Tag. Meine Augenränder überschminkte ich, so gut es ging. Außerdem trug ich etwas Rouge auf und zog mir einen roten Pulli über, um nicht allzu blass auszusehen. Ich wollte mir nicht wieder eine von Ellas Predigten anhören müssen, wie krank ich aussah. Natürlich meinte sie es nur gut, aber heute konnte ich das wirklich nicht gebrauchen.

Als ich jedoch die Treppe herunterkam, fand ich die Wohnung leer vor. Ella hatte mir auf dem Küchentisch einen Teller mit frisch gebackenen Schokomuffins und eine Nachricht hinterlassen.

Guten Morgen!
Bin in der Stadt beim Einkaufen.
Iss die Muffins! Im Kühlschrank sind noch mehr!
E.

Ellas Muffins sahen verlockend aus. Ihr Duft nach warmer Schokolade ließ mich immer an meine Kindheit denken.

Ich hatte zwar keinen Hunger, nahm mir aber trotzdem einen Muffin und biss genüsslich hinein.

Ja, so schmeckt die Vergangenheit, dachte ich und vermisste diese unbeschwerte Zeit nun umso mehr. Bevor ich mich's versah, hatte ich den ganzen Muffin verputzt und fühlte mich tatsächlich etwas besser.

Es läutete an der Haustür und ich sah auf die Uhr. Kurz vor zwölf. Bestimmt war das wieder der Postbote.

Ich wusch mir schnell die Hände und ging in den Flur, bereit, eine weitere von Ellas Buchbestellungen anzunehmen. Doch der Umriss, den ich durch die Milchglasscheibe in der Tür erkannte, sah nicht wie der unseres Postboten aus. Die Person da draußen war deutlich größer und dünner. Es leuchtete auch keine gelbe Uniform durch das trübe Glas. Wer auch immer da stand, trug dunkle Klamotten.

Ein ungutes Gefühl packte mich und mein Puls ging schneller.

Herr Rossi lag zusammengerollt auf Ellas Lesesessel im Wohnzimmer und schaute gleichgültig zu mir herüber. *Was hast du denn?*, schien sein Blick zu sagen.

Angst, dachte ich. *Ich habe Angst.*

Ich sah zu dem Umriss und musste unweigerlich an die Gestalt in Zoes Garten denken. War das etwa der Kerl? Hatte er mich ausfindig gemacht und gewartet, bis ich allein zu Hause war, damit er nun auch mich holen konnte?

Der Umriss bewegte sich und es klingelte wieder. Dann beugte sich der Schatten nach vorn und drückte sein Gesicht gegen das Milchglas.

Augenblicklich wurde mir klar, dass er mich sah. Im Flur brannte Licht und ich trug einen roten Pullover. Ich Idiotin! Ich hätte mir ebenso gut eine blinkende Lichterkette um den Kopf wickeln können.

Nun klopfte dieser Jemand gegen die Scheibe. Er würde nicht lockerlassen, also blieb mir nichts anderes übrig, als aufzumachen. Ich griff mir einen der Regenschirme aus dem Garderobenständer – den, mit der längsten Metallspitze am Ende – und hielt vor Anspannung den Atem an.

Mit einem Ruck öffnete ich die Tür.

»Hi!« Sascha strahlte mich an.

Ich stieß den Atem aus. »Hi.«

»Sorry, falls ich störe, ich …« Er sah den Schirm in meiner Hand. »Oh, wolltest du gerade weg? Soll ich später wiederkommen?«

»Ich … ähm … nein.«

Schnell steckte ich den Schirm zu den anderen zurück. Ich spürte, wie mein Gesicht vor Hitze brannte. »Was willst du denn?«

»Ein Versprechen einlösen.« Er grinste, nahm seinen Rucksack von der Schulter und zog einen Laptop heraus. »Ich hatte ja gesagt, ich brauche ein wenig Zeit dafür, aber jetzt habe ich etwas entdeckt.«

37.

Wir setzten uns an den Küchentisch, und ich bot Sascha einen Muffin an, den er sich sofort in den Mund schob.

»Die schmecken richtig gut«, sagte er schmatzend und klappte seinen Laptop auf. Er wirkte aufgeregt und wippte mit den Beinen, während er sich durch ein Dateienverzeichnis scrollte.

»Was hast du denn entdeckt?«, fragte ich.

Er klickte auf einen Ordner und sah dann von seinem Laptop auf. »Ich hatte dir doch gesagt, dass ich etwas versuchen will. Es war echt nicht leicht, an die Videos ranzukommen, aber ich hab's geschafft.«

»Videos? Was für Videos denn?« Sofort hatte ich *SAMARA KOTZT!!!* vor Augen und wich instinktiv etwas von dem Laptop zurück.

Ich dachte an die beiden Mädchen im Bus. Wie viele Likes hatten diese Videos inzwischen wohl schon bekommen? Und wie oft hatte Sascha sie sich schon angesehen? Immerhin spielte auch er eine Hauptrolle darin, über mich gebeugt, der Kopf so rot wie sein T-Shirt, während er hektisch auf meine Brust drückte.

Sascha schien meinen Gesichtsausdruck sofort verstanden

zu haben. »Nein, nicht *diese* Videos«, sagte er schnell. »Ich meine die von den Überwachungskameras im Club. Die Aufzeichnungen von Halloween.«

»Ach so, okay.«

Noch immer brannte mein Gesicht vor Röte. Echt peinlich, dass ich allein bei dem Wort *Video* in Panik geriet, ganz zu schweigen von meiner Regenschirm-Überreaktion an der Haustür.

Sascha nickte nur verstehend und ging nicht weiter darauf ein, wofür ich ihm dankbar war.

»Toni wollte die Kopien zuerst nicht rausrücken, weil die Originale noch bei der Polizei zur Auswertung sind, aber am Ende konnte ich ihn doch noch überreden. Gestern Nacht habe ich sie mir dann wieder und wieder durchgesehen und irgendwann habe ich schließlich das hier entdeckt.«

Er drehte den Laptop zu mir und klickte auf einen langen Dateinamen, der sich offenbar aus einem Datum und einer Uhrzeit zusammensetzte. Ein Fenster öffnete sich und ein stummes Video lief ab.

»Das war an der Bar, ungefähr eine Viertelstunde vor deinem Kollaps.«

Es war nicht einfach, etwas auf dem Video zu erkennen. Die Aufnahme war ziemlich dunkel, grünstichig und grobkörnig, und sie wurde immer wieder durch das Blitzen der Stroboskoplichter unterbrochen. Auch wenn die Leute, die sich da an der Theke drängten, nicht maskiert gewesen wären, hätten sie trotzdem unheimlich gewirkt. Bei manchen leuchteten die Augen weiß und die Gesichter waren verschwommen. Es sah aus, als träfe sich dort eine Schar Gespenster zur Happy Hour.

Ich kniff die Augen ein wenig zusammen und ging dichter

an das Display heran, aber die Aufnahme wirkte dadurch nur noch undeutlicher und pixeliger.

»Nicht gerade 4K-Qualität, ich weiß«, sagte Sascha. »Ich habe immer noch Kopfschmerzen von gestern Nacht, das kannst du mir glauben. Am besten zeige ich dir, was ich entdeckt habe.«

Er hielt das Video an und bewegte den Regler für den Time-Code an eine bestimmt Stelle. Schließlich startete er die Aufnahme wieder.

»Da, siehst du?«

Er deutete auf das Display, und mit einiger Mühe erkannte ich, was er meinte. Am Anfang des Videos waren drei Personen hinter der Theke zu sehen gewesen. Sie hatten eilig die Gäste mit den Cocktails versorgt, die der Barkeeper ganz rechts außen für sie mixte. Nun stand da eine vierte Person am linken Bildrand, direkt neben dem Zugang zum Barbereich. Schlank, groß, in schwarzen Sachen und mit einer *Scream*-Maske.

Sascha zeigte auf die Person. »Hier sind es auf einmal vier Thekenkräfte. Dabei waren nur drei dort eingeteilt. Ich habe extra noch einmal bei Ralf nachgefragt. Er war der Barkeeper, aber es war einfach zu viel los, als dass er irgendetwas mitbekommen hätte. Könnte also auch sein, dass noch jemand vom Laufpersonal eingesprungen ist. Was meinst du, sieht dieser Scream-Typ aus wie der, den du gesehen hast?«

»Schwer zu sagen. Möglich. Von der Figur her könnte es hinkommen. Wenn ich ihn doch nur besser erkennen könnte!«

»Das ist noch nicht alles.«

Wieder hielt Sascha das Video an, doch diesmal musste er den Regler nicht weit nach vorn schieben. Er klickte jedoch nicht auf *Play*, sondern blieb beim Standbild.

»Deine Freundin trug doch ein Catwoman-Kostüm,

stimmt's? Das hier ist die Einzige, die ich in so einem Kostüm auf den Videos finden konnte.«

Nun sah auch ich sie. Vage und nur sehr schwer in der Menschenmenge auszumachen. Trotzdem glaubte ich, Zoe zu erkennen. Sie war groß und überragte einige der schemenhaften Personen neben ihr.

Aufgeregt schob ich Saschas Hand beiseite und klickte selbst den *Play*-Button. Sofort wurde die Szene wieder lebendig. Im Blitzlichtgewitter bewegte sich Zoe auf den Typ mit der *Scream*-Maske zu. Ich glaubte zu sehen, wie sie kurz mit ihm sprach und dass sie etwas von ihm überreicht bekam. Höchstwahrscheinlich diesen verfluchten Cocktail.

Am liebsten hätte ich ihr zugerufen, dass sie das bloß nicht anrühren soll, dass sie diesem Mistkerl das Zeug auf seine bescheuerte Maske schütten soll. Ich war so aufgewühlt, dass ich für einen Moment völlig vergaß, dass das alles längst geschehen war und dass ich es nicht mehr ändern konnte.

Dann stellten sich zwei große Typen mit gehörnten Masken zwischen die Kamera und Zoe.

Sascha klickte auf *Stopp*.

»Das war's. Ich habe noch auf allen anderen Videos nach ihr gesucht, aber ich konnte sie nirgends mehr entdecken.«

Ich lehnte mich auf dem Stuhl zurück. »Mist! Aber wenigstens wissen wir jetzt, dass unsere Vermutung richtig war. Der Typ hat das Durcheinander genutzt und sich einfach zu den anderen Bedienungen hinter die Theke gestellt. So konnte er Zoe den Cocktail geben, ohne dass sie misstrauisch wurde.«

»Sehe ich auch so«, sagte Sascha. Einen Moment schwiegen wir, dann zeigte er auf den Teller. »Kann ich noch einen Muffin haben? Die sind tausendmal besser als die gekauften, die es bei uns immer gibt.«

»Klar doch, nimm. Backt deine Mom denn nie welche?«

Er senkte den Blick. »Ich habe keine Mom … also, das heißt, ich habe schon eine, aber ich weiß nicht, wo sie ist. Sie hat meinen Dad und mich sitzen lassen, als ich noch klein war.«

»Oh, das tut mir leid!«

Sascha schüttelte den Kopf. »Muss es nicht. Mein Dad ist dafür umso cooler. Aber zurück zu dem Video: Ich habe mal bei Jessica nachgefragt. Sie hat draußen am Eingang die Masken verkauft. Laut Kasse waren es sechsundfünfzig von diesen *Scream*-Dingern.«

»Oh nein! So viele?«

Sascha biss in den Muffin und hob kauend die Schultern. »Es waren die billigsten. Freddy Krueger und Michael Myers kosteten zwei Euro mehr.«

»Also wird uns das nicht viel weiterbringen. Der Typ ist und bleibt ein Gespenst für uns.«

In diesem Moment hörte ich ein Poltern aus dem Flur. Die Haustür wurde so heftig geöffnet, dass der Schirmständer umfiel. Dann eilte Ella herein.

»Oh, du hast Besuch!«

Sie war völlig außer Atem.

»Hallo Ella«, sagte ich. »Das ist Sascha, der Junge, der mir das Leben gerettet hat.«

»Ah, hallo Sascha!« Ella strahlte und tupfte sich mit einem Taschentuch den Schweiß von der geröteten Stirn. »Wie schön, dich kennenzulernen. Nikka hat mir schon viel von dir erzählt. Aber sagt mal, habt ihr beiden es auch schon gehört?«

»Was gehört?«, fragten wir beinahe gleichzeitig.

Ella war ganz aufgeregt und musste erst Luft holen. »Es ist ein Wunder, kaum zu glauben. Frau Novotny von der Bank hat es mir eben erzählt. Zoe ist wieder da!«

III.
GEHEIMNISSE

38.

Es war wirklich kaum zu glauben, aber ein Blick auf die Webseite des Fahlenberger Boten bestätigte die gute Nachricht. Man hatte Zoe spät am gestrigen Abend im Stadtpark gefunden. Sie habe noch ihr Kostüm von Halloween getragen und auf die Joggerin, die sie entdeckt hatte, etwas verwirrt gewirkt, aber sie sei wohlauf.

Mehr war zum Redaktionsschluss noch nicht bekannt, endete der kurze Artikel.

Mein Herz vollführte einen Trommelwirbel. Vor Freude und Aufregung zitternd, rannte ich zum Telefon und rief die Nummer der Wagners an. Doch sooft ich es auch versuchte, ich bekam nur das Tuten des Besetztzeichens zu hören. Schließlich gab ich es auf.

»Soll ich dich hinfahren?«, fragte Sascha, der sofort aufsprang, als ich zurück in die Küche kam.

»Das wäre toll«, sagte ich.

»Na dann los!«

Bevor wir gingen, drängte Ella ihm noch eine Tupperdose voller Muffins auf und bedankte sich mit einer Umarmung für meine Rettung. Saschas Gesicht wurde puterrot und es war ihm sichtlich peinlich.

Er verabschiedete sich höflich und bedankte sich für die Muffins, erst dann machten wir uns eilig auf den Weg. Jessica hatte recht: Er war einfach zu gut für diese Welt.

39.

Schon von Weitem sahen wir den Grund, weshalb bei den Wagners ständig besetzt gewesen war. In der sonst so ruhigen Straße herrschte Chaos. Überall standen Leute herum und vor dem Haus von Zoes Eltern parkten an die dreißig Fahrzeuge. Auf ein paar davon erkannte ich die Logos von Fernsehsendern.

Vor dem Gartenzaun drängten sich etliche Reporter. Auf der Jagd nach neuen Schlagzeilen ließen sie sich nicht einmal vom schlechten Wetter abhalten.

»Shit!«, stieß ich hervor.

Sascha bremste ab und parkte dann in sicherer Entfernung am Straßenrand. Wir starrten durch die nasse Windschutzscheibe auf das Gewimmel von Kameras und Mikrofonen, die unter einer Kuppel aus Schirmen alle auf Zoes Dad gerichtet waren.

Rolf Wagner stand in einigem Abstand zu den Presseleuten auf seinem Gartenweg und auch er hielt einen Regenschirm über sich. Mit der freien Hand wedelte er aufgebracht in Richtung der Journalisten, wie um eine Schar lästiger Mücken zu verscheuchen. Er wollte ganz offensichtlich keine Interviews geben, aber die Reporter schien das nicht zu beeindrucken.

»Nicht gut«, sagte Sascha. »Die Typen sind wie die Aasgeier.

Und wenn die dich auch noch hier sehen, ist erst recht die Hölle los.«

Ich schnaubte. »*Die Unglücksfreundinnen wieder vereint.* Tolle Schlagzeile, fast so gut wie *Samara kotzt*! Warum bleiben die nicht einfach bei ihren dämlichen Promi-Shows und lassen uns in Ruhe?«

»Auf jeden Fall sollten wir dafür sorgen, dass sie dich nicht gleich erkennen.« Sascha wandte sich zum Rücksitz um und wühlte dort in einem Durcheinander aus CDs, Klamotten, Zeitschriften und leeren Schokoriegelpackungen herum. Schließlich fand er, wonach er gesucht hatte, und hielt mir eine Baseballkappe hin.

»Hier, setz die auf. Nicht gerade die originellste Tarnung, aber besser als nichts.«

Ich las den Sticker auf der Vorderseite. »*Justin Bieber Worldtour*? Ist das dein Ernst?«

Er zuckte mit den Schultern. »Sorry, ich hab keine andere dabei. Die ... äh ... gehört meiner Ex.«

»Das kommentiere ich jetzt besser nicht.«

Seufzend stopfte ich meine Haare unter die Kappe und zog mir den Schild so weit wie möglich ins Gesicht.

»An der Rückseite des Hauses gibt es einen Hintereingang über die Terrasse«, sagte ich. »Dann müssen wir nicht an der ganzen Meute vorbei.«

Sascha klappte das Handschuhfach auf, in dem ebenfalls ziemliches Chaos herrschte, und holte eine Sonnenbrille heraus. Er nickte zufrieden, nachdem ich sie mir auf die Nase geschoben hatte.

»Also gut. Bereit für die Paparazzi?«

»Okay, versuchen wir's!«

Wir sprangen aus dem Wagen und hasteten durch den

Regen in die Seitengasse, die zum hinteren Gartenstück des Hauses führte. Ich befürchtete schon, dass auch dort einige Presseleute und Fotografen lauern könnten, aber zum Glück war da niemand.

Wir gingen durch die schmiedeeiserne Tür mit dem Rosenbogen und liefen dann auf die Terrasse, aber die Rollläden vor der großen Fensterwand im Wohnzimmer waren heruntergelassen worden. Uns blieb also nichts anderes übrig, als durch den Garten zur Vorderseite des Hauses zu gehen. Ich hoffte nur, dass wir weit genug von den Reportern entfernt waren und sie mich nicht erkannten.

Als wir um die Ecke kamen, hörte ich Zoes Dad gerade sagen: »Deshalb bitte ich Sie, die Privatsphäre meiner Familie zu respektieren.«

Unter den Reportern brandete lautstarker Protest auf.

»Beantworten Sie einfach unsere Fragen«, rief einer. »Wie geht es Ihrer Tochter und wie fühlen Sie sich jetzt?«

Eine Frau mit auffallend roten Haaren fügte hinzu: »Die Öffentlichkeit hat ein Recht darauf, alles zu erfahren!«

Eine dritte Reporterin rief: »Stimmt es, dass Ihre Tochter missbraucht wurde?«, wobei sie ihrem Kameramann bedeutete, direkt auf das Gesicht von Rolf Wagner zu halten.

Zoes Dad tat mir leid, aber er schlug sich wacker.

»Zum letzten Mal, lassen Sie uns in Ruhe!«, fuhr er die Menge an. »Verschwinden Sie von meinem Grund! Das hier ist Privatbesitz!«

»Aber die Straße ist öffentlich«, gab die Reporterin mit den roten Haaren schnippisch zurück. »Wir werden hierbleiben, bis Sie sich entschließen, uns ausreichend zu informieren. Das ist unser Recht!«

Zoes Dad sah noch immer müde und hager aus, aber er

wirkte lebendiger als bei unserer letzten Begegnung. Die Erleichterung hatte ihm neue Kraft verliehen.

Als er uns auf sich zukommen sah, fuhr er kurz zusammen, aber dann erkannte er mich in meiner Verkleidung. Er gab uns einen Wink, dass wir hinter ihm zur Tür gehen sollten, dann rief er den Reportern zu: »Von mir aus bleiben Sie da drüben im Regen stehen, aber ich werde Ihnen nichts mehr sagen. Die Unterhaltung ist hiermit beendet!«

Neue protestierende Kommentare wurden gerufen. Glücklicherweise waren die Presseleute viel zu sehr auf Rolf Wagner fixiert, um uns große Aufmerksamkeit zu widmen. Wir huschten durch die nur angelehnte Haustür in den Flur und gleich darauf schob sich auch Zoes Dad hinter uns herein.

Er drückte die Tür zu, lehnte sich mit dem Rücken dagegen und stieß einen erschöpften Seufzer aus.

»Gott, die sind wie die Hyänen! Das hat doch nichts mehr mit Berichterstattung zu tun, das ist einfach nur sensationsgierige Belästigung!«

Ich sah zu dem Telefon auf dem Flurtisch neben uns, das unentwegt neue Anrufe signalisierte. Es war stummgeschaltet und in der Anzeige des Anrufbeantworters blinkte die Zahl 99. Hätte das Gerät dreistellige Zahlen anzeigen können, wäre die Zahl bestimmt höher ausgefallen.

Ich konnte Zoes Dad nur zu gut verstehen. Es war widerlich, wie scharf die Leute auf das Leid anderer waren.

»Schön, dass du gekommen bist, Nikka«, sagte er. »Ist das dein Freund?«

»Das ist Sascha. Er war an dem Abend im Club dabei und er hat mir das Leben gerettet.«

»Freut mich, dich kennenzulernen, Sascha.« Rolf Wagner reichte ihm die Hand. »Das war großartig von dir. Respekt!«

Sascha lief wieder einmal rot an und wich verlegen seinem Blick aus. »Danke. Ich bin froh, dass Ihre Tochter wieder da ist.«

Rolf Wagner schüttelte ihm die Hand, dann sah er wieder mich an. »Zoe wird sich sehr freuen, dich zu sehen. Sie hat schon nach dir gefragt.«

»Wie geht es ihr?«

»Na ja, den Umständen entsprechend. Sie ist noch ziemlich erschöpft und hat viel geschlafen, seit die Polizei sie gestern Abend nach Hause gebracht hat. Aber es scheint ihr gut zu gehen.«

Ich spürte, wie ein wenig von meiner Anspannung nachließ. Zwar hatte es in dem Zeitungsartikel geheißen, dass Zoe *wohlauf* sei, aber erst jetzt, als ich es auch aus dem Mund ihres Vaters hörte, konnte ich es wirklich glauben.

»Hat sie etwas darüber gesagt, was geschehen ist?«

Rolf Wagner fuhr sich mit einer Hand übers Gesicht. »Nein, sie sagt, sie kann sich an nichts erinnern. Offenbar geht es ihr wie dir, oder sie steht noch zu sehr unter Schock, um sich zu erinnern. Das wird es für die Polizei zwar nicht leichter machen, aber zunächst einmal bin ich einfach nur froh, dass wir unsere Tochter wiederhaben.«

Ich zögerte einen Moment, unschlüssig, ob ich die Frage stellen sollte, die mich am meisten beschäftigte. Aber sie ließ mir keine Ruhe.

»Was diese Reporterin da vorhin gesagt hat …«, begann ich und musste schlucken, »dass Zoe … Sie wissen schon. Ist das wahr?«

»Nein«, sagte er ganz entschieden. »Das ist nur dummes Gerede. Zoe ist körperlich unversehrt. Sie wollte zwar nicht ins Krankenhaus, aber unser Hausarzt ist gleich gestern Abend zu uns gekommen. Er ist überzeugt, dass ihr keine Gewalt angetan wurde. Jedenfalls nichts in dieser Art.«

Etwas in meiner Brust löste sich und ich atmete auf. Es war, als wäre ein dickes Band von mir abgefallen, das mich bis gerade eben noch viel zu eng zusammengeschnürt hatte.

Rolf Wagner griff meine Hand und sah mich eindringlich an. »Nikka, ich möchte mich bei dir entschuldigen. Was ich neulich gesagt habe, war falsch. Du hattest völlig recht. Man darf die Hoffnung niemals aufgeben. Auch dann nicht, wenn alles schon verloren scheint. Du hast fest daran geglaubt, dass Zoe wiederkommen würde, aber ich hatte sie schon aufgegeben. Das war ein großer Fehler von mir.«

»Sie ist wieder da, und das ist das Einzige, was zählt.«

Eine bessere Antwort fiel mir nicht ein. Seine Entschuldigung war mir peinlich, denn eigentlich gab es keinen Grund dafür. Innerlich hatte ich selbst kaum noch Hoffnung für Zoe gehabt. Dass sie jetzt wieder da war und es ihr offenbar gut ging, grenzte wirklich an ein Wunder.

»Kann ich sie sehen?«

Er nickte. »Natürlich, sie ist oben in ihrem Zimmer. Maria ist bei ihr.«

Mit pochendem Herzen stieg ich die Treppe zum ersten Stock hoch. Vor Zoes Tür blieb ich stehen und rieb mir die schweißnassen Hände an meiner Jeans ab. Ich war höllisch aufgeregt und in meiner Kehle schien plötzlich ein dicker Kloß zu stecken. Wie sehr hatte ich auf diesen Moment gehofft, aber jetzt überkam mich plötzlich Angst. Ich wusste nicht, was mich erwarten würde, was Zoe *wirklich* durchgemacht hatte. Denn ich war mir sicher, dass sie weder der Polizei noch ihren Eltern *alles* gesagt hatte.

Ich atmete tief durch, dann klopfte ich an und trat ein.

40.

Zoes Zimmer lag im Halbdunkel, und ich kam mir vor, als würde ich eine Höhle betreten. Es war still und alles wirkte ein wenig gedämpft. Die Vorhänge waren zugezogen und an den Rändern drangen nur ein paar Strahlen des Nachmittagslichts herein. Es roch nach Früchtetee und auf dem kleinen Couchtisch in der Sitzecke flackerten vier dicke Kerzen.

Dahinter saß Zoe mit ihrer Mom auf dem Sofa. Maria Wagner hielt ein aufgeschlagenes Fotoalbum, und Zoe lehnte an ihrer Schulter, die Knie bis zur Brust zu sich herangezogen.

Mich durchlief ein Schauer. In derselben Haltung hatte ich sie in dem Tunnel gesehen. Nur dass sie dort nackt gewesen war und mich völlig verängstigt angestarrt hatte. Aber als sich unsere Blicke jetzt trafen, lächelte sie.

»Hi.« Sie setzte sich auf. Ihre Stimme war schwach, ebenso wie ihre Bewegungen.

Ich fragte mich, was sie wohl durchgemacht hatte, und in meinem Kopf erschienen schreckliche Bilder. So gut es ging, bemühte ich mich, mir diese Gedanken nicht anmerken zu lassen.

»Hallo«, erwiderte ich und musste mich räuspern, um den Kloß in meiner Kehle loszuwerden.

»Nikka!«

Maria Wagner legte das Album beiseite, sprang von der Couch auf und schloss mich in die Arme. Sie drückte mich so überschwänglich, dass mir fast die Luft wegblieb. Ihre Umarmung versetzte mir einen Stich in den Rippen, doch sie schien es in ihrer Freude gar nicht wahrzunehmen.

»Wie schön, dass du da bist«, sagte sie. »Ich bin ja so glücklich! Nun hat doch noch alles ein gutes Ende genommen. Für euch beide.«

Als sie mich endlich wieder losließ, atmete ich auf. Ich hielt mir die schmerzende Brust und mühte mir ein Lächeln ab.

»Ja, ich bin auch echt froh! Ich bin gleich hergekommen, als ich es erfahren habe.«

Ich tauschte einen Blick mit Zoe. Sie sah so erschöpft aus, dass es mir fast das Herz brach, aber dennoch wirkte sie glücklich.

»Das ist wunderbar!« Zoes Mom strahlte mich an und in ihren Augen schimmerten Freudentränen. »Es tut mir so leid, dass wir uns noch nicht bei dir melden konnten. Wir wollten dich anrufen, aber es ging nicht. Unser Telefon steht seit gestern keine Sekunde mehr still. Ich habe heute Morgen versucht, dich auf dem Handy zu erreichen, aber bei dir ist niemand rangegangen.«

Ich winkte ab. »Kein Problem. Ella sagt immer: Auch gute Nachrichten verbreiten sich schnell.«

»Da hat die gute Ella recht«, sagte Maria Wagner und wechselte einen freudigen Blick zwischen Zoe und mir. »Aber jetzt sollte ich euch wohl besser allein lassen. Ihr beiden wollt bestimmt unter euch sein.«

Sie drückte Zoe einen dicken Kuss auf die Stirn und ging zur Tür.

»Ich freue mich so sehr!«, sagte sie noch einmal zu mir und wischte sich eine Träne aus dem Augenwinkel. »Kann ich dir etwas bringen, Nikka? Vielleicht auch einen Tee oder eine heiße Schokolade?«

»Nein, danke.«

»Okay. Ich bin dann unten, falls du doch noch etwas möchtest.«

Sie schenkte uns beiden ein breites Lächeln und dann verließ sie das Zimmer.

Als Zoe und ich endlich allein waren, sahen wir uns eine Weile einfach nur an. Wir spürten wohl beide etwas, das uns zögern ließ. Etwas Unwiederbringliches, das die Vergangenheit ein für alle Mal von der Gegenwart trennte.

Nichts war mehr wie zuvor, und es fühlte sich an, als sähen wir uns zum ersten Mal. Es war dasselbe befremdliche Gefühl wie an dem Tag, als ich in mein Zimmer zurückgekehrt war. Und da war noch etwas anderes, aber ich konnte es nicht benennen.

»Irgendwie ist das gerade echt seltsam«, sagte Zoe schließlich. »Geht es dir auch so?«

Ich nickte. »Ich kann es kaum glauben. Ich hatte solche Angst, dass ich dich nie wieder sehen würde.«

Sie stand auf und wir fielen uns endlich in die Arme.

»Ich auch«, flüsterte sie. »Ich auch. Und wie!«

Für eine kleine Ewigkeit blieben wir so stehen und diesmal waren mir die Schmerzen in meinen gebrochenen Rippen egal. Ich spürte sie kaum, denn Zoe zu halten war jetzt das Einzige, was mir wirklich wichtig war.

Schließlich ließen wir einander los und setzten uns dicht nebeneinander auf die Couch. Ich schaute auf das offene Fotoalbum auf dem Tisch. Bilder von Zoe, als sie vielleicht drei oder vier gewesen war und im Garten in einem Kinderpool planschte. Auf einem der Fotos war auch ich zu sehen, wie ich mit ihr an einem Klettergerüst auf dem Spielplatz herumturnte.

Es schien, als habe sie Zuflucht in ihren Kindheitserinnerungen gesucht, und ich konnte das nur zu gut verstehen.

»Mom hat mir erzählt, was dir passiert ist«, sagte sie. »Dass du fast gestorben wärst. Das tut mir so leid. Oh Mann, das ist echt alles ziemlich abgefahren, was?«

»Ja, das ist es. Aber was ist mit dir passiert? Wo warst du? Dein Dad sagt, dass du dich auch an nichts erinnern kannst.«

Sie starrte auf die Kerzen vor sich auf dem Tisch. »Ja, das stimmt. Ich weiß noch, dass ich im Club zu den Toiletten gegangen bin. Dann reißt auf einmal alles ab. Kompletter Blackout. Das Nächste, an das ich mich erinnere, ist der Park. Ich bin dort herumgeirrt, und es war schon dunkel, und dann kam mir eine Frau entgegen. Sie muss mich erkannt haben, wahrscheinlich wegen der Fotos in der Zeitung. Sie hat die Polizei gerufen und dann haben sie mich heimgebracht.«

»Mehr weißt du nicht?«

Sie schüttelte den Kopf. »Nein, ist alles weg.«

Als sie nach ihrem Teebecher griff, sah ich, wie sie zitterte. Sie brauchte beide Hände, um zu trinken. Ich glaubte noch etwas zu sehen – etwas, das mich irritierte –, aber ich konnte nicht sagen, was es war.

»Es muss der Typ aus deinem Garten gewesen sein«, sagte ich. »Er war auch auf der Party, ich habe ihn am Eingang vor dem Club gesehen. Ich habe dir nichts gesagt, weil ich uns den Abend nicht verderben wollte. Das war ein Riesenfehler. Ich bin mir sicher, dass er dir dieses verdammte Zeug in den Cocktail gemischt hat. Mein Arzt sagt, dass es eine ziemlich hohe Dosis war.«

Zoe wich ein Stück von mir ab. »Ich weiß nicht, wen du meinst«, sagte sie schnell – zu schnell, um überzeugend zu wirken.

Für einen Moment sahen wir uns schweigend an. Ich versuchte, ihren Blick zu deuten, irgendetwas darin zu erkennen, aber es gelang mir nicht. Als hätte sie eine innere Mauer errichtet.

Ich fragte mich, ob sie vielleicht einfach solche Angst vor dem Kerl hatte, dass sie alles verdrängte. Ich hatte schon davon gehört, dass Opfer von Verbrechen manchmal den Täter verleugneten, weil sie so ungeschehen machen wollten, was ihnen angetan worden war. Wenn es den Täter nicht gab, konnte ja schließlich auch nichts passiert sein. Aber wenn es das war, was Zoe hier tat, dann wollte ich es nicht dabei belassen.

»Zoe, ich bin's, deine beste und älteste Freundin«, sagte ich und deutete auf das Fotoalbum. »Wir haben schon so viel zusammen erlebt, gute Dinge und weniger gute. Wir sind doch wie Schwestern und du kannst mir alles sagen. Wirklich *alles*. Das weißt du doch.«

»Da ist nichts!«, sagte sie schroff und stellte ihre Tasse so heftig auf dem Tisch ab, dass etwas Tee herausschwappte. »Ich bin einfach nur fertig mit den Nerven, das ist alles.«

Ich nickte. »Das verstehe ich, und ich verstehe auch, dass du Angst hast. Aber jetzt bist du in Sicherheit und wir sind wieder zusammen. Mir kannst du es doch sagen. Ich werde auch niemandem davon ...«

»Ich weiß *wirklich* nichts mehr!«, fuhr sie mich an. »Warum glaubt mir das denn keiner? Du bist wie meine Eltern und die Bullen. Ich will einfach nur meine Ruhe! Ich bin jetzt zu Hause. Darauf kommt es an, und zwar *nur* darauf! Also lass das, okay? Ich will nicht mehr darüber reden, verdammt noch mal!«

Erschrocken fuhr ich zurück. So hatte Zoe noch nie mit mir geredet. Natürlich hatten wir hin und wieder auch mal gestritten, aber nie zuvor hatte ich solche Wut in ihrem Blick gesehen.

Ich hob beschwichtigend die Hände. »Okay, okay, es ist ja nur gut gemeint. Ich will dich bestimmt nicht nerven.«

Sie stutzte, als bemerkte sie erst jetzt, dass sie mich angeschrien hatte. Dann lächelte sie, rückte wieder zu mir heran und drückte mich an sich.

»Ach Dummerchen, das tust du doch gar nicht! Lass uns einfach das Leben genießen und den ganzen Scheiß vergessen. Begraben wir diese Kacke! Das schaffen wir doch, oder?«

»Na klar.« Ich erwiderte ihre Umarmung. »Wir schaffen das.«

Aber tief in mir wusste ich, dass das nicht stimmte. Dass ich das alles nicht verdrängen konnte und erst recht nicht *durfte.*

Denn irgendetwas fühlte sich falsch an. Ja, es war, als schrillte eine Alarmglocke in meinen Ohren. Mein Instinkt signalisierte mir, dass etwas ganz und gar nicht in Ordnung war.

Und ein Gedanke ließ mir keine Ruhe: *Was hast du da vorhin gesehen? Was war es?*

Aber es wollte mir nicht einfallen.

41.

Als Sascha mich später nach Hause brachte, bekam ich kaum etwas von der Fahrt mit. In Gedanken war ich immer noch bei Zoe. Wir hatten noch eine Weile zusammengesessen, in ihrem Fotoalbum geblättert und uns unterhalten, aber es war eine merkwürdige Unterhaltung gewesen.

Sie hatte unbedingt über unsere Kindheit sprechen wollen, über unsere Zeit im Kindergarten und in der Grundschule, und über Leute, mit denen wir damals befreundet gewesen waren.

Sie hatte das »die gute Zeit« genannt, was mir reichlich seltsam vorgekommen war. Das klang so gar nicht nach Zoe.

Außerdem hatte sie selbst kaum etwas gesagt. Meist war nur ich diejenige gewesen, die erzählt hatte. Währenddessen hatte Zoe auf der Couch gesessen, ihren Teebecher in den Händen, und mir zugehört. Sie hatte wie geistesabwesend gelächelt, und ich hatte mich dabei gefühlt, als ob ich einem kleinen Kind eine Gutenachtgeschichte erzählte.

Sie war mir fast ein wenig unheimlich gewesen, vor allem dieses Lächeln. Ich hatte keinen Schimmer, was dabei in ihr vorgegangen war.

Etwas hatte zwischen uns gestanden. Aber jedes Mal, wenn

ich versucht hatte, das Gespräch auf ihr Verschwinden zurückzulenken, hatte sie dichtgemacht. So getan, als wüsste sie nicht, wovon ich redete. Als sei nie etwas geschehen. Als seien wir einfach nur zwei Teenager, die in Erinnerungen schwelgten.

Nein, das war nicht die Zoe, die ich kannte. Das war nicht das selbstbewusste, kämpferische Mädchen, zu dem ich immer aufgeschaut hatte. Die Zoe, mit der ich gerade gesprochen hatte, wirkte irgendwie kindlich und verschüchtert.

Und da war noch etwas gewesen, was mich irritiert hatte: eine Art unterdrückte Wut, wie ich sie noch nie zuvor bei ihr gespürt hatte. Abgesehen von ihrem kurzen Ausraster hatte sie es zwar nicht mehr offen gezeigt, aber in manchen ihrer knappen Kommentare hatte etwas Zorniges mitgeschwungen. Als hätte sie etwas tief in sich mit aller Kraft zurückhalten müssen.

Die Zoe von früher war immer cool gewesen. Sie hatte ihre Konflikte direkt gelöst und war nie einer Konfrontation ausgewichen. Sie war diejenige, die immer reinen Tisch gemacht hatte – wenn nötig mit ihrem Eisblick, der selbst die Hölle gefrieren lassen konnte.

Aber jetzt hatte sie sich in ihrem Zimmer verkrochen wie in einer Höhle und verdrängte die Realität mit aller Kraft.

Ich fragte mich, wie so etwas möglich war. Wie sich ein Mensch innerhalb so kurzer Zeit so radikal verändern konnte.

»Ist alles in Ordnung?«, fragte Sascha, als wir schon fast angekommen waren. »Du bist so still.«

Ich starrte auf die Baseballkappe in meinem Schoß und zupfte an dem Justin-Bieber-Sticker herum. »Ich weiß nicht. Irgendwie war das gerade ziemlich seltsam. Zoe wirkt so … merkwürdig.«

»Merkwürdig?« Sascha schaltete einen Gang zurück und warf mir einen kurzen Blick zu, ehe er den Blinker setzte und in meine Straße einbog.

»Ja, ich weiß schon, das klingt idiotisch. Aber sie kam mir irgendwie total fremd vor.«

»Na ja, so merkwürdig finde ich das eigentlich nicht«, erwiderte er. »Sie wird bestimmt einiges durchgemacht haben und steht wahrscheinlich noch unter Schock. Das verändert einen Menschen.«

»Kann schon sein.«

»Hat sie denn darüber gesprochen? Ich meine, wo sie gewesen ist und was passiert ist?«

»Nein.« Ich ließ von der Kappe ab und legte sie zum Chaos auf dem Rücksitz zurück. »Sie sagt, sie hat einen Blackout. Aber es scheint anders zu sein als bei mir.«

»Anders? Inwiefern?«

»Schwer zu sagen. Ich weiß nur, dass irgendwas mit ihr nicht stimmt.«

Er hielt vor Ellas Haus und stellte den Motor ab. Dann schaute er mich forschend an. »Willst du mir erzählen, was sie gesagt hat?«

Ich zuckte ratlos mit den Schultern. »Angeblich kann sie sich an überhaupt nichts mehr erinnern. Auch nicht an irgendetwas aus der Zeit, in der sie verschwunden war. Das ist doch seltsam, oder?«

Sascha wiegte den Kopf. »Ich bin zwar kein Arzt, aber wenn der Kerl sie über längere Zeit mit GBL betäubt hat, ist ihre Amnesie wahrscheinlich stärker ausgefallen als bei dir.«

»Mag sein, aber ich glaube trotzdem, dass sie etwas verschweigt. Da war irgendetwas in ihrem Blick, verstehst du?«

»Okay, und warum sollte sie das tun?«

»Bestimmt aus Angst. Der Kerl läuft ja immer noch da draußen rum, und ich denke nicht, dass er sie freiwillig hat gehen lassen. Sie muss ihm irgendwie entkommen sein, aber darüber will sie ja nicht sprechen. Oder kann es angeblich nicht, wegen ihres Blackouts. Aber ich werde das Gefühl einfach nicht los, dass sie mir nicht die Wahrheit sagt.«

»Glaubst du, sie weiß, wer es war?«

»Keine Ahnung.«

Ich sah durch die beschlagene Scheibe auf die Straße hinaus. Es dämmerte bereits und weit und breit war niemand zu sehen.

»Aber das allein ist es nicht«, sagte ich schließlich. »Ich glaube, dass ich etwas gesehen habe. Etwas, das nicht ins Bild gepasst hat. Aber ich weiß einfach nicht, was es war.«

Sascha sah mich stirnrunzelnd an. »Das verstehe ich nicht. Wenn es dir aufgefallen ist, dann musst du doch wissen, was es ist.«

»Eben nicht! Kennst du diese Bilderrätsel in den Zeitschriften? Die, bei denen zwei Bilder genau gleich aussehen, aber in einem davon sind Fehler versteckt.«

»Ja, meine Oma stand total auf so was.«

»Ella auch. Und so ähnlich wie bei diesen Rätseln war das auch vorhin bei Zoe. Nur dass ich kein Vergleichsbild hatte, außer meine Erinnerung an sie. Aber da *war* etwas. Irgendein Fehler. Da bin ich mir absolut sicher.«

»Du meinst so etwas wie Intuition?«

Ich nickte. »Ja, etwas in der Art. Als ob mein Unterbewusstsein etwas gesehen hat, das ich selbst aber nicht wahrgenommen habe. Weil mir nicht klar war, dass ich darauf achten muss. Ergibt das einen Sinn für dich?«

»Ich glaube, ich weiß, was du meinst. Aber es bringt nichts, wenn du dir deswegen jetzt das Hirn zermarterst. Mein Dad sagt immer: Je mehr man nach etwas sucht, desto weniger findet man es. Am besten denkst du überhaupt nicht mehr daran, lenkst dich mit irgendwas ab. Dann fällt es dir bestimmt ein. Das ist wie mit dem Wort, das einem auf der Zunge liegt. Wenn man es nicht mehr braucht, ist es plötzlich da.«

»Na prima!« Ich seufzte. »Aber wahrscheinlich hast du recht. Wenn ich noch weiter darüber nachgrüble, platzt mir sowieso der Kopf.«

Die Straßenlaternen gingen an und Sascha sah zu der Uhr auf dem Armaturenbrett.

»Ach du Scheiße! Schon sieben? Tut mir leid, ich muss zur Spätschicht. Wollen wir uns morgen vielleicht im Club treffen? Ist zwar Achtziger-Party, aber es könnte witzig werden. Der DJ ist jedenfalls nicht schlecht, sagt man.«

»Nennt er sich SaXa?«

Er grinste. »Namen sind wie Schall und Rauch.«

»Mal sehen«, sagte ich. »Vielleicht schaue ich vorbei.«

Er reckte einen Daumen nach oben. »Wenn du Lust hast, dann komm doch schon um fünf zum Soundcheck. Würde mich echt freuen.«

Wir sahen uns einen Moment in die Augen, und ich spürte eine Art Spannung, die plötzlich zwischen uns in der Luft lag.

»Du solltest jetzt los«, sagte ich, als ich es schließlich nicht mehr aushielt.

Er nickte. »Ja, du hast recht. Also dann bis morgen. Und denk nicht zu viel nach.«

»Werde ich nicht«, sagte ich und rieb mir die Schläfen. »Im Moment bin ich sowieso viel zu platt, um auch nur über irgendetwas nachzudenken.«

Doch als ich ins Haus ging, arbeitete mein Hirn weiter auf

Hochtouren. Auf Dr. Sanders Monitor hätte es jetzt bestimmt tiefrot geleuchtet. Trotzdem wollte mir nicht einfallen, was ich gesehen hatte. Ich fühlte nur, dass es wichtig gewesen war. Und etwas tief in mir flüsterte: *Die eigentliche Frage ist doch, ob du es wirklich wissen willst.*

Gänsehaut überzog meine Arme, ohne dass ich wusste warum.

42.

Beim Abendessen überschüttete mich Ella mit Fragen. Vor allem interessierte sie natürlich, wie es Zoe ging. Sie erzählte mir, dass sie Zoes Dad in den Regionalnachrichten im Fernsehen gesehen hatte und dass man dort auch den Polizist interviewt hatte, der in dem Fall ermittelte.

»Aber der scheint nichts zu wissen«, sagte sie. »Dass der Täter noch frei herumläuft, macht mir große Angst. Du musst mir versprechen, dass du vorsichtig bist, wenn du aus dem Haus gehst.«

»Ich werde auf mich aufpassen«, versprach ich, und dann erzählte ich ihr das wenige, das ich wusste. Dass es Zoe den Umständen entsprechend gut ging und dass die Wagners überglücklich waren, sie wieder heil zu Hause zu haben.

Zoes merkwürdige Art und mein Misstrauen erwähnte ich jedoch nicht. Solange ich nicht wusste, was der Grund dafür war, wollte ich das für mich behalten.

Schließlich wechselte Ella das Thema und kam auf Sascha zu sprechen. Sie fand, dass er ein netter Junge war, und wollte wissen, ob da etwas zwischen uns lief.

»Ihr wärt ein schönes Paar, aber vergiss bitte nicht, wie jung ihr noch seid. Du weißt schon, wie ich das meine.«

»Er ist nur ein guter Freund«, sagte ich und wand mich so schnell wie möglich aus diesem Thema heraus.

Dieser eine Moment vorhin im Auto spukte mir immer noch durch den Kopf, und insgeheim fragte ich mich, ob vielleicht mehr daraus geworden wäre, wenn ich unser Schweigen nicht gebrochen hätte.

Wohl eher nicht, dachte ich schließlich. Ich mochte Sascha, mochte ihn sogar sehr, aber ob irgendwann mehr daraus werden würde – oder ich das überhaupt wollte –, wusste ich noch nicht. Im Moment war mein Leben schon chaotisch genug.

Als ich nach dem Essen das Geschirr in die Spülmaschine räumte, grübelte ich erneut darüber nach, was mir bei Zoe aufgefallen war. Was hatte mich so irritiert? Aber nach wie vor kam ich auf keinen grünen Zweig. Was immer es gewesen war, es versteckte sich irgendwo tief in mir.

Ja, Sascha hatte recht gehabt. Es war wie mit dem Wort, das einem auf der Zunge lag. Erst wenn man nicht mehr darüber nachdachte, fiel es einem ein.

Ich klappte die Spülmaschine zu, schaltete sie ein und ging zu Ella ins Wohnzimmer. Wir sahen uns einen alten Schwarz-Weiß-Film an, in dem es um einen Mann ging, den man zu Unrecht zum Tode verurteilt hatte, und um einen Wissenschaftler, der ihn wieder zum Leben erweckte, damit er den wirklichen Täter überführen konnte. Kam mir irgendwie vertraut vor.

Ella schien diese makabre Parallele nicht zu bemerken. Sie liebte solche alten Schinken, ganz egal ob Gruselfilm oder Liebeskomödie, und im Moment amüsierte sie das Aussehen des Hauptdarstellers.

»Er sieht genauso aus wie Heinrich Pratt von der Friedhofsgärtnerei«, kicherte sie. »Könnte glatt sein Großvater sein.

Witzig, wie ähnlich sich manche Leute sehen, findest du nicht?«

Ich nickte nur. Auch Ella verdrängte, was geschehen war, auf ihre Weise, aber ich konnte das nicht. Ich steckte mittendrin, war ein Teil des Ganzen. Und so lange es noch so viele offene Fragen gab, würde ich auch nicht davon loskommen.

43.

Nach dem Film ging ich auf mein Zimmer. Ich war todmüde und fiel wie ein Stein ins Bett. Trotzdem wälzte ich mich noch eine ganze Weile grübelnd hin und her, bis ich endlich erschöpft wegdämmerte.

Meine Grübelei verfolgte mich selbst im Schlaf und ich träumte ziemlich wirres Zeug. Es erinnerte mich an die Märchen, die mir Ella früher immer vorgelesen hatte. Nur dass dieses Traummärchen sehr viel unheimlicher war.

In dem Traum war ich Schneewittchen und lag vergiftet in einem gläsernen Sarg irgendwo im Wald. Es war schrecklich dunkel und ich konnte mich nicht rühren. Im blassen Mondlicht wiegten sich die Äste der Bäume über mir und da war ein leises Flüstern. Es hörte sich an wie die Monsterstimmen aus dem Club, nur viel weiter von mir entfernt.

Plötzlich erschien der Ledermann über mir und legte eine Rose auf meinen Sarg und dann kam Dr. Mehra hinzu. Die beiden sahen interessiert auf mich herab. Dr. Mehra mit seinen freundlichen dunkelbraunen Augen und der Ledermann mit seinem einen Auge, das weiß wie ein Tischtennisball in seinem zerschundenen Gesicht funkelte.

Sie hat großes Glück gehabt, hörte ich Dr. Mehra durch

den Glasdeckel sagen, und der Ledermann, der eigentlich Malte Schuster hieß, nickte.

Ja, das hat sie, sagte Malte Schuster, und wieder wurden seine Worte von diesem hässlichen Gurgeln aus seiner zerschmetterten Brust begleitet. *Sie war bei mir auf der anderen Seite, aber sie ist zurückgekehrt. Wie der Mann in diesem Film, der dem Friedhofsgärtner so ähnlich sieht.*

Bedauere, aber so eine Rückkehr ist wissenschaftlich völlig unmöglich, entgegnete Dr. Mehra auf seine höfliche, aber bestimmte Art.

Wer sagt denn, dass die Wissenschaft immer recht haben muss?, widersprach ihm der Ledermann. *Das ist doch nur der aktuelle Stand unseres Wissens. Und was wissen wir schon, vor allem über den Tod? Vor zweihundert Jahren hätte auch niemand für möglich gehalten, dass es eines Tages Motorräder gibt. Und jetzt sehen Sie mich an …*

Er zeigte an sich herunter, auf seinen toten, zerfledderten Körper, der nur noch von seinem schwarzen Lederanzug zusammengehalten wurde.

Vielleicht haben Sie recht, sagte Dr. Mehra. *Was wissen wir schon?*

Ich rollte verzweifelt mit den Augen – die einzige Bewegung, zu der ich in der Lage war – doch sie schienen es nicht zu bemerken. Sie nickten mir nur zu und dann gingen sie davon.

Entsetzt sah ich ihnen nach. Ich wollte schreien, mit den Fäusten gegen die Glaswände trommeln, sie irgendwie auf mich aufmerksam machen. Doch ich konnte nur gelähmt daliegen und zusehen, wie die beiden Männer im Wald verschwanden.

Und dann sah ich plötzlich Zoe auf der Lichtung. Sie war nackt und tanzte wie die böse Königin im Märchen in rot glühenden eisernen Pantoffeln. Ihre Schmerzensschreie waren fürchterlich.

Nun packte mich erst recht das Entsetzen. Ich musste zu ihr, sie retten. Aber ich konnte mich, verdammt noch mal, nicht rühren.

Dann weckte mich der Sturm.

44.

Ruckartig setzte ich mich im Bett auf. Ich war schweißnass, und mein T-Shirt klebte an mir, als hätte ich damit gebadet.

Was für ein verrückter Traum!

Falls das wieder eine Nachricht meines Unterbewusstseins gewesen war, warum konnte es sich dann nicht klarer ausdrücken?

Draußen heulte der Wind, und der Regen peitschte gegen mein Fenster, als würde ich mit dem Auto durch eine Waschanlage fahren. Dann jagte ein gewaltiger Blitz über den Himmel, gefolgt von einem Donnerschlag, der mein Bett erbeben ließ.

Ich schaute auf den Wecker. Es war weit nach Mitternacht, und ich hatte mehrere Stunden geschlafen, aber ich fühlte mich trotzdem völlig zerschlagen.

Kein Wunder, wenn man solchen Mist träumt.

Mein Kopf schmerzte, und ich wollte nichts lieber, als einfach weiterzuschlafen. Aber so klamm und verklebt, wie ich mich fühlte, würde das bestimmt kein erholsamer Schlaf werden.

Seufzend schlug ich die Decke zurück, tappte schlaftrunken zum Kleiderschrank und zog mir ein frisches T-Shirt an.

Als wieder lauter Donner krachte, schlurfte ich weiter über

den Gang zum Bad. Ich musste dort noch irgendwo ein paar Ohrstöpsel haben. Das Getöse da draußen war ja nicht auszuhalten.

Vor dem Badezimmerfenster flackerten weitere Blitze, der Sturmwind heulte ums Haus, und erneut rumorte der Donner, nah und gewaltig.

Ich schaltete die Lichtleiste über dem Spiegelschrank ein und durchsuchte die Fächer nach den Stöpseln. Ich hatte sie zuletzt bei einem Konzert der Barlows im Stadtpark benutzt und das war schon eine ganze Weile her.

Aber sie müssen doch eigentlich in der kleinen Schublade …

Ich hielt abrupt inne, als ich neben mir ein merkwürdiges Quietschen hörte. Nur kurz, denn gleich darauf ging es im nächsten Donnerschlag unter.

Was war das?

Ich sah zur Badewanne, von der das Geräusch gekommen sein musste. *Da!* Ich hörte es wieder. Als ob etwas Glattes über die Emaille rieb. Und dann ein dumpfes Stampfen, als ob jemand in der Wanne aufgestanden wäre.

Erschrocken machte ich einen Schritt rückwärts. Dabei stieß ich so heftig gegen das Wandregal, dass eines der Handtücher darin vom Stapel fiel und mit einem gedämpften *Flapp* neben mir auf dem Boden landete. Doch ich nahm es kaum wahr und ließ den Duschvorhang nicht aus den Augen. Er bewegte sich ein wenig. Nur ein ganz kleines bisschen.

Wie von einem Luftzug … oder …

»Ella? Bist du das?«

Aber das war absurd. Ella würde niemals in der Nacht baden, erst recht nicht bei einem solchen Gewitter und im Stockdunkeln.

Der weiße Vorhang verdeckte die Wanne, aber als ein weiterer heftiger Blitz vor dem Fenster zuckte, warf das grelle Licht eine Silhouette auf den Stoff.

Mir blieb fast das Herz stehen.

Hinter dem Vorhang stand wirklich jemand!

Eine große, schlanke Gestalt.

Träumte ich etwa immer noch? Vielleicht war ich gar nicht aufgewacht, sondern hatte einfach nur die Szenerie gewechselt und war nun nicht mehr Schneewittchen, sondern das Mädchen, das wie in einem Horrorfilm im Badezimmer auf den Duschvorhang starrte.

Aber nein, ich spürte doch die kalten Fliesen unter meinen nackten Füßen. Sie waren wie eine Bestätigung, dass ich nicht schlief und erst recht nicht träumte.

Nein, was ich gerade erlebte, war real. Ich stand *wirklich* hier und in der Dusche war *wirklich* jemand. Das war alles genau so echt, wie die Hand, die jetzt nach dem Duschvorhang griff und ihn beiseiteschob – und die Gestalt, die dahinter zum Vorschein kam.

Vor Schreck konnte ich mich nicht bewegen. Ich wollte schreien, aber als ich den Mund öffnete, kam nur ein leises Krächzen heraus. Mein Herzschlag trommelte so laut in meinen Ohren, dass ich kaum noch den Donner hörte.

Dann zuckte ein weiterer Blitz vor dem Fenster, und ich erkannte, wer da vor mir stand. Es war Zoe.

Diesmal war sie nicht nackt wie bei unserer Begegnung im Tunnel oder wie vorhin in meinem Traum. Nein, diesmal trug sie ihr Halloween-Kostüm. Es glänzte schwarz im Licht der Blitze, und ich konnte hören, wie ihr Arm leise an dem Duschvorhang entlangstreifte. Nur ihre Catwoman-Maske fehlte.

»Das … kann nicht sein!«

Ich schüttelte mich, hoffte, vielleicht doch zu träumen und endlich aufwachen zu können.

»Das. Kann. Nicht. Sein!«

Aber sie war es wirklich und nun stieg sie aus der Wanne und kam auf mich zu. Ihr Mund stand offen wie zu einem stummen Schrei und ihre Augen waren weit aufgerissen. Ich sah das Entsetzen in ihrem Blick, die blanke Angst. Sie streckte ihre Hände nach mir aus und kam taumelnd näher.

Endlich konnte ich mich aus meiner Starre lösen. Ich riss die Arme hoch, machte einen Schritt auf sie zu und wollte sie auffangen ... doch dann war sie weg. Einfach verschwunden.

Da waren nur noch die Badewanne und der Duschvorhang, der nun wieder zugezogen war.

Das ist irre, einfach irre. Ich drehe durch!

Noch immer raste mein Puls, und meine Knie waren so weich und wackelig, dass ich beinahe zusammengeklappt wäre. Erschöpft ließ ich mich auf den Boden sinken, spürte die kalten Fliesen und lauschte dem Sturm.

Was war da gerade passiert?

Hatte ich mir das nur eingebildet?

Es war genauso wie bei meinen Begegnungen mit dem Ledermann gewesen. Aber das konnte doch nicht sein! Zoe war doch zu Hause, es ging ihr gut. Sie war nicht mehr an dem dunklen Ort, also konnte sie auch nicht von dort zu mir gekommen sein. Das war völlig ausgeschlossen!

Aber da lag das Handtuch neben dem Regal auf dem Boden, wie um mich vom Gegenteil zu überzeugen. Ich war doch nicht vor nichts erschrocken.

Ja, ich *hatte* Zoe gesehen, ebenso wie ich jetzt den Schatten in der Ecke des Badezimmers sah, gleich neben dem Waschbecken. Im Schein der Lichtleiste zeichnete er sich nur leicht an der Wand ab, aber dennoch war er da.

Groß, schlank. Wie Zoe.

Hastig sprang ich auf und schaltete die Deckenlampe an. Der Schatten blieb.

Ich begann am ganzen Leib zu zittern, so heftig, dass sogar meine Zähne klapperten. Der Schatten war zurück, nur wusste ich diesmal, wer es war. Kein dunkler Begleiter, sondern eine *Begleiterin.*

Zoe!

Sie hatte ihre Arme nach mir ausgestreckt, als flehte sie mich an ihr zu helfen. Ihre Hände waren zum Greifen nah gewesen und ...

Ihre Hände!

Auf einmal wusste ich, was ich heute bei den Wagners gesehen hatte.

Ich Idiotin!, durchfuhr es mich. *Wie hatte ich das nur übersehen können!*

45.

Am nächsten Tag konnte ich es kaum erwarten, bis es endlich fünf Uhr war. Die Zeit zog sich so zäh wie Kaugummi und auf dem Weg zum Club schien der Bus diesmal viel länger zu brauchen als sonst.

Während der Fahrt kaute ich nervös auf meiner Unterlippe. In meinem Kopf herrschte absolutes Gedankenchaos. Den ganzen Tag schon hatte ich wieder und wieder über das nachgedacht, was ich letzte Nacht gesehen hatte und was meine Entdeckung zu bedeuten hatte. Letztlich war ich aber immer zum selben Ergebnis gekommen. Ich fand nur eine einzige Erklärung, die für mich Sinn ergab. Aber wenn es so war, was sollte ich dann nur tun? Es war alles so … *verrückt*!

Ich war viel zu aufgekratzt, um noch irgendeinen klaren Gedanken zu fassen. Ich musste dringend mit Sascha reden. Ich brauchte jetzt seine ruhige Art, um mich wieder zu erden. Vor allem aber brauchte ich seinen Rat.

Endlich hielt der Bus im Industriegebiet und ich rannte den restlichen Weg zum Club. Der Regen hatte zwar endlich mal eine Pause eingelegt, war aber durch einen heftigen Novemberwind abgelöst worden, der mir eisig ins Gesicht biss. Als ich am Club ankam, brannten meine Wangen vor Kälte.

Die Tür war offen und schon am Eingang dröhnte mir die Musik entgegen. Drinnen war es angenehm warm und alles war hell beleuchtet. Jessica stand hinter der Theke und räumte Gläser aus dem Geschirrspüler in die Regale. Als sie mich sah, nickte sie mir nur zu und deutete mit dem Kinn zu der kleinen Bühne mit dem DJ-Pult. Dort sah ich Sascha und einen anderen Jungen mit langen dunkelblonden Dreadlocks. Sie beugten sich über die Regler des Mischpults und schienen über irgendetwas zu diskutieren.

Ich rief Jessica ein »Danke« zu, aber die Musik war so laut, dass sie mich nicht hörte. *Dead or Alive* sangen gerade etwas über jemanden, der wie eine Schallplatte zum Rotieren gebracht wurde. Ja, das war definitiv der Soundcheck für eine Achtziger-Party.

Als Sascha mich auf sich zukommen sah, winkte er mir vom Mischpult aus zu und kam mir dann entgegen.

»Hey! Wusste ich doch, dass du kommst!«

Ich deutete auf meine Ohren, um ihm zu signalisieren, dass es mir zu laut war. »Können wir uns unter vier Augen unterhalten? Es ist wirklich wichtig!«

Er nickte und wandte sich zu dem Typ mit den Dreadlocks um. »Hey Toni, irgendwas mit den Höhen stimmt noch nicht. Kriegst du das alleine hin? Ich bin kurz weg.«

Toni schaute zu uns herunter, bedachte mich mit einem Grinsen und hielt einen Daumen hoch. Dann widmete er sich wieder seinen Reglern, und die Musik wechselte zu einem Song über jemanden, der sich mit seiner Ex in einem Museum zwischen den Skeletten treffen will.

»Wall of Voodoo«, sagte Sascha und reckte Toni ebenfalls einen Daumen entgegen. »In den Achtzigern gab es schon ziemlich cooles Zeug. Nicht nur Nena und Major Tom.«

Als er bemerkte, dass ich darauf nicht einging, sah er mich besorgt an. »Alles in Ordnung mit dir?«

»Ja, das heißt nein«, stammelte ich. »Ach, lass uns erst mal irgendwohin gehen, wo es leiser ist.«

»Okay, komm mit!«

Er führte mich über den Gang zu der Tür, die mit NUR FÜR PERSONAL gekennzeichnet war.

Der Raum dahinter glich einer Rumpelkammer. Putzzeug, Pappaufsteller und Deko-Artikel drängten sich dicht an dicht vor Wandregalen, die mit Ordnern und allerlei sonstigen Dingen vollgestopft waren. Es roch nach kaltem Rauch und schalem Bier und auf dem Tisch in der Mitte standen etliche leere Flaschen um zwei übervolle Aschenbecher herum.

»Besser, du schaust dich hier nicht zu genau um«, sagte Sascha. »Aber wenigstens haben wir hier Ruhe.«

Und tatsächlich wurde es sofort still, als er die Tür hinter sich schloss. Nur das Wummern des Basses war noch zu spüren, wie ein kleines rhythmisches Erdbeben.

Er räumte eine Ecke des Tischs frei, damit wir uns setzen konnten, dann sah er mich aufmerksam an.

»Also, schieß los. Was ist passiert?«

Ich sammelte mich und versuchte ein wenig Ordnung in mein inneres Chaos zu bringen. »Ich weiß jetzt, was gestern mit Zoe nicht gestimmt hat.«

»Okay. Und was war es?«

Die Worte schienen in meiner Kehle festzuhängen, und ich musste mich anstrengen, sie nach oben zu bringen. Dann sprach ich sie endlich aus.

»Sie ist nicht Zoe.«

46.

Für ein paar Sekunden standen meine Worte wie festgefroren im Raum. Hätte man nicht den Bass von nebenan gehört, hätte man glauben können, die Zeit stehe still.

Nun war es also heraus. Ich hatte meinen ungeheuerlichen Verdacht ausgesprochen, und ich sah in Saschas Blick, wie schockiert auch er darüber war.

»Nicht Zoe«, wiederholte er langsam, als müsse er sich über die Bedeutung dieser Worte erst klar werden. »Wie meinst du das?«

»Genau, wie ich es sage. Das Mädchen, mit dem ich gestern gesprochen habe, ist nicht Zoe.«

»Wie kommst du denn darauf?«

»Deswegen.« Ich hielt ihm meinen Arm hin und deutete auf das Freundschaftsband an meinem Handgelenk. »Zoe hat dasselbe. Wir haben die Bänder vor ein paar Jahren mal aus einer Laune heraus geknotet und seitdem tragen wir sie. Immer.«

»Okay«, sagte er langsam. »Und weiter?«

Ich seufzte, weil es doch eigentlich so offensichtlich war. »Na, die Zoe, die ich gestern getroffen habe, hat es nicht getragen.«

Er schüttelte verdutzt den Kopf. »Und? Das muss doch nichts bedeuten. Sie kann es ja auch einfach verloren haben.«

Ich stieß einen weiteren Seufzer aus und hielt ihm erneut meinen Arm hin. »Los, zieh mal dran.«

»Echt jetzt? Und wenn ich es zerreiße?«

Ich verdrehte die Augen. Wie konnte ein Kerl nur so zimperlich sein?

»Sascha, zieh einfach dran!«

»Na gut.« Er griff das Band mit zwei Fingern und zog vorsichtig.

»Nun mach schon«, drängte ich. »Zieh richtig! Ich breche schon nicht zusammen.«

Er warf mir einen schüchternen Blick zu, verstärkte aber den Zug.

»Fester!«, sagte ich.

Endlich traute er sich richtig, und er hatte mehr Kraft, als ich ihm zugetraut hätte. Er zog, bis er mich am Arm vom Stuhl hob, dann ließ er los.

»Und? Merkst du was?«

»Ist ziemlich fest.«

Ich nickte. »Genau. Deshalb kann man es nicht einfach mal so verlieren. Selbst wenn man irgendwo damit hängen bleibt, kugelt man sich eher den Arm aus, als dass das Band reißt. Das liegt an den Knoten. Die halten bombenfest. In der Anleitung, die wir im Netz gesehen haben, haben die damit sogar ein Auto gezogen.«

Er pfiff anerkennend durch die Zähne. »Wow! Aber was machst du, wenn du es mal ablegen willst?«

»Ablegen? Wozu denn? Das ist ja gerade der Sinn dahinter. Eine Freundschaft legst du ja auch nicht einfach mal so ab, weil du gerade keinen Bock drauf hast. Wenn ich das Band wieder loswerden wollte, müsste ich es zerschneiden. Und zwar mit einer richtig guten Schere.«

»Okay, das verstehe ich.« Er starrte auf mein Handgelenk. »Aber das ist doch trotzdem noch kein Beweis, dass deine Freundin …«

»Zoe hätte ihr Band niemals abgenommen«, unterbrach ich ihn. »Sie hatte es an dem Abend im Club an, das schwöre ich dir hoch und heilig. Sie hat es sogar über dem Ärmel ihres Kostüms getragen. Weil es ihr *wichtig* ist, so wie mir. Deshalb weiß ich mit Sicherheit, dass das Mädchen bei den Wagners *nicht* Zoe ist! Und zusammen mit ihrem seltsamen Verhalten von gestern ist das sehr wohl ein Beweis!«

»Und was, wenn es ihr Entführer abgemacht hat?«

»Das glaube ich nicht. Ihr Kostüm hat er ihr ja auch gelassen. Warum sollte er ihr dann ausgerechnet das Freundschaftsband nehmen?«

Sascha murmelte ein weiteres »Wow«, dann schob er den Stuhl zurück und stand auf. Er ging zu einem kleinen Kühlschrank, der hinter ein paar Pappaufstellern verborgen war.

»Ich brauche jetzt was zu trinken«, sagte er, holte zwei kleine Flaschen Cola heraus und kam damit an den Tisch zurück. »Oder wäre dir ein Bier lieber?«

»Nein, Cola ist gut.«

Ich ertappte mich dabei, wie ich den Verschluss prüfte. Ob ich wohl je wieder Vertrauen haben würde, wenn mir jemand ein Getränk anbot?

Sascha nahm einen Schluck und sah mich dabei forschend an. Ich dachte schon, dass er meine misstrauische Geste bemerkt hatte, aber dann sagte er: »Also gut, nehmen wir mal an, du hast recht und dieses Mädchen ist wirklich nicht Zoe …«

»Ich *habe* recht«, fuhr ich ihn an. Es machte mich wütend, dass er mir nicht glauben wollte.

»Na schön«, sagte er, »aber wer sollte sie dann sein? Ich meine, immerhin sieht sie doch wie Zoe aus und ihre Eltern glauben doch auch, dass sie es ist.«

»Genau das treibt mich ja fast in den Wahnsinn. Ich habe keine Erklärung dafür. Ich weiß nur, dass das nicht Zoe ist. Dieses Mädchen wirkt wie eine schlechte Kopie auf mich.«

Sascha runzelte die Stirn. Ich konnte ihm ansehen, dass er mir nicht glaubte, aber wenigstens sprach er es nicht aus. Schließlich sagte er: »Das ist noch nicht alles, stimmt's?«

»Wie meinst du das?«

»Da ist doch noch etwas.« Er stellte seine Flasche auf den Tisch, ohne den Blick von mir abzuwenden. »Ich hab das Gefühl, dass du mir noch nicht alles erzählt hast.«

Ich spürte, wie mir das Blut ins Gesicht schoss. Kannte er mich wirklich schon so gut? Offenbar schon.

»Ja«, sagte ich und nickte. »Da ist tatsächlich noch etwas. Aber wenn ich es dir sage, wirst du mir erst recht nicht glauben.«

Er machte eine auffordernde Geste. »Versuch es einfach.«

Es war nicht leicht, und es kostete mich einige Überwindung, aber schließlich sagte ich es geradeheraus: »Ich habe Zoe gestern Nacht gesehen. Die *richtige* Zoe, meine ich.«

»Wieder eine Erscheinung, so wie bei diesem Ledertyp?«

»Der *Typ* hieß Malte Schuster«, sagte ich, und dann erzählte ich ihm in knappen Worten von meinem Erlebnis. Wie ich den Namen des Ledermanns herausgefunden hatte und wie ich darauf gekommen war, was er von mir wollte.

Danach erwartete ich ein weiteres »Wow«, aber Sascha sagte nichts und sah mich einfach nur an.

»Und so ähnlich war das auch mit meiner Begegnung letzte Nacht«, fügte ich hinzu. »Malte Schuster habe ich gesehen, weil er mir etwas zeigen wollte, und Zoe, weil sie in Gefahr ist und meine Hilfe braucht.«

»Weil sie an dem dunklen Ort ist, wo dieser Tunnel und das Licht sind?«

Ich stieß einen Seufzer aus. »Ich hab dir ja gesagt, dass du mir nicht glauben wirst.«

»Du hast recht«, sagte er und sah mich ernst an. »Ich glaube nicht an so was. Weder an irgendwelche Erscheinungen noch an ein Leben nach dem Tod. Wenn es vorbei ist, gibt es nichts mehr. Alles andere sind Mythen und Märchen.«

»Und was ist dann mit mir? Was ist mit dem, was ich gesehen habe, wo ich gewesen bin? Waren das auch nur Märchen?«

Er rieb sich übers Gesicht. »Nikka, du hast halluziniert. Dein Gehirn war unterversorgt, es hatte zu wenig Sauerstoff. Außerdem hattest du diese Droge im Blut. Und wenn du jetzt immer noch solche Erscheinungen hast, dann sind das eben Nachwirkungen. Du verrennst dich in etwas, von dem du glaubst, dass es real ist. Aber das ist es nicht. Dein Gehirn spielt dir einfach nur Streiche. Sorry, dass ich so direkt bin, aber das sind nun mal die Fakten.«

»Na gut, du Mediziner«, entgegnete ich gereizt, »aber vielleicht sagst du mir ja auch noch, warum du dich so gegen alle anderen Möglichkeiten versperrst. Es gibt doch einen Grund dafür, oder? Du hast schon mal so eine Andeutung gemacht, nachdem wir bei Cordelia waren, erinnerst du dich?«

»Ja, natürlich, aber …«

»Ich finde ja, nach allem, was ich dir bis jetzt von *mir* erzählt habe, könntest du auch mal etwas offener sein.«

Er wich meinem Blick aus und starrte auf seine Flasche.

Nachdenklich wischte er mit dem Finger über die Wasserperlen, die sich darauf gebildet hatten, und schien mit sich zu ringen. Als er mich schließlich wieder ansah, schimmerte es feucht in seinen Augen.

»Also gut, du hast ja recht. Ich sollte ehrlich mit dir sein. Du warst es schließlich auch. Ja, es gibt einen Grund, warum ich nicht daran glaube, sondern nur an wissenschaftliche Fakten.« Er nahm einen weiteren Schluck und betrachtete wieder die Flasche, als müsse er sich sammeln.

»Okay«, sagte er schließlich. »Was ich dir jetzt erzähle, weiß sonst niemand über mich.«

47.

»Es ist jetzt ungefähr sieben Jahre her«, begann er. »Ich war zwölf und radelte mit Ivo von einem Fußballspiel nach Hause. Ivo war mein bester Freund. Er war nur einen Tag jünger als ich und wir waren wie Brüder. Fast so wie du und Zoe. Wir hatten zwar keine Freundschaftsbänder, so wie ihr, aber zwischen uns hätte trotzdem kein Blatt Papier gepasst.

Wir steckten immer zusammen, spielten im selben Team und hingen in jeder freien Minute zusammen ab. Wir standen auf die gleiche Musik, die gleichen Filme und zockten die gleichen Games. Und so wie ich wuchs auch Ivo nur mit einem Elternteil auf. Ich hatte nur meinen Dad und er nur seine Mom. Im Scherz hatten wir oft überlegt, ob wir die beiden zusammenbringen sollten, aber irgendwie hat das nie geklappt.«

Sascha lächelte versonnen und nippte an seiner Cola. Am liebsten hätte ich ihn nach seiner Mom gefragt. Ich hätte zu gern gewusst, warum sie ihn verlassen hatte und ob er sie manchmal vermisste, aber das war ein anderes Thema. Also schwieg ich und wartete, bis er weiterredete.

»Ich werde diesen Tag nie vergessen«, sagte er. »Es war Samstag und es waren Sommerferien. Mann, war das ein heißer Tag! Ich glaube, es hatte an die fünfunddreißig Grad und es war drückend schwül. Wir waren auf dem Heimweg von einem Spiel gegen das Kössinger Team. Bei uns allen war der Schweiß in Strömen geflossen. Die Kössinger haben eine echt starke Mannschaft, und sie hatten es uns nicht leicht gemacht, aber wir hatten schließlich mit einem astreinen 2:0 gewonnen. Das hatten wir in erster Linie Ivo zu verdanken. Ich meine, natürlich haben wir alle top gespielt, aber Ivo war unser Torwart, und er hatte jeden Angriff gehalten.

Er war nicht besonders groß, weißt du, aber er war unglaublich schnell. Und er hatte eine irre Menschenkenntnis. Er konnte Leute lesen, so wie andere Bücher lesen, und er wusste immer, was sein Gegner vorhatte. Ob er auf die rechte oder die linke Seite zielen würde und so was. Ich glaube, aus Ivo wäre mal ein super Psychologe oder etwas in der Art geworden. Er war tough und ließ sich nie was gefallen, aber gleichzeitig war er sehr sensibel. Weißt du, wie ich das meine?«

Ich nickte und spürte, wie die Trauer in Sascha arbeitete. Dass er von seinem Freund in der Vergangenheitsform sprach, verriet, dass seine Geschichte kein gutes Ende nehmen würde.

»Jedenfalls radelten wir nach dem Spiel zurück«, fuhr er fort. »Ich auf meinem Mountainbike und er auf dem alten Trekkingrad, dass er irgendwo gefunden und hergerichtet hatte. Seine Mom hatte nicht viel Geld, aber irgendwie schien ihm das nie etwas auszumachen. Wenn Ivo etwas wollte, fand er einen Weg, es zu bekommen, und wenn er es sich selbst bauen musste. Was das anging, war er unglaublich kreativ und geschickt.«

Sascha nahm einen weiteren Schluck und schien nachzudenken. Als er schließlich weitersprach, schimmerten erneut Tränen in seinen Augen, aber seine Stimme blieb fest. Als ob er alle Kraft zusammennahm, um vor mir nicht als Schwächling dazustehen.

»Ivo wollte an dem Tag einen Umweg nehmen«, sagte er, ohne mich dabei anzusehen. »Angeblich, weil es auf der Strecke schattiger war. Aber als wir dann am Friedhof vorbeikamen, verstand ich den wahren Grund. Er fuhr voraus, das tat er immer, und dann hielt er plötzlich an. Bis ich bei ihm angekommen war, stand er schon an der Friedhofsmauer und reckte sich, um darüberzuschauen.

›Da hinten liegt Karl‹, sagte er, als ich mich zu ihm stellte. Karl war Ivos Nachbar gewesen. Ein Eigenbrötler und etwas schräg drauf, was den Umgang mit anderen Leuten anging, aber er war immer nett zu uns gewesen, und Ivo hatte ihn sehr gemocht. Nachdem sich sein Dad aus dem Staub gemacht hatte, hatte Karl sich um ihn gekümmert. Er war ein toller Handwerker und er hatte Ivo eine Menge beigebracht. Er hatte ihm auch geholfen, aus der alten Klapperkiste wieder ein richtiges Rad zu machen. Aber dann war Karl ganz plötzlich gestorben. Das muss etwa zwei Wochen vor diesem Samstag gewesen sein.

›Warum musste ausgerechnet er einen Herzinfarkt bekommen?‹, sagte Ivo. ›Warum trifft so was immer nur die Guten und nicht solche Arschlöcher wie meinen Dad? Das ist doch unfair, oder?‹

Ich wusste nicht, was ich darauf antworten sollte. Wir hatten schließlich beide erlebt, dass es im Leben nicht immer nur fair zuging. Wir waren beide von jemandem verlassen worden und hatten lernen müssen, damit klarzukommen.«

Saschas Schulterzucken wirkte traurig und resigniert. *Man kann daran nichts ändern*, schien diese Geste zu sagen. Und ja, so war es ja auch.

»Ich sehe Ivo noch genau vor mir«, fuhr er fort. »Wie er sich an der Mauer hochreckt und zu dem Grab hinüberschaut. Danach habe ich mich oft gefragt, warum er nicht einfach hingegangen ist. Aber ich glaube, das wäre wohl zu viel für ihn gewesen.

›Ich würde ihm jetzt verdammt gern von dem Spiel erzählen‹, sagte Ivo. ›Das hätte ihn bestimmt gefreut. Er hat immer gesagt, ich hätte das Zeug zum Profi und würde irgendwann mal in der Nationalmannschaft spielen. Weil man alles erreichen kann, wenn man es nur will und hart genug dafür arbeitet.‹

›Vielleicht hat er das Spiel ja trotzdem gesehen‹, sagte ich, eigentlich mehr, um ihn zu trösten, aber Ivo nahm es ernst. Seinen Blick werde ich nie vergessen. Nachdenklich und irgendwie herausfordernd. Eben typisch Ivo.

›Denkst du, dass es nach dem Tod weitergeht?‹, fragte er. ›Dass man dann trotzdem noch mitkriegt, was hier so alles abgeht?‹

Ich glaube, ich habe den Kopf geschüttelt, oder vielleicht habe ich auch ›Nein‹ gesagt, jedenfalls glaubte ich es nicht. Dieses ganze Zeug, das man uns als Kindern erzählt, mit Himmel und Hölle und alldem, hatte für mich immer wie Märchen für Erwachsene geklungen.

›Geht mir genauso‹, sagte er. ›Aber wenn man mal den ganzen Mist vergisst, den sie uns in der Kirche weismachen wollen, sondern nur das nimmt, was wir sind, könnte es doch sein, oder?‹

Ich fragte ihn, wie er das meinte, und dann machte er eine Geste, als wollte er alles um sich herum damit beschreiben.

›Na, unsere Gedanken und Gefühle und das, was wir gelernt haben‹, sagte er. ›Eben alles, was wir sind. Wäre doch verdammt schade, wenn das dann einfach so weg wäre.‹

›'ne ziemliche Verschwendung‹, sagte ich, und Ivo nickte aufgeregt.

›Genau‹, sagte er. ›Was hätte es denn für einen Sinn, dass wir intelligent sind und eine eigene Persönlichkeit haben, wenn das dann irgendwann einfach weg ist? Schließlich ist man ja viel länger tot, als man lebt.‹

Ich weiß noch, dass ich damals an die tote Katze denken musste, die ich ein paar Tage zuvor an einem Feldweg gesehen hatte. Sie musste da schon eine ganze Weile gelegen haben. Ihr Kadaver hatte gestunken und war schon halb verwest, kaum noch Fleisch und überall Insekten und so. Ziemlich eklig. Ich dachte, dass Karl in seinem Sarg bestimmt auch bald so aussehen würde und dass auch mein Körper irgendwann verwesen würde. Asche zu Asche und so.

›Ja, wäre echt schade, wenn da so gar nichts von uns übrig bleiben würde‹, sagte ich, und dann grinste Ivo mich an. Ich kannte dieses Grinsen bei ihm nur zu gut. So sah er immer aus, wenn er eine Idee hatte. Und die Idee, die ihm an diesem Nachmittag in den Sinn kam, war irgendwie verrückt. Aber wir waren schließlich erst zwölf und da hat man eben solche Ideen.

›Lass uns einen Deal machen‹, sagte er. ›Der, der von uns als Erster den Löffel abgibt, schickt dem anderen ein Zeichen.‹

Ich lachte, aber dann hielt er mir die Hand hin, und ich verstand, dass er es ernst meinte. *Todernst*, sozusagen. Also schlug ich ein. Es war wie ein Schwur, an den wir uns beide halten würden – egal, was noch kam.

Dann schlug die Uhr der Friedhofskapelle, und wir merkten, wie spät es schon war. Ivos Mom nahm es immer ganz genau, wenn es um die Essenszeiten ging. Also stürmte er zu seinem Rad, um keinen Ärger zu bekommen. Ich fuhr ihm hinterher, und dann rief ich: ›Was für ein Zeichen eigentlich?‹

›Irgendeines‹, rief er zurück. ›Ist doch scheißegal. Hauptsache, der andere weiß Bescheid.‹

Also beließ ich es dabei. Wenn es tatsächlich eine Verbindung zwischen dieser Welt und dem Jenseits geben sollte, dann würde man schon einen Weg finden, dachte ich. Sofern es überhaupt ein Jenseits gab.«

Sascha trank seine Flasche aus und stellte sie zu den anderen auf den Tisch. Dann betrachtete er das Durcheinander, das dort herrschte, aber ich spürte, dass er es gar nicht wirklich sah. In Gedanken war er ganz woanders. Seine Mundwinkel zuckten und er ballte die Fäuste.

»Tja, und knapp drei Wochen später bekam ich dann die Antwort«, sagte er und starrte grimmig vor sich hin. »Wir waren wieder mit den Rädern unterwegs. Es war noch immer brütend heiß und wir hatten fast den ganzen Tag draußen am Stadtweiher abgehangen. Wir hatten uns mit ein paar Leuten aus unserer Klasse getroffen, und es war auch ein Mädchen dabei, auf das Ivo stand. Sie hatten im Wasser rumgeblödelt und er war noch ziemlich aufgekratzt deswegen. Als wir nach Hause fuhren, sah er die ganze Zeit über die Schulter zu mir zurück und redete irgendetwas über ihren Bikini. Und dann ...«

Sascha hielt inne und schluckte. Eine Träne rann über sein Gesicht, aber er wischte sie sofort weg und wandte den Blick von mir ab, damit ich es nicht sah.

»Da war plötzlich dieses Auto«, sagte er mit belegter Stimme. »Es schoss aus einer Seitenstraße. So schnell, dass wir keine Chance hatten, darauf zu reagieren. Die alte Frau, die hinter dem Steuer saß, sagte später, die Sonne habe sie geblendet und dass sie uns nicht gesehen hätte. Und als sie dann den Aufschlag auf ihrer Motorhaube gehört hat, sei sie so erschrocken, dass sie erst recht Gas gegeben hatte. Sie hat Ivo und sein Rad noch ein ganzes Stück über die Straße geschleift, bis sie endlich angehalten hat. Fast fünfzig Meter.«

Nun konnte Sascha nicht mehr an sich halten. Er schluchzte und rieb sich übers Gesicht. »Sorry, Nikka, ich will dir hier nichts vorheulen. Es ist nur … Manche Wunden heilen nie, sie tun einfach nur weh.«

»Dafür musst du dich doch nicht entschuldigen«, sagte ich. »Ella sagt immer, wenn ein Mensch nicht mehr weinen kann, ist er kein Mensch mehr.«

Er nickte und starrte auf seine Hände. Dann atmete er tief durch, wie um Anlauf für den letzten Teil seiner Geschichte zu nehmen.

»Ich habe Ivo gehalten, bis der Rettungswagen kam«, sagte er leise. »Es war so schlimm. Ich konnte nichts für ihn tun, und ich wusste, dass er es nicht schaffen würde. Er hat sich wie eine schlaffe Puppe in meinen Armen angefühlt. Er röchelte nur noch und alles war voller Blut. Ich habe sein letztes Zucken gespürt und dann war es vorbei. Einfach vorbei.«

Sascha schniefte und schüttelte den Kopf, als könne er es noch immer nicht glauben.

Ich hielt es kaum aus, wie er sich quälte. Ich wollte ihn in den Arm nehmen, ihm sagen, dass alles gut sei. Aber an seiner Haltung erkannte ich, dass er das nicht wollte. Und wenn ich wirklich die Erste war, der er davon erzählte, dann war es vielleicht auch gut, dass er es endlich loswerden konnte.

Also schwieg ich und ließ ihn weiter reden.

»Eine Woche später war dann die Beerdigung«, sagte er schließlich. »Ich weiß noch, wie ich an Ivos Grab stand. In dieser Affenhitze. Mein Anzug juckte, weil ich darin so schwitzte, und alle um mich herum heulten. Aber ich heulte nicht. Ich war viel zu sehr damit beschäftigt, nach einem Zeichen von Ivo Ausschau zu halten.

Ich bin hier, Ivo, dachte ich. *Siehst du mich denn nicht? Melde dich, verdammt noch mal, melde dich!*«

Sascha lehnte sich zurück und sah mich an. Seine Augen waren gerötet und er lächelte bitter.

»Ich habe auf ein Zeichen von ihm gewartet, Nikka. Ich habe jede gottverdammte Sekunde danach Ausschau gehalten. Aber es gab keines. Bis heute nicht. Wir hatten es uns geschworen, und ich weiß, dass Ivo diesen Schwur niemals gebrochen hätte. Würde es ein Jenseits geben, hätte er sich bei mir gemeldet. Irgendwie hätte Ivo das hinbekommen, so, wie er immer alles hinbekommen hat. *Deshalb* glaube ich nicht daran. Wenn wir tot sind, sind wir tot. Ende Gelände. Das war's.«

48.

Es verging eine ganze Weile, in der wir nur dasaßen und schwiegen. Ich glaubte, Sascha nun besser zu verstehen. Warum er Rettungssanitäter geworden war, warum er allen Leuten helfen wollte und warum Harmonie für ihn immer so wichtig schien.

Wenn man so etwas durchgemacht hatte, wollte man nicht mehr streiten. Denn danach war alles andere plötzlich nicht mehr so wichtig. Man hatte gelernt, worauf es im Leben ankam, und wollte einfach nur seinen Frieden.

Aber durch seine Erzählung war mir auch noch etwas anderes klar geworden, und schließlich sprach ich es aus: »Ich weiß jetzt, weshalb du dich mit Cordelia und mir angefreundet hast. Warum du so genau von uns hören wolltest, was wir erlebt haben.«

Er sah mich unsicher an. »Was meinst du damit?«

»Sei doch mal ehrlich mit dir selbst. Du sagst zwar, dass du nicht an ein Leben nach dem Tod glauben kannst, weil du denkst, dass du einen Beweis hast, dass es so etwas nicht gibt. Aber trotzdem interessierst du dich dafür. Und der Grund ist eigentlich sehr einfach. Du *hoffst.*«

»Und worauf?«

»Na, dass es vielleicht doch möglich ist. Dass dein Freund nicht einfach weg ist, sondern dass es ihn doch noch irgendwie gibt.«

»Natürlich gibt es ihn noch«, erwiderte er gereizt. »Aber eben nur in meiner Erinnerung. Nikka, ich habe inzwischen so viel über das Gehirn und neurologische Zusammenhänge gelesen. Und vieles, von dem, was du mir heute erzählt hast, lässt sich ganz einfach erklären.«

»Ach ja? Und was, zum Beispiel?«

»Nehmen wir die Geschichte von diesem Ledermann«, sagte er und beugte sich zu mir vor. »Du sagst, er hat dir seine Zimmernummer gezeigt und dass du so auf seinen Namen und seine Familie gestoßen bist. Das war aber nichts anderes als eine Erinnerung. Du hast einfach davon gehört, dass der Mann im Zimmer neben deinem einen schlimmen Motoradunfall hatte. Deswegen ist er in deiner Einbildung mit so schrecklichen Schürfwunden erschienen.«

»Und wie hätte ich das hören sollen? Als er auf der Intensivstation eingeliefert wurde, lag ich noch im Koma.«

»Du hast doch bestimmt schon mal was von unterbewusster Wahrnehmung gehört. Auch wenn du dich nicht aktiv daran erinnern kannst, wirst du wahrscheinlich die Unterhaltungen der Schwestern und Ärzte in deiner Nähe mitbekommen haben. Und als du wieder zu dir gekommen bist, hat sich dein Unterbewusstsein gemeldet und dir irgendwelche Bilder von einem Ledermann gezeigt. Das ist nichts Neues, man hört so etwas häufig von Leuten, die aus einem Koma erwachen.«

»So einfach stellst du dir das vor?« Ich sah ihn trotzig an. »Und woher sollte ich dann von dem Kinder-Motorrad gewusst haben? Von dem besonderen Geschenk für seinen Sohn, das ihm so wichtig war?«

Sascha schüttelte den Kopf. »Du hast es nicht gewusst, Nikka. Du bist nur zu seiner Familie gegangen, die du auf den Fotos gesehen hast, und alles Weitere hat sich einfach ergeben. Du hast eins und eins zusammengezählt, eine simple Schlussfolgerung, das war alles.«

»Aber warum dann ausgerechnet er?«, beharrte ich. »Es gibt etliche Zimmer auf dieser Station, und bestimmt hat jeder, der dort ums Überleben kämpft, noch irgendetwas offen, das ihn oder sie davon abhält, loszulassen.«

»Nikka«, sagte er und sah mir tief in die Augen. »Sein Zimmer war direkt neben deinem. Wahrscheinlich hast du deshalb über ihn am meisten mitbekommen.«

»Oder es lag daran, dass ich ihm *wirklich* begegnet bin«, sagte ich mit Nachdruck. »Weil wir beide zur gleichen Zeit an diesem anderen Ort waren.«

Sascha entgegnete nichts und wir schauten uns eine Zeit lang nur an. Es war, als stünden wir an gegenüberliegenden Ufern eines Flusses. Er auf seiner Seite, ich auf meiner, und der Fluss war die Wahrheit, die zwischen uns dahinströmte.

»Jedenfalls ist mir jetzt klar, weshalb du nie ein Zeichen von deinem Freund bekommen hast«, sagte ich und stand auf. »Du hast genau das gemacht, wovor dich dein Dad gewarnt hat: Du hast viel zu sehr danach gesucht und deswegen konntest du es gar nicht sehen.«

Er erhob sich ebenfalls. »Was soll das heißen?«

»Du hast nach Erklärungen gesucht, Sascha, nach logischen Beweisen. Vermutlich war das ganz natürlich, weil du noch nicht dort gewesen bist, wo ich gewesen bin. Davor hätte ich das alles auch als Blödsinn abgetan. Aber nach dem, was ich dort gesehen habe, weiß ich es besser. Es gibt ein Danach, und vielleicht muss man es erst erlebt haben, um es begreifen zu können. Aber ich will dich nicht länger damit nerven. Danke, dass du mir zugehört hast, und danke für deine Geschichte. Ich bin mir sicher, dass etwas von deinem Freund noch irgendwo existiert.«

Damit ging ich zur Tür, aber er kam mir nach und hielt mich zurück. »Nun warte doch mal. So war das nicht gemeint. Ich wollte dich doch nicht beleidigen.«

»Das hast du auch nicht, Sascha. Du hast mir nur erklärt, warum du nicht daran glaubst, und das ist okay.«

So nah an der Tür konnte ich die Musik von draußen hören. Stampfender Bass und Gesang. Die Stimme klang sehr hoch, ich hätte nicht sagen können, ob es ein Mann oder eine Frau war. Ich kannte den Song nicht, aber ich kannte den Text, den diese Stimme sang.

»Ha, ha, ha, ha, staying alive, staying alive«, sang ich flüsternd mit und dachte schaudernd an die Stimme, die ich im Tunnel gehört hatte – kurz bevor ich von dem anderen Ort zurückgerissen worden war. »Was ist das für ein Lied?«

Sascha sah mich irritiert an. »Ist uralt, von den Bee Gees. Wir spielen es meistens auf den Achtziger-Partys. Warum fragst du?«

»Du hast das gesungen, während du mich wiederbelebt hast«, sagte ich. »Erinnerst du dich?«

Sein Blick wurde starr und die Farbe wich aus seinem Gesicht. »Das kannst du doch gar nicht wissen.«

»Ich weiß es aber.«

»Das ist ... unmöglich«, stammelte er. »Absolut unmöglich!«

»Und warum?«

Er machte ein paar Schritte rückwärts und stützte sich auf dem Tisch ab. Dabei sah er mich aus großen Augen an, fast als hätte er Angst vor mir.

»Was ist das für ein Song?«, fragte ich noch einmal. »Warum hast du ihn gesungen?«

Er starrte mich ungläubig an und sein Adamsapfel hüpfte in seiner Kehle auf und ab. »Das hat uns unser Ausbilder beigebracht. Der Refrain hat genau den Rhythmus, den man bei einer Herzdruckmassage braucht. Aber …« Er brach ab und schüttelte den Kopf.

»Was aber?«

»Ich habe das gesungen, als ich dachte, dass ich bald nicht mehr kann. Da waren schon mindestens fünfzehn Minuten oder so vergangen und ich hatte kaum noch Kraft. Der Rhythmus hat mir geholfen, durchzuhalten.«

»Ich hätte es also eigentlich gar nicht hören können, stimmt's?«

»Nein, das stimmt nicht«, wiedersprach er mir, aber es klang unsicher. »Du weißt es wahrscheinlich, weil du mich in diesem Youtube-Video gesehen hast.«

»Bestimmt nicht«, entgegnete ich. »Du hast diese Worte nur gehaucht und man hört sie in dem Video nicht. Ich kann sie aber auch nicht unterbewusst wahrgenommen haben, weil mein Gehirn ja im Überlebensmodus lief. Vielleicht hatte es nach fünfzehn Minuten auch schon ganz ausgesetzt. Jedenfalls hätte es keine äußeren Reize mehr wahrgenommen – weil ich tot war. Das hast du mir doch selbst so erklärt, oder?«

Er nickte und starrte mich weiterhin an, als sei ich gerade aus einem Ufo gestiegen. Und auf gewisse Weise war es ja auch so. Ich war aus einer anderen Welt zurückgekehrt, und in Saschas Blick las ich, dass er nun doch an seinen Gegenargumenten zweifelte. Zwar schien er sich innerlich noch dagegen zu sträuben, aber er war nun nicht mehr hundertprozentig vom Gegenteil überzeugt.

»Ich habe Zoe gestern Nacht gesehen«, sagte ich noch einmal, langsam und jedes Wort betonend. »Die echte Zoe. Sie ist in Gefahr und ich brauche deine Hilfe. Ich muss herausfinden, was da los ist. Also was ist, hilfst du mir oder nicht?«

In diesem Moment wurde die Tür aufgestoßen. Toni stürmte herein und hätte mich fast umgerannt.

»Hey, ihr Turteltäubchen, macht mal 'ne Pause! Ich brauche jetzt den DJ an seinem Pult. In einer Stunde rockt hier die Bude.«

»Okay«, sagte Sascha, und ich war mir nicht sicher, ob das an Toni oder an mich gerichtet war. Bevor er den Raum verließ, sah er mich noch einmal an. »Ich werde dir helfen. Ich weiß noch nicht wie, aber ich werde mir was überlegen. Ruf mich auf jeden Fall an, bevor du etwas unternimmst. Versprich mir das!«

Ich versprach es ihm, aber ich wusste nicht, ob ich dieses Versprechen auch halten konnte.

49.

Auf dem Rückweg stieg ich an der Haltestelle in der Innenstadt aus und lief zu dem Handyladen am Fahlenberger Marktplatz.

Es kostete mich zwar Überwindung, denn der *SAMARA KOTZT!!!*-Schock saß immer noch ziemlich tief, aber so ein handyloses Dasein war echt anstrengend. Außerdem musste ich Kontakt mit Sascha halten können. Die Social Media konnten mir hingegen gestohlen bleiben.

Es war bereits fünf Minuten vor Ladenschluss, und der Verkäufer war alles andere als erfreut, mich zu sehen. Er hielt schon die Schlüssel in der Hand, um die Eingangstür abzusperren.

»Die junge Dame braucht also heute noch dringend ein neues Handy«, sagte er seufzend. »Na gut, was soll es denn sein? Ich hätte da ein tolles Angebot mit allem Drum und Dran. Superschneller Octacore-Prozessor, Retina-Display, Alugehäuse in Midnight Black …«

Ich starrte auf das Regal hinter ihm, an dem Dutzende von Handyhüllen hingen. Es wurde von zwei Deckenspots angestrahlt, aber dennoch war da ein Schatten. Groß, schlank und vertraut.

Ich blinzelte und konzentrierte mich wieder auf den Verkäufer. »Wie gut ist die Kamera?«

»Top! Hat eine geniale Auflösung. Die Fotos sehen echter aus als die Wirklichkeit.«

»Kann ich das mal ausprobieren?«

»Nur zu.«

Er aktivierte die Kamera, hielt mir das Vorführmodell hin und grinste breit. Wahrscheinlich dachte er, dass ich einen Schnappschuss von ihm machen würde.

Stattdessen richtete ich die Kamera auf den dunklen Umriss vor dem Regal und drückte mehrmals ab.

»Gute Idee«, sagte der Verkäufer. »Ein Motiv mit vielen Details. Zieh das Bild mal ein Stück auf, dann siehst du die Wahnsinnsauflösung. Falls da auf irgendeiner Hülle ein Staubkorn liegen würde, würdest du sogar das sehen.« Er lachte. »Aber da hast du leider keine Chance, bei uns wird täglich alles geputzt.«

Die Details waren mir ziemlich egal. Entscheidend war, dass jede meiner Aufnahmen zwar das Regal zeigte, aber nicht den Schatten. Wenn ich jedoch selbst hinsah, war der Schatten eindeutig da.

»Und, wie findest du's?«, fragte der Verkäufer.

»Echter als die Wirklichkeit«, sagte ich und dachte: *Nur was* wirklich *ist, ist wohl Ansichtssache.*

»Sag ich doch«, strahlte er. »Dazu habe ich noch einen Super-Flat-Tarif, mit dem kannst du selbst in der Sahara die neuesten Facebook-Clips mit Highspeed schauen. Das wär's doch, oder?«

Ich verdrehte die Augen und war froh, als ich wenig später mit dem Handy den Laden verlassen konnte.

Im Schein der Straßenlampen folgte mir der Schatten meiner dunklen Begleiterin. Mal war sie ganz nah bei mir, dann wieder weit entfernt.

Nur ein neurologisches Phänomen, wisperte eine Stimme in mir, die sich diesmal wie Sascha anhörte. *Eine Halluzination, eine Nachwirkung der Droge.*

»Das werden wir ja sehen«, flüsterte ich.

50.

Am liebsten wäre ich noch am selben Abend zu den Wagners gefahren, um die falsche Zoe zu stellen. Aber ohne einen Plan würde das nichts bringen. Sie würde es einfach abstreiten und Zoes Eltern würden mir niemals glauben. Ich brauchte Beweise, damit ich sie überzeugen konnte.

In dieser Nacht blieb der Schatten bei mir. Er wachte neben meinem Bett, während ich mir den Kopf zermarterte, was ich tun sollte. Hin und wieder schien der Schatten zu flackern, und ich meinte zu erkennen, dass er langsam schwächer wurde.

»Wo bist du, Zoe?«, fragte ich in die Stille meines Zimmers hinein. »Gib mir doch einfach einen Hinweis.«

Aber der Schatten antwortete nicht, er war einfach nur da, und als ich mich am nächsten Vormittag auf den Weg zu den Wagners machte, folgte mir meine dunkle Begleiterin ebenfalls. Ich sah ihre schwachen Umrisse im Bus und dann an jeder Straßenecke, während ich durch das schmucke Wohngebiet ging.

In der Nacht war mir schließlich doch noch eine Idee gekommen, wie ich die falsche Zoe überführen könnte. Zwar war ich mir nicht sicher, ob ich damit Erfolg haben würde, aber ich durfte es keinesfalls unversucht lassen. Auf dem Weg zu den Wagners hatte ich deswegen noch einen kurzen Zwischenstopp am Supermarkt eingelegt, um eine Kleinigkeit zu besorgen. Auch dorthin war mir der Schatten gefolgt und immer wieder zwischen den Regalen aufgetaucht.

Erst als ich in die Straße zum Haus der Wagners bog, war meine dunkle Begleiterin plötzlich verschwunden.

Die Pressemeute belagerte noch immer das Haus, allerdings hatte ich den Eindruck, dass es inzwischen ein paar Reporter weniger geworden waren.

Ich nahm wieder den Umweg über die Seitenstraße zum hinteren Eingang und diesmal hatte ich Glück. Die Vorhänge vor der Fensterfront waren zwar zugezogen, aber die Rollläden waren geöffnet.

Ich klopfte gegen die Scheibe. Zoes Mom spähte hinter dem Vorhang hervor. Als sie mich erkannte, lächelte sie und öffnete mir die Terrassentür.

»Nikka! Na, das ist aber eine schöne Überraschung! Und du hast einen schlauen Weg gewählt. Hierher hat sich noch keiner der Reporter getraut.«

»Wird wohl Zeit, dass es wieder regnet«, sagte ich. »Vielleicht vergrault das dann auch noch den Rest der Meute.«

»Das wäre in der Tat sehr wünschenswert. Einige von denen haben sogar in ihren Wagen übernachtet, nur um ja nichts zu verpassen. Das Ganze ist einfach nur lästig.«

»Wie geht es Zoe?«

»Prima.« Sie strahlte. »Einfach nur prima. Aber komm doch rein, ehe uns doch noch jemand hier sieht.«

Sie schloss die Tür hinter uns, zog die Vorhänge wieder vor und führte mich ins Esszimmer.

Zoe und ihr Dad saßen am Tisch. Sie hatten sich über ein Scrabble-Brett gebeugt und diskutierten eifrig. Neben ihnen stand eine große Schüssel Obstsalat und auf jedem der drei Tischsets ein Schälchen dafür.

Es war ein ungewohnter Anblick. Ich musste daran denken, wie Zoe mir vor zwei oder drei Jahren oben auf dem Waldparkplatz ihr Leid geklagt hatte. Ihre Mom hatte in irgendeiner Zeitschrift gelesen, dass Spielenachmittage wichtig für den Zusammenhalt in der Familie seien.

»Mom besteht ausgerechnet auf Scrabble«, hatte sie gesagt. »Weil es angeblich die Kreativität fördert und man seinen Wortschatz erweitert. Aber mal im Ernst, kannst du dir etwas Langweiligeres vorstellen, als einen ganzen Nachmittag lang Wörter zu legen?«

»Uno«, hatte ich geantwortet. »Das wollte Ella früher immer mit mir spielen.«

Aber dieser Zoe schien das Scrabblespielen nichts mehr auszumachen. Im Gegenteil, sie war mit Feuereifer dabei.

»Endlich bekomme ich Verstärkung«, rief sie, als sie mich hereinkommen sah. Sie sprang auf und schloss mich in die Arme.

»Kannst du dir vorstellen, dass Dad Saruman nicht kennt? Los, sag ihm, wer das ist.«

»Das ... ist eine Figur aus *Herr der Ringe*«, stammelte ich. Hatte sie mich wirklich gerade nach Saruman gefragt?

Wieder sah ich Zoes vergangenes Ich vor mir. An einem verregneten Ferientag vor ein paar Jahren. Wir hatten auf ihrer Couch gelegen, vor uns eine Schüssel selbst gemachtes Popcorn, und wollten uns einen Film ansehen.

Ich hatte *Herr der Ringe* vorgeschlagen, weil ich die Trilogie echt cool fand, aber sie hatte gesagt: »Bloß das nicht! Ich steh nicht so auf kleine Typen mit haarigen Füßen und ich fand das Buch schon stinklangweilig. Ich glaube, ich bin nie über zwanzig Seiten rausgekommen. Vielleicht waren es auch dreißig, aber bestimmt nicht mehr. Diese ganzen Fantasy-Namen kann sich doch keiner merken.«

Und jetzt erklärte diese Zoe ihrem Dad, wer Saruman war. Als sei es das Selbstverständlichste auf der Welt, diesen Namen zu kennen.

»Trotzdem ist es ein Eigenname und deshalb zählt es nicht«, sagte Rolf Wagner, dem meine Verwunderung offenbar nicht aufgefallen war. »Du musst dir schon etwas anderes einfallen lassen, mein Schatz.«

Ich riss mich zusammen, bevor meine Fassungslosigkeit doch noch jemandem auffiel. »Mach einfach SAUNA daraus«, sagte ich. »Das sind dann mindestens zehn Punkte.«

»Cool!« Sie drückte mir einen überschwänglichen Kuss auf die Wange. »Das ist eben meine superschlaue Freundin!«

Und wer bist du?, dachte ich. *Oder hast du dich wirklich so verändert?*

»Jetzt bin ich aber wieder in Führung«, sagte sie lachend, nachdem sie SARUMAN in SAUNA verwandelt hatte.

Ich hielt ihr die Geschenktüte hin, die ich im Supermarkt gekauft hatte. »Hier, ich hab dir etwas mitgebracht.«

»Oh toll, ein Geschenk! Was ist es denn?«

»Schau einfach rein.«

Sie öffnete die Tüte, in die ich eine Doppelpackung Oreos gelegt hatte, und sah mich strahlend an. »Danke, wie süß von dir!«

Die richtige Zoe hätte das nie so gesagt. Sie hätte mir nur zugezwinkert, und wir beide hätten gewusst, was das bedeutete. Und auf keinen Fall hätte sie das getan, was diese Zoe jetzt tat. Denn die richtige Zoe hätte gewusst, was das auslösen würde.

»Schau Mom«, sagte sie und hielt die Kekse hoch, als seien sie etwas ganz Besonderes. »Ist Nikka nicht ein Schatz?«

Wie nicht anders zu erwarten, verwandelte sich Maria Wagners gelöstes Lächeln in eine freundliche Maske.

»Oh«, sagte sie. »Das hast du bestimmt nett gemeint, Nikka. Aber dieser Industriezucker ... die ganzen ungesunden Kohlenhydrate ... Wir haben doch schon mal darüber gesprochen, dass solche Dinge nicht gut für euch sind. Gerade ihr jungen Leute solltet viel mehr Obst und Gemüse essen.«

»Ich weiß«, sagte ich und wechselte dabei einen knappen Blick mit dieser fremden Zoe, die nun irritiert und verunsichert wirkte. »Ich dachte nur, dass wir heute eine Ausnahme machen könnten.«

»Aber natürlich«, sagte Zoes Mom. »Das war unhöflich von mir. Ich weiß doch, dass du es nur gut gemeint hast. Möchtest du eine Runde mitspielen und auch etwas von meinem Obstsalat?«

Für eine Sekunde war ich wie erstarrt. Diese Saruman-Sache und der kleine Test mit den Oreos hatten meinen schlimmsten Verdacht erhärtet. Ich musste handeln, wenn ich die Wahrheit herausfinden wollte. Es war Zeit für Teil zwei des Plans, den ich mir letzte Nacht zurechtgelegt hatte. Vielleicht würde ich dann endlich die Antwort auf dieses unheimliche Rätsel finden.

»Gern«, sagte ich. »Dürfte ich vorher Ihr Badezimmer benutzen?«

»Aber sicher. Du weißt ja, wo es ist.«

Auf dem Weg zur Treppe ging ich direkt an dem Mädchen vorbei, das meiner besten und ältesten Freundin zum Verwechseln ähnelte.

Unsere Blicke maßen einander und ihr Lächeln wirkte nun

gezwungen. Ich sah, wie es in ihr arbeitete, und ich glaubte, unter der Oberfläche ihres Lächelns wieder diese verborgene Wut zu spüren.

»Ich wollte uns gerade Tee machen, als du gekommen bist«, sagte sie und klang dabei übertrieben höflich. »Möchtest du auch welchen?«

»Klar.«

»Früchtetee?«

Ich nickte. »Wie immer.«

Dann ging ich zum Badezimmer hinauf. In meiner Brust spürte ich einen unangenehmen Druck, aber er hatte nichts mit meinen gebrochenen Rippen zu tun.

Er kam von dem Schrei, den ich nur mit größter Mühe zurückhalten konnte.

51.

Als ich noch klein war, hatte ich einmal einen ziemlich unheimlichen Horrorfilm im Nachtprogramm gesehen. Ella war neben mir auf dem Sofa eingeschlafen, als wir uns irgendeine Gameshow angeschaut hatten, und ich hatte danach einfach immer weiter ferngesehen.

Es war schon ein alter Film gewesen, aber deswegen war er nicht weniger gruselig. Er hatte von irgendwelchen Samenkapseln aus dem Weltraum gehandelt, aus denen seltsame Alien-Pflanzen wuchsen. Jedes Mal, wenn jemand im Film eingeschlafen war, hatten sich diese Pflanzen in Doppelgänger verwandelt und dann die Plätze der jeweiligen Leute eingenommen. Sie hatten so getan, als seien sie diese Menschen, und irgendwann hatte es so viele von ihnen gegeben, dass niemand mehr wusste, wem man noch trauen konnte.

An diesen Film musste ich nun denken. Diese Zoe da unten in der Küche kam mir genauso vor. Wie jemand, der die echte Zoe zu imitieren versuchte. Aber sie war nicht besonders gut darin. Sie wusste nicht, was die wirkliche Zoe wusste. Jedenfalls nicht die kleinen Dinge, auf die es ankam.

Natürlich glaubte ich nicht, dass sie ein Alien oder etwas in dieser Art war. Ich war mir nur sicher, dass dieses Mädchen nicht meine Freundin war. Und es musste irgendeine logische Erklärung dafür geben. Inzwischen hatte ich eine Vermutung, auch wenn mir diese im Moment noch ebenso abenteuerlich vorkam wie die Alien-Story, aber ich wusste, wo ich vielleicht Gewissheit finden würde. Letzte Nacht, als ich über Zoe nachgedacht und mich an unsere gemeinsame Zeit erinnert hatte, war es mir eingefallen.

Mein großer Vorteil war, dass ich das Haus der Wagners so gut wie mein eigenes Zuhause kannte. Als ich am oberen Ende der Treppe angekommen war, ging ich deswegen nicht nach links zum Badezimmer, sondern lief die rechte Seite der Galerie entlang. Von unten hörte ich, wie sich Zoes Eltern im Esszimmer unterhielten, und aus der Küche drang das Klappern von Teegeschirr zu mir hoch.

Alle waren beschäftigt, aber mir blieb dennoch nicht viel Zeit. Also huschte ich, so schnell es ging, in Rolf Wagners Arbeitszimmer und zog vorsichtig die Tür hinter mir zu.

Nun hatte ich die *Tabu-Zone* betreten. So hatte Zoes Dad den Raum bezeichnet, wenn wir als Kinder im Haus gespielt hatten.

»Ihr könnt überall spielen«, hatte er gesagt, »aber in meinem und in Marias Arbeitszimmer habt ihr nichts verloren.«

Natürlich hatten wir uns nicht daran gehalten, und manchmal, wenn Zoe und ich allein gewesen waren, hatten wir doch einen Blick in die Zimmer gewagt.

Das Büro von Zoes Dad war schon immer interessanter gewesen, denn ihre Mom hielt akribische, langweilige Ordnung. Bei Rolf Wagner hingegen hingen die Wände voller Pläne und Bilder von den großen Gebäuden, an denen er arbeitete.

Er kam viel in der Welt herum und brachte allerlei seltsame Souvenirs von seinen Reisen mit. Am meisten hatten mich als

Kind die vielen Schnitzereien und Skulpturen in seinen Regalen fasziniert. Sie stammten aus Asien, Südamerika und Afrika. Eine davon hatte eine riesige Erektion, das fanden Zoe und ich natürlich besonders witzig.

Aber das war nicht der Grund, warum ich jetzt hierherkam. Mein Ziel war das große Regal mit den Aktenordnern. Die meisten davon betrafen Rolf Wagners Arbeit, aber ich erinnerte mich, dass Zoes Dad im untersten rechten Fach Fotoalben und persönliche Dokumente aufbewahrt hatte.

Das tat er immer noch, und auch der Ordner, an den ich mich erinnert hatte, stand noch immer an seinem Platz. Es war ein hellblauer Ordner, und auf den Rücken war nur ein einziges Wort geschrieben worden: ZOE.

Mit den Jahren waren die drei Buchstaben schon etwas ausgebleicht. Als Zoe und ich damals den Ordner entdeckt hatten, war die Schrift noch viel dunkler gewesen. Selbstverständlich hatten wir hineingesehen, aber es waren nur langweilige Dokumente darin gewesen, die uns als Kinder absolut nicht interessiert hatten.

Doch jetzt brannte ich darauf, genau diese Dokumente zu sehen.

Ich zog den Ordner so leise wie möglich aus dem Regal und legte ihn vorsichtig vor mich auf den Boden. Einen Augenblick lang lauschte ich, ob ich von unten etwas hörte, aber offenbar wunderte sich noch niemand, wo ich abgeblieben war.

Ich öffnete den Ordner. Obenauf steckte Zoes Geburtsurkunde in einer Kunststoffhülle. Darunter waren allerlei Unterlagen abgeheftet. Schulzeugnisse, Sporturkunden und solche Sachen.

Schließlich entdeckte ich einige Dokumente, in denen es um medizinische Untersuchungen ging. Und ganz zuunterst fand ich mehrere Formulare, auf denen das Wort stand, das meinen Verdacht bestätigte: *Adoption.*

Mir blieb fast das Herz stehen. Obwohl ich mit so etwas gerechnet hatte, war es trotzdem, als würde meine Welt plötzlich vollends aus den Angeln gerissen. Ich hatte nichts davon gewusst, weder Zoe noch ihre Eltern hatten mir je etwas davon erzählt.

Ob Zoe es überhaupt selbst gewusst hatte?

Doch mir blieb keine Zeit, schockiert zu sein oder lange darüber nachzudenken. Aus dem Erdgeschoss hörte ich wieder Geschirrklappern und die Stimmen der Wagners. Ich musste mich beeilen.

Schnell zog ich mein neues Handy heraus und fotografierte die Unterlagen. Das dämliche Ding gab bei jedem Foto ein Klicken von sich, und ich suchte verzweifelt nach einer Möglichkeit, es stummzuschalten.

Endlich schaffte ich es und blätterte mich hastig durch den Ordner.

Ich war fast fertig, als plötzlich die Tür aufging. Es war die falsche Zoe, und sie sah mich auf eine so zornige Weise an, dass mir für einen Moment der Atem stockte.

Kein Eisblick, sondern blanke Wut.

»Was machst du da?«, fuhr sie mich an.

»Du bist nicht Zoe«, sagte ich und ließ dabei mein Handy so unauffällig wie möglich in die Gesäßtasche meiner Jeans gleiten. »Also sag mir, wer du bist!«

Sie starrte mich entgeistert an und ihre Wut schien in Panik umzuschlagen. »Sag mal, spinnst du? Was soll das?«

»Sag du es mir! Warum gibst du dich als Zoe aus?«

Hinter ihr hörte ich eilige Schritte auf der Treppe und dann kamen auch Rolf und Maria Wagner zu uns in den Raum.

»Was habt ihr hier verloren?«, fragte Zoes Dad, wobei er überrascht und verärgert zugleich wirkte. Dann sah er den aufgeschlagenen Ordner vor mir. »Was soll das, Nikka? Warum stöberst du hier in unseren Privatsachen?«

»Sie ist nicht Zoe«, sagte ich. »Sie ist nicht Ihre Tochter!«

Einen Moment sah er vollkommen verwirrt aus, doch dann erkannte er wohl die Adoptionsurkunde im Ordner.

»Nein, das ist nicht richtig«, sagte Rolf Wagner. »Zoe ist zwar nicht unser leibliches Kind, aber sie ist dennoch unsere Tochter.«

»Warum hat mir das niemand gesagt?«, fragte ich. »In all den Jahren, die wir uns kennen, wusste ich nicht, dass Sie Zoe adoptiert haben.«

»Weil es keine Rolle spielte«, sagte Rolf Wagner. »Zoe weiß es, seit sie ein kleines Kind war, aber es war nie ein großes Thema für uns. Für Zoe waren schon immer wir ihre Eltern. Nicht wahr, mein Schatz?«

Er sah zu dem Mädchen, das er für seine Tochter hielt. Sie nickte zustimmend. »Ich wollte dich nicht damit belasten, Nikka«, sagte sie auf eine gespielt mitfühlende Art. »Und es hätte doch schließlich auch nichts an unserer Freundschaft geändert, oder?«

»Halt du dich da raus!«, fuhr ich sie an. »Die Antwort darauf will ich lieber von der echten Zoe hören.«

»Was, um alles in der Welt, redest du denn da?«, sagte Maria Wagner und schüttelte fassungslos den Kopf. »Bist du denn von allen guten Geistern verlassen?«

»Merken Sie es denn nicht?«, erwiderte ich aufgebracht. »Sie ist doch völlig anders als früher! Sie redet ganz anders und verhält sich seltsam. Überhaupt nicht wie Zoe.«

Nun wurde Maria Wagner wütend. »Ist dir eigentlich klar,

was unsere Tochter durchgemacht hat? *Natürlich* hat sie sich verändert. Sie muss doch erst einmal mit all dem klarkommen, was passiert ist. Gerade *du* müsstest das doch verstehen.«

»Das tue ich ja auch. Ich habe mich auch verändert, aber doch nicht so grundlegend! Dieses Mädchen hier tickt doch völlig anders. Denken Sie doch nur mal an die letzten zehn Minuten: Zoe konnte mit Fantasy noch nie was anfangen. Sie hätte nicht gewusst, wer Saruman ist. Sie hätte Ihnen auch die Oreos niemals gezeigt, sondern sie wie immer unter ihrem Bett versteckt, weil sie genau gewusst hätte, wie Sie darauf reagieren.«

Zoes Mom schnappte nach Luft. »Hör dir das nur an, Rolf! Das ist doch ungeheuerlich!«

»Und außerdem«, sagte ich und wandte mich direkt an das fremde Mädchen, »hätte meine *wirkliche* beste Freundin gewusst, dass ich Tee nicht ausstehen kann. Die *echte* Zoe hätte mir nie Früchtetee angeboten. Und wenn wir doch mal Tee mit auf ihr Zimmer nehmen mussten, haben wir damit heimlich ihre Pflanzen gegossen.«

»Es reicht, Nikka!«, sagte Rolf Wagner streng. »Ich möchte, dass du jetzt gehst!«

»Warum glauben Sie mir denn nicht?«, rief ich. »Sie müssen doch selbst merken, dass mit der da etwas nicht stimmt!«

»Junge Frau, *die da* ist immer noch meine Tochter!«, schrie Zoes Mom mich nun an.

»Nein, das ist sie eben nicht!«, protestierte ich nicht weniger lautstark.

Maria Wagner schüttelte entrüstet den Kopf. »Nikka, du scheinst den Verstand verloren zu haben. Was ist denn nur los mit dir?«

Ich packte die linke Hand dieser falschen Zoe und riss sie hoch. »Wo ist dein Freundschaftsband?«

Sie zog sofort ihren Arm zurück und riss sich los. »Ich hab es verloren«, sagte sie mit kaum hörbarer Stimme.

»Nein, hast du nicht! Du hattest nie eines, weil du nicht Zoe bist! Also wer, zum Teufel, bist du? Wo ist die echte Zoe? Was hast du mit ihr gemacht?«

Meine falsche Freundin klammerte sich an Zoes Mom und begann zu weinen. Maria Wagner schloss die Arme um sie und streichelte ihren Kopf. Dann setzte sie zu einer weiteren Schimpftirade an, doch ihr Mann kam ihr zuvor.

»Schluss jetzt!«

Ich hatte Rolf Wagner noch nie so zornig erlebt. Seine Augen schienen fast schon Funken zu sprühen.

»Ich weiß nicht, was in dich gefahren ist, Nikka, aber jetzt reicht es. Ich will, dass du auf der Stelle unser Haus verlässt.«

»Aber sehen Sie es denn nicht?«, sagte ich verzweifelt. »Sie ist nicht …«

»Raus!«, brüllte er mich an. »Und in Zukunft wirst du unsere Tochter in Ruhe lassen. Ich will dich hier nie wieder sehen. Hast du das verstanden?«

52.

Nach allem, was in den letzten Tagen passiert war, hatte ich geglaubt, es könnte nicht mehr schlimmer kommen. Aber nun war es sogar *sehr viel* schlimmer gekommen, und ich brauchte dringend einen Ort, an dem ich alles herauslassen konnte. Also fuhr ich von den Wagners nicht nach Hause, sondern lief den langen Weg zum Waldparkplatz hinauf.

Während der Sommermonate begegnete man hier öfter mal Wanderern, und abends sah man auf dem Parkplatz hin und wieder auch knutschende Pärchen in ihren Autos, aber sobald die kalte Jahreszeit begann, war der Fahlenberger Forst völlig verlassen. Dann stieß man höchstens mal auf Waldarbeiter oder einen Jäger.

Doch heute traf ich niemanden, was mir nur recht war, und ich lief, so schnell ich konnte, zu der abgelegenen Lichtung, auf der Zoe und ich uns noch bis vor Kurzem so oft getroffen hatten.

Schon unterwegs strömten mir die Tränen übers Gesicht, aber als ich schließlich ankam, wurde ein wahrer Tobsuchtsanfall daraus. Ich schrie, brüllte und kreischte, trat wie von Sinnen nach den Bäumen, warf mit Tannenzapfen, Steinen und abgebrochenen Ästen um mich. Hätte mich jemand gehört, hätte er bestimmt geglaubt, dass ich aus der Klapsmühle ausgebrochen war.

Aber das war mir scheißegal. Ich musste mir meine hilflose Wut von der Seele brüllen. Die Wut darüber, dass Zoes Eltern so blind waren. Dass sie vor lauter Wiedersehensfreude nicht erkennen konnten, dass dieses Mädchen gar nicht ihre Tochter war.

Aber vor allem musste ich meine Wut auf diese falsche Zoe herauslassen. Dieses Miststück, das hinter alldem stecken musste.

Es gab gar keinen großen Unbekannten, keinen *Scream*-Typ, da war ich mir von Minute zu Minute sicherer. Sie war es gewesen, allein nur sie!

Sie hatte mich vergiftet und sie hatte die richtige Zoe entführt.

Sie musste wissen, wo die richtige Zoe war. Aber wie sollte ich das jemals aus ihr herausbekommen?

Ich tobte und schrie meinen Frust heraus, bis ich so erschöpft war, dass ich mich auf einen Baumstumpf setzen musste. Ich keuchte, meine Rippen schmerzten, und mein Herz hämmerte, als wollte es mir den Brustkorb sprengen.

Doch als ich mich wenig später auf den Heimweg machte, ging es mir tatsächlich besser.

Mein Verstand war wieder aufgeklart, und ich wusste, was ich jetzt zu tun hatte.

53.

Als ich nach Hause kam, roch es im ganzen Haus wie in einer Konditorei. Ella eilte in der Küche hin und her und bereitete mehrere Kuchen für den morgigen Kirchenbasar des Frauenbundes vor.

Sie war viel zu beschäftigt, um mir groß Aufmerksamkeit zu widmen, und das war meine Rettung. Denn als ich mich im Garderobenspiegel sah, erschrak ich. Nach meinem Tobsuchtsanfall im Wald und der schlaflosen Nacht davor sah ich nun erst recht wie eine wandelnde Leiche aus. Fehlte nur noch das Nachthemd und ich wäre auch ohne Make-up als Samara durchgegangen.

Ich nahm eine schnelle Dusche und zog mich dann auf mein Zimmer zurück. Dort lud ich die Fotos vom Handy auf meinen Laptop. Der Verkäufer hatte recht gehabt, die Bildqualität war wirklich toll. Ich hatte die meisten Dokumente aus Rolf Wagners Ordner gut erwischt.

Im Grunde gab es eigentlich nur eine Erklärung, warum dieses Mädchen Zoe zum Verwechseln ähnlich sah. Irgendwo hatte ich zwar einmal gelesen, dass jeder Mensch durchschnittlich sieben Doppelgänger auf der Welt hat – aber die Wahrscheinlichkeit, dass man auch nur einem davon je begegnete, war ungefähr so gering wie zwei Sechser im Lotto nacheinander. Also konnte dieses Mädchen nur Zoes Schwester sein. Ein eineiiger Zwilling, der aus welchen Gründen auch immer nicht gemeinsam mit Zoe adoptiert worden war.

Aber in den Dokumenten fand ich keinen Hinweis darauf. Nichts. Gar nichts.

Zoe war in Braunschweig zur Welt gekommen, so stand es in ihrer Geburtsurkunde. Die medizinischen Unterlagen, die ich im hinteren Teil des Ordners gefunden hatte, stammten aus den Tagen kurz nach Zoes Geburt. Unterschrieben hatte eine Ärztin namens Dr. Anna Wegemann. Es ging um Blutanalysen, einen Test auf Hepatitis und allerlei andere Dinge, die ich nicht verstand.

Sascha hätte bestimmt gewusst, was es mit diesen ganzen medizinischen Begriffen auf sich hatte. Ich beschloss, ihn später danach zu fragen, aber letztlich war etwas anderes sehr viel wichtiger. Etwas, worauf mir Ella vielleicht eine Antwort geben konnte.

Ich ging zu ihr in die Küche, wo sie gerade dabei war, eine Obsttorte mit Sprühsahne zu dekorieren. Als sie mich hereinkommen sah, lächelte sie. »Hallo Liebes, möchtest du ein Stück Kuchen? Ich habe auch die Kokostorte gebacken, die du so gerne magst. Sie ist noch ganz warm.«

Sie griff bereits nach einem Küchenmesser, um mir ein Stück abzuschneiden, aber im Augenblick war ich viel zu nervös, um an Essen zu denken.

»Danke«, sagte ich, »später vielleicht. Kann ich dich etwas fragen?«

»Sicher.« Ella legte das Messer wieder beiseite und wischte sich die mehligen Hände an ihrer Schürze ab. »Worum geht es denn?«

»Du hast doch früher bei einem Notar gearbeitet. Kennst du dich dann auch mit Adoptionen aus?«

»Ein wenig. Warum fragst du?«

»Wenn jemand nur einen Zwilling von einem Zwillingspaar adoptieren würde, müsste das dann in den Unterlagen erwähnt werden?«

Sie sah mich verwundert an. »Ja, natürlich. Aber warum sollte jemand nur *einen* Zwilling adoptieren wollen?«

Diese Frage stellte ich mir ebenfalls, denn an diesem Punkt wankte meine Theorie noch. Wieso sollten die Wagners nicht auch Zoes Schwester adoptiert haben? Irgendwie ergab das für mich noch keinen Sinn. Deshalb war ich auch noch nicht bereit, Ella in die wahren Hintergründe meiner Überlegungen einzuweihen.

»Nur mal so rein theoretisch«, sagte ich. »Ist für die Schule.«

Ella hob die Schultern. »Tut mir leid, ich fürchte, da kann ich dir nicht helfen. Mit so einem Fall hatte ich nie zu tun. Generell dürfen Zwillinge oder Geschwister immer nur zusammen adoptiert werden. Es wäre ja auch schlimm für die Kinder, wenn sie bei unterschiedlichen Familien aufwachsen würden. Es müsste also schon einen ganz besonderen Grund geben, dass man sie trennt. Aber das wäre dann wohl ein sehr seltener Ausnahmefall.«

»Und selbst dann müsste in den Unterlagen stehen, dass sie Geschwister haben?«

Ella nickte. »Ja, sicher. Schon allein deshalb, damit diese Kinder voneinander wissen und Kontakt zueinander aufnehmen können. Das ist ja schließlich ihr gutes Recht. Ist deine Frage damit beantwortet?«

»Ich denke schon«, sagte ich, und in meinem Kopf wirbelten

wieder die Gedanken. Nun hatte ich zwar eine Antwort, aber sie warf nur weitere Fragen auf.

»Kennst du denn jemanden aus unserem Bekanntenkreis, der adoptiert wurde?«, fragte ich vorsichtig nach.

Ella überlegte kurz. »Nur den kleinen Jean-Luc von den Bachmanns. So ein lieber Junge und er hat sich so schnell integriert. Hätte ich mir selbst jemals eine Adoption überlegt, hätte ich mich wohl auch für ein Waisenkind aus einem Not leidenden Land entschieden. Aber sag, Liebes, willst du jetzt nicht vielleicht doch ein Stück Kuchen?«

Also wusste auch Ella nichts von Zoes Adoption. Das hatte ich schon vermutet, denn andernfalls hätte sie es mir bestimmt längst gesagt. Ich lehnte abermals dankend den Kuchen ab und ging zurück in mein Zimmer.

Irgendetwas stimmte hier nicht, aber Zoes Eltern konnte ich nicht mehr danach fragen. Mir fiel nur noch ein Weg ein, wie ich die Wahrheit herausfinden konnte.

Ich schnappte mein Handy und tippte die Telefonnummer ein, die auf den Unterlagen neben dem Namen der Ärztin angegeben war. Eine elektronische Ansage wies mich darauf hin, dass der gewählte Anschluss nicht existierte. Kein Wunder, nach achtzehn Jahren. Also googelte ich die Klinik und rief die neue Nummer an, die ich auf der Webseite fand.

»Bedauere, aber Frau Dr. Wegemann arbeitet nicht mehr hier«, sagte die Dame von der Information. Sie klang knapp und gestresst und im Hintergrund hörte ich Geräusche und Stimmen. Offenbar herrschte bei ihr viel Betrieb.

»Wissen Sie denn, wo sie jetzt arbeitet?«

»Soweit ich weiß, arbeitet sie gar nicht mehr«, kam die Antwort. »Frau Dr. Wegemann ist längst im Ruhestand.«

»Könnten Sie mir sagen, wie ich sie erreichen kann?«

»Nein, bedauere. Das unterliegt dem Datenschutz. Auf Wiederhören.« Damit legte sie einfach auf.

»Dämliche Zicke«, murmelte ich und befragte erneut die allwissende Suchmaschine.

Keine zwei Minuten später hatte ich zwei Dr. Anna Wegemann ausfindig gemacht. Die eine war zweiunddreißig, hatte einen Facebook-Account mit öffentlichen Fotos und arbeitete für ein SOS-Kinderdorf in Namibia. Die andere hatte nur einen klassischen Telefonbucheintrag mit Adresse und wohnte in Wolfenbüttel – und das war nur wenige Kilometer von Braunschweig entfernt.

So viel zum Thema Datenschutz, dachte ich und notierte mir die Adresse.

Dann rief ich die Seite der Deutschen Bahn auf. Als ich nach der besten Zugverbindung suchte und den stolzen Fahrpreis sah, seufzte ich. Dafür würde ich eine ganze Weile Zeitungen austragen müssen.

Aber wie sagte mein Schwimmtrainer so gern: *Wenn man etwas erreichen will, muss man Opfer bringen.* Also würde ich wohl oder übel in den sauren Apfel beißen müssen.

Mein Plan war ziemlich einfach: Einen Telefonhörer konnte man schnell mal auflegen, so wie die Zicke von dieser Klinik gerade eben. Aber wenn plötzlich jemand vor der Tür stand, gab es kein so leichtes Entkommen.

54.

Am nächsten Morgen machte sich Ella schon früh auf den Weg zu ihrem Kirchenbasar, was mir nur recht war. Ich wollte ihr lieber nicht erzählen, was ich an diesem Tag vorhatte. Sie hätte aus Sorge um meine Gesundheit ja doch nur versucht, mich davon abzuhalten. Zudem hätte ich ihr einiges erklären müssen, für das ich noch keine Erklärung hatte.

Ich half ihr, ihre Kuchen im Auto zu verstauen, und wünschte ihr einen schönen Tag. Als sie endlich weggefahren war, schnappte ich mir meine Tasche und radelte, so schnell es ging, zum Bahnhof. Gerade noch rechtzeitig.

Die Zugfahrt von Fahlenberg nach Wolfenbüttel kam mir ewig vor. Ich musste mehrmals umsteigen und ausgerechnet in Braunschweig hätte ich wegen einer Verspätung fast den Anschluss verpasst. Im letzten Moment schaffte ich es in die kleine Regionalbahn.

Als der Zug aus dem Bahnhof fuhr, las ich noch einmal den Schriftzug *Braunschweig* auf der Tafel über dem Bahnsteig. Darüber stand *Stadt Heinrichs des Löwen.* Doch für mich stand in Gedanken dort, dass es Zoes Stadt war – der Ort, an dem sie zur Welt gekommen war.

Ich dachte an Zoes wirkliche Eltern. Wer mochten sie wohl

sein? Ob sie noch immer hier lebten? Hatten sie sich je darüber Gedanken gemacht, was aus ihrer Tochter geworden war?

Vor allem aber fragte ich mich, weshalb mir Zoe nie etwas von ihrer Adoption erzählt hatte. Es habe für sie keine Rolle gespielt, hatte Rolf Wagner gesagt, und das mochte wohl stimmen. Vielleicht, weil Zoe wütend auf ihre leiblichen Eltern gewesen war. Verständlich wäre es gewesen, immerhin hatten sie Zoe weggeben – laut den Unterlagen gleich nach ihrer Geburt. Und auch wenn es bestimmt einen triftigen Grund dafür gegeben hatte, musste es Zoe sehr verletzt haben. Abgewiesen zu werden, hinterlässt immer irgendwelche inneren Narben. Und manche davon verheilten vielleicht nie.

Bestimmt hatte Zoe es deshalb für sich behalten und nie mit jemandem darüber gesprochen. Und in einem Punkt musste ich sogar der falschen Zoe recht geben: Selbst wenn ich es gewusst hätte, hätte es an meiner Freundschaft zu Zoe nichts geändert.

Ich setzte mich an einen Viererplatz zu einer Frau und einem kleinen Jungen. Die Frau mochte um die dreißig sein und sie war ziemlich stark geschminkt. Mit ihren langen künstlichen Fingernägeln tippte sie auf ihrem Handy herum und schien mich gar nicht wahrzunehmen.

Der Junge neben ihr war vielleicht sieben oder acht. Mit seinem Kurzhaarschnitt, der runden Brille und seinem konzentrierten Blick sah er wie ein kleiner Professor aus. Auch er schaute mich nicht an, sondern blätterte in einem bunt illustrierten Tierlexikon.

Irgendwann blickte er stirnrunzelnd davon auf.

»Du, Mama, wie alt ist eigentlich Oma?«

»Achtundsechzig«, murmelte die Frau, ohne von ihrem Handy aufzusehen.

»Ist das alt?«

»Ja, Schatz, das ist schon ziemlich alt.«

»Eigentlich doch nicht«, sagte der Junge nach einigem Überlegen. »Manche Tiere werden viel älter. Weißt du, welches Tier am ältesten wird?«

Seine Mutter gab nur einen Brummlaut von sich, woraufhin der Junge sie anstupste und seine Frage wiederholte.

Sie seufzte. »Okay, wahrscheinlich ein Walfisch oder eine Schildkröte.«

»Stimmt nicht«, sagte der Kleine. »Hier steht, dass der Grönlandhai viel älter wird. Der kann bis zu vierhundert Jahre alt werden. Wird Oma auch mal so alt?«

»Nein, Schatz. Menschen werden nicht so alt.«

Der Junge betrachtete nachdenklich sein Buch und das Bild des Hais darin. Dann sah er wieder seine Mutter an, die über irgendetwas auf ihrem Handy schmunzelte.

»Ziemlich unfair, dass der Hai länger leben darf als wir«, sagte er. »Warum ist das so?«

»Keine Ahnung, Schatz. Das ist eben so.«

»Immer?«

»Ja, immer.«

Wieder überlegte er, dann zupfte er so lange am Jackenärmel seiner Mutter, bis sie ihn ansah. »Mama, warum müssen wir denn überhaupt sterben? Das ist doch doof.«

Ich hätte die Antwort der Mutter gern gehört, aber in diesem Moment fuhr der Zug in den Bahnhof ein, und ich musste aussteigen.

55.

Ich folgte der Wegbeschreibung meiner App vom Bahnhof in die Innenstadt, und je näher ich meinem Ziel kam, desto aufgeregter wurde ich.

Es war ein eigenartiges Gefühl. Bis vor Kurzem hatte ich noch geglaubt, ich würde alles über meine beste Freundin wissen. Aber selbst wenn man denkt, dass man einen Menschen in- und auswendig kennt, weiß man wohl doch nie alles über ihn.

Für mich hatte Zoe immer nach Fahlenberg gehört, ebenso wie sie für mich immer die Tochter von Rolf und Maria Wagner gewesen war. Doch nun war ich auf dem Weg in ihre Vergangenheit. Zu dem Teil ihres Lebens, über den ich nichts wusste – und Zoe selbst wahrscheinlich auch nicht.

Dr. Anna Wegemann wohnte in einem roten Backsteinhaus, nicht weit von der Innenstadt und dem Schloss entfernt, an dem ich auf dem Weg hierher vorbeigekommen war. Meine Hand zitterte vor Aufregung, als ich an ihrer Tür klingelte.

Für eine ganze Weile tat sich nichts, und ich befürchtete schon, dass sie nicht zu Hause war. Aber dann hörte ich Schritte aus der Wohnung, langsam und ein wenig schlurfend, begleitet von einem metallischen Quietschen.

Die Frau, die mir öffnete, war groß und dürr. Ihr Gesicht war faltig und wirkte eingefallen und ihr hochgestecktes Haar war schlohweiß. Mit einer Hand hielt sie den Griff eines kleinen fahrbaren Sauerstoffgeräts, von dem ein durchsichtiger Schlauch zu ihrer Nase führte.

Sie musste um die siebzig sein, schätzte ich, aber sie wirkte viel älter. Das einzig Junge an ihr waren ihre Augen. Sie waren tiefblau und blickten mich neugierig und gleichzeitig wachsam an.

»Ja bitte?«

»Guten Tag, Frau Dr. Wegemann«, sagte ich und musste mich räuspern, um den Frosch aus meiner Kehle zu vertreiben. »Mein Name ist Nikka Farlandt. Hätten Sie einen Moment Zeit für mich?«

Die alte Frau musterte mich von oben bis unten, dann blieb ihr Blick an meiner Tasche hängen.

»Bedauere, ich bin weder an Abonnements noch an Gesprächen über irgendwelche Religionen interessiert.« Sie machte einen tiefen Atemzug, als hätten diese paar Worte sämtliche Luft in ihren Lungen verbraucht. Dann fügte sie hinzu: »Und ich gebe an der Haustür auch grundsätzlich keine Spenden.«

»Darum geht es nicht. Ich möchte mit Ihnen über meine Freundin sprechen. Sie heißt Zoe Wagner.«

»Zoe Wagner ...« Sie runzelte die Stirn, was sie noch älter wirken ließ, und schien zu überlegen. »Das sagt mir doch irgendetwas. Ist das nicht das verschwundene Mädchen aus der Presse?«

Ich nickte. »Ja, das ist sie.«

»In den Nachrichten habe ich gehört, sie sei wieder aufgetaucht?«

»Genau deshalb möchte ich mit Ihnen sprechen.«

Sie nahm einen weiteren tiefen Atemzug durch die Nase. »Und wieso ausgerechnet mit mir, wenn ich fragen darf?«

»Sie haben vor ungefähr achtzehn Jahren Zoes Adoptionsunterlagen unterschrieben.«

Etwas flackerte in ihren Augen auf, das ich nicht recht deuten konnte. »Ach ja?«

»Ja, in der Klinik in Braunschweig, in der Sie damals gearbeitet haben.«

Ich zog die zusammengehefteten Ausdrucke meiner Handyfotos aus meiner Tasche und blätterte darin, bis ich das Formular gefunden hatte. Dann hielt ich es ihr hin.

»Hier, das ist doch Ihre Unterschrift, oder?«

Anna Wegemann setzte umständlich ihre Brille auf, die an einer Kette um ihren dürren Hals baumelte. Sie nahm mir die Ausdrucke aus der Hand und warf einen langen, prüfenden Blick darauf.

»Ja, das ist meine Signatur«, sagte sie schließlich und reichte mir den Papierstapel zurück. »Aber nach achtzehn Jahren kann ich mich beim besten Willen nicht mehr daran erinnern. Wo hast du das überhaupt her?«

Sie log. Da war ich mir absolut sicher. Sie hatte etwas *zu genau* hingesehen und einen Moment *zu lange* mit ihrer Antwort gezögert. Also überging ich ihre Frage. »Zoe hat einen Zwilling, nicht wahr?«

Sie erstarrte und wieder sah ich etwas in ihren blauen Augen funkeln. Erstaunen, Verärgerung und vielleicht sogar ein wenig Angst.

»Ich weiß nicht, wovon du redest, Mädchen.«

»Oh doch, das wissen Sie. Warum steht darüber nichts in den Adoptionsunterlagen?«

»Ich möchte, dass du jetzt gehst«, sagte sie ruhig, aber ich konnte förmlich spüren, wie sie innerlich bebte.

Genau diese Reaktion war der Grund gewesen, weshalb ich hierhergekommen war. Bei einem Anruf hätte sie jetzt aufgelegt und wäre wahrscheinlich auch nicht noch einmal rangegangen. Doch als sie nun zurück in den Flur ging, machte ich einen Schritt nach vorn und stellten einen Fuß in die Tür.

»Bitte, ich will Ihnen bestimmt keine Schwierigkeiten machen. Ich muss nur die Wahrheit wissen. Es ist wirklich wichtig.«

»Aber wieso denn, nach so langer Zeit?«

»Sie haben gesagt, dass Sie Zoe aus den Nachrichten kennen«, sagte ich. »Ich vermute, dass ihr Zwilling hinter der Entführung steckt.«

Ein paar Sekunden verstrichen, dann schüttelte Anna Wegemann schwach den Kopf. »Nein, da liegst du falsch.«

»Dann erinnern Sie sich also doch an Zoe?«

Sie verzog das Gesicht zu einer unwilligen Grimasse. »Das habe ich nicht gesagt.«

Ich sah sie flehend an. »Sie halten doch etwas vor mir zurück. Warum sagen Sie mir nicht einfach, was Sie wissen?«

Sie wich meinem Blick aus und senkte den Kopf. Für einen Moment sah es aus, als wäre sie im Stehen eingenickt. Als sie mich schließlich wieder ansah, wirkte sie traurig.

»Ich nehme an, du stellst auf eigene Faust Nachforschungen an?«

Ich nickte.

»Seid ihr wirklich so gute Freundinnen, Zoe und du?«

»Ja, schon seit unserer Kindheit.«

Ich kramte in meiner Tasche nach meinem Geldbeutel und

suchte den schmalen Streifen mit den vier Fotos heraus, die Zoe und ich vor ein oder zwei Jahren in einem Passbildautomaten aufgenommen hatten. Auf den Bildern alberten wir zwar herum und schnitten Grimassen, aber es war besser als nichts. Meine übrigen Fotos von Zoe und mir waren mitsamt all der anderen Dateien auf meinem ehemaligen Handy ins digitale Nirwana eingegangen.

Anna Wegemann betrachtete die Bilder und seufzte. »Wenn das so ist, wirst du wohl nicht lockerlassen, was?«

Ich schüttelte den Kopf. »Nicht bevor ich die Wahrheit kenne.«

Sie nickte, als hätte sie diese Antwort erwartet. »Hast du sonst noch jemandem davon erzählt?«

»Nein, jedenfalls *noch* nicht.«

»Soll das eine Drohung sein?«

»Ich drohe Ihnen ganz bestimmt nicht. Aber wenn Sie mir nicht sagen, was Sie wissen, *muss* ich jemand anderen fragen.«

»Hm«, machte sie und schürzte nachdenklich die Lippen. »Ich würde mich strafbar machen, wenn ich dich jetzt hereinbitte und meine Schweigepflicht verletze. Das ist dir doch klar, oder?«

»Ich werde niemandem erzählen, woher ich es weiß«, versicherte ich. »Falls mich jemand fragt, bin ich einfach selbst darauf gekommen. Versprochen!«

Sie musterte mich, als versuchte sie in meinem Gesicht zu lesen, ob ich es ehrlich meinte. »Du bist sehr hartnäckig, Nikka.«

»Wären Sie das nicht auch, wenn Ihre beste Freundin in Gefahr wäre?«

»Davon bist du also überzeugt?«

»Absolut.«

Sie atmete wieder tief durch die Nase, aber diesmal hörte es sich mehr wie ein Seufzer an.

»Weißt du, ich bin schon eine alte Frau«, sagte sie leise, »und alte Menschen werden vergesslich. Zum Beispiel vergesse ich manchmal, die Tür hinter mir zu schließen. Aber zum Glück gibt es dann aufmerksame junge Menschen, die zu mir hereinkommen und mich darauf hinweisen.«

Damit wandte sie sich von mir ab und schlurfte zurück ins Haus. Sie zog das Sauerstoffgerät hinter sich her, dessen kleine Räder leise quietschten.

Die Tür ließ sie offen.

56.

Es kostete mich Überwindung, ihr zu folgen. Ich kam mir wie ein Eindringling vor, als ich ihre Wohnung betrat – und in gewisser Weise war ich das ja auch.

Anna Wegemann ging über den Flur voraus in eine kleine Wohnküche. Dort ließ sie sich langsam auf einen der beiden Stühle am Esstisch sinken, zog das Sauerstoffgerät zu sich heran und atmete wieder tief durch.

»Ich kann leider keine besonders gute Gastgeberin mehr sein.« Sie deutete zu einem Plastikteller, auf dem noch etwas kaltes Püree und eine undefinierbare dunkle Soße übrig waren. Daneben lag eine Styroporhülle mit dem Aufdruck *Essen auf Rädern*. »Mein Einkaufsdienst kommt erst morgen wieder. Möchtest du vielleicht ein Glas Wasser? Die Gläser sind gleich hinter dir im Schrank.«

»Wasser ist prima.«

Ich füllte mir ein Glas am Spülbecken und setzte mich zu ihr.

Anna Wegemann betrachtete mich auf eine so traurige Art, dass ich ihrem Blick kaum standhalten konnte. Ich musste an Ellas Blick denken, als sie mir vor vielen Jahren vom Tod meiner Eltern erzählt hatte.

»Weißt du, diesen Moment habe ich schon lange kommen sehen«, sagte sie schließlich. »Ich habe zwar nicht mit *dir* gerechnet, aber irgendwie wusste ich immer, dass eines Tages ein Mädchen oder eine junge Frau bei mir auftauchen und mir Fragen stellen würde. Wer sie ist, wo sie herkommt. All so etwas eben.«

»Meinen Sie damit Zoe oder ihre Zwillingsschwester?«

»Beide.«

Dieses eine Wort wirkte wie ein Paukenschlag. Ich hatte also recht gehabt.

»Wie hast du das eigentlich herausgefunden?«, fragte sie.

»Es war nur ein Verdacht. Aber jetzt haben Sie ihn bestätigt.«

»Du hast also nur im Trüben gefischt?« Sie schmunzelte anerkennend. »Dann bist du nicht nur hartnäckig, sondern auch gerissen. Respekt! Trotzdem darf ich dir nicht mehr dazu sagen. Ich habe einen Eid geschworen, der für jeden Arzt und jede Ärztin bindend ist, auch wenn man nicht mehr praktiziert.«

»Aber warum haben Sie mich dann überhaupt reingelassen?«

»Das habe ich doch gar nicht.«

Sie griff nach einem Foto, das neben ihrem Esstisch auf einer Anrichte stand. Es war ein schwarz-weißes Hochzeitsfoto, und es war viel zu alt, um ihr eigenes zu sein.

»Du bist hereingekommen, um mich auf meine offen stehende Haustür hinzuweisen«, fuhr sie fort. »Und dann hast du gehört, wie ich mich mit diesem Foto hier unterhalte, weil ich alt und durch meine Medikamente manchmal etwas durcheinander bin.«

Ich verstand, auf was sie hinauswollte, und nickte. Auch sie war gerissen.

»Die Frau darauf ist meine Mutter«, sagte sie. »Sie hat

immer gesagt, dass alles, was man im Leben tut, eines Tages auf einen zurückfallen wird. Und ja, wie recht sie doch damit hatte. Ich habe seit meinem sechzehnten Lebensjahr geraucht, und jetzt...«

Sie deutete mit dem Kinn auf ihr Sauerstoffgerät. »Lungenkrebs. Keine schöne Sache, das kann ich dir sagen. Irgendwann wird auch dieses Gerät nicht mehr ausreichen, und dann werde ich ersticken. Wird vermutlich gar nicht mehr so lange dauern. Also, solltest du dir jemals eine Zigarette anstecken wollen, überlege es dir lieber zweimal. Aus einer können schnell viele werden und irgendwann sind es dann zu viele.«

Sie nahm einen tiefen Atemzug durch ihren Nasenschlauch, dann sagte sie: »Und so ist es auch mit vielen anderen Dingen im Leben. Man tut etwas, obwohl man weiß, dass es nicht richtig ist. Daran ändert auch die Tatsache nichts, dass man es nur gut gemeint hat. Wie heißt es doch so trefflich: Der Weg zur Hölle ist mit guten Absichten gepflastert.«

»Bitte«, sagte ich und deutete auf das Foto in ihren Händen. »Ich muss die Wahrheit über Zoe wissen. Also, was könnte ich gehört haben, wenn ich jetzt in diesen Raum gekommen wäre?«

Es passte mir zwar nicht, auf dieses merkwürdige Spiel einzugehen, und ich kam mir albern vor, aber ich verstand, dass es der einzige Weg war, wie sie ihre Schweigepflicht umgehen konnte.

Behutsam legte Anna Wegemann das Foto vor sich auf den Tisch und betrachtete es wie einen besonders wertvollen Schatz. »Nun, du könntest zum Beispiel gehört haben, wie ich erzähle, dass ich vor achtzehn Jahren für die neue Babyklappe in unserer Klinik verantwortlich war. Dort konnten Mütter, die in Not geraten waren, anonym ihre Neugeborenen abgeben.«

»Ich weiß, was eine Babyklappe ist.«

Sie nickte, ohne mich dabei anzusehen. »Dann weißt du vielleicht auch, dass das damals eine rechtliche Neuerung war und dass unsere Klappe eine der ersten im Land gewesen ist.«

Sie strich sanft mit ihren dünnen Fingern über das Foto und schenkte dem Paar darauf ein wehmütiges Lächeln. »Wisst ihr«, sagte sie dann, nicht zu mir, sondern zu ihren Eltern, »eines Abends lagen zwei frisch geborene Mädchen darin. Es waren Zwillinge. Jede von ihnen war nur in ein Handtuch eingewickelt und auf beiden klebte ein Notizzettel mit ihren Namen. Zoe und Vanessa.«

Vanessa!

Der Name hallte in mir nach, mit einer Mischung aus Aufregung und Furcht. Es war, als würde er in meinem Kopf Wellen schlagen. Wie ein Stein, den man in einen stillen See geworfen hatte.

»Ich habe die beiden Mädchen untersucht«, setzte Anna Wegemann diese merkwürdige Unterhaltung fort. »Vanessa war in einem äußerst geschwächten und lebensbedrohlichen Zustand und ich stellte einen schweren Herzfehler bei ihr fest. Ihre Schwester hingegen war in bester Verfassung. Zoe war zwar ein bisschen unterernährt, aber sonst kerngesund.«

Sie nickte dem Foto zu. »Ja, du hast recht gehabt, Mutter. Man sollte sich immer der Folgen seiner Taten bewusst sein. Und zwar *bevor* man etwas tut. Denn ich bereue es bis heute, dass ich die beiden Mädchen voneinander getrennt habe. Es tut mir entsetzlich leid, aber ich weiß, dass das natürlich nichts an meiner Tat ändert.«

Sie machte eine kurze Pause, um Luft zu holen, dann sagte sie: »Ich habe die Unterlagen manipuliert, indem ich die beiden nicht als Geschwister dokumentiert habe. Ich habe so getan, als wären sie mit ein paar Stunden Abstand in die Klappe gelegt worden.«

So etwas hatte ich mir schon gedacht. »Aber warum?«, fragte ich. »Warum haben Sie die beiden getrennt?«

Anna Wegemann wandte den Blick nicht von dem Foto ab. »Ich habe es für Zoe getan«, sagte sie leise. »Die Wagners hatten am Tag zuvor ihr Kind verloren. Eine Todgeburt. Ich erzählte Herrn Wagner von Zoe, und nachdem er die Kleine gesehen hatte, wollte er sie unbedingt adoptieren. Es war Liebe auf den ersten Blick, wie man so schön sagt. Aber dazu musste er zuerst seine Frau überzeugen. Sie war zu diesem Zeitpunkt in keiner guten psychischen Verfassung.«

»Haben Sie ihm auch von Vanessa erzählt?«

Sie schüttelte langsam den Kopf. »Nein, das habe ich nicht. Damals war ich noch nicht sicher, ob die Kleine es überhaupt schaffen würde. Einen todkranken Säugling hätte Frau Wagner sicherlich nicht angenommen. Jedenfalls nicht in ihrem damaligen Zustand, und daraus konnte man ihr auch wirklich keinen Vorwurf machen. Also habe ich geschwiegen, um wenigstens der kleinen Zoe ein gutes Zuhause zu ermöglichen. Ich weiß, das war nicht rechtens, aber ...«

Sie sprach den Satz nicht zu Ende.

»Und was wurde aus Vanessa?«

Wieder betrachtete sie ihr Foto und ein schwaches Lächeln huschte über ihr Gesicht. »Ich glaube, meine Eltern würde es freuen, wenn sie hörten, dass es dem Mädchen bald etwas besser ging. Sie war noch einige Jahre bei mir in Behandlung, aber dann fand auch sie schließlich eine Familie.«

»Sie wurde also auch adoptiert?«

Anna Wegemann nickte. Dann begann sie zu husten. Ein hässlicher, bellender Laut, der schmerzhaft klang.

Als der Anfall nachließ, beugte sie sich keuchend zu ihrem Gerät, drehte an einem der Regler und lehnte sich mit einem tiefen Atemzug zurück.

»Genau so ist es«, sagte sie schließlich. »Sie wurde von einem Ehepaar aufgenommen, das sich nichts sehnlicher wünschte als ein eigenes Kind. Da ihnen die Natur das nicht ermöglichte, adoptierten sie Vanessa. Dass sie krank war und weiterhin behandelt werden musste, machte ihnen nichts aus.«

»Und wer war dieses Ehepaar?«

Anna Wegemann zögerte einen Moment, dann erhob sie sich. Langsam und ohne mich anzusehen, ging sie aus der Küche über den Flur. Ihr Sauerstoffgerät zog sie hinter sich her wie ein mechanisches Haustier.

Schließlich hörte ich sie im Wohnzimmer schnaufen, als sie eine Schublade aufzog.

Ich folgte ihr und blieb in der Tür stehen.

»Du wirst es nicht glauben«, sagte sie und kam auf mich zu. »Ich vergesse nicht nur meine Haustür, sondern lasse auch manchmal Schubladen offen stehen. Dabei sollte ich die Unterlagen darin schon längst vernichtet haben. Aber von manchen Dingen kann man sich einfach nicht trennen. Sie müssen bei einem bleiben, bis man seine Fehler wieder gutgemacht hat. Erst dann kann man sich von seiner Vergangenheit lösen.«

Ohne mich noch einmal anzusehen, schob sie sich an mir vorbei in den Flur und verschwand im Badezimmer. Ich sah ihr einen Augenblick nach und glaubte, dass ihr Gang nun ein wenig leichter wirkte. Als wäre eine Last von ihr genommen worden.

Nachdem sie die Badtür hinter sich geschlossen hatte, nahm ich die Aktenmappe aus der Schublade. Sie enthielt die Kopien von Zoes Adoptionsunterlagen, die ich bereits kannte, sowie mehrere aktuelle Zeitungsausschnitte über Zoes Verschwinden, die Suche nach ihr und ihre angebliche Rückkehr.

Anna Wegemann hatte also von Anfang an gewusst, von wem ich gesprochen hatte. Ihr Zögern an der Haustür war nur Theater gewesen. Wahrscheinlich aus Angst, weil ich auf etwas gestoßen war, vor dessen Entdeckung sie sich seit achtzehn Jahren gefürchtet hatte.

Aber irgendwann kam eben alles ans Licht, ganz gleich, wie gut man es auch versteckt glaubte.

Unter Zoes Mappe entdeckte ich eine weitere mit den Unterlagen über Vanessa. Der Familienname ihrer Adoptiveltern war Strach. Sie hatten zum Zeitpunkt der Adoption in Braunschweig gewohnt, aber die Adresse war durchgestrichen worden. Darunter war ein handschriftlicher Vermerk von Anna Wegemann. Sie hatte Vanessas Behandlung vor elf Jahren beendet, weil die Strachs nach Geislingen gezogen waren. Es stand sogar die Adresse dabei.

Das ist nicht sehr weit von Fahlenberg entfernt, dachte ich und fotografierte die Adresse. Dann schob ich die Schublade wieder zu und ging in den Flur zurück. Anna Wegemann erwartete mich schon.

»Sie haben recht«, sagte ich. »Es war ein großer Fehler von Ihnen, die beiden zu trennen. Auch ich habe meine Eltern nie kennengelernt, weil sie kurz nach meiner Geburt gestorben sind. Seine Eltern nicht zu kennen, ist schon schlimm genug, aber Sie haben den beiden noch so viel mehr genommen. Etwas, von dem sie nicht einmal wussten, dass sie es hatten. Dabei weiß ich von Zoe, wie gerne sie eine Schwester gehabt hätte.«

»Ich wollte doch nur das Beste für die eine, weil die andere kaum eine Chance hatte«, sagte die alte Frau leise. »Ich wollte bestimmt nicht Schicksal spielen.«

»Aber genau das haben Sie getan.«

Sie senkte den Blick und nickte. »Ja, das habe ich wohl. Als es Vanessa dann später besser ging, habe ich deswegen sehr mit mir gerungen. Ich wollte es wieder in Ordnung bringen und den Mädchen die Wahrheit sagen …«

»Aber Sie haben es nicht getan.«

Nun liefen Tränen über Anna Wegemanns Gesicht und verloren sich in den Falten ihrer Wangen. »Ja, weil ich zu feige war. Es hätte mich meine Zulassung gekostet, weil ich Dokumente gefälscht hatte. Aber ich habe es bis heute bereut und es tut mir sehr leid. Das musst du mir glauben.«

Ich ging nicht darauf ein. Was geschehen war, ließ sich nun einmal nicht mehr ungeschehen machen. Ihre Schuldgefühle waren sicherlich Strafe genug.

Ich wollte nun nur noch eines wissen: »Als ich vorhin gesagt habe, dass ich Vanessa für die Entführerin halte, sagten Sie, dass das nicht sein könne. Wie haben Sie das gemeint?«

Sie deutete an sich herab. »Sieh mich an, Nikka. Ich bin ein schwerkranker Mensch. Und Vanessa ist das auch. Sie ist zwar noch jung, aber ihr Herz wird nicht sehr alt werden.«

»Soll das heißen, Sie konnten ihr nicht helfen?«

»Nur bedingt.« Sie sah mich traurig an. »Weißt du, auch damit muss ich leben. Die Medizin kann vieles, aber sie kann noch keine Wunder vollbringen. Jedenfalls nicht in Vanessas Fall. Für uns alle tickt irgendwo eine Uhr und die von Vanessa tickte schon immer schneller als die von manch anderem. Höchstwahrscheinlich ist sie inzwischen noch stärker eingeschränkt als ich jetzt. Wie sollte sie also in einem solchen Zustand jemanden entführen können?«

Ich verstand, was sie meinte. Aber ich war mir sicher, dass sie sich irrte.

57.

Es dämmerte bereits, und die Straßenlaternen flackerten auf, als ich endlich nach Hause kam. Unterwegs hatte ich entsetzliche Migräne bekommen und nun drohte mein Kopf fast zu zerspringen. Mir war übel und ich sehnte mich nach Schlaf.

So fühlt es sich also an, wenn das Gehirn ständig auf Rot läuft, dachte ich, als ich durch die Gartentür trat.

Während ich auf unser Haus zuging, hallte das Wort *Rot* in mir nach.

Rot, rot, rot …

Es war seltsam, als hätte es etwas zu bedeuten. Aber mein Kopf tat viel zu sehr weh, als dass ich darauf gekommen wäre.

Zitternd stocherte ich mit dem Haustürschlüssel am Schloss herum. Dann endlich traf ich, doch ich hatte den Schlüssel noch nicht gedreht, als die Tür bereits aufgerissen wurde.

»Wo, in Gottes Namen, hast du gesteckt?« Ella stand vor mir und funkelte mich zornig an. »Junge Dame, ich bin halb verrückt geworden vor Sorge!«

»Ella, bitte nicht jetzt!«

Ich schob mich an ihr vorbei in den Flur und wollte zur Treppe gehen, aber sie hielt mich zurück.

»Oh doch, gerade jetzt! Ich war schon kurz davor, in den

Krankenhäusern nach dir zu fragen und die Polizei zu alarmieren. Also sag mir, wo du gewesen bist!«

Seufzend rieb ich mir die Schläfen. »Ich … habe etwas nachgeprüft.«

»Soso, und was, bitte schön, war so wichtig, dass du einfach verschwindest und mir nicht einmal eine Nachricht hinterlässt?«

»Es war wegen Zoes Entführung«, sagte ich und presste meine Hände noch stärker an die Schläfen. Dieses Pochen war kaum auszuhalten.

Ella schüttelte zornig den Kopf. »Fängst du jetzt etwa an, Detektiv zu spielen? Willst du dich in Gefahr bringen? Das kann so nicht weitergehen, Nikka! Überlass das gefälligst der Polizei.«

»Aber die haben doch immer noch nichts gefunden«, platzte es aus mir heraus. »Rein gar nichts.«

»Das werden sie schon noch.«

Ella ließ mich los, trat einen Schritt zurück und deutete auf den Garderobenspiegel. »Sieh dich doch nur einmal an! Man erkennt dich ja fast nicht wieder. Du bist kreidebleich, hast Gewicht verloren und kannst dich kaum noch auf den Beinen halten. Willst du dich denn völlig kaputtmachen?«

Ich vermied es, in den Spiegel zu sehen. Das Bild, das mich dort erwarten würde, war mir inzwischen nur zu vertraut. »Ich passe schon auf mich auf.«

»Nein, das tust du nicht«, sagte Ella streng, aber ich hörte auch Angst in ihrer Stimme mitschwingen. »Du bist noch nicht wieder gesund, Nikka. Sieh das doch endlich ein!«

»Es geht mir schon viel besser.«

»Ach ja? Na, dann bin ich mal gespannt, was Dr. Mehra dazu sagt. Du hast morgen Vormittag einen Termin zur Nachuntersuchung, und du *wirst* hingehen, hast du mich verstanden?«

Ich nickte. »Natürlich werde ich hingehen.«

Ihr Blick wurde sanfter. »Versteh doch, dass ich es nur gut mit dir meine. Ich weiß, dass dich das alles sehr mitgenommen hat und noch immer beschäftigt, aber gerade deshalb solltest du endlich zur Ruhe kommen. Wir alle machen uns Sorgen um dich.«

Ich sah sie verwundert an. »Wir *alle*?«

Ella nickte und deutete zum Wohnzimmer. »Du hast Besuch.«

Das war so ziemlich das Letzte, wonach mir jetzt war. Meine Kopfschmerzen wurden immer schlimmer und ich wollte nur noch schlafen. Aber schließlich siegte meine Neugier.

Ich ging ins Wohnzimmer und blieb wie versteinert stehen, als ich Vanessa auf der Couch sitzen sah. Sie sah Zoe wirklich täuschend ähnlich, und sie trug den blauen Wollpullover, den ich Zoe letztes Jahr zu Weihnachten geschenkt hatte.

Auf dem Sessel daneben saß Herr Rossi und musterte sie argwöhnisch. Dann wandte er den Kopf zu mir, und es war, als wollten mir seine grünen Katzenaugen etwas sagen.

Das ist nicht deine Freundin. Sie sieht nur so aus.

Ja, das weiß ich, dachte ich.

»Hallo Nikka.« Sie lächelte und ihre Stimme klang übertrieben freundlich. »Können wir reden?«

»Okay«, sagte ich.

Dann schloss ich die Tür hinter mir.

58.

Vor ein paar Jahren haben wir im Biologieunterricht bei Herrn Henning über Sinneswahrnehmungen gesprochen. Er hat uns beigebracht, dass wir die Dinge visuell, auditiv, olfaktorisch, gustatorisch und haptisch realisieren. Kurzum, wir sehen, hören, riechen, schmecken und fühlen. Aber manchmal können diese Sinne getäuscht werden und einen Konflikt im Gehirn hervorrufen.

Um uns das zu demonstrieren, hatte Herr Henning eine Folie an die Wand projiziert. Dort stand die Frage: *Welche Farbe siehst du?*

Darunter waren mehrere Wörter in Großbuchstaben zu lesen gewesen.

BLAU. GRÜN. GELB. ROT. VIOLETT.

Nur, dass das Wort BLAU in grünen Buchstaben geschrieben war, das Wort GELB in Rot und so weiter.

»Und jetzt gebt die richtigen Antworten, so schnell ihr könnt«, hatte Herr Henning gesagt. Er hatte dabei gelacht, denn es war verdammt schwierig gewesen.

Man wollte automatisch »Blau« sagen, weil man Blau las, doch die richtige Antwort wäre »Grün« gewesen.

Und so ähnlich ging es mir jetzt. Der eine Sinn meldete mir, dass ich Zoe vor mir sah, aber ein anderer wusste, dass das nicht stimmte. Die Gesten dieses Mädchens waren anders, und selbst der Blick, mit dem sie mich ansah, war einfach … anders.

Sie war mir fremd und vertraut zugleich, denn da waren auch so viele Ähnlichkeiten. Vor allem natürlich ihr Aussehen, aber auch das häufige Blinzeln ihrer langen Wimpern und die Art, wie sie beim Sprechen den Kopf leicht zur linken Seite geneigt hielt.

Hinzu kam, dass sie den blauen Pullover trug und nach Zoes Parfüm roch. Der Duft hieß *Spellbound*, und Zoe benutzte ihn schon so lange, dass er für mich unwiderruflich mit ihr verbunden war.

Irgendwie war sie Zoe und doch auch wieder nicht.

Mir war, als würde ich BLAU lesen, obwohl ich Grün meinte. Es war schrecklich verwirrend, erst recht mit diesen hämmernden Kopfschmerzen.

»Wir beide hatten einen schlechten Start«, sagte sie. »Das tut mir sehr leid.«

»Einen schlechten Start?« Ich konnte nicht anders und musste lachen. »Ja, so könnte man es auch nennen.«

Sie ging nicht darauf ein. Stattdessen sah sie mich beinahe schon flehend an. »Ich möchte mich bei dir entschuldigen, Nikka. Du hast recht, ich bin nicht Zoe.«

Ich fuhr zusammen. War das etwa ein Geständnis? Ich konnte es kaum glauben.

Sie musterte mich aufmerksam und nickte dann auf eine Weise, die ich nicht deuten konnte. Ein paar endlos lange Sekunden des Schweigens vergingen, und die Luft zwischen uns schien so aufgeladen, dass sie beinahe knisterte.

Auch Herr Rossi schien das zu merken. Er sprang vom Sessel und verkroch sich in Ellas pelzgefüttertem Fußwärmer, als wollte er sich vor uns verstecken.

»Ja, ich bin nicht mehr die Zoe, die du vor dieser ganzen Sache gekannt hast«, sagte sie schließlich. »Ich bin jetzt anders, aber ich möchte immer noch deine Freundin sein.«

Sie gab es also doch nicht zu. Aber mein Instinkt, mein sechster Sinn, beharrte darauf, dass nur der erste Teil ihres Satzes keine Lüge gewesen war.

Ich war kurz davor, sie direkt darauf anzusprechen. Sie *Vanessa* zu nennen und zu sehen, wie sie darauf reagierte. Aber im letzten Moment konnte ich mich beherrschen.

Auch davor warnte mich mein Instinkt. Er sagte mir, dass ich sehr vorsichtig sein musste und dass nur ein falsches Wort die wahre Zoe noch mehr in Gefahr bringen konnte.

Falls die da wirklich *Vanessa ist*, flüsterte mir der Teil von mir zu, der es immer noch nicht glauben wollte.

Also testete ich sie auf eine andere Art.

»Was ist wirklich passiert, als du weg gewesen bist?«

Sie sah mich schulterzuckend an. »Das kann ich dir noch nicht sagen.«

»*Noch* nicht? Wie meinst du das?«

»Weißt du, Nikka, ich glaube, wir haben beide etwas Wichtiges gelernt. Das Leben kann kurz sein. Schneller, als man denkt, ist alles vorbei. Es ist nicht fair, aber es ist nun einmal so. Und seit wir das wissen, sind wir doch *beide* anders, oder?«

Ja, das stimmte natürlich. Auch ich hatte mich verändert, seit mein neues Leben begonnen hatte. Aber doch nicht so gravierend, dass man mich nicht mehr wiedererkannte.

Oder etwa doch? Hatte nicht Ella vorhin genau das zu mir gesagt?

Ich beschloss, diesem Mädchen noch eine letzte Chance zu

geben. Mich zu überzeugen, dass ich mich irrte. »Wir sind uns drüben begegnet. Weißt du das noch?«

Sie hob die Brauen. »Drüben?«

»An dem dunklen Ort, in dem Tunnel.«

Als sie nicht darauf reagierte, fiel auch meine letzte Hoffnung wie ein Kartenhaus in sich zusammen. »Du weißt nicht, wovon ich rede, oder?«

Sie bedachte mich mit einem knappen Lächeln, das jedoch nicht ihre Augen erreichte. Stattdessen wurde ihr Blick kalt.

Wir spielen ein Spiel, schien mir dieser Blick zu sagen, und er enttarnte sie endgültig. *Ein Spiel, auf das du dich besser einlassen solltest.*

»Warum hast du bei mir zu Hause in dem Ordner rumgeschnüffelt?«, fragte sie.

»Na ja, ich war eben neugierig.«

»Meine Eltern sind deswegen ziemlich ausgerastet.«

»Und du? Hat es dir auch etwas ausgemacht?«

Sie verdrehte die Augen. »Mom und Dad wollen, dass wir uns nicht mehr sehen. Ich bin *heimlich* hier. Sie glauben, dass ich jetzt schlafe. Denkst du, das würde ich tun, wenn es mir etwas ausgemacht hätte?«

»Vielleicht bist du ja nur hier, um zu erfahren, was ich herausgefunden habe?«

Wieder war da dieses knappe frostige Lächeln, das mich schaudern ließ. »Du willst also deine alte Freundin zurück, ja? Vielleicht bekommst du sie ja auch wieder. Aber dazu musst du erst *mir* eine Chance geben.«

»Was soll das heißen?«

»Das weißt du doch schon längst«, sagte sie und stand auf. »Danke für das Gespräch. Ich muss jetzt los, bevor sie daheim doch noch etwas merken.«

Sie schnappte sich ihre Lederjacke – die eigentlich Zoes Lederjacke war – und ging eilig an mir vorbei auf den Flur hinaus.

Ich sprang ebenfalls auf und die ruckartige Bewegung schickte mir einen gewaltigen Stich durch den Kopf. Es war, als hätte mir jemand ein glühendes Messer in die Schläfe gerammt.

Taumelnd lief ich ihr nach und erwischte sie gerade noch vor der Haustür. »Hey, warte! Was meinst du mit ›Ich weiß es doch schon‹? Was willst du mir damit sagen?«

Sie nahm den Helm von der Sitzbank ihres Motorrollers. Zoes *roter* Motorroller, auf den mich mein Unterbewusstsein vorhin hinweisen wollte.

»Dass es schön ist, wenn man ein Zuhause hat«, sagte sie und setzte den Helm auf, was sie nur noch mehr wie Zoe aussehen ließ. »Einen Ort, an dem man geliebt wird und an den man gehört. Die, die nichts anderes kennen, wissen das gar nicht zu schätzen.«

Dann startete sie den Motor und fuhr davon.

59.

Nachts kehrte meine dunkle Begleiterin zu mir zurück. Ihr Schatten stand vor meinem Fenster, was eigentlich gar nicht sein konnte, da von draußen das Licht der Straßenbeleuchtung hereinfiel.

Ich sah sie, als ich aus dem Badezimmer zurückkam, wo ich die letzte halbe Stunde auf den Fliesen kniend verbracht und mich immer wieder übergeben hatte. Inzwischen schien der Schlaf zu meinem Feind geworden zu sein und nun hatte er sich auch noch mit dieser heftigen Migräne verbündet.

Ich hielt mich am Türrahmen fest, starrte in mein Zimmer und musste mehrmals blinzeln, um die hellen Flecken zu verscheuchen, die der Kopfschmerz vor meinen Augen tanzen ließ.

Der schemenhafte Umriss vor meinem Fenster wirkte schwach und war kaum noch zu erkennen. Zoes Kräfte schienen nachzulassen, wo immer sie auch gerade sein mochte. Ein Gefühl, das mir nur allzu bekannt vorkam.

Ich halte das nicht mehr aus, dachte ich. *Ich kann einfach nicht mehr!*

Ich wollte nur noch, dass es endlich aufhörte. Ich wollte mein altes Leben zurück.

Aber das gibt es nicht mehr, flüsterte etwas in mir.

Ich ließ mich auf mein Bett fallen, tastete zitternd nach meinem Handy und schickte Sascha eine Nachricht.

Muss mit dir reden!

Zu meiner Überraschung erschien umgehend seine Antwort.

So spät noch wach?

Ja. Hast du gerade Zeit?

Sorry, habe Nachtschicht.

Können wir uns dann morgen sehen?

Geht es mittags bei dir?

Ja. Klinikkantine?

Werde da sein!
Ist etwas passiert?

Sage ich dir morgen.

Ok. Schlaf jetzt.

Ich werde es versuchen.

Irgendwann gelang es mir sogar. Es war kein besonders guter Schlaf, aber ich schlief.

Ich träumte von einer jüngeren Anna Wegemann, die mich

aus der Babyklappe hob und mir versprach, sie werde ein gutes Zuhause für mich finden. Dann träumte ich von meiner Mom, die mich in die Arme nahm. Davon, wie sicher ich mich in ihrer Umarmung fühlte, obwohl ich mich an einen solchen Moment im wirklichen Leben nicht erinnern konnte.

Die, die nichts anderes kennen, wissen das gar nicht zu schätzen, hörte ich sie sagen.

Aber es war nicht die Stimme meiner Mom.

Es war die Stimme von Vanessa.

60.

Am nächsten Vormittag fuhr ich mit dem Bus zu meinem Termin mit Dr. Mehra. Vor mir saßen zwei ältere Frauen, die sich angeregt miteinander unterhielten. Eine von ihnen hatte einen großen Koffer neben sich stehen, und sie erzählte ihrer Sitznachbarin, dass sie auf dem Weg zum Flughafen sei.

»Heiner und ich wollten schon immer mal Venedig sehen«, sagte sie und klang ganz aufgeregt. »Wir haben es ständig verschoben, bis es dann zu spät war. Aber jetzt will ich wenigstens noch alleine dorthin. Man weiß schließlich nie, wie viel Zeit einem noch bleibt.«

Das hätte ich ihr unterschreiben können.

Im Stadtklinikum wurde ich wieder in mehreren Abteilungen auf alle möglichen Arten durchgecheckt. Mir wurde Blut abgenommen, ich wurde geröntgt, in die MRT-Röhre gefahren, das volle Programm.

Zum Glück hatte sich meine Migräne am frühen Morgen verabschiedet und mir nur noch ein dumpfes, erträgliches Pochen in den Schläfen hinterlassen. Andernfalls hätte ich die fast zweistündige Prozedur wohl kaum durchgestanden.

»Na, das sieht doch alles ganz gut aus«, sagte Dr. Mehra, nachdem er sich die Ergebnisse durchgesehen hatte. »Dein

Blutdruck ist zwar immer noch etwas niedrig, aber mit Sport, gelegentlichen Wechselduschen und ausreichend Trinken bekommst du das in den Griff.«

»Mir fehlt das Schwimmen«, sagte ich. Vor dem Zwischenfall war ich so oft wie möglich zum Training gegangen, und es war immer ein guter Ausgleich gewesen, wenn ich irgendwelchen Stress gehabt hatte. Das hätte mir gerade jetzt gutgetan.

»Ich denke, in ein oder zwei Wochen sind deine Rippen weit genug verheilt, dass du es langsam wieder angehen kannst«, sagte der Doktor, dann sah er wieder in meine Akte. »Es gibt nur noch zwei Punkte, die ich ansprechen muss. Zum einen ist da deine Gewichtsabnahme. Du hast seit der letzten Untersuchung vier Kilo abgenommen, was in Anbetracht deines ohnehin schon geringen Gewichts ziemlich viel ist. Isst du denn genügend?«

»Ich esse«, sagte ich knapp.

»Offenbar zu wenig. Hast du denn Appetit?«

»Nicht immer, aber ab und zu bekomme ich sogar richtigen Heißhunger.«

»Auf Süßes?«

Ich nickte.

»Und wie sieht es mit deinem Schlaf aus?«

Ich dachte an letzte Nacht und die Nächte davor. »Na ja, wir sind im Moment nicht gerade die besten Freunde.«

Er machte sich eine Notiz. »Was ist mit den Halluzinationen, die du während deines Aufenthalts bei uns hattest? Siehst du immer noch Dinge, die nicht da sind?«

Ja, dachte ich. *Zum Beispiel den Schatten an der Wand hinter Ihrem Schreibtisch.*

Aber das behielt ich für mich. Stattdessen sagte ich: »Kaum noch.«

Er sah mich einen Augenblick prüfend an. »Und wie geht es dir psychisch, Nikka?«

»Ich bin okay. Warum fragen Sie?«

»Nun, Halluzinationen, Schlafprobleme und Appetitlosigkeit im Wechsel mit Heißhungerattacken können Anzeichen einer Depression sein.«

»Ich bin nicht depressiv«, sagte ich. Aber es kam mir wohl etwas zu schnell über die Lippen, denn er schien nicht sehr überzeugt.

»Die Schwester hat mir erzählt, dass du dir neulich die Adresse von Dr. Forstner bei ihr geholt hast. Hast du denn schon mit ihm gesprochen?«

»Bis jetzt noch nicht.«

»Und warum nicht?«

»Weil ich zuerst einmal sehen wollte, ob ich nicht auch ohne Seelenklempner klarkomme. Ich habe einfach eine Menge hinter mir, und irgendwie bin ich noch nicht ganz zur Ruhe gekommen, das ist alles.«

»Gut, dass du diesen Punkt ansprichst.« Er deutete auf seinen Monitor, wo der vertraute orange-rote Querschnitt meines Kopfes zu sehen war. »Das ist das Zweite, was ich mit dir besprechen möchte.«

»Meine erhöhte Gehirnaktivität.«

Er nickte. »Aus dem Bericht von Dr. Sander weiß ich, dass dieser Zustand schon seit deiner letzten Untersuchung anhält.«

»Er fand es interessant«, sagte ich, um das Thema herunterzuspielen, aber Dr. Mehra ging auf meinen Scherz nicht ein.

»Aktuell sehe ich keine organische Ursache, die eine solche Gehirnaktivität auslösen könnte«, sagte er, und der Unterton seiner Stimme klang ein wenig besorgt. »Es könnte jedoch sein, dass es sich um ein weiteres Anzeichen für eine depressive Verstimmung handelt. Grübelst du denn viel?«

Ich zuckte die Achseln. »Würden Sie das nicht auch in meiner Situation?«

»Selbstverständlich, Nikka, das will ich dir auch gar nicht absprechen. Aber es gibt einen Unterschied zwischen normalem und zwanghaftem Grübeln.«

»Zwanghaft?«

»Das wäre der Fall, wenn deine Gedanken ständig nur um ein bestimmtes Thema kreisen. Ist das so?«

Ich wich seinem Blick aus und überlegte, wie viel ich ihm erzählen konnte. Das meiste würde er mir bestimmt nicht glauben. Weder den Vorfall mit dem Ledermann noch das, was ich über Vanessa herausgefunden hatte. Und erst recht würde er meine dunkle Begleiterin nicht ernst nehmen, obwohl sie direkt hinter ihm stand – nebelfein, die Arme immer wieder nach mir ausgestreckt.

»Ja, ich denke viel nach«, sagte ich schließlich. »Vor allem darüber, wer mir das angetan hat und warum. Aber ich finde, das ist doch ganz natürlich. Jedenfalls ist es nicht zwanghaft, oder?«

Wieder maß mich sein Blick für eine Weile. »Ja, das *ist* natürlich. Aber du musst darauf achten, dass daraus kein Zwang wird. Leider ist es unwahrscheinlich, dass du auf all deine Fragen eine Antwort bekommen wirst. Das ist eine Erfahrung, die ich bei Fällen wie deinem schon häufig machen musste. Deshalb empfehle ich, dass du dir eine professionelle Begleitung suchst. Es ist wichtig, dass du das Geschehene aufarbeitest.«

Noch einen Begleiter, dachte ich.

»Ich werde darüber nachdenken«, versprach ich und gab mir alle Mühe, überzeugend zu klingen.

Offenbar war es mir gelungen, denn Dr. Mehra schenkte mir ein Lächeln und schloss die Aktenmappe. »Gut, dann sehen wir uns in vier Wochen wieder. Sollte vorher irgendetwas sein, meldest du dich, ja?«

»In Ordnung.«

»Eines noch«, sagte er, als ich bereits auf halbem Weg zur Tür war. »Solange wir die Ursache für diese starke Hirnaktivität nicht kennen, solltest du besonders gut auf dich achten. Kein Stress, keine Aufregung. Wenn du dich aufgewühlt fühlst, mach ein paar Atemübungen und versuche, dich zu entspannen. Außerdem solltest du ausreichend essen und in nächster Zeit mehr Kohlenhydrate zu dir nehmen.«

Als er meinen erstaunten Blick sah, fügte er hinzu: »Ich weiß schon, Pasta und Brot sind derzeit nicht sehr angesagt, aber das Gehirn braucht nun einmal Glucose, und die wird vorrangig aus Kohlenhydraten gebildet. Dass dein Gehirn momentan so hochtourig läuft, könnte einer der Gründe für deinen Gewichtsverlust und den Heißhunger auf Süßes sein.«

»Okay, ich werde darauf achten.«

Ich musste an Zoes Mom denken. Wenn wir uns nicht zerstritten hätten, hätte sie mir jetzt bestimmt geraten, den Arzt zu wechseln.

Wieder wanderte mein Blick über seine Schulter hinweg zu der Wand hinter seinem Schreibtisch. Zu dem Schatten, der inzwischen so schwach war, dass ich genau hinsehen musste, um ihn überhaupt noch zu erkennen.

»Glauben Sie eigentlich an ein Leben nach dem Tod?«

Die Frage war mir einfach so herausgerutscht und ich kam mir augenblicklich dämlich vor. Wie ein kleines Kind, das einen Erwachsenen fragte, ob es den Weihnachtsmann wirklich gab.

Ich spürte, wie mir das Blut in den Kopf stieg, aber Dr. Mehra sah mich mit seinen freundlichen, dunklen Augen an, als sei es die natürlichste Frage der Welt. Er schien zu ahnen, warum sie mich beschäftigte.

»Nun ja, ich wurde als Hindu erzogen«, sagte er. »Mir wurde beigebracht, dass das Leben und der Tod ein ständiger Kreislauf sind. Man stirbt und wird wiedergeboren und jedes neue Leben ist eine Prüfung. Irgendwann gelangt man dann zur letzten Erleuchtung, durch die man schließlich erlöst wird.«

»Und das glauben Sie?«

Er schmunzelte. »Um ehrlich zu sein, bin ich Agnostiker. Ich glaube weder an irgendwelche Götter noch an ein Jenseits. Aber im Gegensatz zu einem Atheisten bestreite ich nicht, dass es so etwas geben könnte. Wer weiß, vielleicht gibt es ja eines Tages tatsächlich einen Beweis für ein Leben danach.«

Ich ließ seine Worte einen Augenblick auf mich wirken und dachte dabei an mein eigenes Erlebnis. »Was für ein Beweis würde Sie denn überzeugen?«

»Das ist eine gute Frage, über die man gerade in meinem Beruf häufig nachdenkt«, sagte er. »Es gab auch schon Ärzte, die deswegen versucht haben, einen wissenschaftlichen Beweis für die Existenz der Seele zu finden. Denn wenn es eine Seele gibt, muss es folglich auch einen Ort geben, an den sie nach dem Tod der sterblichen Hülle gehen wird. Metaphysisch gesprochen, versteht sich. Also mehr eine Art Zustand als einen körperlichen Ort, wie wir ihn uns vorstellen.«

»Und wie wollten diese Ärzte das beweisen?«

»Tja, am bekanntesten dürfte das Experiment von Dr. Duncan MacDougall sein. Das war ein amerikanischer Mediziner, der sich zu Beginn des vorigen Jahrhunderts mit der Todesforschung beschäftigt hat. Er versuchte herauszufinden, ob es tatsächlich so etwas wie eine Psychostasie gibt, also eine Ablösung der Seele von ihrem Körper nach dem Tod.«

»Und wie wollte er das herauskriegen?«

»Eigentlich ganz einfach«, sagte Dr. Mehra. »Durch simple Physik. Er hat seine Patienten *gewogen*, kurz vor ihrem Tod und direkt danach. Der Gewichtsunterschied musste seiner Ansicht nach das Gewicht der Seele sein. Und einen solchen Unterschied gab es tatsächlich. Im Durchschnitt waren es einundzwanzig Gramm.«

Einundzwanzig, dachte ich und schauderte. Diese Zahl würde mich wohl auf ewig verfolgen.

»Denken Sie, dass das stimmt?«, fragte ich. »Dass es wirklich eine Seele gibt, die man sogar wiegen kann?«

Er hob die Schultern. »Es ist sehr umstritten, vielleicht gerade, weil dieses Experiment so schlicht war. Ebenso gut könnte man auch behaupten, das Gewicht von Rauch bestimmen zu können, wenn man zuerst eine Zigarre und dann ihre Asche wiegt. Aber wie gesagt, Nikka, ich bin Agnostiker. Ich behaupte weder, dass das stimmt, noch behaupte ich das Gegenteil. Nicht solange ich es nicht besser weiß. Aber irgendwann *werden* wir es wissen, so viel steht fest. Bis dahin sollte für uns einzig und allein das Leben zählen. Und du bist noch jung, du hast noch eine lange Zeit vor dir.«

Wer weiß das schon, dachte ich und sah wieder zu dem Schatten. Schließlich hatte mir schon einmal jemand das Leben genommen.

61.

Sascha erwartete mich bereits in der Kantine des Krankenhauses. Er trug noch seine Sanitäteruniform und wirkte müde.

»War eine anstrengende Nacht«, sagte er. »Wir hatten sieben Einsätze. Jetzt brauche ich erst einmal ein großes Frühstück.«

Er belud sein Tablett mit Brötchen, Wurst und Käse, und ich bestellte mir das Mittagsmenü, eine Portion Makkaroniauflauf.

Nachdem wir einen freien Tisch ergattert hatten, spürte ich erst, wie hungrig ich war. Sofort begann ich, gierig die Nudeln in mich hineinzuschaufeln. Es war eigenartig, in Saschas Gegenwart hatte ich immer Hunger. Er tat mir wohl einfach gut.

»Wow«, stieß er lachend aus. »Du futterst ja, als gäbe es kein Morgen mehr.«

»So sicher ist das ja auch nicht«, gab ich mit vollem Mund zurück. »Außerdem mache ich nur, was mein Arzt gesagt hat. Mein Gehirn braucht Kohlenhydrate.«

»Da hat er recht.« Er zeigte auf meinen Teller und dann zu meiner Stirn. »Zwanzig Prozent davon werden direkt da oben verwertet.«

»Das ist auch bitter nötig«, sagte ich. »Mir brummt immer noch der Kopf, nach allem, was ich gestern erfahren habe.«

Er beugte sich über den Tisch zu mir. »Schieß los, was ist passiert?«

»Zoe hat eine Zwillingsschwester.«

Augenblicklich verschwand der müde Ausdruck aus seinem Gesicht und er sah mich hellwach an.

»Zwillinge? Wie kann das denn sein? Ich dachte, deine Freundin hätte keine Geschwister.«

»Das dachte ich bis gestern auch. Aber dann habe ich von ihrer Adoption erfahren.«

Ich erzählte ihm von meiner Entdeckung und meinem Gespräch mit Anna Wegemann. Sascha hörte mir staunend zu und vergaß darüber beinahe zu essen. Nur hin und wieder kaute er nachdenklich an seinem Brötchen herum.

Nachdem ich ihm auch noch von Vanessas Besuch bei mir zu Hause erzählt hatte, lehnte er sich kopfschüttelnd zurück.

»Das ist ja nicht zu fassen! Dann hat sie also Zoes Rolle eingenommen?«

»Ja, das hat sie.«

»Aber wie soll das gehen? Warum hat das niemand außer dir bemerkt? Nicht mal ihre Eltern.«

Darüber hatte ich mir auch schon den Kopf zerbrochen. »Ich schätze mal, dass Zoes Eltern es einfach nicht sehen wollen. Sie sind blind vor Freude, dass sie ihre Tochter wiederhaben, und sie merken dabei nicht, dass es gar nicht Zoe ist.«

»Aber was ist mit deiner Großmutter? Sie hat doch auch mit dieser Vanessa gesprochen. Warum hat sie nichts bemerkt? Sie kennt Zoe doch bestimmt fast genauso gut wie du.«

»Ella war schon immer zu gutgläubig«, sagte ich und seufzte. »Vanessa wird ihr auf die Mitleidstour gekommen sein, so wie sie auch Zoes Mom um den Finger gewickelt hat. Und wenn sie etwas nicht weiß, redet sie sich einfach auf ihr Trauma heraus.«

»Und jeder nimmt Rücksicht auf ihren Zustand«, führte Sascha meinen Gedanken fort.

»Genau. Weil jeder annimmt, dass ihr etwas Schlimmes angetan wurde. Dabei ist sie selbst die Täterin.«

Er trank einen Schluck aus seinem Kaffeebecher und runzelte die Stirn. »Aber mir leuchtet nicht ein, warum sie das alles überhaupt tun sollte. Was für einen Grund kann man haben, seine eigene Schwester zu entführen und sich als sie auszugeben?«

»Ich weiß es nicht«, sagte ich und schob das Tablett mit dem leeren Teller von mir. Ich hatte tatsächlich die ganze Riesenportion verputzt und fühlte mich nun etwas besser. »Sie hat sich gestern bei mir entschuldigt. Ich glaube aber, damit hat sie nicht unseren Streit gemeint, sondern das, was sie mir angetan hat.«

»Hat sie denn irgendetwas von Zoe durchklingen lassen?«

»Ja, sie hat etwas in der Art gesagt, dass ich Zoe wiedersehen würde, wenn ich *ihr* vorher eine Chance gebe. Was auch immer sie damit gemeint hat.«

Wieder schüttelte Sascha den Kopf. »Das ist doch verrückt. Ich verstehe das nicht.«

»Ich auch nicht.«

Er beugte sich erneut zu mir vor und senkte die Stimme. »Du solltest zur Polizei gehen und denen sagen, was du herausgefunden hast.«

»Auf gar keinen Fall! Überleg doch mal, wem würden die wohl glauben? Zoes Eltern oder einer Freundin, die alle für durchgedreht halten, weil sie vielleicht selbst noch ein Trauma hat?«

»Ja, da hast du sicher recht«, erwiderte er. »Den einzigen Beweis könnte eine medizinische Untersuchung liefern, aber man kann Vanessa nicht gegen ihren Willen dazu zwingen.«

Ich nickte. »Deshalb wollte sie auch nicht ins Krankenhaus, als man sie im Park gefunden hat. Und der Arzt, der zu ihr nach Hause gekommen ist, wird wohl nur nachgesehen haben, ob sie äußerliche Verletzungen hat.«

»Denke ich auch«, sagte Sascha. »Auf einen Herzfehler hat er sie bestimmt nicht untersucht.«

»Ich brauche also zuerst mehr Beweise«, sagte ich. »Und vor allem darf Vanessa nichts davon mitbekommen. Nicht, solange ich nicht herausgefunden habe, was sie vorhat und wo Zoe ist.«

»Wir«, sagte Sascha. »*Wir* werden es herausfinden.«

»Dann hilfst du mir?«

»Die Frage ist jetzt nicht ernst gemeint, oder?« Er grinste und ich dankte es ihm mit einem Lächeln.

»Also«, sagte er, »wie wollen wir weiter vorgehen?«

»Wir sollten mit Vanessas Familie sprechen«, schlug ich vor. »Mich wundert, dass sie dort nicht vermisst wird. Wenn noch ein Mädchen in der Gegend vermisst gemeldet worden wäre, wäre das bestimmt groß in den Zeitungen gewesen. Und sie muss sich ja auch schon länger in unserer Gegend herumtreiben. Immerhin hat sie Zoe schon seit Wochen ausspioniert. Ich bin mir sicher, dass sie die Gestalt im Garten war.«

»Hast du schon mal nach ihr gegoogelt?«

»Ja, aber ich habe nichts gefunden. Nur ein Facebook-Profil, aber das war nicht ihres.«

»Woher willst du das denn wissen?«

»Sie mag sich vielleicht gern für jemand anderen ausgeben, aber ich bezweifle, dass sie plötzlich eine ältere Frau mit einer Vorliebe für Stickereien sein will.«

Sascha trank seinen Kaffee aus und sah mich entschlossen an. »Okay, dann sollten wir einen Ausflug nach Geislingen machen. Gib mir eine halbe Stunde zum Duschen und Umziehen, dann hole ich dich ab.«

»Was meinst du, sollte ich diesmal vorher anrufen?«

Er überlegte kurz. »Nein, ich glaube, deine Überraschungstaktik funktioniert deutlich besser. Und ich bin echt gespannt, was wir herausfinden werden.«

Das war ich auch.

62.

Zu Hause erzählte ich Ella von den Ergebnissen meiner Untersuchung. Nur Dr. Mehras Anmerkungen zu meinem Gewicht und meiner psychischen Verfassung ließ ich aus.

Ella freute sich, dass ich auf dem Weg der Besserung war – erst recht, als ich mich kurz darauf über die Reste ihrer Kuchen hermachte, die vom Kirchenbasar übrig geblieben waren. Ich schaffte tatsächlich zwei ganze Stücke und hätte vielleicht auch noch ein drittes verputzt, wenn mich Sascha nicht vorher abgeholt hätte.

Ella erzählte ich, wir würden einen kleinen Ausflug machen – was in gewisser Weise ja auch stimmte –, nur den Grund dafür verschwieg ich ihr.

Sie wünschte uns einen schönen Nachmittag, und als Sascha schon zum Auto ging, drückte sie mir zum Abschied etwas Geld in die Hand. Ich wollte es ablehnen, aber sie flüsterte mir zu: »Du wirst das jetzt annehmen und es dir gut gehen lassen. Erhol dich und hab deinen Spaß. Ich freue mich so, dass es dir endlich wieder besser geht. Und Sascha ist so ein netter Junge. Also genieße das Leben, ja?«

Als ich wenig später neben Sascha im Auto saß, fühlte ich mich schlecht. Ich wollte Ella nicht belügen, auch nicht indem ich ihr die Wahrheit vorenthielt. Ella und ich hatten immer ein offenes Verhältnis miteinander gehabt. Es hatte nie einen Grund für mich gegeben, sie anzulügen oder ihr etwas zu verschweigen.

Aber das war in meinem vorigen Leben gewesen und nun sah ich einfach keine andere Möglichkeit.

Sascha schien meine Gedanken erraten zu haben. »Denk nicht zu viel darüber nach«, riet er mir. »Manchmal braucht es kleine Lügen, um denen, die man liebt, unnötige Sorgen zu ersparen.«

Ich entgegnete nichts darauf und dachte an Anna Wegemanns Worte. *Der Weg zur Hölle ist mit guten Absichten gepflastert.*

Nur weil man dachte, das Richtige zu tun, fühlte man sich nicht unbedingt wohl damit.

Sascha hatte eine CD eingelegt, auf die er einige seiner Lieblingsalben gebrannt hatte. Er stand auf Indie, und das fand ich ziemlich cool – vor allem, weil er auch das neue Album von *The Beths* dabeihatte, die ich richtig gut fand. Zoe mochte die Band ebenfalls, vor allem den Song über das zukünftige Ich, das sein vergangenes Ich für seine Entscheidungen hassen würde. Ob Vanessa das wohl wusste? Was wusste sie überhaupt über ihre Zwillingsschwester? Und was, um alles in der Welt, trieb sie an, in Zoes Rolle zu schlüpfen?

Schon wieder kreisten meine Gedanken um sie. Dr. Mehra hätte das bestimmt schon als *zwanghaft* bezeichnet, aber ich konnte einfach nicht anders.

Da waren viel zu viele Fragen offen. Wie hatte Vanessa überhaupt von Zoe erfahren? Und warum hatte sie sich dann nicht einfach bei Zoe gemeldet?

Dass sie ihre Schwester zuerst eine Weile heimlich beobachtet hatte, wollte mir ja noch irgendwie einleuchten. Das hätte ich an ihrer Stelle vielleicht auch so gemacht. Aber der nächste offensichtliche Schritt wäre doch dann gewesen, einfach auf Zoe zuzugehen. *Hi, ich bin Vanessa. Ich bin deine Schwester und das habe ich irgendwie herausgefunden.*

Es wäre schließlich nicht das erste Mal gewesen, dass so etwas passierte. In diesen unerträglichen Kitschshows, auf die Ella so stand, wurde fast jeden Tag über so etwas berichtet. Getrennte Geschwister, die zusammengebracht wurden, und Angehörige, die sich nach Jahrzehnten wiedersahen. Dazwischen jede Menge Werbespots für Sekt und Schokolade, als würde das eben dazugehören.

Bei diesen Leuten im Fernsehen gab es immer Freudentränen – auch bei Ella – und sie fielen sich in die Arme. Bestimmt käme keiner von ihnen auf die verrückte Idee, den anderen zu vergiften oder zu entführen.

Also warum zog Vanessa diese ganze Psycho-Nummer ab? Sie hatte mich umgebracht – jedenfalls für einundzwanzig Minuten – und Zoe ...

Das war die große Frage. Was war mit Zoe? Lebte sie überhaupt noch?

Nein, das durfte ich nicht einmal denken. Zoe musste einfach noch am Leben sein! Ich würde sie nicht aufgeben – nicht, solange es auch nur einen Funken Hoffnung für sie gab.

Wir waren fast eineinhalb Stunden unterwegs. Als Sascha schließlich von der Autobahn abfuhr, brach er unser langes Schweigen.

»Hast du eigentlich schon eine Idee, was du diesen Leuten sagen willst?«

Ich nickte. »Ja, aber ich werde wohl wieder lügen müssen. Schließlich kann ich ihnen ja nicht gleich um die Ohren hauen, dass ihre Adoptivtochter eine Zwillingsschwester hat, von der niemand weiß, und dass sie die entführt und mich vergiftet hat.«

Dann erzählte ich ihm, was ich vorhatte. Sollte mich mein zukünftiges Ich doch dafür hassen, dass ich zur Lügnerin wurde. Mir blieb schließlich keine andere Wahl.

63.

Sicherheitshalber hatte ich vor unserer Abfahrt noch einmal die Adresse von Vanessas Familie überprüft. Im Telefonverzeichnis fand ich sie unter derselben Anschrift, die auch in Anna Wegemanns Unterlagen gestanden hatte. Rainer und Veronica Strach wohnten noch immer in der Anselm-Strauss-Straße 4a.

Dazu hatte ich noch einen zweiten Eintrag gefunden, für einen Walter Strach, dessen Hausnummer die 4b war. Ihn sahen wir, als wir vor dem Doppelhaus hielten.

Ich schätzte den Mann auf Anfang siebzig und er musste wohl Vanessas Großvater sein.

Er stand im Garten und rechte das Laub unter einem großen Kastanienbaum zusammen. Als er uns auf die Haustür von Vanessas Eltern zugehen sah, lehnte er den Rechen gegen den Zaun und kam zu uns herüber. Er war ein drahtiger Mann mit knorrigen Händen und ernstem Gesicht. Eine weiße Strähne hing ihm in die faltige Stirn und seine Augen blickten streng.

»Ist niemand da«, brummte er.

»Guten Tag«, sagte ich mit einem betont freundlichen Lächeln. »Wissen Sie denn, ob die Strachs länger weg sind?«

Er musterte uns mit ausdruckslosem Gesicht. »Meine Schwiegertochter holt gerade ihre Jungs vom Training ab. Worum geht es denn?«

»Wir wollten Vanessa besuchen.«

»Aha.« Seine Augen wurden zu Schlitzen, als würde er mir nicht glauben.

Schnell deutete ich auf Sascha und mich und gab mir alle Mühe, überzeugend zu klingen. »Mein Freund und ich kennen sie aus einem Online-Forum. Wir haben ihr schon lange mal versprochen, sie zu besuchen. Und heute waren wir in der Nähe und es hat gut gepasst.«

Das Misstrauen in seinen Augen blieb. »Ihr kennt sie also aus dem Internet?«

»Ja«, sagten wir beide wie aus einem Mund.

»Nur aus dem Internet?«

Es verunsicherte mich, dass er diese Frage erneut stellte. Und dann noch die Art, wie er uns dabei ansah. Als könnte er spüren, dass wir logen.

»Ja«, erwiderte ich rasch und lächelte noch breiter. »Wir wollten uns jetzt endlich mal persönlich kennenlernen.«

Er gab ein verächtliches Schnauben von sich. »Dann scheint euer schlaues Internet wohl doch nicht alles zu wissen.«

»Wie bitte?«

Er setzte zu einer Antwort an, aber in dem Moment fuhr ein schwarzer SUV in die Einfahrt. Eine Frau mit langem dunklem Pferdeschwanz stieg aus. Das musste Veronica Strach sein.

Sie war groß und schlank, was durch ihre dunkle Kleidung noch zusätzlich betont wurde. Und auch sie sah sehr ernst aus.

»Hallo, kann ich euch helfen?«

»Die beiden wollen zu Vanessa«, sagte Walter Strach, noch

ehe ich ihr antworten konnte. »Sie sagen, sie kennen sie aus dem Internet.«

»Aus einem Forum«, ergänzte ich, dann wiederholte ich meine Geschichte. »Wir hatten ihr versprochen, dass wir sie mal besuchen, und wollten sie heute überraschen.«

Aus den Hintertüren des Geländewagens stiegen zwei Jungen aus. Sie mussten etwa sechs oder sieben Jahre alt sein. Beide trugen dieselben Sporttaschen über der Schulter und hatten die gleichen Trainingsanzüge an. Sie sahen sich zum Verwechseln ähnlich.

Zwillinge, durchfuhr es mich.

Veronica Strach ließ Sascha und mich nicht aus den Augen. Als die Jungs an ihr vorbeikamen, fuhr sie ihnen wie geistesabwesend durchs Haar.

»Geht schon mal ins Haus, ihr Racker«, sagte sie leise.

»Wir haben aber Hunger«, protestierte einer der Jungs.

»Packt erst mal eure Sachen aus. Ich komme gleich nach.«

Sie wartete, bis die beiden im Haus verschwunden waren, dann sagte sie: »Wann habt ihr denn zum letzten Mal mit Vanessa Kontakt gehabt?«

Ich wurde langsam unruhig. Diese Frage, ihr Verhalten und die misstrauische Art, auf die uns ihr Schwiegervater im Auge behielt, verrieten mir, dass wir uns mit unserer Lüge auf dünnem Eis bewegten. Irgendetwas war hier nicht in Ordnung.

»Ist leider schon eine Weile her«, sagte ich.

Sascha schien dasselbe zu denken wie ich, denn wie um meine Geschichte zu untermauern, fügte er hinzu: »Wir hatten auch schon ein ganz schlechtes Gewissen deswegen.«

Veronica Strach nickte und sah uns einen Moment lang nur an. Es war ein Blick, der irgendwie verbittert und traurig schien. »Dann wisst ihr es also noch nicht.«

»Was denn?«, fragte ich, und mein Herz schlug schneller. »Ist denn etwas passiert?«

Sie atmete tief durch, als müsste sie sich zusammennehmen.

»Meine Tochter ...«, sagte sie und schluckte. »Vanessa ist tot. Sie hat sich vor fünf Wochen das Leben genommen.«

»Was? Aber ich ... «

Der Schreck traf mich wie ein Faustschlag und presste mir alle Luft aus der Lunge. Das konnte doch nicht sein! Fast hätte ich ihr gesagt, dass ich erst vorgestern noch mit Vanessa gesprochen hatte, aber ich konnte es mir gerade noch verkneifen.

»Tut mir leid, dass ihr es auf diese Weise erfahren müsst«, sagte Veronica Strach.

»Aber wie ...?« Ich konnte es nicht aussprechen, konnte es immer noch nicht fassen.

»Hat sich vor einen ICE geworfen«, brummte Walter Strach, woraufhin er von seiner Schwiegertochter einen strafenden Blick erntete.

»Ich weiß ja nicht, wie gut ihr sie kanntet«, sagte sie, »aber Vanessa war kein einfacher Mensch.«

»Sie war undankbar«, fügte der alte Mann finster hinzu.

Veronica Strach sah in verärgert an. »Walter, bitte! Ich will das nicht mehr hören müssen!«

»Aber wenn es doch wahr ist! Ihr habt so viel für sie getan, und hat sie es je zu schätzen gewusst? Nein, hat sie nicht!«

»Im Internet ist es schwierig, jemanden wirklich gut kennenzulernen. Deswegen wissen wir wohl nicht allzu viel über sie«, sagte ich, und das stimmte ja auch. Irgendwie war es mir nun wichtig, diese Frau nicht noch weiter anzulügen. Ich spürte, wie sie mit aller Kraft versuchte, ihren Schmerz im Zaum zu halten, und wollte ihr nicht noch mehr wehtun.

»Hat sie euch gegenüber denn jemals irgendwelche Andeutungen gemacht?«, fragte sie. »Ich meine, hat sie in euren Chats mal erwähnt, dass sie Probleme hatte?«

Ich schüttelte den Kopf und versuchte, so gut es ging, bei der Wahrheit zu bleiben. »Nein. Ich wusste nur, dass sie irgendeine Krankheit hat.« Dann fiel mir ein, dass Sascha ja noch neben mir stand, und ich setzte rasch hinzu: »Das heißt natürlich, *wir* wussten es.«

Veronica Strach atmete tief durch. »Ja, Vanessa hatte einen angeborenen Herzfehler, der nicht operiert werden konnte.«

»Hätte man ihr denn kein Herz transplantieren können?«, fragte Sascha.

»Als sie noch klein war, ging das leider nicht«, erwiderte sie. »Ihr Organismus war damals sehr schwach. Sie war kaum belastbar und hätte einen solchen Eingriff nicht überstanden. Eine Weile hatten wir sogar die Sorge, sie zu verlieren. Später, als es ihr dann besser ging, wurde sie natürlich auf die Empfängerliste gesetzt. Aber ihr glaubt ja gar nicht, wie schwierig das alles ist und wie lang die Wartezeiten sind. Es gibt einfach viel zu wenig Spenderorgane.«

Sascha nickte. »Ich weiß, ich arbeite beim Rettungsdienst.«

Wir wechselten einen ratlosen Blick. Ich hatte mit vielem gerechnet, aber nicht mit einer solchen Geschichte. Plötzlich fühlte ich mich schrecklich, dass ich hierhergekommen war, um Veronica Strach auszuhorchen.

Für ein paar Sekunden herrschte betretenes Schweigen, dann sagte sie: »Jedenfalls freue ich mich, dass Vanessa offenbar doch ein paar Freunde hatte. Wie gesagt, sie war nicht einfach, aber sie war ein guter Mensch, sehr intelligent und eine großartige Schülerin. Sie hatte immer nur Einsen und Zweien. Noch vor ein paar Wochen hat sie die Führerscheinprüfung auf Anhieb bestanden, ohne einen einzigen Fehler. Und dann, wie aus heiterem Himmel …«

Sie blinzelte gegen ihre Tränen an. »Ich verstehe das einfach nicht. Hat sie euch wirklich nie etwas gesagt? Bitte, ich muss das einfach wissen! Es muss doch einen Grund gegeben haben!«

Ich schüttelte nur traurig den Kopf.

»Vanessa hat uns nicht einmal einen Abschiedsbrief hinterlassen«, sagte sie und dann begann sie zu weinen.

»Mama!« Einer der beiden Jungs stand in der Tür und winkte ihr ungeduldig zu. »Kommst du? Wir haben Hunger!«

»Gleich, Schatz!«, rief sie zurück und wischte sich die Tränen mit dem Handrücken ab.

»Hätten Sie vielleicht ein Foto von Vanessa?«, fragte ich, auch wenn mir klar war, dass ich dafür wieder lügen musste. »Im Chat hatte sie nur einen Avatar. Ich habe mich immer gefragt, wie sie wirklich aussieht.«

Veronica Strach nickte. »Ja, ich weiß. Sie hat sich nie gern fotografieren lassen. Ich habe auch kein einziges Mal gesehen, dass sie ein Selfie oder so etwas gemacht hätte. Es war immer, als könnte sie sich selbst nicht leiden. Aber ein paar Bilder von ihr habe ich natürlich.«

Sie zog ein Handy aus ihrer Handtasche und begann durch die Fotoalben zu scrollen.

Vielleicht habe ich mich ja getäuscht, hoffte ich. *Vielleicht ist das alles nur ein dummer Zufall und wir reden hier über ein ganz anderes Mädchen?*

Aber es wäre ein viel zu großer Zufall gewesen, und als Veronica Strach uns schließlich ein Bild von Vanessa zeigte, war meine Hoffnung dahin.

»Das ist das letzte Foto von ihr. Ich habe es noch im Sommer gemacht. Beim Geburtstag ihrer Brüder.«

Das Bild war nur wenige Meter von uns entfernt auf der Terrasse der Strachs aufgenommen worden. Dort, wo jetzt der Grill, die Gartenmöbel und der Sonnenschirm winterfest verpackt waren, saß Vanessa in der Sonne und schaute über einen Kuchenteller hinweg in die Kamera.

Ja, sie hatte verblüffende Ähnlichkeit mit Zoe. Aber anders als ihre Schwester trug Vanessa ihre blonden Haare lang, wodurch die Locken zum Vorschein kamen, die Zoe an sich nie hatte ausstehen können.

Auch hatte Vanessa einen ganz anderen Kleidungsstil. Sie schien mehr der Emo-Typ zu sein. Auf dem Bild trug sie eine zerrissene schwarze Jeans und ein ebenso schwarzes T-Shirt mit dem Aufdruck *WERD NICHT ERWACHSEN, ES IST EINE FALLE!*

Aber ihre Körperhaltung erinnerte an die von Zoe. Wachsam und aufrecht, die Schultern leicht nach vorn geneigt. Nur dass Vanessa im Gegensatz zu ihrer Zwillingsschwester ein viel zu ernstes Gesicht machte, was durch ihr dunkles Augen-Make-up noch zusätzlich betont wurde. Sehr viel Eyeliner und Kajal.

Kein einfacher Mensch.

Ja, das konnte man deutlich sehen. Selbst auf diesem Partyfoto wirkte Vanessa irgendwie zornig.

»Ich habe immer versucht, eine gute Mutter für sie zu sein«, sagte Veronica Strach. »Wir hatten sie adoptiert, wisst ihr, aber für mich war sie immer meine Tochter. Wir dachten lange, dass wir keine eigenen Kinder bekommen können, bis ich vor fast sieben Jahren plötzlich mit den Zwillingen schwanger wurde.«

»Wie hat Vanessa darauf reagiert?«, fragte ich, ohne den Blick von ihrem Foto abzuwenden.

»Sie war nicht sehr glücklich darüber«, sagte Veronica Strach traurig. »Offenbar hielt sie die Jungs für Konkurrenz. Dabei haben Rainer und ich uns immer bemüht, für alle gleich da zu sein. Aber Vanessa war eifersüchtig. Schon immer. Wenn sie nicht genügend Aufmerksamkeit bekam, wurde sie zornig. So war sie schon als kleines Kind.«

Sie seufzte und wischte sich eine Träne aus dem Augenwinkel. »Aber das erklärt noch lange nicht, warum sie ... es getan hat.«

Wieder rief der Junge nach seiner Mutter. Sie nickte ihm zu, dann schenkte sie uns ein schwaches Lächeln.

»Ich muss mich jetzt um meine Jungs kümmern. Danke, dass ihr gekommen seid. Ich glaube, Vanessa hätte sich sehr über euren Besuch gefreut.«

»Könnten Sie mir das Foto schicken?«, fragte ich. »Als Erinnerung.«

»Natürlich.«

Ich gab ihr meine Handynummer und nach einer kurzen Verabschiedung ging sie ins Haus.

Sascha und ich sahen ihr nach, beide verwirrt und schockiert.

»Sie hat ihrer Familie das Herz gebrochen«, sagte Walter Strach plötzlich. Er hatte während der Unterhaltung wie versteinert neben uns gestanden, die Hände in den Hosentaschen und den Blick auf seine Stiefel gerichtet.

»Ich habe früher bei der Bahn gearbeitet«, fuhr er mit kaum hörbarer Stimme fort. »Und ich habe ein paarmal sehen müssen, was nach so einem *Unfall* übrig bleibt. Das ist ein schlimmer Anblick, ein *sehr* schlimmer Anblick. Den bekommt man nicht mehr aus dem Kopf. Diese Leute denken nicht einen Moment daran, was sie ihren Angehörigen antun. Man hat

Vanessa nur noch an ihren Schuhen wiedererkannt. Mein Sohn und meine Schwiegertochter gehen seitdem regelmäßig zum Psychologen.«

»Ist es hier in der Nähe passiert?«, fragte Sascha.

Der Alte nickte. »Ja, in dieser gottverdammten Kurve unten am Wald. Da gehen sie alle hin, diese Verrückten! Wenn es nach mir ginge, hätte man da schon längst einen Zaun hochgezogen.«

Damit ließ er uns stehen und stapfte zu seinem Rechen zurück, ohne uns noch einmal anzusehen.

64.

Ich war völlig aufgelöst und verwirrt und musste erst einmal meine Gedanken ordnen. Vor allem aber musste ich den Ort sehen, an dem Vanessa angeblich gestorben war.

Wir fuhren zum Ortsrand und dann auf einem schmalen Forstweg am Wald entlang. Nach einigem Suchen fanden wir schließlich die Stelle, von der Walter Strach gesprochen hatte. Sie war unverkennbar, denn nicht weit neben den Gleisen hatte man vier kleine Gedenkkreuze aufgestellt. Im diffusen Licht der Abenddämmerung warfen sie lange Schatten, die wie riesige gespreizte Finger nach den Bahnschwellen zu greifen schienen.

Drei der Kreuze waren schon ziemlich verwittert, aber das vierte war neu. Auf dem Querbalken stand *VANESSA 2000 – 2018* und darunter flackerte ein rotes Grablicht.

Walter Strach hatte recht, die lang gezogene Schienenkurve führte um ein Waldstück mit dichten Tannen und war nicht einsehbar. Wenn man sich hier auf die Gleise stellte, wurde man vom Zugführer erst im allerletzten Moment gesehen – zu spät, um noch zu bremsen.

Nicht weit von den Kreuzen entfernt stand ein Warnschild. *Betreten der Gleise verboten.* Das große *LEBENSGEFAHR!* darunter wirkte fast schon wie ein böser Scherz.

»Das kann doch nicht sein«, murmelte ich. »Ich wusste ja, dass es einen Grund geben muss, warum ihre Familie sie nicht vermisst, aber doch nicht diesen. Ich dachte, sie wäre vielleicht ausgezogen oder hätte vorgegeben, dass sie verreist ist oder so etwas.«

Sascha trat neben mich, und wir starrten beide auf das Grablicht, in dem eine fast abgebrannte Kerze flackerte.

»Vanessa kann das nicht vorgetäuscht haben, Nikka. Das ist völlig unmöglich.«

»Und wenn doch?« Ich wusste, dass er recht hatte, aber ich wollte es einfach nicht wahrhaben.

»Denk doch mal nach«, sagte er ruhig. »Ihre eigenen Eltern haben sie identifiziert. Wie soll das denn sonst funktioniert haben?«

»Ja, schon. Aber ihr Großvater hat doch selbst gesagt, dass man sie nur noch an ihren Schuhen erkannt hat. Es wäre also möglich, dass es gar nicht sie war, sondern nur jemand mit ihren Schuhen.«

»Glaubst du etwa, sie hat einen auf Dr. Frankenstein gemacht und ein Mädchen auf dem Friedhof ausgebuddelt, um sie dann auf die Schienen zu legen?«

»Sascha, ich weiß nicht, *wie* sie es getan hat, aber die Leiche *muss* jemand anderes gewesen sein.«

Er sah mir fest in die Augen. »Es gäbe aber noch eine viel einfachere Erklärung und das weißt du auch.«

»Du meinst, dass sie es doch gewesen ist.«

Er nickte.

»Nein, Sascha. Das Mädchen, mit dem ich gesprochen habe, *war nicht Zoe*. Darauf schwöre ich dir jeden Eid! Und ich kann mir auch nicht vorstellen, dass sie eine Doppelgängerin ist. Nicht bei dieser Ähnlichkeit. Das ist absolut ausgeschlossen.«

Er schwieg für einen Moment, dann sagte er: »Okay, wenn du dir so sicher bist, müssen wir dieser Sache hier eben auf den Grund gehen.«

Ich starrte wieder auf Vanessas Kreuz und hatte das Gefühl, als würden wir uns im Kreis drehen. Ich war überzeugt, dass wir ganz dicht an die Wahrheit herangekommen waren. Aber irgendwie schien sie uns gleich wieder entschlüpft zu sein.

Die Dämmerung senkte sich auf uns herab und aus dem Rauschen des nahen Waldes hörte man den keckernden Ruf eines Vogels. Als ob er sich über uns lustig machte, weil uns unsere Suche in eine Sackgasse geführt hatte.

Nun mussten wir wieder von vorn beginnen. Allein der Gedanke schnürte mir die Kehle zu. Denn ich wusste, dass uns – dass Zoe – die Zeit davonlief.

IV.
ENTDECKUNGEN

65.

»Du bist ja schon früh auf«, sagte Ella, als sie am nächsten Morgen in die Küche kam. Für gewöhnlich war sie die Frühaufsteherin von uns beiden, aber heute war ich ihr um mehr als drei Stunden voraus.

Ich hatte eine weitere üble Nacht hinter mir. Weitere üble Albträume. In jedem davon hatte ich auf einem Bahngleis gestanden und wie gelähmt zusehen müssen, wie der Zug auf mich zuraste.

In einem der Träume hatte mich Sascha im letzten Moment zur Seite gerissen, aber in allen anderen Versionen hatte mich der Zug erwischt. Wieder und wieder.

Im letzten Traum hatte sich dann Vanessa zu mir auf die Gleise gestellt. Sie hatte mich finster angegrinst und gesagt: *Lass uns ein Geheimnis teilen.*

Was für ein Geheimnis?, hatte ich gefragt, und Veronica Strach, die neben den Kreuzen stand und uns zusah, sagte: *Es ist schön, dass Vanessa doch noch Freunde gefunden hat.*

Daraufhin war Vanessas Grinsen noch breiter geworden. *Die, die nichts anderes kennen, wissen das gar nicht zu schätzen.*

Dann hatte der Zug uns beide überrollt.

Als ich aus diesem Traum hochgeschreckt war, wollte ich auf keinen Fall wieder einschlafen. Also war ich aufgestanden und hatte mir um vier Uhr morgens Frühstück gemacht. Eine Riesenportion Rühreier und dazu vier Scheiben Marmeladentoast.

»Alles in Ordnung mit dir?«, fragte Ella nun und setzte sich mit einer Tasse Kaffee zu mir an den Küchentisch.

»Was? Oh ja, ich bin nur noch nicht ganz wach.«

»Dein Appetit scheinbar schon, und das ist gut so.« Sie lächelte. »Wie war denn euer Date gestern? Hattet ihr einen schönen Nachmittag?«

»Es war kein Date«, sagte ich und dachte: *Wenn ich dir doch nur die Wahrheit sagen könnte. Aber wahrscheinlich würdest du dann ausrasten.*

»Wirklich?« Sie zwinkerte mir zu. »Für mich sah es aber ganz danach aus. Ich freue mich, dass er dein Freund ist. So ein netter und aufmerksamer …«

»Er ist nicht mein Freund«, seufzte ich. »Er ist nur *ein* Freund.«

Sie bedachte mich mit einem weiteren Schmunzeln. »Wie ähnlich du doch deiner Mutter bist. Als sie damals deinen Vater kennengelernt hat, hat sie auch ständig behauptet, er sei nur …«

Das Läuten an der Tür rettete mich vor der Geschichte, die ich gefühlt schon hundertmal gehört hatte.

»Lass nur«, sagte Ella. »Ich gehe schon.«

Als sie kurz darauf mit Sascha zurück in die Küche kam, strahlte sie wie ein Honigkuchenpferd. *Mir kannst du doch nichts vormachen*, sagte ihre Miene.

Sosehr es mich freute, Sascha zu sehen, war ich doch überrascht. »Was machst du denn hier? Ich dachte, du musst heute arbeiten?«

Er rollte nervös mit den Augen. »Ich, ähm, habe heute freibekommen.«

Wieder huschte ein wissendes Lächeln über Ellas Gesicht. »Na, dann lasse ich euch mal allein. Ich muss ohnehin gleich los. Edith hat mich gebeten, ihr bei der Dekoration für einen Trauergottesdienst zu helfen. Es kann also etwas später werden.«

Edith Badtke war Ellas älteste Freundin. Sie kümmerte sich um die Kirche und das neue Pfarrhaus. Seit sie beim Brand des ehemaligen Gebäudes vor einigen Jahren verletzt worden war, ging ihr Ella zur Hand, und meistens endeten solche Tage mit einem gemeinsamen Abendessen der beiden Freundinnen.

Ella verabschiedete sich mit einem vielsagenden »Ich wünsche euch beiden einen wunderschönen Tag«, was bei Sascha mal wieder für einen hochroten Kopf sorgte, und verschwand aus der Küche.

»Du hast doch nicht wirklich frei?«, sagte ich, als wir allein waren.

»Nein, offiziell habe ich mir einen grippalen Infekt eingefangen. Macht gerade bei den Kollegen die Runde. Aber ich konnte nicht anders. Ich habe nämlich etwas gefunden, das ich dir sofort zeigen wollte.«

Er zog die aktuelle Ausgabe des Fahlenberger Boten aus seinem Rucksack und setzte sich zu mir. Dann blätterte er zum Regionalteil, schob mir die Zeitung hin und deutete auf einen kurzen Artikel in der Rubrik mit den Polizeiberichten.

»Hier, lies das mal.«

Es waren nur vier Zeilen, in denen es um einen schwarzen Seat Leon aus dem Landkreis Göppingen ging. Der Wagen stand seit fünf Wochen auf dem Pendlerparkplatz an der Schnellstraße und der Besitzer war nicht erreichbar. Die Polizei fragte deswegen nach Zeugen, die gesehen hatten, wer das Fahrzeug dort abgestellt hatte.

Ich runzelte die Stirn. »Und? Was ist daran so besonders?«

»Na ja, Geislingen gehört zum Landkreis Göppingen«, sagte Sascha. »Und das Auto steht seit *fünf Wochen* auf diesem Parkplatz. Das hat mich hellhörig werden lassen. Also habe ich einen Kumpel bei der Polizei angerufen.«

Ich sah ihn erschrocken an. »Du hast mit der Polizei gesprochen?«

Er hob beschwichtigend die Hände. »Keine Sorge! Natürlich habe ich ihm nichts von deinem Verdacht erzählt. Ich habe ihn nur gefragt, wem das Auto gehört.«

»Und das hat dir dein Kumpel einfach so gesagt?«

»Na ja, nicht einfach so, aber er war mir noch etwas schuldig.« Er grinste verlegen. »Du weißt schon, tue Gutes und erinnere die Leute ab und zu daran.«

»Ah ja.« Nun musste ich ebenfalls grinsen. Er war immer wieder für eine Überraschung gut. »Und wem gehört das Auto?«

»Einer Dreiundzwanzigjährigen. Ihr Name ist Gabi Neumann. Und dreimal darfst du raten, wo sie wohnt.«

»In Geislingen.«

Er hob einen Daumen. »Die Kandidatin hat die volle Punktzahl. Also habe ich bei ihr angerufen.«

»Und was hat sie gesagt?«

»Nichts. Sie ist nicht rangegangen. Den ganzen Morgen nicht.«

»Vielleicht ist sie ja bei der Arbeit?«

»Möglich. Interessant ist nur, warum ihr Auto dann so lange schon in Fahlenberg steht und warum sich jetzt die Polizei dafür interessiert.«

»Wow! Das kann kein Zufall sein.«

»Das sehe ich auch so.« Er zog seinen Autoschlüssel aus der Hosentasche und ließ ihn demonstrativ aufklappen. »Ich denke, wir sollten heute einen zweiten Ausflug nach Geislingen machen.«

66.

Früher hatte ich immer geglaubt, wenn man eine Strecke zum zweiten Mal fährt, käme sie einem kürzer vor. Meistens stimmte das ja auch, weil man Orientierungspunkte hatte, an denen man erkannte, wie weit es noch war. Aber diesmal war ich so aufgeregt, dass mir die Fahrt ewig schien.

Während wir fuhren, schwirrten mir unzählige Fragen durch den Kopf. Ich konnte mir noch keinen Reim darauf machen, wie das alles zusammenpassen sollte. Vor allem fragte ich mich, welche Rolle Gabi Neumann in dem Ganzen spielte.

Sascha versuchte immer wieder, mich aus meiner nachdenklichen Schweigsamkeit zu locken. Er erzählte von seinem Dad, der Tierarzt war, und davon, wie ihm einmal ein Rudel Dalmatinerwelpen ausgebüxt war und die Praxis auf den Kopf gestellt hatte.

Er lachte dabei und auch ich musste immer wieder schmunzeln. Es war wirklich witzig, wie er jedes Detail so lebendig schilderte. Aber ich spürte auch, dass das nur ein Ablenkungsmanöver war. Insgeheim schienen ihn dieselben Fragen und Gedanken zu beschäftigen wie mich.

Als wir ungefähr auf halber Strecke waren, vibrierte mein

Handy. Es war eine Nachricht von Veronica Strach. Nur zwei Sätze:

> Nochmals vielen Dank für euren Besuch. Es ist schön zu wissen, dass Vanessa dich zur Freundin hatte.

Sofort versetzte mir mein schlechtes Gewissen einen Stich. Ich hatte Vanessas Mom angelogen und sie hatte Trost aus meiner Lüge geschöpft. Ob eine erfundene Wahrheit manchmal vielleicht besser war als die tatsächliche Wahrheit?

Mit der Nachricht hatte sie mir das versprochene Foto von Vanessa geschickt und noch zwei weitere Bilder angehängt. Es waren Kinderfotos. Mir stockte der Atem. Es war unfassbar, wie ähnlich Vanessa ihrer Schwester auf diesen Fotos sah. Es hätten ebenso gut Bilder aus Zoes Album sein können.

Die Stimme des Navis holte mich aus meinen Gedanken. Nun war es nicht mehr weit.

Ich erschrak, als ich einen flüchtigen Blick in den Rückspiegel warf und einen schwachen dunklen Umriss auf dem Rücksitz erkannte. Ich wandte mich um, aber meine dunkle Begleiterin war kaum zu sehen. Es schien, als würde der Schatten von Tag zu Tag noch schwächer werden.

Saschas Radio spielte gerade Linkin Park. *Nobody Can Save Me.*

Ich hoffte, dass das kein Zeichen war.

67.

Die Wohnung von Gabi Neumann befand sich im ersten Stock eines älteren Mehrfamilienhauses. Um sicherzugehen, dass sie wirklich nicht zu Hause war, klingelten wir einige Male. Wie erwartet reagierte niemand. Dann versuchten wir unser Glück bei ihrem Nachbarn. Auch dort öffnete niemand, also drückte ich den Klingelknopf mit der Aufschrift *H. Lembke (Hausmeister).* Gleich darauf ertönte der Summton des Türöffners.

Sascha und ich sahen uns einen Moment an, dann nickte er mir aufmunternd zu, und wir betraten das Treppenhaus.

Am oberen Ende erwartete uns ein älterer Mann. Er hatte ein dickes Buch unter den Arm geklemmt und sah uns neugierig über den Rand seiner Lesebrille an.

»Hallo ihr beiden. Wollt ihr zu mir?«

Er musste um die siebzig sein und trug das, was Ella immer als die *klassische Rentneruniform* bezeichnete: eine bequeme Stoffhose und einen Rollkragenpullover mit einer Strickweste darüber. Wie um Ellas Klischeebild abzurunden, steckten seine Füße in braunen Cordpantoffeln.

»Eigentlich möchten wir zu Frau Neumann«, sagte ich.

»Die ist im Urlaub.« Er sah Sascha an und wirkte irgendwie überrascht. »Sag mal, bist du Gabis Neffe?«

Sascha stutzte kurz, dann sagte er wie aus der Pistole geschossen: »Ich bin Sascha.«

»Sascha«, wiederholte Herr Lembke und schien für einen Moment zu überlegen. Er nahm seine Lesebrille ab und steckte sie in die Brusttasche seiner Weste. »Na, dann hab ich mir wohl den falschen Namen gemerkt. Jedenfalls tut es mir leid, deine Tante ist nicht da. Aber das weißt du ja bestimmt. Kommt ihr wegen ihres Autos?«

»Genau«, erwiderte Sascha, und wir wechselten einen schnellen Blick. Dieses Mal war es also an ihm, eine überzeugende Geschichte zu erfinden.

Bis jetzt schlug er sich nicht schlecht, er hatte nicht einmal gelogen. Herr Lembke lieferte ihm ja auch eine regelrechte Steilvorlage.

»Mann, das ist ja wohl ein Ding, was?«, sagte der Alte. »Klauen ihr einfach das Auto für eine Spritztour! Was ist das nur für eine verrückte Welt? Das habe ich gestern auch der Polizei gesagt. Also, dass die Welt verrückt wird, meine ich. Man kann sich nirgendwo mehr sicher fühlen. Früher war das nicht so.«

Er seufzte und schüttelte dabei den Kopf. »Aber sag mal, geht es Gabi denn gut? Sie geht nämlich nicht an ihr Handy. Ich habe es schon ein paar Mal bei ihr probiert.«

»Sie muss es bei ihrer Abreise in der Hektik im Auto vergessen haben«, sagte Sascha und klang sehr überzeugend. »Sie wissen ja, wie sie ist.«

Herr Lembke lachte. »Oh ja, die Gabi. Immer beschäftigt. Na, ihr Handy wird sie dann wohl abschreiben können. Das haben diese Halunken bestimmt mitgehen lassen. Aber sagt, wie kann ich euch helfen?«

»Wir müssten kurz in ihre Wohnung«, sagte Sascha, als sei

es das Natürlichste der Welt. »Wegen der Fahrzeugpapiere. Die brauchen wir für die Polizei.«

»Na, das hätten die mir ja gestern auch schon sagen können«, sagte Herr Lembke. »Dann hättet ihr nicht extra herkommen müssen. Ich hab ja einen Zweitschlüssel für alle Wohnungen, falls mal etwas ist, und bei Gabi auch wegen der Blumen und der Post und so. Das mache ich für ein paar Leute hier. Ich bin nämlich der Hausmeister, wisst ihr?«

Sascha nickte. »Ja, das stand auf Ihrem Klingelschild.«

»Ha, ein wachsames Auge!« Herr Lembke lachte und zwinkerte uns zu. »Dann hole ich mal den Schlüssel. Schließlich wollt ihr bestimmt nicht den ganzen Tag mit einem einsamen alten Wittwer plaudern, was?«

Er schlurfte in seine Wohnung, aus der der Duft nach frischem Kaffee auf den Gang heraus drang. Wir schauten ihm hinterher, und ich staunte nicht schlecht, als ich sah, dass sein kurzer Flur mit deckenhohen Bücherregalen gesäumt war. Das hatte ich noch nie bei jemandem gesehen. Wie viele Bücher mochten sich dann wohl erst in seinen Zimmern stapeln?

»Wo ist Gabi eigentlich hin?«, fragte Herr Lembke, als er gleich darauf mit dem Schlüssel in der Hand zurückkam. »Auf ihrem Zettel stand nur, dass sie für ein paar Wochen unterwegs sei. Ist ja eigentlich nicht so ihre Art, aber das geht mich ja nichts an.«

Sascha runzelte die Stirn und schien sich ein passendes Reiseziel zu überlegen. Doch offenbar fiel ihm nichts ein, also entgegnete ich schnell: »Sie ist in Kolumbien.«

Der Kaffeegeruch hatte mich darauf gebracht.

»Kolumbien also«, sagte Lembke. »Na, das ist aber ganz schön weit weg. Bleibt sie da noch länger?«

»Wissen wir nicht«, sagte Sascha, und er schien ebenso froh

zu sein wie ich gestern, zwischendurch bei der Wahrheit bleiben zu können.

»Ach, sie hat schon recht«, sagte der Alte. »Man muss reisen, solange man jung ist. Darüber lesen kann man dann in meinem Alter. Außerdem wird es ihr guttun und sie auf andere Gedanken bringen. Seit das mit ihrem Freund auseinandergegangen ist, sah sie gar nicht gut aus. Wisst ihr, einen Tag vor ihrer Abreise hat sie nicht mal mehr die Tür aufgemacht, als der Postbote da gewesen ist. Wollte wohl niemanden sehen, die Ärmste. Erst nachts habe ich gehört, wie sie das Päckchen reingeholt hat. Diese alte Burg hier ist ziemlich hellhörig, müsst ihr wissen.«

Diese Information ließ mich aufhorchen. *Vielleicht hat er ja gar nicht Gabi Neumann gehört*, schoss es mir durch den Kopf. Oder warum sonst sollte sie ihre Post erst mitten in der Nacht reinholen?

»Wann haben Sie sie denn das letzte Mal gesehen?«

Herr Lembke legte die Stirn in Falten. »Hm, ich glaube, das war so drei oder vier Tage, bevor sie verreist ist. Wie gesagt, sie war in letzter Zeit nicht besonders leutselig. Andernfalls hätte sie mir auch bestimmt nicht nur diesen nichtssagenden Zettel hinterlassen.«

Er ging an uns vorbei zu Gabi Neumanns Wohnungstür und schloss auf.

Ich warf Sascha einen schnellen Blick zu und er verstand.

»Sagen Sie mal, Herr Lembke, der alte Mercedes da unten vor dem Haus, ist das Ihrer?«

»Der ist dir aufgefallen?« Der Hausmeister strahlte. »Ja, das ist meiner. Ein 200 D. Den habe ich 1971 fabrikneu gekauft. Hat mich bis heute nie im Stich gelassen, das gute Stück. Das war eben noch richtige Wertarbeit.«

Ich hätte Sascha am liebsten umarmt. Er wusste einfach, wie man Menschen für sich gewinnen konnte.

So unauffällig wie möglich schlüpfte ich an den beiden vorbei in Gabi Neumanns Wohnung. Es waren nur drei Türen, die von dem kleinen Flur abgingen, aber mir würde dennoch nicht genug Zeit bleiben, mich überall umzusehen. Nicht, wenn wir Herrn Lembke nicht misstrauisch machen wollten.

Gabi Neumann schien eine ordnungsliebende Person zu sein. Das kleine Wohnzimmer war gemütlich möbliert und so aufgeräumt, als sei es eine Fotovorlage für den Ikea-Katalog. In der Küche sah es nicht anders aus. Auch hier war alles sauber und ordentlich.

Umso mehr stachen die leeren Fertiggerichtpackungen auf dem Spülbecken aus dem ordentlichen Bild. Sie passten auch nicht zu den Kochbüchern über vegetarische Ernährung und gesundes Kochen in dem Regal neben dem Herd.

Am Kühlschrank fiel mir ein weißes Papierrechteck auf, das von einem herzförmigen Magnet gehalten wurde. Ich besah es mir näher und stellte fest, dass es ein Foto war. Jemand hatte es umgedreht.

Ich musste schlucken, als ich die junge Frau auf dem Selfie sah. Sie trug Wanderkleidung und schmiegte sich vor einer idyllischen Bergkulisse an einen gut aussehenden Mann, der einige Jahre älter wirkte als sie.

Mein Herz schlug schneller. Das also war Gabi Neumann. Eine sympathische junge Frau, groß und mit langen blonden Haaren. Mit etwas Fantasie sah sie Zoe und Vanessa sogar ähnlich, auch wenn sie breiter in den Hüften war und ihr Gesicht eine rundere Form hatte.

In meiner Erinnerung hörte ich Walter Strachs Worte.

Das ist ein schlimmer Anblick …

... nur noch an ihren Schuhen wiedererkannt ...

... ein sehr *schlimmer Anblick.*

Ich starrte auf das Foto und mich überlief ein Schauer. Ich begann so sehr zu zittern, dass ich mich an der Küchenzeile festhalten musste.

Für einige Sekunden glaubte ich, in einem weiteren schlimmen Albtraum festzustecken, aber dann holte mich Saschas Lachen, das aus dem Treppenhaus hereindrang, in die Realität zurück. Es klang ein wenig zu laut und wirkte ziemlich aufgesetzt. Lange würde er den Hausmeister wohl nicht mehr hinhalten können.

Ich riss mich zusammen und sah mich weiter um. Schließlich entdeckte ich das Paket, das Herr Lembke vorhin erwähnt hatte. Es stand neben der Küchenzeile auf einem kleinen Zweieresstisch. Daneben war die Post der vergangenen Wochen säuberlich aufgestapelt worden.

Der unscheinbare Karton stand offen. Ich sah hinein und fand darin nur einige Streifen Luftpolsterfolie und eine Rechnung.

Der Absender war eine Logistikfirma aus Bochum und die Adressatin war Gabi Neumann.

Als ich las, was das Paket enthalten hatte, stockte mir vollends der Atem. Nun begriff ich, was geschehen sein musste. Die Erkenntnis traf mich so heftig, dass sich für einen Moment die Welt um mich zu drehen schien.

Hast du denn etwas anderes erwartet?, fragte mein inneres Ich. *Das ist doch genau das, was du schon längst vermutet hattest, oder?*

»He, junge Frau«, hörte ich Herrn Lembke aus dem Gang rufen. »Hast du gefunden, was ihr braucht?«

Oh ja, das hatte ich. Mehr, als mir lieb war.

Rasch faltete ich die Rechnung zusammen und schob sie in meine Jackentasche.

Bevor ich zu den beiden zurückging, atmete ich tief durch wie vor einem Sprung vom Zehnmeterbrett und versuchte mich etwas zu beruhigen. Aber es fiel mir schwer, mein Entsetzen zu verbergen.

68.

Mein Herz hämmerte noch immer wie wild, als ich wieder neben Sascha im Auto saß und wir schon auf dem Rückweg waren. Sascha wollte wissen, was ich in der Wohnung entdeckt hatte, aber ich konnte einfach nicht darüber reden – jedenfalls nicht gleich. Mir rannen die Tränen übers Gesicht, und es fühlte sich an, als stünde ich unter Schock. Ich musste mich erst beruhigen, das Chaos in mir ordnen.

Sascha verstand und ließ mir Zeit. Er bedrängte mich nicht und dafür war ich ihm unglaublich dankbar.

Als wir etwa die Hälfte der Strecke schweigend zurückgelegt hatten, bat ich ihn, an einer Raststätte zu halten. Wir fuhren auf den Parkplatz, hielten in einigem Abstand zu den anderen Fahrzeugen und stiegen aus.

Der Himmel war grau und wolkenverhangen und ich sog die kalte Herbstluft in meine Lungen. Hinter uns strömte der Verkehr über die Autobahn. Es war ein lebendiges Geräusch, aber in diesem Augenblick hörte es sich weit entfernt und unwirklich an.

Schließlich hatte ich mich wieder genug im Griff, um das in Worte zu fassen, was ich in der Wohnung herausgefunden hatte. Noch immer zitternd zog ich die zusammengefaltete

Rechnung aus meiner Jacke und hielt sie ihm hin. Sascha entfaltete das Papier, warf einen Blick darauf und pfiff durch die Zähne.

»Gamma-Butyrolacton«, las er laut, und ich nickte.

»Jemand hat einen Liter davon bestellt und mit Gabi Neumanns Kreditkarte bezahlt. Und ich glaube nicht, dass es Gabi Neumann war.«

Saschas Augen weiteten sich. »Shit! Dann bedeutet das ja ...«

»Dass Vanessa sie umgebracht hat«, vollendete ich seinen Satz. »Ja, es kann nur so gewesen sein. Sie hat sich bei Gabi Neumann eingenistet und das GBL an ihre Adresse bestellt. Als sie es hatte, ist sie mit Gabis Wagen nach Fahlenberg gefahren. Dem Hausmeister hat sie einen Zettel hinterlassen, damit niemand Verdacht schöpfen würde.«

»Aber wie ...«

»Ich weiß nicht, wie sie es genau gemacht hat, aber Gabi Neumann sah ihr ähnlich. Nicht sehr, aber sie war groß und hatte ebenfalls lange blonde Haare. Und wenn sie wirklich von einem ICE erwischt wurde ...«

»Hör auf!« Er hob die Hände und verzog angewidert das Gesicht. »Ich kann es mir vorstellen.«

Wir schwiegen. Über uns zog eine Schar Wildgänse vorbei. Trotz des Straßenlärms konnte ich ihr Geschnatter hören.

»Ich muss herausfinden, warum Vanessa das alles tut«, sagte ich schließlich.

»Stopp mal!« Sascha stellte sich vor mich und sah mich eindringlich an. »Du wirst gar nichts mehr tun, hörst du? Du wirst das jetzt der Polizei melden.«

»Nein, auf gar keinen Fall! Nicht, solange sie Zoe hat. Wenn wir jetzt die Polizei alarmieren, wird Vanessa uns niemals sagen, wo sie ist.«

»Aber was willst du denn machen?«

Ich seufzte und beobachtete meine Atemwolke. Sie war fein und kaum sichtbar. Genau wie Zoes Schatten, der sich keine zehn Meter von uns entfernt vor einem roten Lkw-Anhänger abzeichnete.

»Ich weiß es noch nicht«, sagte ich. »Aber auf keinen Fall werde ich Zoe noch weiter in Gefahr bringen. Wenn Vanessa dichtmacht, ist Zoe verloren.«

»Sofern sie überhaupt noch lebt.«

Ich sah ihn erschrocken an, aber er nickte ernst.

»Sorry, Nikka, aber lass uns realistisch sein. Diese durchgeknallte Tussi hat versucht, dich umzubringen, oder hast du das schon vergessen? Und wenn sie tatsächlich auch diese Gabi Neumann auf dem Gewissen hat, warum sollte sie dann vor Zoe haltmachen?«

»Na, weil sie ihre Schwester ist! Und was auch immer sie für einen Grund für all das zu haben glaubt, kann ich mir einfach nicht vorstellen, dass sie Zoe töten will.«

»Okay, vielleicht hast du recht, und sie will es nicht. Aber was ist, wenn sie es trotzdem schon getan hat, weil sie vielleicht keinen anderen Ausweg gesehen hat?«

Seine Frage bohrte sich wie ein Stachel in meine Brust, aber ich ließ diesen Gedanken nicht zu. Auf gar keinen Fall würde ich Zoe aufgeben.

»Ich werde mit Vanessa reden«, sagte ich.

Sascha riss die Augen so weit auf, dass sie ihm fast aus dem Kopf zu fallen drohten. »Du wirst *was*?«

»Ich werde sie direkt fragen, wo Zoe ist.«

»Bist du denn noch ganz dicht?«

»Sascha, überleg doch mal! Vanessa war bei mir. Sie will mir irgendetwas mitteilen. Bis jetzt konnte sie nicht Klartext reden, weil sie ihre Maskerade aufrechterhalten muss. Aber das wird sich ändern, wenn sie merkt, dass ich über alles Bescheid weiß.«

Er schüttelte heftig den Kopf. »Nikka, wenn das alles wirklich stimmt, dann ist sie eine durchgeknallte Mörderin! Mit der kannst du nicht logisch reden. Das wäre ungefähr so, als würdest du Hannibal Lecter überzeugen wollen, Vegetarier zu werden.«

»Sie ist doch keine gottverdammte Romanfigur! Sie ist ein Mensch wie du und ich.«

Er sah mich trotzig an. »Nur dass du und ich noch nie jemanden umgebracht haben, oder? Ich jedenfalls nicht!«

Ein Sattelschlepper dröhnte an uns vorbei und hielt neben dem Lastwagen mit der roten Anhängerplane. Noch immer sah ich dort Zoes Schatten, als würde sie unsere Unterhaltung beobachten.

»Wir wissen doch gar nicht sicher, ob sie Gabi Neumann wirklich umgebracht hat«, sagte ich, nachdem der Motor des Sattelschleppers verstummt war.

Sascha fuhr sich nervös durch die Haare. »Aber du hast doch selbst gesagt ...«

»Dass es danach *aussieht*, ja. Aber wirklich *wissen* werde ich es erst, wenn ich mit Vanessa gesprochen habe. Ich will wissen, warum sie das alles getan hat, und vor allem muss sie mir sagen, wo Zoe ist.«

Er senkte den Blick und trommelte mit den Fingern auf dem Autodach. Dann sah er mich wieder an. »Also gut, dann reden wir mit ihr.«

»Nein, Sascha. Ich muss das alleine machen.«

»Du glaubst doch nicht wirklich, ich lasse dich mit dieser Irren allein?«

»Es geht nicht anders. Wenn du dabei bist, wird sie sich bedrängt fühlen. Dann rückt sie gar nichts raus.«

»Aber ...«

»Vertrau mir, ich kann schon auf mich aufpassen.«

Er gab einen resignierten Seufzer von sich. »Nikka, das gefällt mir nicht. Das gefällt mir absolut nicht.«

»Mir auch nicht, das kannst du mir glauben. Aber ich sehe einfach keine andere Möglichkeit.«

Wir starrten uns eine Weile über seinen Wagen hinweg an und ich sah die Angst in seinem Blick.

Und ich war mir sicher, dass er in meinen Augen etwas ganz Ähnliches sah.

69.

Als ich wieder zu Hause war, stellte ich mich unter die Dusche und versuchte, das Bild von Gabi Neumann aus dem Kopf zu bekommen. Es verfolgte mich wie ein hässlicher Spuk. Statt des romantischen Selfies mit ihrem Ex sah ich ständig ihren verunstalteten Körper vor mir. Das, was der Schnellzug von ihr übrig gelassen hatte.

Ich hatte es nicht selbst gesehen, aber das Bild war trotzdem da. Ich konnte nichts dagegen tun. Es war, als hätte es sich in meine Gedanken eingebrannt.

War es Vanessa ebenso ergangen? Hatte sie deshalb das Foto am Kühlschrank umgedreht? Weil sie nicht ertragen konnte, was sie getan hatte?

Wieder hallten Walter Strachs Worte in mir nach, wie ein böses Echo. *Das ist ein schlimmer Anblick, ein* sehr *schlimmer Anblick.*

Ich schaltete das kleine Radio neben dem Spiegel ein, um seine Stimme in meinem Kopf zu übertönen. Ein Sender spielte HIM und ich drehte die Lautstärke voll auf. Während *Join Me* durchs Bad dröhnte, rubbelte ich mir die Haare mit einem Handtuch trocken und starrte auf mein Handy.

Du vertrödelst wertvolle Zeit, Feigling, schien mir das

schwarze Display zu sagen. Und verdammt noch mal, das stimmte ja auch. Wenn ich Zoe helfen wollte, musste ich mich Vanessa stellen. Meine Angst vor dieser Begegnung brachte mich keinen Schritt weiter.

Schließlich endete das Lied und ging in einen Werbespot über. Eine Männerstimme sagte: »Rufen Sie noch heute an! Lassen Sie sich diese letzte Gelegenheit nicht entgehen.«

Ich zuckte zusammen, als hätte er tatsächlich mich gemeint. Dann schnappte ich meine Sachen, zog mich hastig an und ging in mein Zimmer.

Ich setzte mich aufs Bett, nahm allen Mut zusammen und rief bei den Wagners an. Unter der Festnetznummer meldete sich nur der Anrufbeantworter. Ich versuchte es mehrere Male, ohne eine Nachricht zu hinterlassen, dann gab ich auf.

Für einige Sekunden kreiste mein Finger über Zoes Handynummer in meinem Kontaktverzeichnis. Aber die Vorstellung, dass Vanessa sich mit Zoes Namen melden würde, ließ mich schaudern. Außerdem lag Zoes Handy wahrscheinlich sowieso noch bei der Polizei. Mir blieb also nichts anderes übrig, als das Handy von Zoes Mom anzurufen.

Maria Wagner meldete sich nach dem zweiten Klingeln.

»Ja, hallo?«

Ich musste schlucken, dann sagte ich: »Hallo Frau Wagner, hier ist Nikka.«

»Was willst du?«

Ihre Stimme klang kühl und verursachte mir eine Gänsehaut. Als sei all das, was uns über viele Jahre verbunden hatte, plötzlich unter einer dicken Eisschicht begraben.

»Nun, ich … ich möchte mich entschuldigen. Ich habe mich neulich ziemlich danebenbenommen und es tut mir leid.«

Auf der anderen Seite war ein scharfes Einatmen zu hören.

»Verdammt richtig, dass es dir leidtut! Du hast unserer Tochter Angst gemacht.«

»Das wollte ich nicht.«

»Oh doch, Nikka, genau das wolltest du!«

Mir stiegen die Tränen in die Augen, teils vor Traurigkeit, aber vor allem vor Wut. Natürlich hatte sie recht, aber ich konnte ihr mein Verhalten nicht erklären. Sie würde mir nicht glauben, ganz gleich, was ich ihr erzählte.

»Ich werde jetzt auflegen«, sagte sie scharf. »Ruf hier nicht mehr an!«

»Bitte warten Sie! Es tut mir ehrlich leid. Ich war wirklich durcheinander. Es war einfach alles zu viel für mich. Und dabei habe ich völlig vergessen, dass es Ihnen doch genauso gehen muss.«

Sie schwieg einen Moment und ich hörte ihr unterdrücktes Schluchzen. »Wie konntest du Zoe das nur antun? Sie war doch deine beste Freundin!«

Mein Herz zog sich zusammen. Sie sprach in der Vergangenheitsform und wollte mir offenbar keinerlei Chance geben. Für sie war ich nun zu einer Gefahr geworden, zu jemandem, der ihrer Familie, ihrer Tochter schaden wollte. Und ich kannte sie gut genug, um zu wissen, dass sie das niemals zulassen würde.

Wenn sie doch nur begreifen könnte, wie sehr sie sich irrt!

»Sie ist es immer noch«, sagte ich. »Bitte, lassen Sie mich mit ihr sprechen. Ich möchte ihr nur sagen, wie sehr es mir leidtut.«

Kurzes Zögern. »Nein, Nikka, das halte ich für keine gute …«

Eine Stimme aus dem Hintergrund unterbrach sie. Es klang wie Zoe, aber es war Vanessa.

Aus dem Hörer drang ein Rascheln, als ob Maria Wagner

ihr Handy gegen die Brust drückte. Mehrere Sekunden vergingen, in denen ich nur gedämpfte Stimmen hörte. Sie schien mit Vanessa zu diskutieren.

Ich wartete angespannt. Schließlich wurde der Ton wieder klar. Ich hörte ein Knacken und dann Vanessas Stimme.

»Hi Nikka.«

Ich spürte, wie sich die Härchen in meinem Nacken aufstellten. Wie ähnlich ihre Stimmen doch waren. Kein Wunder, dass selbst Zoes Mom den Unterschied nicht bemerkte.

»Hi«, sagte ich.

»Meine Mom sagt, du willst dich bei mir entschuldigen?«

Sie ist nicht deine Mom!, schrie alles in mir.

»Ja.«

Ich ballte meine freie Hand zur Faust. Es kostete mich unglaubliche Kraft, mich zu beherrschen. »Ich bin nach allem, was passiert ist, wohl ziemlich aus der Spur gewesen. Tut mir leid.«

»Schon vergessen.«

Sie hörte sich an, als würde sie lächeln, und das machte mich nur noch wütender. Lange würde ich dieses Theater nicht mehr durchhalten können. Ich presste meine Faust so fest zusammen, dass sich meine Nägel in den Handballen bohrten, und rang mir einen ebenso freundlichen und lockeren Tonfall ab.

»Danke, ich hatte schon Angst, dass ich meine beste Freundin verliere.«

»Ach Unsinn, da haben wir doch schon ganz andere Dinge hinter uns, was?«

Als ob du das wüsstest.

»Stimmt«, sagte ich. »Wollen wir uns bald mal wieder sehen? Du fehlst mir.«

»Das wäre schön.« Ich konnte förmlich hören, wie sie von einem Ohr zum anderen strahlte. »Warte mal kurz, ich gehe in ein anderes Zimmer.«

Ich hörte Schritte, dann wurde eine Tür geschlossen, und schließlich meldete sich Vanessas gedämpfte Stimme wieder.

»Sorry, meine Mom hat zugehört.«

»Kein Problem«, sagte ich. »Sie ist wohl noch ganz schön sauer, was?«

Vanessa lachte. »Ach, die beruhigt sich schon wieder. Aber bis dahin sollten wir uns besser woanders treffen. Irgendwo, wo wir unter uns sind.«

Nun war es also so weit.

»Okay. Wie wär's mit unserem Lieblingsplatz?«

»Gute Idee. Kannst du morgen Vormittag? So um zehn? Da haben Mom und Dad ein paar Kundentermine. Gibt wohl einiges nachzuholen, jetzt, wo uns diese Pressetypen endlich wieder in Ruhe lassen.«

»Ja, morgen um zehn ist okay.«

»Super! Also bis dann. Ich mache jetzt besser Schluss, bevor es noch mehr Ärger gibt.«

»Klar. Wir sehen uns dann morgen.«

Sie legte auf und ich starrte verdutzt auf mein Handy.

Woher wusste sie, welchen Platz ich meinte?

Sie hatte nicht nachgefragt, dabei war unser Lieblingsort doch ein Geheimnis zwischen Zoe und mir.

Hätte ich den schemenhaften Umriss meiner dunklen Begleiterin nicht ganz dicht neben mir gesehen, hätte ich jetzt wieder an meinem Verstand gezweifelt.

V.
KEIN ZURÜCK

70.

Am nächsten Morgen fühlte ich mich wie unter Strom. Ständig sah ich auf die Uhr, und je weiter die Zeit voranschritt, desto aufgeregter wurde ich.

Ella glaubte, ich würde mich wieder mit Sascha treffen und dass ich deswegen so aufgekratzt sei.

Wie gerne hätte ich ihr die Wahrheit erzählt, ihr gesagt, dass ich im Begriff war, mich mit einer Mörderin zu treffen. Mit *meiner* Mörderin, die noch immer meine beste Freundin in ihrer Gewalt hatte.

Aber ich durfte Zoe nicht gefährden. Solange ich Vanessas Plan nicht kannte, war ich zum Schweigen verdammt.

Also ging ich auf die lockere Unterhaltung mit Ella ein, was mich gewaltige Überwindung kostete. Ich tat, als sei alles in bester Ordnung, obwohl mich meine innere Anspannung fast zerriss.

Um kurz vor halb zehn machte ich mich schließlich auf den Weg. Ich steckte die Dose Pfefferspray in meine Jackentasche, die ich immer dabeihatte, wenn ich allein im Dunkeln vom Schwimmtraining nach Hause ging, und hinterließ ein Kuvert auf meinem Bett. Falls ich nicht zurückkehren sollte, wollte ich, dass Ella den Grund dafür kannte.

Den Brief hatte ich am frühen Morgen geschrieben, nachdem ich eine weitere unruhige Nacht hinter mich gebracht hatte. Beim Schreiben hatte ich geweint und immer wieder zu dem fahlen Umriss gesehen, der sich dicht neben mir an der Wand abgezeichnet hatte – so schwach, dass ich sie kaum noch erkennen konnte.

Weil Zoes Zeit fast abgelaufen war.

71.

Als ich den Waldparkplatz erreichte, war ich völlig außer Atem, und meine Rippen taten mir weh. Doch die Aufregung pumpte so viel Adrenalin durch meinen Körper, dass ich die Schmerzen kaum wahrnahm.

Ich stieg vom Rad und sah mich um. Kein Auto und kein Mensch weit und breit.

Die Luft war kühl und erfüllt von dem schweren feuchten Herbstgeruch nach faulem Laub und Pilzen. Hier, abseits der Straße, war es still. Alles, was ich hörte, war das Rauschen der hohen Tannen im Novemberwind und das entfernte Hämmern eines Spechts.

Nicht weit von mir entfernt knackte und raschelte es im Unterholz, aber es war nur irgendein Tier. Ich hatte es wohl durch meine Anwesenheit gestört und nun ergriff es die Flucht.

Langsam ging ich den Waldweg entlang und war nicht sonderlich überrascht, als ich schließlich Zoes roten Motorroller entdeckte. Er stand bei einem Holzstapel am Wegrand.

Daneben saß Vanessa auf einem umgestürzten Baumstamm. Ich hatte mir schon gedacht, dass sie vor mir hier sein würde, um das Terrain zu checken.

Sie trug Zoes blaue Windjacke und dunkle Jeans. Hätte ich

es nicht besser gewusst, hätte ich wirklich geglaubt, dass Zoe mich dort erwartete. Wieder ließ mich diese Ähnlichkeit schaudern.

Aber es war nicht Zoe, denn das hier war nicht der Platz, an dem sie auf mich gewartet hätte. Vanessa schien inzwischen einiges über uns zu wissen, aber eben doch nicht alles.

Als sie mich auf sich zukommen sah, stand sie lächelnd auf und kam mir mit zwei Pappbechern entgegen.

Jetzt sind wir also unter uns, dachte ich. *Ich und meine Mörderin.*

»Hi Nikka, du bist aber superpünktlich!«

»Du ja auch«, sagte ich und musste mich anstrengen, eine frische Welle der Wut im Griff zu behalten. Vanessa schien in bester Stimmung zu sein und das machte mich erst recht fuchsteufelswild.

»Hier.« Sie hielt mir einen der Becher hin und grinste. »Magst du einen Früchtetee?«

Für einen Augenblick maßen wir uns mit Blicken, dann wurde ihr Grinsen breiter.

»Hey, ich hab doch nur Spaß gemacht! Das ist der Milchkaffee von der Tankstelle. Wie immer.«

»Wie immer, soso.«

Ich starrte auf den Becher, der mir auf unheimliche Weise vertraut war. Woher, zum Teufel, wusste sie, dass Zoe zu unseren Treffen oft Milchkaffee mitbrachte?

»Und ist es denn wirklich nur Kaffee?«

Vanessa nahm einen Schluck davon und hielt mir den Becher wieder hin. »Ist schon ein bisschen kalt geworden, aber er schmeckt immer noch.«

»Ich denke, das reicht jetzt«, sagte ich, ohne darauf einzugehen. »Ich habe zwar keine Ahnung, woher du das alles über

Zoe und mich weißt, aber lass uns jetzt bitte mit dem Theater aufhören.«

»Was für ein Theater denn?«

Sie schaute mich unschuldig an, als würde sie sich über meine Worte wundern, aber ein Funkeln in ihren Augen verriet sie.

»Lass es einfach sein, okay? Ich weiß, wer du wirklich bist, Vanessa.«

Sofort verschwand das Grinsen aus ihrem Gesicht. Für einige Augenblicke schwiegen wir erneut und sahen uns nur an. Es war wie bei dem Spiel, das Zoe und ich als Kinder gespielt hatten: Wer hielt es länger aus, ohne zu blinzeln? Nur dass es bei Vanessa und mir nicht in Gelächter endete.

Schließlich zog sie ihren ausgestreckten Arm mit dem Kaffeebecher zurück.

»Na gut, wer nicht will, der hat schon.«

Sie warf den Pappbecher in weitem Bogen von sich. Ein Schwall dampfender Milchkaffee klatschte auf den Moosboden. Dann hielt sie mir die offene Hand hin.

»Und jetzt zeig mir dein Handy!«

»Wozu?«

»Ich will sichergehen, dass du unsere Unterhaltung nicht aufnimmst. Das wäre nicht gut. Vor allem nicht für Zoe.«

»Glaubst du, das weiß ich nicht?«

Sie verdrehte die Augen. »Glauben ist das eine, Nikka. Aber wissen ist immer besser.«

Ich zog mein Handy aus der Jackentasche und zeigte ihr, dass es ausgeschaltet war.

»Okay«, sagte ich. »Und jetzt will ich wissen, wo Zoe ist. Was hast du mit ihr gemacht? Lebt sie überhaupt noch?«

Vanessa hob den Kopf und atmete tief durch die Nase ein. »Riechst du das? Feuchte Tannennadeln. Ich liebe diesen Duft.

Er ist so … *lebendig*! Ihr beiden habt euch einen wunderschönen Ort ausgesucht. Zu Hause hatte ich auch so einen Ort. Eine kleine Bank auf einem Hügel am Waldrand. Unten fuhren oft Züge vorbei, und ich habe mir dann immer vorgestellt, wie ich in einem davon sitze und irgendwohin fahre. Ganz egal wohin. Hauptsache weg von den Ärzten und den Tabletten und dem ganzen Scheiß. Weg in ein neues Leben. Du weißt bestimmt, dass ich krank bin, oder?«

»Ja, das weiß ich.«

»Und woher?«

»Von der Ärztin, die dich als Kind betreut hat.«

Sie nickte anerkennend. »Respekt, du hast ja richtig nachgeforscht.«

Ein Krähenschwarm stob auf und flatterte über uns hinweg. Das laute Gekrächze zerriss die Stille des Waldes. Vanessa sah ihnen nach, dann wandte sie sich wieder mir zu.

»Ich finde, jeder braucht so etwas«, sagte sie. »Einen Ort, an den man sich zurückziehen kann, wenn einem alles zu viel wird. Nur, dass ich im Gegensatz zu euch beiden leider keine Freundin hatte, mit der ich diesen Ort teilen konnte.«

Ihr letzter Satz klang wehmütig und ich dachte an die Worte ihrer Adoptivmutter. Dass Vanessa nicht einfach sei und deswegen keine Freunde hatte. Aber das alles war mir jetzt egal. »Du hast meine Frage nicht beantwortet. Wo ist Zoe?«

Sie nahm einen Schluck aus ihrem Kaffeebecher und grinste mich wieder an. »Weißt du was? Ich habe die Tagebücher meiner Schwester gefunden. Die waren sehr aufschlussreich. Jetzt weiß ich auch, was du mit den Oreos vorhattest. Zoe war wohl ganz scharf auf die Dinger, was?«

Ich schluckte trocken. »War? Wieso war?«

Sie zuckte mit den Schultern. »Also, ich mag ja lieber die

salzigen Sachen. Brezeln und Tortilla-Chips und so Zeug. Und ich stehe auch nur auf Jungs. Da bin ich wohl ganz anders als sie. Dein Freund ist übrigens richtig süß. Ich hab euch zwar nur vom Fenster aus gesehen, aber man merkt sofort, wie es zwischen euch knistert. Mir wäre er ja zu dünn, aber hey, was sind schließlich schon Äußerlichkeiten? Weiß er denn Bescheid?«

Ich antwortete nicht und hielt ihrem prüfenden Blick stand.

»Dachte ich mir schon«, sagte sie. »Wirklich schade, dass ihr mir das hier kaputtmachen wollt.«

»Wir machen *dir* etwas kaputt?« Ich stieß ein zorniges Lachen aus. »Das ist jetzt nicht dein Ernst, oder? Ist dir überhaupt klar, was du *uns* angetan hast?«

Sie seufzte schwer und schlurfte zu dem Baumstamm zurück. Dann setzte sie sich langsam. Ihr Atem ging plötzlich hektisch, als bekäme sie kaum Luft.

»Was soll das denn jetzt?«, fragte ich, und sie hob abwehrend die Hand.

»Ist gleich vorbei.«

Einige Augenblicke verstrichen, bis sich ihr heftiges Atmen wieder beruhigte, dann sagte sie: »Diese beschissenen Anfälle. Mom habe ich gesagt, das käme von den Panikattacken, aber wenn es noch öfter passiert …«

»Hör auf, sie so zu nennen!«, fuhr ich sie an. »Sie ist nicht deine Mom!«

Vanessa sah mich ernst an. »Spiel dich bloß nicht so auf, Nikka. Als wir uns das erste Mal begegnet sind, hast du mich doch auch für Zoe gehalten, stimmt's?«

Ich schwieg und sie drehte nervös den Pappbecher in ihren Händen. Meine Worte hatten sie getroffen und ich verspürte einen Anflug von Genugtuung. Vanessa saß zwar am längeren Hebel, was Zoe betraf, aber sie hatte auch Schwächen.

»Du musst mir nicht darauf antworten«, sagte sie leise. »Ich habe es an deinem Blick gesehen. Wir sind uns nun mal sehr ähnlich, Zoe und ich. Und damit meine ich nicht nur unser Aussehen. Bestimmt gibt es auch ein paar Unterschiede, die gibt es immer, aber nachdem ich ihre Tagebücher gelesen habe, ist mir klar, dass ich im Grunde wie sie bin. Nur dass ich von Anfang an die Arschkarte gezogen habe. Sie war die Glückliche und Gesunde, und ich ...« Sie seufzte und machte eine wegwerfende Handbewegung. »Ach Scheiße, du weißt bestimmt, was ich meine.«

Ja, das wusste ich, aber es war für mich keine Erklärung. »Warum tust du das alles, Vanessa?«

Sie hob den Kopf und sah mich an. Nun war auch ihre letzte Maske gefallen. Ich erkannte das wütende, traurige Mädchen von dem Foto wieder, das mir ihre Adoptivmutter geschickt hatte.

»Ich hole mir nur, was mir zusteht, Nikka.«

Ich sah sie überrascht an. »Was dir zusteht?«

»Ein normales Leben«, sagte sie und betonte dabei jedes einzelne Wort. »Bis ich vier war, bin ich nur in Krankenhäusern und Kinderheimen aufgewachsen. Du hast ja keine Ahnung, wie das ist! Ich hatte nie richtige Freunde. Die Kinder, die ich kennengelernt habe, wurden entweder adoptiert oder in andere Krankenhäuser verlegt. Oder sie sind gestorben. Am Ende blieb immer nur ich allein zurück.«

»Aber du wurdest doch selbst adoptiert«, sagte ich. »Und deine Adoptiveltern haben dich geliebt.«

Ihre Augen wurden schmal. »Hast du etwa auch mit denen gesprochen?«

»Ja, habe ich. Sie denken, dass du dich umgebracht hast. Du hast ihnen das Herz gebrochen.«

»So, habe ich das?« Sie schnaubte verächtlich. »Dann will ich dir dazu mal was erzählen. Ja, anfangs war ich total glücklich dort, weil ich endlich ein Zuhause hatte. Freunde habe ich auch dort keine gefunden, weil ich immer wieder ins Krankenhaus musste oder auf Kur geschickt wurde, aber das war okay, solange ich nur eine Familie hatte. Menschen, zu denen ich gehörte und die ganz für mich da waren. Aber dann wurde Veronica plötzlich schwanger.«

Sie betrachtete wieder den Becher und nun zitterten ihre Hände. Sie drückte ihn zusammen, sodass der Deckel absprang und der Rest des Inhalts über ihre Finger spritzte.

»Sie hat mich angelogen«, zischte sie. »Sie hat mir gesagt, dass sie keine eigenen Kinder bekommen könnte. Dass sie so froh sei, mich zu haben. Alles nur leeres Gerede!«

Sie verzog angewidert das Gesicht und warf ihren Becher zu dem ersten. »Als die Zwillinge da waren, spielte ich nur noch die Nebenrolle. Ich war ihnen nicht mehr wichtig. Ausgerechnet in der Zeit, in der ich sie am meisten gebraucht hätte.«

»Du warst eifersüchtig auf deine eigenen Brüder?«

Sie lachte trocken. »Fängst du jetzt auch damit an? Du klingst ja schon wie sie. ›Kleine Kinder brauchen einfach mehr Fürsorge, das musst du verstehen, Vanessa.‹ Als ob ich blöd wäre! Ich wollte es ja verstehen, aber …«

Sie schüttelte den Kopf, hob einen Tannenzapfen auf und schleuderte ihn wütend von sich.

»Ist das dein Ernst?« Ich war entsetzt. »Deswegen hast du Zoe und mich in diese Hölle geschickt? Weil du nicht mehr Mamas Liebling warst?«

Sie sah mich ärgerlich an. »Scheiße, du weißt doch überhaupt nicht, wovon du redest! Du hast ja keine Ahnung, wie es sich anfühlt, wenn du allein auf der Intensivstation liegst und Angst hast, dass es bald vorbei ist mit dir. Und dann ruft dich deine Mutter an und entschuldigt sich mal wieder, dass sie dich nicht besuchen kann. Weil eine dieser Rotznasen die Grippe hat. Eine lächerliche Grippe, verstehst du? Und ich muss währenddessen auf ein neues Herz warten! Ein Herz, das ich nicht mehr rechtzeitig bekommen werde!«

»Dank dir weiß ich sehr wohl, wie es ist, wenn man auf der Intensivstation liegt und Angst um sein Leben hat«, sagte ich voller Zorn. »Falls du es noch nicht weißt, Vanessa, du hast mich *umgebracht*! Ich war einundzwanzig Minuten lang tot! Du hast mich kaltblütig *ermordet*!«

Sie schlug die Augen nieder. »Das wollte ich nicht. Wirklich nicht.«

»Ach ja?«, stieß ich hervor und musste mich zusammennehmen, um nicht auf sie loszugehen. Als ob man das mit einer so einfachen Entschuldigung aus der Welt schaffen könnte! »Und Gabi Neumann wolltest du wohl auch nicht umbringen, was?«

Ihr Kopf schnellte hoch und sie sah mich entsetzt an. »Wieso umbringen? Ich habe sie doch nicht umgebracht!«

Das war nicht gespielt. Sie meinte, was sie sagte. Trotzdem fiel es mir schwer, ihr zu glauben. »Aber sie ist doch tot, oder?«

Vanessa nickte und sah mich betroffen an. »Aber das war ich wirklich nicht! Sie hat es selbst getan. Wegen dem verheirateten Typ, mit dem sie was hatte. Das habe ich in dem Abschiedsbrief in ihrer Wohnung gelesen.«

»In ihrer Wohnung war aber kein Abschiedsbrief.«

Ihre Brauen schnellten in die Höhe. »Da warst du auch? Wow! Ich habe den Brief versteckt, damit ihn dieser nervige Hausmeister nicht gleich sieht.« Sie seufzte. »Glaub mir, Nikka, ich konnte ihr nicht helfen, weil ich viel zu weit weg war. Ich saß oben auf meiner Bank und habe sie gesehen. Sie ist einfach vor den Zug gesprungen.«

Ja, das glaubte ich ihr sogar. »Und dann hast du ihre Leiche gesucht und deine Schuhe mit ihr getauscht?«

Sie nickte und wich meinem Blick aus. »Das war richtig schlimm, aber ich schäme mich nicht dafür. Es war wie ein Zeichen, weißt du? Ich musste nicht mal in einen Zug einsteigen, um in ein anderes Leben zu fahren. Ich musste nur ihre Handtasche nehmen, in ihr Auto steigen, zu ihrer Wohnung fahren und mich auf alles vorbereiten.«

Sie fuhr sich mit der Hand durch ihr kurzes strubbeliges Haar – ganz ähnlich, wie es auch Zoe manchmal tat. »Als ich mir dann die Haare abgeschnitten hatte, war ich wie Zoe. Und dann beschloss ich, einfach ganz zu ihr zu werden.«

»Woher hast du überhaupt von Zoe gewusst?«

Sie zuckte die Achseln. »Irgendwie habe ich schon immer gespürt, dass es sie gibt. Dass da jemand ist, der mir sehr nahesteht. Das war so ähnlich wie Phantomschmerzen. Du spürst, dass ein Teil von dir fehlt. Und weißt du, was der Witz daran ist? Ihr muss es auch so gegangen sein. Sie hat ein paarmal in ihrem Tagebuch darüber geschrieben.«

Das stimmte. Es war schon eine Weile her, dass Zoe mir davon erzählt hatte. Wir waren hier ganz in der Nähe gewesen, an unserem *wirklichen* Lieblingsplatz. Nur war es in dieser Unterhaltung nicht um Geschwister gegangen, sondern um den idealen Partner.

Zoe war überzeugt gewesen, dass es diese Person irgendwo da draußen gab und dass man sie manchmal spüren konnte, auch wenn man sie noch gar nicht kennengelernt hatte.

Die zweite Hälfte, mit der man ein Ganzes ergibt, hatte sie gesagt, ohne zu ahnen, wen sie damit wirklich meinte.

Aber das behielt ich für mich.

»Ich habe das immer für Wunschdenken gehalten«, sagte Vanessa. »Im Heim hofft doch jedes Kind auf so etwas. Plötzlich tauchen die tollsten Eltern der Welt auf und nehmen dich mit nach Hause. Happy End! Du hast Geschwister in deinem Alter, und bist nicht nur ein billiger Babysitter für zwei Schreihälse, die dich sowieso nicht ausstehen können. Weißt du, wie weh es tut, wenn dir solche kleinen Scheißer erzählen, dass du ja gar nicht ihre richtige Schwester bist? Und dann waren es auch noch Zwillinge. Hey, das ist doch mal Ironie des Lebens, oder?«

Ich sagte nichts.

»Ich habe mir auch immer nette Großeltern gewünscht«, fuhr sie fort. »Eine nette Oma, die mir abends Geschichten vorliest. Und was habe ich bekommen? Einen misslaunigen alten Knacker, der mir ständig aufs Brot gestrichen hat, dass meine Adoption der größte Fehler seines Sohnes war. Nur, weil ich nicht in seine Vorstellung von der perfekten Enkelin gepasst habe. Der Teufel soll ihn holen!«

Sie starrte auf ihre Füße, und ich sah eine Träne, die über ihre Wange rann. »Und dann, eines Tages, blätterst du in der Tageszeitung. Einfach nur so, weil sie auf dem Tisch liegt. Und du entdeckst ein Foto darin und plötzlich wird alles anders.«

»Was für ein Foto meinst du?«

»Na, Zoes Handballmannschaft. Sie hatten bei uns ein Auswärtsspiel und haben gewonnen.«

Am liebsten hätte ich mir mit der flachen Hand vor die Stirn geschlagen. *Natürlich! Der Sieg gegen Geislingen!*

Zoes Mannschaft hatte den Pokal geholt. Das musste im Mai oder Juni gewesen sein. Am nächsten Tag war ich mit Zoe auf der Siegesparty im Sportheim gewesen.

Im Fahlenberger Boten hatte es einen großen Artikel über das Spiel gegeben, also würde man in Geislingen auch darüber berichtet haben.

»Ich habe sie auf dem Foto entdeckt, und es hat mich richtig umgehauen«, sagte Vanessa. »Die Ähnlichkeit war so verblüffend, dass ich sofort Bescheid wusste. Also bin ich tatsächlich in einen Zug gestiegen und zu euch nach Fahlenberg gefahren, um Zoe zu suchen. Als ich sie schließlich gefunden hatte, gab es keinen Zweifel mehr. Ich bin euch gefolgt. Ihr seid in dieses Eiscafé gegangen. Ich habe euch zugeschaut, aber ihr habt mich nicht gesehen.«

»Warum hast du nichts gesagt?«, fragte ich und war ehrlich verwundert. »Du hättest uns doch einfach nur ansprechen müssen. Zoe hätte sich riesig gefreut, dich kennenzulernen.«

Sie schüttelte den Kopf. »Das kannst du nicht verstehen, Nikka.«

»Dann erklär es mir. Das bist du mir schuldig!«

»Also gut.« Sie sah zu den dürren Farnbüscheln hinüber, die im aufkommenden Wind raschelten. Es schien, als würden sie uns zuwinken. »Als ich euch gesehen habe, bin ich wütend geworden, so schrecklich wütend. Es lag nicht an euch, es lag an dieser ganzen Situation. Ich habe Zoe da sitzen sehen, gesund und lachend, und sie hatte sogar eine richtige beste Freundin. Ich habe sofort gesehen, wie eng ihr beiden miteinander seid. So eng, dass ihr mich nicht einmal bemerkt habt. Ich saß nur einen Tisch von euch entfernt. Und von dort aus habe ich all das gesehen, was ich nie haben würde.«

»Dann warst du also neidisch auf deine Schwester und hast deswegen …«

»Sie hatte alles, was ich nicht hatte«, unterbrach sie mich schroff. »Und sie hatte das schon ihr ganzes Leben lang. Ich bin mir so betrogen vorgekommen. Zoe war ein Teil von mir. Sie sah aus wie ich, sie war wie ich, aber im Gegensatz zu mir hat sie nur das Gute abbekommen. Das war so … *unfair*!«

»Aber dafür kann Zoe doch nichts.«

»Ich wollte *Gerechtigkeit*, Nikka. Eine Chance. Ich wollte einmal so sein wie sie!«

»Und deshalb hast du Zoe entführt und mich umgebracht?«

Sie sprang von dem Baumstamm auf und funkelte mich zornig an.

»Meine Güte, ich habe dir doch schon gesagt, dass es mir leidtut! Was soll ich denn sonst noch tun? Etwa auf die Knie fallen? Ich hatte keine Ahnung, dass das Zeug so stark ist. Im Internet klang das viel harmloser. Außerdem war der Cocktail ja auch gar nicht für dich. Ich dachte, Zoe nimmt zwei oder drei Schlucke, und dann wird ihr schlecht, und ich kann sie …« Sie winkte ab. »Ach, ist ja auch egal!«

»Nein, es ist nicht egal, Vanessa! Sag mir endlich, was du mit ihr gemacht hast! Wo ist sie?«

Sie stieß laut hörbar den Atem aus und stützte sich erschöpft auf dem Lenker des Motorrollers ab. Wieder brauchte sie eine Weile, ehe sie weitersprechen konnte: »Mir bleibt nicht mehr viel Zeit, Nikka.«

Nun sprach sie leise und ihre Stimme klang brüchig. »Meine letzten Untersuchungsergebnisse waren ziemlich beschissen. Und ich hatte auch einfach keinen Nerv mehr, mich weiter mit dieser dämlichen Warteliste vertrösten zu lassen. Also habe ich dank Gabi Neumann offiziell Schluss mit allem gemacht. Bis die ein passendes Herz für mich gefunden hätten, hätte es mich sowieso schon längst nicht mehr gegeben.«

»Das tut mir leid«, sagte ich und meinte es auch so. »Aber es entschuldigt nichts von dem, was du getan hast. Das Leben ist nun mal nicht gerecht, aber es wird auch nicht besser, wenn man andere dafür büßen lässt.«

Sie lächelte säuerlich und zuckte die Achseln. »Ich habe ja gesagt, dass du es nicht verstehen wirst.«

»Vanessa, wo ist Zoe?«

Sie legte den Kopf in den Nacken und hielt nach zwei Eichhörnchen Ausschau, die sich keckernd im Geäst über uns zankten. Wieder lief ihr eine Träne über die Wange und diesmal wischte sie sie hastig fort.

»Na schön«, sagte sie. »Ich werde es dir sagen. Ich werde dich sogar zu ihr bringen.«

Mein Herz machte einen Sprung. »Das heißt, sie lebt?«

»Ich erzähle dir alles, okay? Aber vorher musst du etwas für mich tun.«

»Willst du mich erpressen?«

Sie sah mich ernst an. »Nikka, ich habe nichts mehr zu verlieren. Zoe schon. Also, was ist?«

»Na gut«, sagte ich. »Was willst du von mir?«

»Dein Herz.«

»Mein ... *Herz*?« Mir stockte der Atem.

Vanessa sah mich ungerührt an, aber dann prustete sie auf einmal los. »Hast du mir das echt geglaubt? Hey, das war ein Witz, Nikka! Schon mal was von Galgenhumor gehört?«

Sie lachte, aber ich zitterte noch immer am ganzen Leib. Entweder war sie völlig durchgeknallt, oder sie hatte den schwärzesten Humor, den ich je erlebt hatte.

»Okay«, sagte ich. »Du hast deinen Spaß gehabt. Also sag mir jetzt endlich, was du wirklich willst.«

Ihr Blick wurde wieder ernst. »Einen Abend mit dir.«

»Was?«

»Ja, du hast mich richtig verstanden. Ich will mit dir ausgehen, zusammen Spaß haben. Wie beste Freundinnen. So, wie du es mit Zoe machen würdest. Ins Kino, in eine Bar, vorher vielleicht was zusammen essen.«

Ich sah sie fassungslos an. »Das ist alles?«

Sie nickte. »Das ist alles. Für dich ist das vielleicht nichts Besonderes, aber für mich schon. Und danach bringe ich dich zu Zoe.«

»Das heißt sie lebt noch?«

»Als ich sie das letzte Mal gesehen habe, lebte sie noch, ja.«

»Wann war das?«

»Kurz vor meiner …« Sie hob die Hände und wackelte mit den Fingern, um Gänsefüßchen anzudeuten. »Vor meiner *Rückkehr.*«

Bei dem Gedanken zog sich alles in mir zusammen. »Aber das ist schon fast eine Woche her!«

Wieder nickte sie und ihr Blick blieb ungerührt. »Ich weiß. Viel Zeit hat sie bestimmt nicht mehr. So wie ich. Also geh heute Abend mit mir aus und danach bringe ich dich zu ihr. Was ihr dann mit mir macht, ist mir egal.«

»Woher weiß ich, dass du mich nicht anlügst?«

»Weil ich es dir verspreche.«

Sie setzte ihren Helm auf und stieg auf den Motorroller. Dann fuhr sie ein Stück an, bis sie genau neben mir stand, und klappte das Visier hoch.

»Glaub mir oder lass es, Nikka. Ich warte um halb sieben bei mir zu Hause auf dich. Ach ja, und falls du irgendjemandem von unserem Gespräch erzählst, siehst du Zoe nie wieder. Auch das verspreche ich dir.«

72.

Als ich nach Hause kam, zog ich mich auf mein Zimmer zurück. Ella erzählte ich, dass ich mich auf den Schulbeginn nächste Woche vorbereiten wollte, aber ich war viel zu aufgeregt, um mich auf irgendetwas zu konzentrieren. Ich musste mich ablenken, auf andere Gedanken kommen. Andernfalls würde ich den heutigen Abend – und die Wartezeit bis dahin – nicht durchstehen.

Ich ging zu meinem Bücherregal und nahm mir eines der Bücher heraus, die mir mein Großvater hinterlassen hatte. Vor vielen Jahren hatte er die hundert Romane gekauft, die laut einer Liste in einem Literaturmagazin jeder einmal gelesen haben sollte. Er hatte sich vorgenommen, sie alle zu lesen, sobald er später einmal Zeit dafür hätte. Aber er hatte zu lange damit gewartet und war nicht sehr weit gekommen. Nach seinem Tod waren noch viele der Bücher in Schutzfolie verpackt gewesen.

Ich hatte beschlossen, dass mir das nicht passieren würde, und hatte schon die ersten achtunddreißig Bücher geschafft. Nun entschloss ich mich für *David Copperfield*, aber ich konnte nichts davon aufnehmen und musste immer wieder zurückblättern.

Ständig schweiften meine Gedanken zu Vanessa ab. Ihr seltsamer Wunsch wollte mir nicht aus dem Kopf gehen.

Ein Abend mit dir.

Ich versuchte mich in sie hineinzuversetzen und irgendwie konnte ich sie sogar verstehen. Ihre Angst, nicht mehr zu sein. Dass alles enden würde, bevor es richtig begonnen hatte. Auch ich hatte lernen müssen, dass alles von einem Moment zum nächsten vorbei sein konnte, und auch ich fürchtete mich davor. Aber letztlich war ich ja erst *durch Vanessa* in diese Situation gekommen. Sie war schuld daran, dass ich den Tod aus nächster Nähe erlebt hatte und dass ich um ein Haar noch vor ihr aus diesem Leben geschieden wäre.

Aber trotz allem konnte ich ihre hilflose Wut bis zu einem gewissen Punkt sogar nachvollziehen. Ja, das Leben hatte sie betrogen. Es gab ihr keine Chance.

Vanessa war gut in der Schule, hatte Veronica Strach gesagt, aber sie würde nie etwas daraus machen können. Sie würde auch keine Gelegenheit mehr haben, Freundschaften zu schließen, die mit den Jahren reiften und so eng werden würden wie die Freundschaft zwischen Zoe und mir.

Stattdessen wusste sie, dass alles, was sie anfing, nur von kurzer Dauer sein würde.

Für uns alle tickt irgendwo eine Uhr, hatte Anna Wegemann gesagt, *und die von Vanessa tickte schon immer schneller als die von manch anderem.*

Mit diesem Wissen leben zu müssen, war sicherlich die Hölle. Aber Vanessas Wut und das, was sie anderen deswegen antat, würden nichts daran ändern. Weil nichts etwas daran ändern würde.

Ich fragte mich, was ich an ihrer Stelle tun würde. Wäre ich ebenso wütend auf das Leben, weil es mir unfair und viel zu kurz vorkam? Oder würde ich versuchen, das Beste aus der verbleibenden Zeit zu machen?

Ja, das würde ich. Aber nicht so, wie Vanessa es vorhatte. Wie sollte man die Freuden eines Augenblicks auskosten können, wenn man gleichzeitig wusste, dass man jemand anderem damit schadete? Vor allem, wenn dieser Jemand die eigene Schwester war.

Oder wurde man wirklich so kaltblütig und selbstsüchtig, wenn es um die eigene begrenzte Lebenszeit ging? Irgendwie wollte ich das nicht glauben, auch wenn sich Vanessa genau so verhielt.

Ich schaute wieder in mein aufgeschlagenes Buch und las die Zeile, auf der mein Finger ruhte. *»Ich fühle, dass Kleinigkeiten die Summe des Lebens ausmachen.«*

Ja, im Grunde waren es genau diese Kleinigkeiten, die Vanessa wollte.

…mit dir ausgehen, zusammen Spaß haben. Wie beste Freundinnen. Für dich ist das vielleicht nichts Besonderes, aber für mich schon…

Nein, dachte ich. *Da bist du auf dem Holzweg. So, wie du dich in allem täuschst. Jede Freundschaft ist etwas Besonderes, jeder glückliche Moment etwas Einzigartiges. Man muss sie sich verdienen und sie wertschätzen. Ebenso wie alles andere im Leben.*

Aber Vanessa haderte viel zu sehr mit ihrem Schicksal, um das noch erkennen zu können. Sie glaubte, ihr vermeintliches Recht auf Glück notfalls mit Gewalt einfordern zu können. Aber wann hatte das schon jemals bei jemandem funktioniert?

Mein Handy meldete sich. Es war Sascha.

»Hi«, sagte er, und ich hörte Kantinengeräusche im Hintergrund. »Ich wollte nur mal hören, wie es dir geht.«

»Ich bin okay«, sagte ich und bemühte mich, ungezwungen zu klingen. »Bist du noch bei der Arbeit?«

»Ja, Spätdienst. Ich habe nur kurz Pause.« Er zögerte einen Moment, dann sagte er: »Hast du schon etwas von Vanessa gehört?«

»Ja, sie will sich mit mir treffen.«

»Und wann?«

... falls du irgendjemandem von unserem Gespräch erzählst, siehst du Zoe nie wieder ...

Ich wollte ihn nicht anlügen, also sagte ich nur: »Bald.«

Es entstand eine kurze Pause, ehe er sagte: »Nikka, ich habe noch einmal über alles nachgedacht. Du gehst ein unglaubliches Risiko ein. Meinst du nicht doch, es wäre besser, wenn du die Polizei einschaltest? Ich meine, du hast doch jetzt Beweise.«

»Nein, das kann ich nicht. Vanessa wird niemand anderem sagen, wo Zoe ist.«

»Dann nimm mich wenigstens mit, wenn du dich mit ihr triffst.«

»Sascha, darüber haben wir doch schon gesprochen. Ich bin dir echt dankbar, aber ich ...«

»Versprich mir, dass du noch einmal darüber nachdenkst«, unterbrach er mich. »Bitte!«

»Also gut. Ich werde darüber nachdenken.«

Ich klang wohl nicht sehr überzeugend, denn am anderen Ende hörte ich ein resigniertes Seufzen.

»Da ist noch etwas«, sagte er schließlich, und seine Stimme klang bedrückt. »Ich habe es erst heute in der Arbeit erfahren. Cordelia ist gestorben.«

Die Nachricht versetzte mir einen Stich ins Herz. Obwohl ich gewusst hatte, dass ich Cordelia wahrscheinlich nie wieder sehen würde, war es dennoch traurig, zu wissen, dass es nun wirklich so war. Also war die Trauerfeier, die Ella mit ihrer Freundin vorbereitet hatte, wohl für sie gewesen.

Noch ehe ich Sascha antworten konnte, hörte ich eine gedämpfte Stimme aus dem Hintergrund. Irgendjemand sprach ihn an und schien es eilig zu haben.

»Sorry, ich muss zu einem Einsatz los«, sagte er. »Kann ich dich später noch mal anrufen?«

»Heute Abend passt es nicht so gut. Aber ich melde mich bei dir, versprochen.«

»Okay. Und denk bitte über mein Angebot nach, ja?«

»Das tue ich. Und ich werde auf mich aufpassen«, sagte ich und legte auf.

Aber es gab nichts mehr zu überdenken. Mein Entschluss stand längst fest. Ich würde mich mit Vanessa treffen.

Allein.

Nur sie und ich.

Für Zoe.

... geh heute Abend mit mir aus und danach bringe ich dich zu ihr.

Mir blieb nichts anderes übrig, als zu hoffen, dass sie ihr Versprechen halten würde.

73.

Pünktlich um halb sieben kam ich am Haus der Wagners an. Vanessa hatte recht gehabt, die Pressemeute war verschwunden. Niemand war eben dauerhaft interessant genug für Schlagzeilen. Wie ich von Ella gehört hatte, stand inzwischen irgendein Kommunalpolitiker wegen einer Schmiergeldaffäre im Mittelpunkt der Aufmerksamkeit.

Die letzten Schritte zum Haus kosteten mich eine Menge Überwindung, und als ich schließlich den Klingelknopf drückte, zitterte meine Hand.

Vanessa öffnete mir und strahlte übers ganze Gesicht.

»Hi Nikka. Wusste ich doch, dass du kommen würdest.«

Sie hatte sich richtig rausgeputzt und wirkte aufgeregt. Ihre Freude war nicht gespielt. Sie machte den Eindruck, als ob sie diesem Abend wirklich entgegengefiebert hätte.

Das traf mich mindestens ebenso heftig wie die Tatsache, dass sie nicht nur Zoes Sachen trug, sondern wirklich wie Zoe aussah, wenn sie sich zurechtgemacht hatte. Hatte sie neben Zoes Tagebüchern auch das Make-up ihrer Schwester studiert?

»Was schaust du mich so an?«

»Du ... siehst gut aus«, stammelte ich und kam mir wie eine Idiotin vor.

Nun strahlte sie umso mehr. »Danke, du aber auch. Komm noch schnell rein, ich bin gleich so weit.«

Rolf und Maria Wagner waren alles andere als begeistert, mich zu sehen. Vor allem aber konnten sie ihre Sorge darüber nicht verbergen, dass ihre vermeintliche Tochter allein mit mir ausgehen wollte. Ich spürte deutlich, wie tief ihre Angst saß, dass sie Zoe noch einmal verlieren könnten. Es fiel mir unendlich schwer, den Drang zu unterdrücken, ihnen die Wahrheit zu sagen.

»Du wirst gut auf sie achtgeben, ja?«, sagte Maria Wagner, während Vanessa ihre Jacke holte. »Es geht ihr noch nicht so gut, und ich will nicht, dass sie sich übernimmt. Also pass auf sie auf!«

»Das werde ich.«

Rolf Wagner sah mich streng an. »Bleibt nicht zu lange weg. Und falls euch irgendwelche Leute auf das ansprechen, was passiert ist, sagt ihr nichts dazu, verstanden?«

Ich nickte und Maria Wagner nahm mich am Arm.

»Nikka, du musst uns versprechen, dass du Zoe bald zurückbringen wirst!«

Mein Herz zog sich zusammen, denn genau das war es, was ich im Moment noch nicht versprechen, sondern nur hoffen konnte.

Vanessa erlöste mich von einer Antwort. »Mom, du tust ja gerade, als würden wir wochenlang wegbleiben. Wir ziehen doch nur ein bisschen um die Häuser. In ein paar Stunden bin ich wieder da.«

Sie drückte Maria Wagner einen Kuss auf die Wange und zwinkerte mir zu.

»Los geht's!«

Rolf Wagner hatte uns ein Taxi bestellt, und er bestand

darauf, dass wir auch für den Rückweg ein Taxi nehmen sollten. Wir stiegen ein, und Vanessa wies den Fahrer an, in die Innenstadt zu fahren.

»Vanessa«, flüsterte ich ihr zu. »Bitte sag mir jetzt, wo Zoe ist.«

Sie grinste mich an, aber ich sah, dass sie innerlich bebte. »Verdirb es nicht, okay? Halte dich an unseren Deal, dann werde ich es auch tun.«

Dann wandte sie sich dem Fahrer zu. »Heute Abend werden meine Freundin und ich so richtig Spaß haben!«

Der Fahrer lächelte uns über den Rückspiegel zu, und mir blieb nichts anderes übrig, als gute Miene zum bösen Spiel zu machen.

74.

Vanessa hatte den gesamten Abend bereits durchgeplant. Zum Beginn hatte sie einen Tisch für uns beide in Pieros Trattoria bestellt. Von unserem Lieblingsitaliener musste sie wohl in Zoes Tagebüchern gelesen haben.

Als uns der Kellner hereinkommen sah, strahlte er und begrüßte uns auf seine gewohnt überschwängliche Art. Dann führte er uns zu dem kleinen Nischentisch, an dem Zoe und ich sonst saßen.

Auch er schien den Unterschied nicht zu bemerken. Erst als Vanessa eine wagenradgroße Pizza mit Salami, extra viel Sardellen, Käse und Oliven bestellte, wirkte er ein wenig irritiert.

»Ich weiß, meine Schwester isst nur Salat wegen ihrer Figur«, raunte sie mir zu, als der riesige Teller vor ihr stand. »Aber ich musste mein ganzes Leben auf gesunde Ernährung achten und will heute das haben, was ich sonst nie haben durfte. Fettiges, salziges Essen und eine große Cola mit richtig viel Zucker.«

Ich musste an den Satz denken, den Sascha neulich zu mir gesagt hatte: *Du isst ja, als gäbe es kein Morgen mehr.* Und genau das tat Vanessa nun auch.

Während sie verzückt ihre Pizza aß, stellte sie mir Hunderte von Fragen. Wie meine Kindheit gewesen war, welche Musik ich hörte, was mein Lieblingsessen war, auf welche Fächer ich in der Schule stand und so weiter. Sie war ehrlich interessiert und schien alles in sich aufzusaugen, was ich ihr erzählte.

Dann sprach sie von sich. Von einer Reise an den Gardasee mit ihren Adoptiveltern, als sie zehn gewesen war.

»Wir waren da nur für drei Tage, aber es war der Hammer! Der Ort hieß Tignale, das werde ich nie vergessen. Wir haben sogar eine Bootstour gemacht.«

Und dann erzählte sie mir, dass sie gern noch viel mehr gereist wäre. Dass sie die ganze Welt sehen wollte.

»Vor allem Indien, weil da alles so bunt und lebendig sein soll. Und nach China würde ich auch gerne mal. Und natürlich in die Südsee. Auf so eine kleine Insel mit weißem Strand, wo es Kokospalmen gibt.«

Es kostete mich immense Überwindung, aber ich hörte ihr geduldig zu und hielt mich an unseren Deal. Ein paarmal lachte ich sogar, wenn sie etwas Lustiges sagte. Aber mein Blick huschte immer wieder zur Uhr über der Theke und unter dem Tisch ballte ich die Fäuste.

Vanessa konnte richtig nett sein, ja, aber das alles hätte sie auch anders bekommen können. Wenn sie sich schon früher so nett verhalten hätte, hätte sie längst eine richtige Freundin gehabt. Und ich müsste jetzt nicht gute Miene zum bösen Spiel machen und um das Leben *meiner* besten Freundin bangen. Warum erkannten manche Menschen das wirklich Wichtige erst dann, wenn es fast zu spät war?

Irgendwann beugte Vanessa sich zu mir und sah mich mit einem Verschwörerblick an. »Sag mal, dein Freund und du …«, begann sie und senkte die Stimme. »Hast du schon mal … du weißt schon …«

»Ob ich schon mal Sex hatte?«

Sie nickte.

»Einmal«, sagte ich leise. »Aber nicht mit ihm. Sascha ist nicht mein Freund. Also jedenfalls nicht so.«

»Mit wem dann?«

Eigentlich wollte ich es ihr nicht erzählen, aber ich konnte nicht riskieren, dass sie wütend wurde. Ich brauchte ihr Vertrauen, damit sie ihr Versprechen hielt.

»Es war mit einem Jungen, auf den ich früher mal stand. Ist aber schon über ein Jahr her und es war ziemlich peinlich.«

»Warst du mit ihm zusammen?«

»Nein. Ich wollte zwar, aber er nicht.«

Sie nickte und lehnte sich wieder zurück. »Ich werde wohl nie erfahren, wie das ist. Sich verlieben und so. Einen Jungen gab es zwar mal, aber …« Sie strich über das Tischtuch und lächelte versonnen. »Ich hab ihn auf der Intensivstation kennengelernt. Er hieß Alexander, aber alle haben nur Alex zu ihm gesagt. Er war so lustig und konnte irre Grimassen schneiden.«

»Was ist aus ihm geworden?«

»Ist gestorben«, sagte sie knapp. »Doppeltes Nierenversagen. Dabei stand er schon länger auf der Spenderliste als ich. *Das* war meine Welt, Nikka. So war es immer.«

Ich sah sie betroffen an und wusste nicht, was ich darauf erwidern sollte. Sie zuckte nur mit den Schultern, dann lachte sie.

»Wie wär's jetzt mit Kino? Heute läuft der zweite Teil von *Phantastische Tierwesen*. Den ersten fand ich richtig gut. Und ich stehe total auf Johnny Depp. Glaubst du, wir schaffen es noch rechtzeitig?«

In Gedanken stieß ich einen verzweifelten Schrei aus. *Nicht auch das noch! Ich halte das nicht durch! Das Kino wird uns gute zwei Stunden kosten.*

Stattdessen sagte ich: »Wenn wir uns beeilen, schon. Das Kino ist gleich in der Nähe.«

»Dann los!«

Sie sprang auf, warf einen Fünfziger auf den Tisch und ging zum Ausgang. Ich eilte ihr nach.

»Hey, fünfzig Euro waren viel zu viel!«

Ohne stehen zu bleiben, bedachte sie mich mit einem knappen Seitenblick. »Na und? Ist doch nur Geld.«

Für sie hatte das keine Bedeutung mehr.

75.

Wir hasteten durch die Innenstadt, um es noch rechtzeitig zu schaffen. Ein leichter Nieselregen hatte eingesetzt, und ich war froh, dass das Kino nur drei Straßen von der Trattoria entfernt war. Während wir liefen, plapperte Vanessa unentwegt. Sie hatte alle Bücher von J. K. Rowling verschlungen und jedem neuen Harry-Potter-Roman entgegengefiebert. Sie hatte sich auch alle Verfilmungen angesehen. Genau wie ich.

»Hogwarts wäre meine Traumschule gewesen«, sagte sie, während sie schnaufend neben mir hereilte.

»Meine auch«, erwiderte ich atemlos.

Zoe hatte nie viel von Harry Potter gehalten, und für einen Moment wünschte ich mir, ich hätte beide Schwestern in der Vergangenheit als Freundinnen gehabt. Vielleicht hätte das ja etwas an Vanessas wütender Einstellung geändert und alles wäre dann ganz anders gekommen?

Als wir das Kino fast erreicht hatten, wurde Vanessa langsamer. Ihr Atem ging nun hektisch wie bei unserer Begegnung am Vormittag im Wald.

»Stell dir nur mal vor«, keuchte sie. »Wenn wir … wirklich nach Gryffindor könnten. Die ganzen … coolen Leute dort. Wenn wir … die wirklich … treffen würden.«

Kurz vor dem Eingang zum Kino blieb sie stehen. Sie rang nach Luft und stützte sich an einem Mülleimer ab, während sie die andere Hand auf die Brust presste.

»Bist du okay?«

Sie nickte. »Ja, ja, das … geht gleich wieder. Los, besorg uns schon mal … zwei Karten. Aber gute Plätze, okay?«

Ich zögerte. Sie sah nicht gut aus und schien sich kaum auf den Beinen halten zu können. »Kann ich dich wirklich …«

»Nun mach schon!« Noch immer außer Atem winkte sie mir ungeduldig zu. »Ich komm gleich nach! Sonst … sind die guten Plätze weg.«

»Sollen wir nicht lieber zurück …«

Sie schnitt mir mit einer scharfen Geste das Wort ab. »Wir haben einen Deal, verdammt noch mal! Also los!«

Ich ging hinein und stellte mich in die Warteschlange an der Kasse. Von dort aus schaute ich immer wieder durch die Glastür am Eingang nach draußen.

Vanessa blieb bei dem Mülleimer stehen und hielt sich schwer atmend daran fest. Leute liefen achtlos an ihr vorbei. Niemand schien mitzubekommen, dass unmittelbar neben ihnen ein todkrankes Mädchen mit Herzproblemen stand.

Als ich schließlich an der Reihe war und mich kurz darauf mit den Kinokarten wieder umdrehte, war Vanessa nicht mehr da.

Erschrocken lief ich zum Ausgang und sah mich nach ihr um. Dann tippte mir jemand von hinten auf die Schulter. Ich wirbelte herum und Vanessa grinste mich an.

»Willst du auch was?« Sie hielt mir einen riesigen Kübel Popcorn hin. »Ich liebe das Salzige, habe ich das schon gesagt?«

Mir fiel der sprichwörtliche Stein vom Herzen. Nein, es war eher ein ganzer Felsblock. »Geht es dir wieder gut?«

Sie grinste. »Es ging mir noch nie besser.«

Während wir uns den Film anschauten, sah ich immer wieder zu Vanessa. Sie schien völlig von dem Spektakel auf der Leinwand gebannt zu sein und steckte sich ein Popcorn nach dem anderen in den Mund. Hin und wieder stupste sie mich an und gab Kommentare ab oder lachte bei einer lustigen Szene.

Nach einer Weile lehnte sie sich dann gegen meine Schulter. Ich wollte es nicht, es fühlte sich so falsch an, aber ich ließ es trotzdem zu. Obwohl sie älter war als ich, kam sie mir jetzt wie ein Kind vor. Ein kleines Mädchen, das das Leben gierig in sich aufsog und jede einzelne Sekunde davon auskostete.

Je weiter die Zeit voranschritt, desto nervöser wurde ich. Meine Hände waren schweißnass und mein Herz hämmerte. Ich hoffte, sie würde sich wirklich an ihr Versprechen halten.

Aber gleichzeitig fürchtete ich mich auch davor.

76.

Als wir aus dem Kino kamen, schwelgte Vanessa noch immer in dem Film. Sie plapperte gut gelaunt über alles, was wir gesehen hatten, und strahlte dabei wie ein Kind, das ein extragroßes Weihnachtsgeschenk ausgepackt hatte.

Ich konnte nur angespannt danebenstehen und ihr zuhören. Meine Kehle hatte sich zusammengezogen und das Herz schlug mir bis zum Hals.

War es jetzt endlich so weit?

Sie schien meine Gedanken erraten zu haben, denn plötzlich verstummte sie und nickte. »Okay, Nikka, einen Wunsch habe ich noch. Einen letzten. Ich möchte noch irgendwo was mit Alkohol trinken. Gibt es hier in der Nähe eine Bar oder so was?«

Ich musste mich zusammenreißen, um sie nicht anzuschreien. Meine Nerven waren jetzt bis zum Zerreißen gespannt. Meine beste Freundin kämpfte in wer weiß welchem Loch um ihr Leben und ihre Schwester wollte mit mir in eine Kneipe gehen! Aber dann dachte ich an ihren Blick vorhin vor dem Kino.

Wir haben einen Deal, verdammt noch mal!

»Drüben am Marktplatz ist das *Old Nick's*«, sagte ich und schaffte es kaum, das Zittern aus meiner Stimme herauszuhalten. »Das ist ein irischer Pub. Die haben auch Livemusik und so.«

Vanessas Augen weiteten sich freudig. »Gibt's da auch Guinness?«

»Klar.«

»Cool, das wollte ich schon immer mal probieren! Schmeckt es so gut, wie es aussieht?«

Ich zählte innerlich bis drei und nahm mich zusammen. »Wenn man's mag.«

»Dann lass es uns probieren«, sagte sie und griff meine Hand.

Am liebsten hätte ich sie abgeschüttelt, aber wenn das wirklich ihr letzter Wunsch für diesen Abend war, sollte ich besser darauf eingehen.

Wir bogen um die Ecke in eine Seitengasse und gingen von dort aus auf den Marktplatz. Schon von Weitem hörten wir aus dem Pub die Musik einer Band. Ich stand nicht besonders auf Irish Folk, aber Vanessa schien es zu gefallen. Beim Gehen tänzelte sie neben mir her und ließ meine Hand nicht mehr los.

Unter dem Vordach des Pubs drängte sich eine Gruppe Leute um einen Heizpilz. Über ihnen hing eine Wolke Zigarettenqualm in der Luft und ihr Gelächter hallte über den Platz.

Als wir uns dem Eingang näherten, löste sich einer von ihnen aus der Gruppe und kam wankend auf uns zu.

»Hey«, sagte er lallend. »Na, wenn das mal keine Überraschung ist!«

Mir blieb fast das Herz stehen, als ich ihn erkannte. Es war der Zombie, den wir vor dem Club getroffen hatten – Rob, der laut dem Pinhead-Jungen ständig betrunken war und dann richtig aggressiv werden konnte. Bei unserer ersten Begegnung hatte ich ihn im ersten Moment noch für cool gehalten, weil er so groß und muskulös war, aber nun war er einfach nur besoffen und abstoßend.

»Schaut mal, wen wir hier haben!«, rief er den anderen zu. »Die Katzenfrau und ihre kotzende Freundin! Katze und Kotze!«

Er brach in Gelächter aus und seine Freunde stimmten mit ein.

»Ignorier ihn einfach«, sagte ich zu Vanessa und wollte mit ihr im Schlepptau an ihm vorbeigehen. Aber er baute sich grinsend vor uns auf und schwenkte dabei sein Bierglas so wild, dass es überschwappte.

»Na, na, ihr beiden, wer wird denn gleich weglaufen? Wir haben doch noch eine Rechnung miteinander offen. Schon vergessen?«

»Lass uns in Ruhe!«, fuhr ich ihn an und stellte mich schützend vor Vanessa. Es war verrückt, aber ich hatte tatsächlich Angst um sie. Sie war wie ein zerbrechliches Gefäß, das das Wertvollste enthielt, was ich in diesem Moment hatte.

Er blickte abschätzend auf mich herab. »Das ist aber nicht sehr höflich, kleine Kotze!«

Vanessa ließ meine Hand los, drängte sich an mir vorbei und packte ihn an der Jacke.

»Halt's Maul, Arschloch, und verpiss dich!«, schrie sie ihn an. »Das ist *mein* Abend!«

Für einen Moment schien dieser Rob ebenso perplex wie ich. Eine solch geballte Ladung Hass hatte ich noch nie in einer einzigen Person erlebt und er wohl auch nicht. Er fuhr kurz zurück, aber dann warf er sein Glas von sich, dass es auf dem Kopfsteinpflaster zerschellte, und packte Vanessas Handgelenke.

»Wie hast du Schlampe mich gerade genannt?«

»Arschloch!«, zischte sie. »Und jetzt lass mich los!«

Sie spuckte ihm ins Gesicht und wollte nach ihm treten. Aber Rob war schneller, als man es ihm in seinem betrunkenen Zustand zugetraut hätte. Noch ehe ich dazwischengehen konnte, stieß er Vanessa von sich.

Die Wucht seines Stoßes ließ sie mehrere Schritte rückwärtstaumeln, dann glitt sie auf dem nassen Pflaster aus und fiel hin.

Ich schrie und ging auf Rob los. Ich schlug ihm gegen die Brust, aber es war, als würde ich mit den Fäusten gegen einen Schrank trommeln. Er packte mich und stieß mich ebenfalls zu Boden.

»Hey Rob, das reicht!«, rief einer seiner Kumpels, aber Rob stürzte sich schon auf mich und holte zu einem Faustschlag aus.

»Verfluchte Bitch! Dir werd ich zeigen, wer …«

Dann erstarrte er, die Faust noch immer erhoben, und glotzte verdutzt zu Vanessa.

»Scheiße, was ist denn mit der los?«

Vanessa wand sich auf dem Rücken und hielt beide Hände auf die Brust gepresst. Sie japste und keuchte und strampelte dabei mit den Beinen.

Ich stieß Rob zur Seite, sprang auf und lief zu ihr. Auch Rob erhob sich und blieb hinter mir stehen.

»Ey, das war doch nur ein kleiner Schubs«, lallte er. Einige seiner Freunde lachten verunsichert.

»Sie hat einen Herzanfall, ihr Idioten!«, brüllte ich sie an. »Ruft einen Notarzt! Schnell!«

Ich beugte mich zu Vanessa und versuchte sie zu beruhigen. Sie hatte aufgehört zu strampeln, aber ihre Augen waren weit aufgerissen. Ihr Brustkorb hob und senkte sich hektisch und aus ihrer Kehle drang ein hässliches Röcheln.

»Halt durch!«, sagte ich. »Gleich kommt Hilfe!«

Sie hob den Kopf vom regennassen Boden. Ihre Haare klebten ihr in der Stirn und ein Teil ihres Make-ups war verschmiert. Ich sah die dunklen Augenringe, die sie überschminkt gehabt hatte.

»Das war ... ein toller Abend«, stieß sie hervor und lächelte mich gequält an. »Riesen...spaß!«

Ich hielt ihren Kopf mit den Händen und bettete ihn auf meinen Schoß.

»Wo ist Zoe? Bitte, Vanessa, sag es mir! Wo hast du sie hingebracht?«

Vanessa keuchte und griff nach meinem Arm. »Das Leben ... ist so ... scheißunfair!«

Sie verdrehte die Augen, dass nur noch das Weiße zu sehen war, und ihre Hand krampfte sich um meinen Jackenärmel. Dann zuckte sie ein letztes Mal und ihr Arm sank schlaff zu Boden.

VI.
STÄRKER ALS ALLES

77.

Es vergingen fünf Minuten, vielleicht auch zehn, ehe der Rettungsdienst endlich eintraf. Vor dem Pub hatten sich inzwischen etliche Schaulustige versammelt. Die Gäste waren ins Freie gelaufen und sogar Anwohner aus den umliegenden Häusern kamen hinzu.

Alle wollten sehen, was passiert war, aber keiner half. Sie drängten sich nur um Vanessa und mich und redeten aufgeregt durcheinander.

Ich kniete am Boden, hielt Vanessas Kopf und hoffte verzweifelt, dass sie durchhalten würde. Sie atmete noch – schwach, aber regelmäßig – und hin und wieder kam ein leises Wimmern über ihre Lippen.

Ich versuchte, mit ihr zu sprechen, aber sie reagierte nicht. Ihr Gesicht war so bleich und wächsern wie das einer Leiche.

Dann endlich übernahmen die Sanitäter. Zwei von ihnen schoben mich beiseite und beugten sich über Vanessa. Ich wollte bei ihr bleiben, wollte sehen, ob sie es schaffen würde, aber dann packte mich jemand am Arm und zog mich weg.

Es war Sascha.

»Los, komm mit!«

Er zerrte mich auf die Rückseite des Rettungswagens, wo

uns niemand sehen konnte. Im Blinken der Blaulichter wirkte sein Gesicht aschfahl und bestürzt.

»Verdammt, Nikka!«, zischte er mir zu. »Was machst du hier mit ihr?«

»Sie wollte es!«, sagte ich und löste mich aus seinem Griff. »Sie wollte mit mir ausgehen und hat versprochen, mir dann zu sagen, wo Zoe ist. Dann ist auf einmal dieser Idiot aufgetaucht. Verdammt, ich könnte ihn umbringen!«

Ich sah um das Heck des Rettungswagens. Rob war noch da. Zwei bullige Männer hielten ihn fest. Den einen kannte ich nicht, aber der andere war Nikolas Mossner, dem der Pub gehörte. Sie diskutierten heftig mit Rob und seinen Kumpels, und ich hörte wie Mossner sagte, er habe die Polizei gerufen. Der Wirt war schon alt, aber er wirkte immer noch sehr respekteinflößend. Er würde diesen Rob nicht davonkommen lassen. *Gut so!*

Nur wenige Schritte von ihnen entfernt hoben Saschas Kollegen Vanessa auf eine Trage. Sie hatten ihr eine Sauerstoffmaske angelegt und eine Infusion gesetzt. Vanessas Augen waren geschlossen und sie sah wie eine leblose Puppe aus.

Mir fielen ihre Worte von heute Vormittag ein. *Ich habe nicht mehr viel Zeit, Nikka.*

»Glaubst du, sie wird es schaffen?«

Sascha zuckte mit den Schultern. »Das kann ich dir nicht sagen, aber es sieht wohl nicht gut aus.«

»Dann ist Zoe verloren. Ich werde sie nicht mehr rechtzeitig finden.«

Wie um meine Worte zu betonen, grollte der Donner vom schwarzen Nachthimmel, und erste dicke Regentropfen kündigten ein weiteres Herbstgewitter an.

Einer der beiden Sanitäter rief Saschas Namen.

»Ich muss wieder los«, sagte er und schaute sich um, als vom anderen Ende des Marktplatzes eine Polizeisirene zu hören war. Gleich darauf erschien ein Streifenwagen und hielt vor dem Pub.

Sascha sah mich eindringlich an. »Ich habe um Mitternacht Dienstschluss«, sagte er hastig. »Dann rufe ich dich sofort an, und wir überlegen, wie es weitergehen soll. Mach bis dahin nichts Unüberlegtes, okay? Geh nach Hause. Ich melde mich, sobald ich mehr weiß.«

Er eilte um den Rettungswagen herum, stieg auf den Fahrersitz und schlug die Tür zu. Dann machte er durch die Seitenscheibe eine Telefongeste mit Daumen und kleinem Finger und startete den Motor.

Als er mit dem Rettungswagen zurücksetzte, sah ich zwei Polizisten, die mit dem Wirt und den Umstehenden sprachen. Dann schaute sich einer von ihnen suchend um.

Er suchte bestimmt mich. Für einen Moment überlegte ich, zu ihm zu gehen. Ich konnte versuchen, den beiden Polizisten alles zu erklären. Dass das kollabierte Mädchen nicht Zoe war, sondern ihre Schwester und dass wir Zoe dringend suchen mussten. Ich konnte sie bitten, diesen Kommissar dazuzuholen. Er kannte sich schließlich mit unserem Fall aus.

Aber er wusste nichts von Vanessa. Die ganze Geschichte war so kompliziert, dass es Ewigkeiten dauern würde, die Polizisten zu überzeugen. Erst recht, wenn sie die Wagners hinzugerufen hatten. Zoes Eltern würden sicherlich total ausrasten und mich wieder wie eine Verrückte dastehen lassen. Und selbst wenn sie mir doch irgendwann glaubten, hätten wir bis dahin wertvolle Zeit verloren.

Abgesehen davon, hatte die Polizei doch bis jetzt immer noch keine Spur von Zoe gefunden. Sie würden mich nur wieder mit dem Versprechen vertrösten, dass sie bereits ihr Bestes taten. Und dann wäre alles zu spät.

Nein, ich durfte jetzt nicht aufgeben. Ich musste das allein durchziehen. Aber erst einmal musste ich hier weg.

Während Sascha den Rettungswagen mit Blaulicht und Sirene an dem Menschenauflauf vorbeisteuerte, nutzte ich das Durcheinander und lief in die entgegengesetzte Richtung davon. Ich bog in die nächste Seitengasse und rannte dann ziellos weiter durch die Altstadt. Erst als ich mich weit genug vom Pub entfernt fühlte, blieb ich stehen.

Inzwischen war der Regen stärker geworden und ich setzte mich auf die Treppe unter dem Vordach eines Hauseingangs. Atemlos und am ganzen Leib zitternd, vergrub ich das Gesicht in den Händen und ließ meinen Tränen freien Lauf.

Was sollte ich jetzt nur tun? Vanessa konnte mir nicht mehr sagen, wo Zoe war. Und selbst wenn sie sich wieder von ihrem Anfall erholen sollte, war es fraglich, wie lange es dauern würde, bis sie wieder ansprechbar war.

Vor mir klatschten dicke Regentropfen auf das Kopfsteinpflaster, auf dem sich bald große Pfützen bildeten.

Verdammt, ich wusste nicht, wie es weitergehen sollte.

Ich weiß, hatte Vanessa gesagt. *Viel Zeit hat sie bestimmt nicht mehr.*

Aus einer Pfütze zu meinen Füßen starrte mein bleiches Spiegelbild zu mir hoch, wellig und verzerrt vom Stakkato des Regens. Dann auf einmal fiel ein Schatten darüber, und als ich den Blick hob, erkannte ich meine dunkle Begleiterin.

Diesmal sah ich sie deutlicher als die letzten Male, aber gleich darauf löste sie sich wieder auf. Wie ein letztes Aufbegehren. Als ob sie mit letzter Kraft noch einmal nach mir – nach Hilfe – rief.

Mein Herz schlug schneller, als plötzlich eine Idee in meinem Kopf Gestalt annahm. Eine Idee, die aus purer Verzweiflung geboren wurde.

Ich starrte auf die Pfütze. Auf das Wasser.

Das Wasser!

Die Idee nahm immer mehr an Form an und sie machte mir höllische Angst. Aber vielleicht war das wirklich die einzige Chance, die ich noch hatte.

Meine innere Stimme schrie, dass es Wahnsinn war, absoluter Wahnsinn. Doch ich ignorierte sie.

Ich griff in meine Jackentasche und zog meinen Schlüsselbund heraus. Ja, der richtige Schlüssel war dabei.

Es gab noch eine letzte Möglichkeit, Zoe zu finden. Aber dafür musste ich alles riskieren.

78.

Ich lief den ganzen Weg zu Fuß und nahm einige Umwege, um niemandem zu begegnen.

Eine halbe Stunde später erreichte ich endlich mein Ziel, erschöpft und völlig durchnässt. Der Regen war noch stärker geworden und ein kalter Ostwind peitschte mir die Tropfen ins Gesicht.

Vor mir ragte das große Gebäude wie ein schwarzer Block vor dem wolkenverhangenen Nachthimmel auf. Über mir grollte der Donner und immer wieder zerriss heftiges Wetterleuchten die Dunkelheit.

Als ich auf das Gebäude zuging, erhellte ein Blitz den Schriftzug an der Fassade: SPORTZENTRUM FAHLENBERG.

Ich nahm den Fußweg zum Seiteneingang, den ich gefühlt schon tausendmal auf dem Weg zum Schwimmtraining entlanggegangen war. Jetzt kam es mir vor, als läge das schon Jahre zurück. Und auch wenn mir hier alles vertraut war, fühlte sich dieser Ort nun im schwachen Schein der Wegleuchten fremd und bedrohlich an. Als läge etwas Unwirkliches darüber, das ich zuvor nie wahrgenommen hatte.

Als ich an der Seitentür angekommen war, zog ich den

Schlüssel aus meiner Jacke, den mir mein Trainer vor zwei Jahren gegeben hatte.

Du hast wirklich Talent, hatte er damals gesagt. *Also nutz es, so gut du kannst und wann immer du willst.* Und dann hatte er noch seinen liebsten Motivationsspruch hinzugefügt: *Es genügt nicht, etwas nur zu wollen, man muss es auch tun.* Und ich hatte es getan, hatte in jeder freien Minute trainiert und war immer besser geworden – bis zur Halloweennacht vor einer Woche, als sich plötzlich alles für mich verändert hatte.

Mit klammen Fingern stocherte ich am Schlüsselloch herum. Ich war völlig durchgefroren, aber ich war mir sicher, dass mein Zittern noch einen anderen Grund hatte. Ich hatte Angst, richtig Angst – und diesmal nicht nur um Zoe.

Sobald ich die Tür hinter mir zugezogen hatte, wurde das Heulen des Windes zu einem bloßen Wispern. Ein leises Geräusch, als ob etwas in den langen Gängen des menschenleeren Gebäudes flüsterte.

Ich ließ das Licht aus, um niemanden auf mich aufmerksam zu machen. Stattdessen schaltete ich die Taschenlampe an meinem Handy ein. Damit leuchtete ich mir den Weg, vorbei an den Sporthallen zum Untergeschoss.

Die nassen Sohlen meiner Sneakers quietschten auf den Stufen im Treppenhaus. Dann schlug mir der vertraute, feuchtwarme Chlorgeruch der Schwimmhalle entgegen.

Schnell durchquerte ich den Umkleideraum und fuhr heftig zusammen, als ich plötzlich einen dunklen Umriss aus dem Augenwinkel wahrnahm. Aber es war nur ein Sweatshirt, das jemand auf einem Kleiderbügel neben einem der Spinde vergessen hatte.

Ich ging an den Duschen vorbei und kam schließlich durch

eine letzte Tür in die Schwimmhalle. Das große Becken lag wie ein riesiger glatter Spiegel vor mir.

»Ich muss verrückt sein«, murmelte ich und starrte auf das Wasser.

Das Schwimmbad befand sich auf der Rückseite des Gebäudes. Dort fiel das Gelände so steil ab, dass man bei Tag durch eine große Fensterfront auf den Fahlenberger Forst hinüberschauen konnte. Nun war der Nachthimmel pechschwarz und nur in den Blitzen des Gewitters erschienen immer wieder kurz die Silhouetten der Baumwipfel. Sie wiegten sich im Wind, als wollten sie mir zuwinken: *Kehr um! Lass es sein! Tu es nicht!*

Irgendwo dort oben war die Lichtung, auf der Zoe und ich uns unzählige Male getroffen hatten. Die Lichtung, wo wir uns einst unsere Freundschaftsbänder umgebunden hatten.

Ich erinnerte mich noch so gut an diesen Sommerabend. Wir hatten es wie ein kleines Ritual aufgezogen, mit Kerzen und einer Flasche Rotwein, die Zoe aus dem Vorrat ihrer Eltern hatte mitgehen lassen. Wir hatten dabei gelacht und herumgealbert. Aber nichtsdestotrotz hatten wir es sehr ernst gemeint.

»Freundschaft ist stärker«, hatte Zoe gesagt.

»Stärker als was?«, hatte ich gefragt.

»Stärker als alles.«

Nun würde ich sehen, ob das wirklich stimmte. Ob ich wirklich bereit war, alles für meine Freundin zu tun.

Ich ging in die Kabine des Bademeisters und überprüfte den Inhalt der Wandregale.

Ja, es war alles da, was ich brauchte.

Ich setzte mich auf den Drehstuhl, legte mein Handy neben mich auf die Tischplatte und rieb mir die vor Aufregung pochenden Schläfen. Die große Wanduhr über dem Schwimmbecken zeigte zwei Minuten vor zwölf. Vier Minuten später meldete sich Sascha. *Zuverlässig wie immer.*

»Vanessa liegt im Koma«, sagte er. »Wir haben sie unterwegs stabilisiert, aber es sieht gar nicht gut für sie aus.«

»Sind Zoes Eltern bei ihr?«

»Ja, die sind gerade angekommen, als ich gegangen bin. Du solltest besser einen weiten Bogen um sie machen, bis die Sache geklärt ist. Die haben eine Stinkwut auf dich. Sie denken, dass du den Streit vor dem Pub angezettelt hast.«

»Haben die denn immer noch nicht kapiert, dass es nicht Zoe ist?«

»Sieht nicht so aus«, sagte er. »Und so, wie die Wagners gerade drauf sind, würdest du sie wohl auch nicht überzeugen können. Jedenfalls nicht, bevor die Ärzte feststellen, dass Vanessas Herzfehler angeboren ist. Aber das kann noch eine ganze Weile dauern. Die Not-OP hat gerade erst angefangen.«

Verdammt, so viel Zeit hatte Zoe nicht mehr! Das spürte ich ganz deutlich.

»Wo bist du jetzt?«, fragte ich.

»Noch in der Klinik. Ich muss mich noch umziehen, aber wenn du willst, können wir uns danach treffen.«

»Kannst du ins Sportzentrum kommen?«

»Ins Sportzentrum?« Er klang erstaunt und ich konnte es ihm nicht verdenken.

»Ja. Wann kannst du hier sein?«

»Ich … keine Ahnung, vielleicht in einer Viertelstunde. Was hast du denn vor?«

Die Klinik lag am anderen Stadtende. Er konnte entweder durch die Stadt fahren und dort jede Menge rote Ampeln in Kauf nehmen oder den Umweg über die Umgehungsstraße nehmen. In beiden Fällen würde er wohl etwa dieselbe Zeit benötigen. Zumindest hoffte ich das.

»Es ist jetzt sechs Minuten nach zwölf«, sagte ich. »Sei in genau fünfzehn Minuten da. Schaffst du das?«

»Ja, aber ...«

»Fünfzehn Minuten, Sascha! Der Hintereingang ist offen. Komm sofort ins Schwimmbad runter, verstanden? Und beeil dich!«

Dann legte ich auf.

Hastig zog ich mich bis auf die Unterwäsche aus. Nur noch mit Slip und BH bekleidet, nahm ich alles, was ich brauchte, aus dem Regal und trug die Sachen zum Becken.

Lass es sein, schrie mich mein inneres Ich an. *Das ist Irrsinn!*

Aber ich konzentrierte mich nur auf Zoes Satz.

»Freundschaft ist stärker«, murmelte ich und legte den Verbandskasten und den Defibrillator zur Rettungsdecke neben den Beckenrand. Dann sah ich wieder zu der Wanduhr. Drei weitere Minuten waren vergangen. Mir blieben also noch zwölf.

Hastig schnallte ich mir sämtliche Tauchgewichte um, die ich im Regal des Bademeisters gefunden hatte. Ich legte sie mir um die Hüften und die Handgelenke, aber die meisten davon wickelte ich mir um Beine und Füße und zurrte sie alle fest.

Dann schleppte ich mich ungelenk zur Leiter an der tiefsten Stelle des Beckens neben den Sprungtürmen. Ich hielt mich am Geländer fest und ließ mich vorsichtig ins Wasser gleiten.

Noch zehn Minuten.

Ich kämpfte gegen die aufsteigende Panik an, die einen üblen säuerlichen Geschmack in meinem Mund erzeugte. Mein

Herz raste so wild, dass ich den Puls in meinem ganzen Körper pochen spürte.

Tu es nicht!, brüllte mein inneres Ich verzweifelt. *Das ist Wahnsinn!*

Das Gewitter hatte zugenommen und tobte wild blitzend vor der Fensterfront. Im Wasser glaubte ich sogar, das Vibrieren des Donners zu spüren. Oder es war nur mein eigenes Zittern.

»Freundschaft ist stärker«, sagte ich, diesmal so laut, dass das Echo wie eine zweite Stimme von den Kachelwänden zurückhallte.

Die Minuten verstrichen. Der Sekundenzeiger zuckte unerbittlich weiter, aber ich schaffte es nicht, das Geländer loszulassen. Meine Hände waren wie festgewachsen.

Schließlich waren es nur noch sieben Minuten.

Ich weinte völlig unkontrolliert, hatte entsetzliche Angst.

Was, wenn Sascha nicht rechtzeitig kam? Nachts war die Straße zwar frei, aber was, wenn er von jemandem aufgehalten wurde? Einem Kollegen vielleicht.

Noch sechs Minuten.

Und wenn er es sich anders überlegte und vielleicht gar nicht kommen würde?

Tu das nicht! Sei vernünftig und lass es sein!

Ja, was ich vorhatte war Wahnsinn, und ein Teil von mir war nur allzu bereit, auf die innere Stimme meiner Vernunft zu hören. Aber was würde dann aus Zoe werden? Konnte ich weiterleben, weiter sein, wenn ich wusste, dass sie nicht mehr war – wegen mir, weil ich nicht alles versucht hatte?

»Freundschaft ist stärker!«

Die Uhr lief weiter. In spätestens fünf Minuten würde Sascha eintreffen. Dann war es zu spät.

Um Himmels willen, tu es nicht!

»Stärker als alles!«, übertönte ich die Stimme in meinem Kopf.

Ich holte ein letztes Mal Luft. Meine Finger krampften sich noch fester um das Geländer, wollten nicht loslassen.

Alles in mir schrie. *Nein, nein, NEIN!*

Aber dann gab ich endlich nach.

Dachte an Zoe.

Ließ los.

Sofort zerrten die Gewichte an mir und ich ging unter wie ein Stein.

79.

Es gibt etwas, das alle Lebewesen gemeinsam haben. Jede Pflanze, jedes Tier und jeder Mensch. Eine Kraft, die stärker ist als Gedanken, Gefühle oder irgendwelche Überzeugungen: Es ist unser Wille, zu leben.

Niemand will sterben. All das Gerede, dass ein Tod romantisch oder edel oder heldenhaft sein kann, ist Blödsinn. Du willst *leben*.

Und selbst wenn du dich aus irgendeinem Grund anders entscheidest, wirst du dennoch im letzten Moment alles daransetzen, dem Tod zu entgehen. Alles andere wird plötzlich unbedeutend – solange du nur überlebst.

Und du würdest alles dafür tun. Wirklich alles!

So ging es auch mir. Ich hatte es vorausgesehen, hatte gewusst, dass die Angst vor dem Ertrinken zu groß werden würde. Dass ich mich nicht gegen meine Natur wehren und es hinnehmen konnte.

Beim Training war ich oft getaucht und dabei meistens an meine Grenzen gegangen. Erst hatte ich nur eine halbe Beckenlänge geschafft, später eine ganze und irgendwann sogar eineinhalb. Ich hatte die Luft so lange wie möglich angehalten – ganz einfach, um zu sehen, wie lange ich es schaffte. Und jedes Mal hatte mich der unbändige Drang, Luft zu holen, gerade rechtzeitig zurück an die Oberfläche getrieben.

In diesen letzten Sekunden hatte ich es nicht erwarten können, aufzutauchen und einen tiefen Atemzug zu nehmen, und noch einen und noch einen. Weil ich *leben* wollte.

Deshalb hatte ich gewusst, dass ich auch jetzt an einen Punkt kommen würde, an dem nicht mal der Gedanke an Zoe mich unter Wasser halten konnte. Also hatte ich die Gewichte so festgezurrt, dass ein rechtzeitiges Losmachen unmöglich war.

Trotzdem zerrte ich nun daran, verzweifelt und panisch. Ich wollte die breiten Gurte lösen. Ich musste sie loswerden! Aber sie saßen zu eng ...

Nein, ich *durfte* sie nicht lösen – nicht, wenn ich Zoe retten wollte!

Für eine Sekunde siegte mein Verstand, aber schon in der nächsten hatte mein Überlebenswille wieder die Oberhand. Je länger ich die Luft anhielt, desto schlimmer wurde es.

Schließlich hielt ich es nicht mehr aus. Ich war nur noch zu einem einzigen Gedanken fähig: *Luft!*

Es gelang mir, eines der Gewichte um meine Hüften wegzureißen, und für den Bruchteil einer Sekunde spürte ich Hoffnung. Eine Hoffnung, die ich nicht haben sollte, aber die ich jetzt trotzdem hatte.

Nun ging es nur noch um mich. Alles andere war schlagartig vergessen.

Ich ruderte hektisch mit den Armen. Wollte zurück zur Oberfläche. Setzte alle Kraft ein.

Aber ich war immer noch viel zu schwer. Ich schaffte es nur ein kurzes Stück nach oben, ehe ich wieder zum Grund des Beckens gezogen wurde.

Über mir sah ich nur schwarzes Wasser. Hin und wieder wurde es dort oben für Sekundenbruchteile hell.

Das Gewitter. Jenseits der Fenster.

In einer Welt, die nun unerreichbar für mich war.

Einer Welt, in der es Luft gab.

Luft!

LUFT!

Ein letztes panisches Strampeln, dann konnte ich nicht mehr. Ohne es zu wollen, sog ich Wasser in meine Lungen. Dann verlor ich die Besinnung und alles um mich herum löste sich auf.

Ich löste mich auf.

80.

Finsternis.

Vertraute Kälte.

Einsamkeit.

Angst.

Ich war zurück an dem dunklen Ort. Wieder war ich in der Schwärze gefangen und spürte den feuchten, kalten Stein unter meinem nackten Körper. Einem Körper, den es nicht gab, weil er in Wirklichkeit weit entfernt am Grund eines Schwimmbeckens trieb, leblos und festgehalten von schweren Gewichten.

Ich richtete mich auf und rieb über meine eisigen Schultern. Wie schon beim ersten Mal war es bitterkalt, aber diesmal war es nicht still. Um mich herum hörte ich Geräusche. Schleifende Laute, mal weit entfernt, dann wieder ganz dicht bei mir.

Und da war noch etwas. Ein Flüstern, wie von unzähligen Stimmen.

Diesmal wusste ich es von Anfang an: Ich war nicht allein.

Das Flüstern war zu leise, um es zu verstehen, aber es klang wie menschliche Stimmen, viele Stimmen – Männer, Frauen und Kinder. Ein unverständliches, wisperndes Durcheinander.

Etwas Eisiges streifte mich am Arm. Ich wirbelte herum,

aber gleich darauf griff etwas von hinten nach meiner Wade. Erschrocken schrie ich auf und stolperte durch die Dunkelheit. Das Flüstern kam von allen Seiten, und ich wusste nicht, wohin ich laufen sollte. Jeden Augenblick konnte wieder etwas nach mir greifen, mich packen und …

Ruhig, sagte ich mir. *Panik bringt dich nicht weiter. Wer immer sie sind,* was *immer sie sind, sie sind wie du. Sie wollen hier weg.*

Aber das beruhigte mich nicht. Ganz gleich, wie gut mir mein Verstand zuredete, ich hatte einfach Angst. Pure Angst.

Ich hielt nach den Lichtflecken Ausschau und hoffte, dass mir einer davon erneut den Weg zeigen würde. Aber da war nichts. Nur Schwärze und das unverständliche Flüstern von etwas oder jemandem ganz nah bei mir.

Es war ein Fehler, durchfuhr es mich. *Was habe ich nur getan? Himmel, was habe ich nur GETAN?*

Wieder versuchte mich etwas zu greifen. Ich schlug schreiend um mich und traf dabei etwas, das sich kalt und schrecklich weich anfühlte. Etwas Lebendiges …

Ein Mensch?

Von Grauen gepackt lief ich los. Irgendwohin. Einfach geradeaus. Diesmal war es mir egal, ob ich fallen oder abstürzen würde. Hauptsache, dieser Albtraum wäre endlich vorüber.

Ich lief, stolperte, lief weiter und weinte. Mein Schluchzen hallte von den Wänden des Tunnels wider und vermischte sich mit dem Wispern und Rascheln, das mich zu verfolgen schien. Fast war ich froh, dass ich nicht sehen konnte, was es war.

Aber dann sah ich vor mir doch etwas. Ein Licht. Diesmal war es nur *ein* Punkt, ein sehr kleiner und noch sehr weit entfernt, aber er war da. Hastig stolperte ich darauf zu.

Ja, er war *wirklich* da. Er bewegte sich nicht!

Erleichterung durchflutete mich. Diesmal würde ich nicht zögern. Ich musste einfach nur laufen, laufen, laufen. Dem Licht entgegen. Mich von nichts und niemandem aufhalten lassen.

Meine nackten Füße patschten über den schlierigen Boden. Ich rutschte, fing mich und rannte schliddernd weiter.

Der Lichtpunkt wuchs, wurde größer und größer, und ich kam ihm immer näher. Allmählich erkannte ich auch wieder die schroffen feuchten Wände. Sie schimmerten wie schwarzes Glas. Als seien sie die letzten Bruchstücke einer Welt, die jeder, der an diesen Ort kam, hinter sich gelassen hatte.

Während ich weiter auf das Licht zueilte, hörte ich hinter mir ein Rauschen. Es klang wie das Meer von einer hohen Klippe aus oder Vogelschwärme, die in weiter Ferne aus den Bäumen aufstiegen. Noch im Laufen sah ich mich um – und schrie erschrocken auf.

Ein Heer aus Schatten verfolgte mich. Schwarze Gestalten, große und kleine. Es waren nur Schemen, aber sie wirkten so menschlich. Sie waren hier gefangen, so wie ich, und sie streckten ihre Arme nach mir aus. Als sei ich ein davonschwimmender Baumstamm, den sie zu greifen versuchten.

Ich lief, so schnell ich konnte. Doch der Boden war so uneben und schmierig, dass ich mich kaum auf den Beinen halten konnte. Ich stolperte immer wieder und dann rutschte ich aus und fiel hin.

Hektisch versuchte ich mich wieder aufzurichten, aber meine Hände und Füße glitten immer wieder auf dem schmierigen Untergrund aus. Ich kam nicht mehr hoch, ganz gleich, wie sehr ich mich auch bemühte. Es war, als versuchte ich, mich über ein riesiges Stück unebener, eiskalter Seife zu bewegen.

Und dann fiel plötzlich ein Schatten auf mich.

Ich schrie auf, doch anders als erwartet, spürte ich keine kalte Hand nach mir greifen.

Vorsichtig hob ich den Kopf. Jemand kam aus dem Licht auf mich zu. Eine schlanke, hochgewachsene Gestalt.

Geblendet sah ich zu ihr auf und dann erkannte ich ihr Gesicht.

»Zoe?«

Lächelnd schüttelte sie den Kopf. Es war ein warmes Lächeln, freundlich und traurig zugleich. Sie kam dicht zu mir heran und kniete sich vor mich.

»Zoe ist nicht mehr hier«, sagte Vanessa mit einer Stimme, die nah und doch weit weg klang. Ich hörte sie auch nicht wirklich, vielmehr schien diese Stimme irgendwo tief in mir zu sein. Als würde sie mit meinem Geist verschmelzen.

»Es stimmt«, hörte ich Vanessa in mir. »Freundschaft ist stärker als alles. Und in der kurzen Zeit, die wir miteinander hatten, warst du die Freundin, die ich mir immer gewünscht habe. Ich weiß, was ich getan habe, war nicht richtig, aber jetzt spürst du selbst, wie es ist, wenn man nicht loslassen will. Man möchte das behalten, was für andere selbstverständlich scheint. Nur dass es für niemanden selbstverständlich ist. Ich wollte nur einmal richtig leben. Und für ein paar Stunden konnte ich das. Dank dir.«

Die Schatten hinter uns kamen näher. Ich wusste, wenn sie mich zu greifen bekamen, würde ich nicht mehr von hier wegkommen. Dann würde ich endgültig eine von ihnen sein. Dann wäre meine Zeit abgelaufen.

Das Licht um uns wurde immer heller. Dann spürte ich einen Schlag ins Gesicht und noch einen und noch einen. Aber nicht Vanessa schlug mich, sondern jemand, den ich nicht sehen konnte.

Mein Körper begann zu zucken und ich glitt vollends zu Boden. Etwas stach in meiner Brust, es tat entsetzlich weh. Dann schrie jemand meinen Namen. Es fühlte sich an, als presste sich etwas auf meinen Mund, und mir stieg der scharfe Geruch von Chlor in die Nase.

Vanessas Gesicht erschien wieder über mir. Sie lächelte, flüsterte mir etwas zu. Dann wurde plötzlich alles schrecklich grell und ich wurde von Krämpfen geschüttelt. Meine Brust schmerzte und meine Lungen fühlten sich wie aufgebläht an.

Ich hörte Vanessas Flüstern und sah auf einmal Bilder vor mir – so schnell, als würde ich auf ein Daumenkino starren, bei dem jede Seite etwas anderes zeigte.

Zoe.

Der Club.

Masken.

Ein Gang.

Nachthimmel.

Ein spiegelverkehrtes S.

Eine goldene Kugel.

Ein Gebäude.

Dann ein weiterer Gang.

Ein Keller.

Dunkelheit.

Immer schneller brach die Bilderflut über mich herein. Dann spürte ich eiskalte Hände, die mich bei den Armen griffen. Vanessa war nun ganz dicht bei mir.

»Nikka!«

Eine Stimme wie aus einer anderen Welt.

»Nikka! Hörst du mich?«

Etwas Unsichtbares zerrte an mir, aber Vanessa hielt mich

umso fester. Sie schob sich wie zu einer Umarmung an mich heran und klammerte sich an mir fest.

»Bleib«, hörte ich sie in mir. »Bleib bei mir!«

Sie versuchte mich mit aller Macht bei sich zu behalten und die Schatten hinter mir kamen immer näher. Sie wollten mich nicht mehr gehen lassen. Ich war nun eine von ihnen, ein Teil des dunklen Ortes, und der einzige Ausweg führte durch das Licht.

Ich wollte in das Licht gehen.

Ja, ich wollte es *unbedingt*.

Es war so verlockend, aber ich durfte nicht dorthin gehen. Ich hatte eine Aufgabe und sie war noch nicht erledigt.

»Bleib bei mir, Nikka!«

Dann riss mich etwas hoch. Ich wirbelte durch die Dunkelheit, als hätte mich ein Orkan gepackt, und dann …

81.

…musste ich würgen. Ich drehte mich zur Seite und hustete Wasser aus. Der Boden unter mir war noch immer glatt und feucht, aber er fühlte sich nicht mehr uneben und schlierig an. Es war kein Stein mehr, es waren ebenmäßige, rutschsichere Platten.

Als ich endlich wieder atmen konnte, klarte sich mein Blick langsam auf. Die Schwärze wich und vor mir erschien das tiefe Blau des Schwimmbeckens. Das Wasser schlug noch leichte Wellen und das rot-weiße Absperrband für den Nichtschwimmerbereich schaukelte unruhig auf und ab.

»Nikka?«

Ich drehte mich auf den Rücken und sah in Saschas Gesicht. Er kniete über mir, triefend nass, und schaute schwer atmend auf mich herab. Seine Wangen leuchteten feuerrot.

»Bist du okay?«

Ich nickte, stemmte mich mühsam hoch und stützte mich auf meine Ellenbogen. Meine Rippen stachen bei jeder Bewegung und meine Lungen brannten höllisch. Jeder Atemzug schmerzte, und doch war ich unsagbar froh, wieder Luft zu bekommen.

»Ja«, krächzte ich. »Ja, es geht mir gut.«

Sascha stieß einen erleichterten Seufzer aus, dann stand er auf und stützte sich mit den Händen auf den Oberschenkeln ab. Seine nasse Kleidung gab tropfende, schmatzende Laute von sich. Er hatte offenbar keine Sekunde verschwendet und nicht einmal die Schuhe ausgezogen, als er mich aus dem Becken geholt hatte.

»Bist du denn völlig irre geworden?«, blaffte er mich plötzlich an. »Du wärst fast draufgegangen!«

»Sascha, ich …«

»Du hast wohl den Verstand verloren! Das war *Selbstmord*, Nikka! Ich hätte dich fast nicht mehr zurückholen können.«

Beim letzten Wort brach seine Stimme und ging in ein Schluchzen über. Er richtete sich auf, wandte sich von mir ab und hielt sich die Hände vors Gesicht. Seine Schultern zuckten und er begann zu weinen.

»Es tut mir leid«, sagte ich und rappelte mich langsam auf. »Ich wollte nicht …«

Er fuhr zu mir herum und starrte mich zornig an. »Oh doch! Du wolltest es! Du wolltest sterben, damit du mit Zoes Geist oder was auch immer sprechen kannst. Und du hast dich einfach darauf verlassen, dass ich dich wieder zurückholen werde. Du hast mich ausgenutzt, Nikka! Und du hast mir zum zweiten Mal eine Scheißangst gemacht!«

Ich hatte mich auf die Füße gekämpft, aber meine Beine waren noch zu wackelig. Taumelnd versuchte ich zu stehen, dann kippte ich zur Seite. Sascha schoss auf mich zu und hielt mich gerade noch rechtzeitig, bevor ich zurück ins Becken fallen konnte.

Ich presste mich an ihn, und er hielt mich so fest, dass meine verletzten Rippen schmerzten. Aber das war mir egal. Ich hob den Kopf und wir sahen uns an. Sein Blick war verletzt, besorgt und voller Angst.

»Mach das nie wieder! Nie wieder, hörst du?«

»Nie wieder«, sagte ich leise. »Versprochen.«

Dann streckte ich mich und küsste ihn.

Anfangs zögerte er, aber dann erwiderte er den Kuss. Wir klammerten uns nass und zitternd aneinander und für einen Augenblick gab es nur noch uns. Mein drittes Leben begann auf die wunderbarste Weise von allen.

Die zweite Hälfte, mit der man ein Ganzes ergibt.

Als wir uns voneinander lösten, fuhr er mir sanft durchs Haar. »Ich hatte echt Angst, du schaffst es nicht«, flüsterte er. »Du bist so ein verrücktes Huhn.«

»Bin ich«, sagte ich und lächelte. »Und dank dir weiß ich jetzt, wo sie ist.«

Er sah mich mit großen Augen an. »Zoe?«

Ich nickte.

»Aber woher ...« Er stutzte und schüttelte ungläubig den Kopf.

»Du wolltest doch ein Zeichen«, sagte ich.

»Soll das heißen, sie war ... auf der anderen Seite?«

»Nein, aber Vanessa war dort.«

»Du willst ernsthaft behaupten, dass du mit ihr gesprochen hast?«

»Na ja, gesprochen ist wohl nicht das richtige Wort«, sagte ich. »Sie hat es mir eher *gezeigt*. Und dann wollte sie mich nicht mehr loslassen. Sie wollte, dass ich bei ihr bleibe.«

»Das hätte sie ja auch beinahe geschafft.«

»Sascha, glaub mir, das war kein Selbstmordversuch. Jedenfalls nicht so, wie du denkst. Ich habe nur keine andere Möglichkeit mehr gesehen, Zoe zu finden.«

»Du wärst fast für deine Freundin gestorben.« Es klang teils wie ein Vorwurf, zu einem kleinen Teil aber auch bewundernd.

»Was hättest du denn an meiner Stelle getan? Gewartet, bis es zu spät ist?«

Er sah mich nur an und schien keine Antwort darauf zu wissen.

»Wir müssen los«, sagte ich schließlich. »Es ist schon viel zu viel Zeit vergangen. Vanessa hat gesagt, Zoe sei nicht mehr dort drüben. Und ich hoffe wirklich, das bedeutet nicht, dass sie in das Licht gegangen ist.«

Ich las sowohl Zweifel als auch Sorge in seinem Blick. »Also gut, und wohin müssen wir?«

»Zum Club.«

Seine Augenbrauen schnellten hoch. »Zum Club?«

Ich nickte. »Ich erkläre es dir unterwegs. Aber wir sollten uns beeilen. Falls Zoe noch lebt, zählt jetzt jede Minute.«

82.

Während der Fahrt drehten wir die Heizung des Autos bis zum Anschlag auf. Wir froren beide vor Erschöpfung und Kälte. Das Gewitter war inzwischen vorübergezogen, aber es hatte einen eisigen Ostwind hinterlassen, der an Saschas kleinem Seat rüttelte.

»Wir müssen doch nicht etwa in den Club rein?«, sagte Sascha und überholte einen Laster. »So wie wir aussehen, wirft Toni uns sofort hochkant raus.«

Wir sahen tatsächlich ziemlich schräg aus. Saschas nasse Klamotten lagen in einer Plastiktüte auf dem Rücksitz. Unter seiner Lederjacke trug er das Sweatshirt, das ich in der Umkleidekabine gesehen hatte, und aus dem Spind des Bademeisters hatte er sich eine Jogginghose geliehen. Beide Teile waren ihm gut zwei Nummern zu weit, sodass er sich einen Gürtel aus Klebeband um die Taille gewickelt hatte, um die Hose nicht zu verlieren.

Ich saß neben ihm in meinen regenfeuchten Sachen, mit verschmiertem Make-up und einem Handtuchturban um die nassen Haare. Mir tat alles weh, ich war völlig erschöpft und stank nach dem Adrenalin, das ich in den letzten Stunden unentwegt ausschüttete.

»Nein, wir müssen nicht in den Club«, sagte ich. »Aber das Versteck muss ganz in der Nähe sein.«

»Jetzt erklär mir endlich, was du meinst«, sagte Sascha in ungeduldigem Tonfall. Kein Wunder, dass auch seine Nerven nun blank lagen. »Wohin soll Vanessa Zoe denn gebracht haben? In der Nähe des Clubs gibt es doch nichts, wo man jemanden verstecken könnte.«

Im Kopf ging ich noch einmal die Bilder durch, die Vanessa mir gezeigt hatte. Zuerst waren es nur hektische schnelle Eindrücke gewesen, die wirr durch meinen Verstand gewirbelt waren. Aber inzwischen hatte sich das Durcheinander verlangsamt, wie ein Karussell, das ganz allmählich zum Stehen kam, und die Bilder wurden deutlicher. Nun standen sie mir wie Szenen aus einem Film vor Augen, die ich nur noch in die richtige Reihenfolge bringen musste.

»Zoe muss irgendwo dort sein«, sagte ich. »Überleg doch mal. Sie war betäubt, aber bestimmt nicht so heftig wie ich. Sie hatte ja nur einen oder zwei Schlucke von dem Cocktail getrunken. Außerdem war ihr schlecht, als sie zur Toilette lief. Das heißt, sie hat sich dort wahrscheinlich übergeben und ist das Zeug gleich wieder losgeworden.«

»Trotzdem ist diese Droge ein ziemlicher Hammer«, entgegnete Sascha und schaltete in einen höheren Gang, als wir endlich auf der Schnellstraße waren. »Das Zeug geht sofort ins Blut.«

»Ich weiß. Aber wenn Zoe nicht so viel davon abbekommen hat wie ich, konnte sie vermutlich noch gehen, oder?«

Er zuckte die Achseln. »Möglich. Ja, wahrscheinlich schon.«

»Vanessa ist ihr nachgegangen«, fuhr ich fort. »Das hat sie mir selbst erzählt. Sie ist Zoe auf die Toilette gefolgt und hat sie von dort weggebracht.«

»Aber das müsste doch jemandem aufgefallen sein«, sagte Sascha und zog an einem Sattelschlepper vorbei, wobei der Motor seines Seats bedenklich aufheulte.

Ich schüttelte den Kopf. »Zwei maskierte Mädchen auf einer Halloweenparty, von denen eines wie betrunken wirkt? Wohl eher nicht. Außerdem gab es zu der Zeit ja noch etwas viel Spannenderes zu sehen.« *Samara kotzt!*, dachte ich und schauderte. »Durch den Vorfall mit mir waren alle abgelenkt. Also konnte Vanessa sie nach draußen bringen, ohne dass es jemand bemerkt hat.«

Sascha überlegte kurz, während er wieder auf die rechte Fahrspur wechselte, dann sagte er: »So weit, so gut, aber was dann? Nikka, sie kann Zoe doch überallhin gebracht haben. Sie hatte schließlich das Auto von dieser Gabi Neumann.«

»Eben nicht!«, widersprach ich. »In dem Zeitungsartikel stand doch, dass das Auto die ganzen fünf Wochen an derselben Stelle stand. Auf dem Pendlerparkplatz ist immer viel los, die Plätze dort sind knapp. Deshalb ist man ja überhaupt erst auf das Auto aufmerksam geworden. Hätte Vanessa es zwischenzeitig benutzt und danach an einer anderen Stelle geparkt, wäre das Auto vielleicht gar nicht aufgefallen.«

»Hm. Da hast du recht.« Sascha setzte den Blinker und nahm die Abfahrt zum Industriegebiet.

»Vanessa ist zu krank, um Zoe weiter als ein kurzes Stück mit sich herumgeschleppt haben zu können«, sagte ich und hielt mich am Seitengriff der Tür fest, damit mir der Sicherheitsgurt in der Kurve nicht zu sehr auf die schmerzenden Rippen drückte. »Sie hatte ja kaum die Kraft, mit mir den kurzen Weg von der Trattoria bis zum Kino zu laufen. Also *muss* sie Zoe irgendwo in der Nähe des Clubs versteckt haben.«

Sascha wischte sich mit dem viel zu langen Ärmel des Sweaters seine feuchten Haare aus dem Gesicht. »Okay, so weit kann ich dir folgen. Aber wo könnte man dort jemanden einschließen, wo man ihn weder hören noch sonst wie finden kann?«

»In einem Keller«, sagte ich. »Das jedenfalls hat Vanessa mir gezeigt.«

Endlich hatten wir den Parkplatz des P2 erreicht. Auch an diesem Abend war dort einiges los. Nach kurzem Suchen parkte Sascha in einer der wenigen freien Lücken. Er stellte den Motor ab und sah mich an. »Na schön, dann kommt der Club schon mal nicht infrage. Der hat nämlich keinen Keller.«

Ich zeigte an ihm vorbei aus dem Seitenfenster. »Die meisten der Neubauten da drüben stehen noch leer und in ein paar davon gibt es bestimmt Keller.«

Sascha seufzte. »Nikka, die Cops haben hier doch schon alles abgesucht.«

»Aber wohl nicht gründlich genug. Was wäre das nächstgelegene Gebäude?«

»Am kürzesten wäre wohl der Weg zu dem neuen Möbelhaus«, sagte Sascha und deutete über den Parkplatz. »Da wäre zwar noch dieser Discounter gegenüber, aber der hat keinen Keller, sondern eine Lagerhalle an der Rückseite.«

»Dann muss es das Möbelhaus sein«, sagte ich und spürte, wie sich mein Puls wieder beschleunigte. Noch vor ein paar Tagen war ich direkt davor gestanden, aber ich wäre nie auf die Idee gekommen, dass Zoe dort sein könnte. Dabei schien es mir jetzt so logisch. »Es steht noch bis Januar leer und vom Club bis dorthin sind es höchstens hundert Meter. Das könnte Vanessa gut geschafft haben.«

Sascha schien noch nicht wirklich überzeugt. »Aber was ist mit den Bauarbeitern? Die sind doch tagsüber dort. Zoe muss doch versucht haben, auf sich aufmerksam zu machen. Bestimmt hat sie geschrien oder so.«

Den Gedanken hatte ich auch schon gehabt, aber irgendwie lag die Antwort nahe. »Am Bauzaun hängt Werbung für eine Firma, die Innenausbauten macht. Ich nehme an, dass sie mit dem Keller schon fertig sind und nur noch in den Verkaufsräumen arbeiten. Da werden sie Zoe wahrscheinlich nicht gehört haben.«

Sofern Zoe überhaupt noch auf sich aufmerksam machen konnte.

Ich wagte nicht, diesen Gedanken auszusprechen. Stattdessen sagte ich: »Außerdem, wer sollte sie hier schon hören können? Der Lagerkeller hat wahrscheinlich keine Fenster, tagsüber hat man hier den ganzen Baulärm, und nachts ist es vor dem Club auch nicht gerade leise, das hörst du doch. Und zu allen anderen Zeiten ist hier ja niemand.«

Sein Blick wurde ernst. »Okay, wenn das wirklich stimmt … Ich meine, wenn sie wirklich in einem fensterlosen Keller gefangen gehalten wird, über eine Woche lang …«

»Ich weiß, was du denkst«, sagte ich und musste schlucken. »Und deshalb sollten wir keine Zeit mehr vergeuden! Sehen wir uns endlich dieses Möbelhaus an.«

Ich öffnete die Tür, aber beim Aussteigen drohten meine Beine erneut nachzugeben. Im letzten Moment konnte ich mich am Wagendach festhalten und wartete, bis der Schwächeanfall vorüberging.

Selbst schuld, flüsterte meine innere Stimme. *Dafür hättest du doch kein zweites Mal sterben müssen. Wenn du nur mehr nachgedacht hättest, wärst du auch so draufgekommen.*

Stimmte das wirklich? Oder war die Lösung, auf die ich jetzt gekommen war, vielleicht zu einfach?

Was ist? Hast du jetzt wieder Zweifel? Es könnte ja auch sein, dass du dich irrst. Und was machst du dann?

Ich schüttelte mich, um dieses Flüstern in meinem Kopf loszuwerden. Nein, ich durfte mich jetzt nicht selbst verunsichern – nicht, wo ich doch so kurz vor der Lösung des Rätsels stand. Zoe war hier, das *wusste* ich. Ich hatte nur Angst davor, was ich finden würde. Dass ich vielleicht schon zu spät kam.

Sascha trat neben mich und hielt mich an den Schultern fest. »Ich sollte dich in ein Krankenhaus bringen. Du klappst ja gleich zusammen.«

»Später«, sagte ich. »Das hier ist jetzt wichtiger.«

Er schüttelte seufzend den Kopf. »Mann, Nikka, hat dir schon mal jemand gesagt, dass du echt stur bist?«

»Klar, jeder. Vor allem Zoe.«

Und ich hoffte sehr, sie würde es bald wieder zu mir sagen können.

83.

Sascha musste mich stützen, als wir zu dem Gebäude gingen. Der kalte Wind zerrte an unseren Kleidern und trug den wummernden Bass vom Club zu uns herüber. Einige Raucher standen vor dem Eingang, aber sie bemerkten uns nicht. Es war schon fast halb zwei und die meisten waren entweder mit ihrer Unterhaltung oder ihren Handys beschäftigt. Vielleicht waren sie auch zu betrunken, um auf zwei Gestalten zu achten, die eng zusammengedrängt und in ziemlich schräger Aufmachung über den dunklen Parkplatz zu dem Möbelhaus wankten. So, wie auch Vanessa und Zoe hier entlanggekommen sein mussten.

Wahrscheinlich würden sie es nicht einmal bemerken, wenn zwei Giraffen mit Blaulichtern auf den Köpfen an ihnen vorbeigelaufen kämen.

Es waren vielleicht fünfzig oder sechzig Meter vom Auto bis zu dem Gebäude, aber als wir es schließlich erreichten, fühlte ich mich, als sei ich einen Marathon gelaufen. Meine Kraftlosigkeit in diesem Moment machte mich wahnsinnig, und ich gab mir alle Mühe, mich zusammenzureißen.

Sascha sah mich besorgt an. »Geht es noch?«

»Ja«, sagte ich ungeduldig. »Geh einfach weiter!«

Die großen Eingangstüren an der vorderen Glasfront des Möbelhauses waren wie erwartet abgeschlossen, also mussten wir es an der Rückseite versuchen. Der hintere Teil des Geländes war noch mit einem Bauzaun gesichert. Der Zaun ließ sich jedoch leicht aufhebeln, weil die Gitter nur ineinandergesteckt waren.

Bei Sascha sah es wie ein Kinderspiel aus, als er eines der Aluminiumgitter aus den Verankerungen hob, also würde Vanessa es ebenfalls geschafft haben. Immerhin war sie an diesem Abend noch in einer besseren Verfassung gewesen als ich jetzt.

Nicht zu vergessen, dass sie ihren letzten großen Plan mit aller Gewalt durchsetzen wollte. Und wenn der Wille stark genug war, konnte man über die eigenen Kräfte hinauswachsen – das stellte ich schließlich selbst gerade unter Beweis.

Wir gingen weiter zu einer Stahltür, die als Notausgang gekennzeichnet war. Darunter stand: *Tag und Nacht frei halten!*, aber sie war ebenfalls abgeschlossen.

Nun blieb nur noch eine Möglichkeit: ein rückseitiges Rolltor im Untergeschoss, zu dem eine abschüssige, noch ungeteerte Zufahrt führte. Das Tor war groß genug, dass ein Lastwagen durchpasste. Ich suchte die Wände daneben ab, aber ich konnte keinen Schalter erkennen, mit dem es sich öffnen ließ. Wahrscheinlich ging das nur von innen oder man brauchte eine Fernbedienung wie für ein Garagentor. Und auch die Tür neben dem Rolltor war verschlossen.

»Shit, das gibt's doch nicht!«

Ich lehnte mich gegen die Wand und kämpfte gegen einen erneuten Schwindelanfall an.

»Ich glaube nicht, dass Vanessa hier gewesen ist«, sprach Sascha meine eigene Befürchtung aus. »Es gibt keinen heimlichen Weg ins Gebäude und außerdem sind da noch die da oben.«

Er zeigte an der Wand hoch und dann sah auch ich die Überwachungskameras. Selbst bei dieser Dunkelheit waren die hervorstehenden Silhouetten an der Fassade nicht zu übersehen. Das war wohl Absicht, um potenzielle Einbrecher abzuschrecken.

Wenn Vanessa das Gelände im Vorab ausgespäht hatte – wovon ich schwer ausging –, musste auch sie die Kameras gesehen haben. Und auch wenn nicht erkennbar war, ob sie schon in Betrieb waren, hätte Vanessa das Risiko sicherlich nicht auf sich genommen. Abgesehen davon, wäre sie auch gar nicht in das Gebäude hineingekommen.

»Verdammt!« Ich war vor Verzweiflung und Erschöpfung den Tränen nahe. Hätte ich nicht so große Mühe gehabt, mich auf den Beinen zu halten, hätte ich aus Wut am liebsten nach etwas getreten. Innerlich tobte ich wie vor einigen Tagen auf dem Waldparkplatz.

»Das kann nicht sein!«, schrie ich. »Sie muss hier irgendwo sein, Sascha! Ich habe es doch gesehen!«

Wieder kehrte der Zweifel in seinen Blick zurück. »Was genau glaubst du denn gesehen zu haben?«

»Das habe ich dir doch schon erzählt!« Mir wurde klar, dass ich ihn anschrie. Also atmete ich tief durch und nahm mich zusammen. Sascha konnte schließlich nichts dafür, dass wir wieder mal in einer Sackgasse feststeckten.

»Vanessa hat mir diese Bilder gezeigt«, sagte ich mit nun ruhigerer Stimme. »Ich kann nicht erklären, wie sie das gemacht hat, aber die Bilder waren in meinem Kopf. Und da sehe ich sie immer noch. Es sind ...«

Ich stutzte. Noch während ich gesprochen hatte, waren die

Bilder wieder zu mir zurückgekehrt, und nun sah ich zwei davon vor meinem geistigen Auge. Zwei Bilder, die ich zuvor in meiner Aufregung übersehen haben musste.

»Was ist los?«, fragte Sascha und trat näher. Offenbar glaubte er, ich würde gleich umkippen.

»Eine goldene Kugel!«, stieß ich hervor.

»Was?« Er sah mich an, als hätte ich den Verstand verloren.

»Da war eine goldene Kugel«, wiederholte ich aufgeregt. »Ich habe sie nicht deutlich gesehen, weil alles so schnell ging, aber sie muss ziemlich groß sein, und sie ist irgendwo am Boden.«

»Eine goldene Kugel«, murmelte Sascha, als sei er sich nicht sicher, wie er sonst reagieren sollte. Bestimmt hielt er mich nun wirklich für durchgeknallt.

»Du kennst dich hier doch aus«, sagte ich. »Gibt es hier vielleicht irgendeine Firma, die so eine Kugel als Logo hat?«

Sascha überlegte einen Moment. Dabei rieb er sich die Arme und trat von einem Bein aufs andere. Seine nassen Sneakers gaben schmatzende Laute von sich und bestimmt war auch ihm schrecklich kalt. Trotzdem sagte er nicht, dass er gehen wollte, und das rechnete ich ihm hoch an.

»Nein, tut mir leid«, sagte er schließlich. »Ich kenne inzwischen natürlich die meisten Gebäude hier, aber ich wüsste keines, an dem es eine goldene Kugel oder etwas in der Art gibt.«

Eine weitere Welle der Verzweiflung drohte über mich hereinzubrechen, aber ich gab ihr keine Chance. Immerhin hatte ich noch das zweite Bild. Das letzte.

»Und was ist mit einem spiegelverkehrten S?«, sagte ich und schrieb es mit den Fingern in die Luft. »Groß, rot und ziemlich breit.«

Sascha hob die Brauen. »Ein S?«

»Ja, nur spiegelverkehrt. Wie ein breites rotes Fragezeichen ohne den Punkt und irgendwie schnörkelig. Verdammt, wenn ich mich doch nur besser an dieses Bild erinnern könnte!«

»Puh«, stieß Sascha hervor. »Sorry, aber ich habe keinen Schimmer, was du damit meinst.«

»Ungefähr so.« Ich schaltete die Leuchte meines Handys ein und richtete sie auf den Boden. Dann zeichnete ich die Form mit meiner Schuhspitze in den Sand. »Es ist bestimmt kein spiegelverkehrtes S«, sagte ich. »Mir fällt nur kein besserer Vergleich ein.«

Sascha betrachtete meine Sandskizze und runzelte die Stirn. »Und du sagst, dieses Symbol sei rot?«

»Ja. Hast du eine Ahnung, was das sein könnte?«

»Hm, vielleicht.« Er sah sich um. »Vom Club bis dahin ist es zwar nicht der kürzeste Weg, aber in der Seitenstraße wäre man unauffälliger. Das könnte Vanessa geschafft haben.«

»Vom Club bis wohin?«, fragte ich ungeduldig.

Sascha sah mich wieder an. »Kann sein, dass ich mich täusche, aber vielleicht ist das, was du für ein spiegelverkehrtes rotes S hältst, in Wirklichkeit ein Drache.«

»Ein Drache?«

Er nickte. »Ja, ein roter Drache. Am besten zeige ich ihn dir. Wenn wir hier noch weiter nur rumstehen, erfriere ich sowieso. Kannst du noch ein Stück laufen?«

Und ob ich das konnte!

84.

Meine innere Stimme hatte sich geirrt. Nein, ich war nicht umsonst an den dunklen Ort zurückgekehrt. Ganz im Gegenteil, denn das, was ich jetzt sah, hätte ich durch bloßes Überlegen niemals herausgefunden.

Sascha hatte mich in eine Seitenstraße geführt, die sich neben dem Club in den östlichen Teil des Industriegebiets zog. Als ich dann den roten Drachen an der Außenfassade eines neuen China-Restaurants sah, verschlug es mir die Sprache. Ja, jetzt im Dunkeln ähnelte er wirklich einem dicken gespiegelten S. So musste ihn auch Vanessa wahrgenommen haben, als sie Zoe in der Halloweennacht hierhergebracht hatte.

»Das ist es«, rief ich aufgeregt. »Sascha, das ist es!«

»Dann hast du diesen Drachen gesehen?« Seinem Blick war anzumerken, dass er noch immer an meiner Geschichte zweifelte. Aber jetzt war ich mir sicher, dass ich ihn gleich vom Gegenteil überzeugen würde.

»Ja, genau dieses Bild hat mir Vanessa gezeigt«, sagte ich. »Lass uns nach einem Hintereingang suchen!«

Der Neubau des Restaurants stand unmittelbar neben zwei weiteren Flachbauten, die in naher Zukunft einen Döner-Imbiss und ein McDonald's-Restaurant beherbergen würden.

Dem großen Parkplatz nach zu urteilen, zielte man hier wohl auf Lkw-Fahrer als Hauptkundschaft ab.

Auch dieses Gelände war von einem Bauzaun umgeben. Sascha konnte den Zaun jedoch ebenso leicht aushebeln wie zuvor am Möbelhaus. Wir zwängten uns durch den Spalt und näherten uns dem sterilen Betonklotz mit dem unbeleuchteten Schriftzug *Gourmet-Tempel LAO-TSE*, der genauso wenig einladend wirkte wie alle übrigen Gebäude hier.

An der doppelflügeligen Eingangstür hing ein Plakat mit der Ankündigung, dass das Restaurant am 22. Dezember eröffnen werde (*Reservieren Sie jetzt schon Ihr Christmas-Dinner!*), und bis dahin waren es noch fast zwei Monate. Wenn Vanessa Zoe hier versteckt hatte – und daran hatte ich diesmal keinen Zweifel –, hätte es noch einige Zeit gedauert, bis man sie entdeckte.

Ich leuchtete durch die Glastür ins Innere des Restaurants. Alles wirkte hier noch ziemlich unfertig. Ich erkannte Kabel, die von unverputzten Betonwänden hingen, und in der Mitte des Lokals, wo später einmal die Kellner durch die Tischreihen eilen würden, stand nur eine Palette mit Zementsäcken.

Sascha zupfte mich am Ärmel. »Das da drüben musst du dir ansehen«, sagte er mit vor auf Aufregung bebender Stimme. »Ich glaube, ich habe diese goldene Kugel gefunden. Nur dass es keine Kugel ist, sondern ein … Mönch.«

Ich sah zu dem Gebilde, das er mit seinem Handy anleuchtete, und mein Herz machte einen Sprung. Dann musste ich lachen. Halb erstaunt, halb erleichtert konnte ich einfach nicht anders. Erst recht, als ich in Saschas verdutztes Gesicht sah.

»Na, glaubst du mir jetzt endlich?«

Sascha starrte auf die überdimensionale Messingstatue eines dicken lachenden Mönchs, die bei flüchtigem Hinsehen tatsächlich einer unförmigen Kugel glich. Eine deutlich kleinere Version dieser Statue gab es am Eingang des Sushi-Restaurants in der Innenstadt. Der dicke Bauch des Mönchs dort war schon ziemlich abgerieben von den zahllosen Berührungen der Besucher. »Es ist ein Budai«, hatte Zoe mir einmal erklärt. »Wenn du ihn anfasst, soll er dir angeblich Glück bringen.«

Und ja, dieser hier tat das nun wirklich, dazu musste ich nicht erst seinen Bauch berühren. Wahrscheinlich würde die Skulptur später ebenfalls neben dem Restauranteingang stehen, aber im Moment thronte sie noch auf einem Sandhaufen neben der Abfahrt zum Lagerkeller.

»Wow«, flüsterte Sascha. »Von der Straße aus sieht man den Mönch nicht. Wie konntest du das wissen?«

»Das habe ich dir doch erklärt«, sagte ich. »Vanessa hat ihn gesehen, als sie Zoe hierhergebracht hat.«

Er setzte zu einem Kommentar an, schien aber nicht die passenden Worte zu finden. Stattdessen ließ er den Lichtkegel seiner Handyleuchte über die Fassade des Gebäudes wandern.

»Keine Kameras«, sagte er und zeigte zu den Kabeln hoch, die dort aus der verputzen Wand hingen. »Jedenfalls noch nicht.«

Ich deutete zu der doppelten Stahltür am unteren Ende der Abfahrt, auf der in großen weißen Buchstaben ANLIEFERUNGEN stand. Darunter haftete ein gelbes Schild *Unbefugten ist der Zutritt verboten.* »Wir müssen da runter!«

Sascha ging voraus. Als er an der Stahltür angekommen war, drückte er die Klinke. Die Tür ließ sich tatsächlich öffnen. Entweder dachte man, das Verbotsschild würde ausreichen, oder es gab noch nichts in diesem Keller, was man hätte stehlen können.

»Unfassbar!« Er schüttelte staunend den Kopf und spähte in

das dunkle Innere. Dann hob er einen Holzkeil vom Boden auf. »Wahrscheinlich halten sie die Tür hiermit sogar offen, wenn die Handwerker da sind. Damit der Keller richtig austrocknen kann.«

»Könnte sein.«

Vanessa musste das gewusst haben. Sicherlich hatte sie das Gelände für ihren Plan gründlich ausgespäht. So, wie sie auch Zoe und mich ausgespäht hatte.

Es war ein so erschreckend simpler Plan, Zoe quasi direkt vor aller Augen zu verstecken. Vanessa hatte nur noch Zoes Handy in dem Mülleimer vor dem Club entsorgen müssen. Alle hatten geglaubt, Zoes Entführer wollte damit verhindern, dass man seinen Weg verfolgen konnte. Aus den Nachrichten wusste ich, dass man Zoe Gott weiß wo vermutet hatte, aber *hier* hatte sicherlich niemand nach ihr gesucht. Ich ja schließlich auch nicht.

»Also gut, sehen wir da drin nach«, sagte Sascha und betrat den Keller. Ich zögerte kurz, hatte Angst vor dem, was wir dort vielleicht entdecken würden, aber dann folgte ich ihm.

Kalter Zementgeruch schlug uns entgegen und ließ mich würgen. Hier roch es fast so wie an dem dunklen Ort. Beinahe schon glaubte ich, dass ich gleich wieder das Flüstern und Wispern hören würde oder dass mich etwas im Dunkeln am Bein packte. Etwas mit eisigen Händen, dem ich nun schon zweimal entkommen war.

Mir wurde wieder schwindlig und ich stützte mich gegen eine Wand. Die Oberfläche fühlte sich erschreckend vertraut an. Ebenso kalt und seltsam feucht wie der Fels im Tunnel.

Sascha kam zu mir zurück. Seine Lampe blendete mich. »Was ist los? Ist dir schlecht?«

Ich winkte ab. »Geht gleich wieder.«

»Sieht aber nicht so aus. Du bist käseweiß.«

»Nur ein kleiner Schwächeanfall, ist gleich vorbei. Komm, lass uns weitergehen!«

»Aber du …«

»Keine Diskussion, okay? Ich bin stur, schon vergessen?«

»Nein, aber du solltest auch nicht vergessen, dass du gerade erst ein paar Minuten lang wieder …« Er stockte, als müsste er sich das richtige Wort überlegen. »Na ja, eben *weg* warst.«

»Das werde ich ganz bestimmt nicht vergessen«, sagte ich und schob mich an ihm vorbei. »Komm jetzt, wir sind gleich da!«

Weitere Bilder fanden ihren Platz in meinem geistigen Puzzle. Den Gang mit den Stahltüren und den leeren Metallregalen hatte ich ebenfalls schon einmal gesehen. Vanessa hatte ihn mir gezeigt.

Sie war hier mit Zoe entlanggekommen. Und dann hatte sie den rechten Seitengang genommen. Dort musste der Raum sein.

Himmel, ich komme mir vor, als würde ich mich durch ein einziges Déjà-vu bewegen!

Sascha kam mir nach. »Willst du denn nicht hinter den Türen hier nachsehen?«

Ich war zu sehr damit beschäftigt, mich auf den Beinen zu halten, um zu antworten, und schüttelte nur den Kopf. Wir waren inzwischen an mehreren Türen vorbeigekommen, aber ich wusste, dass die Tür, die wir suchten, in dem Seitengang vor uns war. Sie *musste* einfach dort sein!

Und dann endlich sah ich sie.

»Da drin«, flüsterte ich. »Zoe ist da drin.«

Die Tür war größer als die anderen und hatte statt einer Klinke einen großen Schnappgriff. Als ich ihn fassen wollte, begannen meine Schläfen wie verrückt zu pochen. Es fühlte sich an, als würde man mir glühende Nadeln in den Kopf stechen. Lichtflecken tanzten vor meinem Gesicht und mir wurde entsetzlich schlecht. Dann gaben meine Knie nach und ich taumelte zur Seite.

Sascha hielt mich fest und half mir zur Wand, damit ich mich anlehnen konnte.

»Warte hier und lass mich das machen«, sagte er. Er ging zurück zu der Tür, umfasste den Bügel und sah mich an. Sein Adamsapfel hüpfte auf und ab und ich hielt vor Aufregung die Luft an. Dann zog er an dem Griff. Es gab ein klickendes metallisches Geräusch und die Tür schwang auf.

Augenblicklich stieß Sascha einen angewiderten Laut aus. Er riss den Kopf zur Seite und schlug sich eine Hand vor Mund und Nase. Keine Sekunde später traf auch mich der Gestank. Scharf und beißend wie das Katzenklo von Herrn Rossi, wenn ich es mal eine Woche oder so nicht gereinigt hatte – nur dass dieser Gestank tausendmal schlimmer war.

Wieder musste ich würgen, und für einen Augenblick fürchtete ich, ohnmächtig zu werden.

Nein, ich muss wach bleiben! Ich muss stark sein! Stärker als alles!

Schließlich siegte mein Wille. Ich stieß mich von der Wand ab und ging mit wackeligen Schritten auf den dunklen Raum zu.

Der Gestank war unerträglich. Ich musste mich überwinden, noch einen Schritt nach vorn zu machen und mit meinem Handy in die Dunkelheit zu leuchten.

Der Lichtkegel glitt über einige leere Wasserflaschen, Kekspackungen und geöffnete Konservendosen, die auf der linken Seite des Raumes herumlagen. Dann über einen einzelnen

Löffel, an dem etwas Braunes festgetrocknet war. Und schließlich zu einem Eimer an der Mitte der gegenüberliegenden Wand.

Ich musste nicht erst hineinsehen, um zu wissen, dass dieser Eimer die Ursache des Gestanks war.

Mit pochendem Herzen leuchtete ich weiter zur rechten Seite des Raumes. Mein Lichtstrahl fiel auf ein langes, graues Bündel. Da lag jemand, völlig eingewickelt in eine dicke Wolldecke. Nur an einem Ende ragte ein blonder Haarschopf hervor.

»Zoe!«

Mein Schrei wurde von den dicken Wänden des Lagerraums geschluckt. Der Raum hatte kein Fenster, nur eine automatische Deckenlüftung. Sie war bereits in Betrieb, aber offensichtlich zu schwach, um etwas gegen den Gestank auszurichten.

Es war, wie ich es befürchtet hatte. Niemand hatte Zoe hier gehört. Und jetzt war sie ...

Ich taumelte auf sie zu und Sascha kam mir nach. Hastig ließ ich mich neben ihr auf die Knie fallen und zog an der Decke.

Zoes bleiches Gesicht kam zum Vorschein. Eingefallene Wangen, die geschlossenen Augen dunkel umrandet. Sie bewegte sich nicht und fühlte sich schrecklich kalt an.

»Oh mein Gott!«, stieß ich hervor. »Sie ist tot!«

Sascha schob sich zwischen uns. »Lass mich mal ran!«

Er zog die Decke noch weiter zurück und legte seine Fingerspitzen an Zoes Hals. Endlose Sekunden verstrichen, dehnten sich zu einer Ewigkeit. Sascha hatte die Augen zu schmalen Schlitzen zusammengekniffen und war völlig konzentriert.

Schließlich hielt ich es nicht mehr aus.

»Was ist mir ihr? Ist sie ...«

Er schüttelte den Kopf. »Sie hat noch einen ganz schwachen Puls. Schnell, ruf den Notarzt! Schaffst du das?«

»Natürlich!«

Sascha sprang auf, nahm Zoes Beine und hielt sie hoch, wie ich es aus dem Ersthelferkurs kannte. Er versuchte, ihren Kreislauf in Schwung zu bringen.

Im Keller hatte mein Handy keinen Empfang, also stolperte ich, so schnell es ging, zurück durch den Gang ins Freie.

Endlich sprang die Anzeige auf drei Balken hoch und ich wählte den Notruf. Gleich darauf meldete sich eine Frauenstimme. Hastig erklärte ich ihr die Situation und beantwortete ihre Fragen. Dabei lehnte ich mich gegen die Außenfassade und sank in die Hocke.

Es kostete mich alle Kraft, nicht ohnmächtig zu werden. Hätte mein Körper eine Akkuanzeige wie mein Handy gehabt, wäre sie jetzt kurz vor null angekommen.

»Schicken Sie einen Rettungswagen«, sagte ich, während Lichtpunkte vor meinen Augen zu flackern begannen. »Nein, besser gleich zwei.«

Ich hatte kaum ausgesprochen, als mir das Handy aus der Hand glitt. Der letzte Rest Kraft verließ mich und ich sackte in mich zusammen.

Am Boden liegend starrte ich zum dunklen Nachthimmel hinauf, der sich plötzlich über mir zu drehen schien. Wie ein schwarzer Strudel, der mich in sich aufsog.

Ich habe es geschafft!, war mein letzter Gedanke.

Dann dämmerte ich ins Nichts.

85.

Nach meinem Zusammenbruch hatte ich mehr als dreißig Stunden in einem Zustand verbracht, der halb Ohnmacht, halb Schlaf gewesen war. Als ich schließlich aufwachte und mich in einem Bett auf der Intensivstation wiederfand, kam es mir vor, als sei ich in einen bösen Traum zurückgekehrt.

Alles wirkte erschreckend vertraut: Das Piepen des EKG-Geräts, die Monitore neben dem Bett, die Schwestern auf dem Gang, der sterile Geruch nach Reinigungsmittel.

Ich musste an diesen alten Film über den Murmeltiertag denken, in dem der Hauptdarsteller immer wieder am selben Morgen aufwacht und den gleichen Tag ständig neu erleben muss. Für einen entsetzlichen Moment glaubte ich, dass es mir nun ebenso erging. Dass ich in Wahrheit das Krankenhaus nie verlassen hatte. Dass alles wieder auf null stand und ich von vorn beginnen musste.

Aber dann stellte ich erleichtert fest, dass ich in einem anderen Zimmer lag – nicht in 604, sondern in 603, dem ehemaligen Zimmer des Ledermanns.

Auch zeigte der Kalender an der Wand gegenüber einen anderen Tag. Und es war ein viel besserer Tag, als der, an dem ich zum ersten Mal auf dieser Station zu mir gekommen war.

Ein Tag, an dem ich alles hinter mir hatte. Ein Tag, an dem Zoe wieder da war. Ein Tag, an dem man neu beginnen konnte.

Zoe lag nur zwei Räume weiter, erzählte mir Ella. Sie hatte die ganze Zeit über an meinem Bett gewacht und war ganz außer sich.

Nach ihren Umarmungen und den anfänglichen Freudentränen hielt sie mir eine gepfefferte Standpauke.

Warum ich nicht mit der Polizei gesprochen hatte, als Vanessa vor dem Pub zusammengebrochen war. Warum ich stattdessen den ganzen Weg von der Altstadt bis ins Industriegebiet zu Fuß gegangen war.

»Und das in deinem Zustand!«, fügte sie mit erhobenem Zeigefinger hinzu, als würde sie mit einem begriffsstutzigen Kind sprechen. »Sascha hat mir alles erzählt. Du hast wieder einmal auf eigene Faust gehandelt. Er sagt, du hast dich erst bei ihm gemeldet, als du schon bei diesem Restaurant warst. Wahrscheinlich hättest du nicht einmal das getan, wenn es dir nicht so schlecht gegangen wäre. Dabei hättest du doch der Polizei sagen können, was diese Vanessa dir über Zoes Versteck erzählt hat. Aber nein, du musstest lieber selbst nachsehen! Das war einfach nur dumm, Nikka!«

»*Das* hat Sascha dir erzählt?«

Ich nahm mir vor, dass ich mich bei unserer nächsten Begegnung mit einem weiteren Kuss bedanken würde.

Ella sah mich streng an. »Jawohl, junge Dame, das hat er erzählt. Und da gibt es überhaupt nichts zu grinsen! Ich bin vor Angst fast gestorben, als mich das Krankenhaus angerufen hat! Warum, in Gottes Namen, bist du nur so unvernünftig gewesen?«

Weitere Tränen liefen über ihr Gesicht, und obwohl mein

ganzer Körper nun nur noch aus Schmerzen zu bestehen schien, beugte ich mich zu ihr. »Weil ich nun mal ein Sturkopf bin, Ella. Das weißt du doch.«

Sie wischte sich mit dem Handrücken übers Gesicht. Dann schloss sie mich vorsichtig in die Arme. »Ja, das weiß ich, du Dummerchen. Aber mach so etwas nie wieder mit mir, hörst du? Nie wieder, versprich es mir!«

Das hatte auch Sascha zu mir gesagt und ich versprach es auch Ella.

86.

Nach der Mittagsvisite besuchte mich Hauptkommissar Stark. Er stellte mir dieselben Fragen, die mir auch Ella gestellt hatte – nur dass sie bei ihm förmlicher und keineswegs emotional klangen.

Dank Ella kannte ich nun die Geschichte, die Sascha allen erzählt hatte. Also behauptete auch ich dem Kommissar gegenüber, dass mir Vanessa kurz vor ihrem Herzanfall Zoes Versteck verraten hatte.

Er schien mir größtenteils zu glauben, aber da war auch eine Spur von Zweifel in seinem Blick.

»Warum haben Sie das nicht den Kollegen gesagt, die zum Pub gekommen sind?«, fragte er.

»Weil ich mir nicht sicher war, ob Vanessa mir die Wahrheit gesagt hat«, erwiderte ich. »Außerdem hatte ich keine Zeit für lange Erklärungen. Ich musste doch meine Freundin retten.«

Der Kommissar sah mich eine Weile schweigend an. Ich erkannte, dass er nach wie vor an meiner Darstellung zweifelte, aber schließlich nickte er, als wollte er es dabei belassen. »Sie sind wohl ziemlich stur, was?«

Ich zuckte vorsichtig die Achseln, was trotzdem ziemlich

wehtat. »Das haben mich mein Freund und meine Großmutter auch schon gefragt. Also muss da wohl was dran sein.«

Nun sah ich ihn zum ersten Mal lächeln, es wirkte sogar ein wenig verschmitzt. »Na, dann bleibt mir wohl nichts anderes übrig, als Ihnen noch eine gute Besserung zu wünschen, Nikka. Ich bin froh, das alles doch noch ein gutes Ende genommen hat.«

Nicht für alle, dachte ich, aber das behielt ich für mich.

87.

Kurz nachdem der Kommissar gegangen war, streckte Sascha den Kopf zur Tür herein. »Ist er endlich weg?«

Ich nickte. »Yap!«

»Ein Glück! Ich habe keine Lust, dem noch mal über den Weg zu laufen. Wie der einen ansieht! Als ob er merken würde, dass man ihn anlügt. Dabei bin ich sowieso schrecklich schlecht darin. Aber ich konnte ihm ja nicht erzählen, dass du in Wahrheit ...«

»Sascha«, sagte ich und musste grinsen. »Halt einfach den Mund und komm her, okay?«

Unser zweiter Kuss war noch schöner als der erste. Viel entspannter und vor allem glücklich. Wir hatten es geschafft. Gemeinsam. Und wir waren ein ziemlich cooles Team, fand ich.

Aber das Beste kam danach, denn am Nachmittag war es endlich so weit: Ich durfte Zoe sehen!

Ich war noch etwas schwach auf den Beinen, also brachte Sascha mir einen Rollstuhl. Er half mir hinein, was von einem weiteren Schmerzgewitter in meiner Brust begleitet wurde, aber ich biss die Zähne zusammen.

»Bereit?«

Ich schluckte vor Aufregung. »Und ob! Für diesen Moment bin ich schließlich gestorben.«

Er nickte ernst. »Ich hoffe, dass du das in Zukunft bleiben lässt.«

Ich griff nach seiner Hand, die den Rollstuhl hielt. »Für immer kann ich dir das nicht versprechen, aber ich werde aufpassen, dass es bis dahin noch so lange wie möglich dauert.«

Wir sahen uns eine Weile an, als müssten wir beide über diese Worte nachdenken. Das Einzige, was wir sicher über die Zukunft wussten, war, dass sie jeden Tag neue Überraschungen bereithalten würde – im Guten wie im Schlechten.

»Na gut, akzeptiert«, sagte er. »So lange wie möglich.«

Dann schob er mich über den Gang zu Zimmer 601.

88.

Das Licht in dem Raum war gedämpft und zu meiner Überraschung standen zwei Betten darin. Man hatte Zoe und Vanessa zusammen in ein Zimmer gelegt.

Es war das erste Mal, dass ich die beiden nebeneinander sah, und wieder einmal war ich verblüfft, wie täuschend ähnlich sie sich sahen. Zwar war Vanessas Gesicht zur Hälfte von einer durchsichtigen Sauerstoffmaske bedeckt, aber man konnte trotzdem erkennen, dass ihre Züge denen von Zoe bis ins Detail glichen. Als hätte ein Künstler die beiden Gesichter in ein und derselben Form gegossen. Nur das Leben, das die beiden danach erwartet hatte, war völlig unterschiedlich verlaufen. Und in gewisser Weise war das der Grund, warum wir nun alle zusammen in diesem Zimmer waren.

Zoe lag im linken der beiden Betten. Ihr Rückenteil war halb aufgerichtet und sie hatte die Augen geschlossen. Ihr Gesicht wirkte wächsern und sie war furchtbar schmal geworden.

Irgendwo hatte ich mal gelesen, dass es gut sei, wenn man ein oder zwei Kilos mehr auf die Waage brachte, damit der Körper im Fall einer Krankheit davon zehren konnte. Aber das war bei Zoe nicht der Fall gewesen. Sie war schon immer sehr schlank gewesen. Nun waren ihre Wangen eingefallen, und ihre Arme, die auf der Bettdecke lagen, waren so dünn geworden, dass unser Freundschaftsband ein ziemliches Stück von ihrem knochigen Handgelenk abstand.

Einen entsetzlichen Moment lang glaubte ich, sie sei tot und man habe nur ihre Leiche in dem Krankenbett aufgebahrt. Aber dann schlug sie die Augen auf. Als sie mich erkannte, lächelte sie.

»Nikka!«

Ihre Stimme klang leise und brüchig, aber ich war so glücklich, sie zu hören.

Sascha schob mich näher zu ihr heran und ging dann wortlos aus dem Raum.

Ich streckte mich zu Zoe und wir umarmten uns. So blieben wir für eine ganze Weile, hielten einander fest und konnten kaum glauben, dass wir uns wirklich wiederhatten.

»Ich habe dich gesehen«, sagte Zoe schließlich. »Es war wie in einem Traum, aber ich wusste die ganze Zeit, dass du mich finden wirst. Nur so konnte ich durchhalten.«

Ich strich über das bunte Band an ihrem Handgelenk und spürte die unzähligen Knoten, die wir gemeinsam geknüpft hatten.

»Freundschaft ist stärker«, sagte ich.

»Stärker als alles«, erwiderte sie.

Dann sahen wir zu Vanessa. Sie lag reglos da und hatte die Augen geschlossen. In der Stille des Zimmers hörten wir das leise Zischen des Sauerstoffs in ihrer Maske und das unregelmäßige Piepen des EKG-Geräts.

Die Werte, die der Monitor neben ihr anzeigte, waren alles andere als gut. Um das zu erkennen, brauchte man kein Medizinstudium.

Jetzt, da Zoe wieder bei mir war, wollte ich wütend auf dieses Mädchen sein. Sie hatte uns so viel Leid, Angst und Schmerzen zugefügt, und das nur, weil sie neidisch auf unser Leben gewesen war.

Aber stattdessen empfand ich tiefes Mitleid mit ihr, und ja, irgendwie verstand ich sie sogar. Sie hatte einfach nur leben wollen. Sie hatte mit aller Macht darum gekämpft, dass ihr die kurze Zeit, die ihr blieb, Erfüllung brachte. Dafür war sie zu allem bereit gewesen, ohne Rücksicht auf andere zu nehmen.

So wie ich selbst, in dem kurzen Moment, bevor ich ertrunken war.

»Ich hasse sie nicht für das, was sie uns angetan hat«, sagte Zoe. »Ich hätte mir nur gewünscht, sie wäre nicht so zornig auf alles gewesen.«

Sie rückte ein wenig höher, streckte sich und stöhnte. »Hilfst du mir bitte? Ich würde gern ihre Hand halten.«

Ich schob den Rollstuhl um das Bett herum, nahm Vanessas rechte Hand und legte sie in die von Zoe. Danach ergriff ich Vanessas linke Hand. Sie lag schlaff und kalt in der meinen, aber ich wusste, dass sie irgendwo an einem anderen Ort nach unseren Händen griff und uns festhielt.

»Geh in das Licht«, flüsterte ich. »Alles ist wieder gut.«

So saßen wir schweigend da, hielten uns und waren auf gewisse Weise miteinander vereint. *Unter unseresgleichen* hätte Cordelia bestimmt gesagt.

Später kamen dann Zoes Eltern hinzu. Sie wurden von Rainer und Veronica Strach begleitet, die noch immer nicht fassen konnten, was ihre Tochter getan hatte. Dass sie nicht von einem Schnellzug getötet worden war, sondern versucht hatte, für den kurzen Rest ihres Lebens in die Rolle ihrer

Zwillingsschwester zu schlüpfen. Weil sie Zoe um ihr Leben beneidet hatte.

Wir sprachen nicht viel, aber dennoch verstanden wir einander. Alles war emotional so aufwühlend gewesen, so verwirrend, so schlimm. Aber nun, als wir uns um Vanessa versammelten, kehrte eine Art Ruhe zwischen uns ein. Vanessa hatte jedem von uns wehgetan, sie hatte sich selbstsüchtig und rücksichtslos verhalten, aber wir wollten ihr verzeihen. Jeder von uns.

Wenn wir über all das hinwegkommen wollten, ohne später mit Wut oder Verbitterung darauf zurückzublicken, mussten wir Vanessa etwas Gutes auf den letzten Weg mitgeben. Etwas, das für uns alle befreiend war – und ganz besonders für Vanessa selbst.

Einige Stunden später ging sie tatsächlich. Ihre Werte auf dem Monitor fielen auf null herab und das EKG gab einen lang gezogenen Alarmton von sich.

Zwei Schwestern und ein Arzt kamen herbeigeeilt und wir alle mussten das Zimmer verlassen. Vom Gang aus hörte ich, wie jemand nach dem Reanimationsteam rief.

Aber Vanessa war bereits in das Licht gegangen.

89.

Vier Tage später durfte ich endlich nach Hause. Meine Werte waren wieder in Ordnung, ich fühlte mich kräftiger und Dr. Mehra war zufrieden.

»Nur mit deinem neurologischen Befund komme ich weiterhin nicht so ganz klar«, sagte er bei unserem Abschiedsgespräch. »Deine Gehirnaktivität ist nach wie vor überdurchschnittlich hoch. Zum Teil sogar noch höher als beim letzten Befund. Aber wir haben keine Erklärung dafür. Hast du denn noch irgendwelche Beschwerden, vielleicht Kopfschmerzen oder einen unruhigen Schlaf?«

»Nein, in den letzten Nächten habe ich geschlafen wie ein Baby.«

»Hattest du Albträume?«

Ich schüttelte den Kopf und musste unweigerlich lächeln. »Nein, auch keine Albträume mehr.«

Zum Glück!

Er blickte in meine Krankenakte und runzelte die Stirn. »Hm, das ist seltsam. Aber solange es dir keine Beschwerden bereitet und wir die Ursache dafür nicht kennen, werden wir es wohl einfach akzeptieren müssen.«

Dr. Mehra drückte mir meine Entlassungspapiere in die

Hand und wünschte mir alles Gute. Als er sich verabschiedet hatte und zur Tür ging, sah er sich noch einmal zu mir um. Es schien, als wollte er noch etwas sagen, aber dann lächelte er nur knapp und verließ den Raum.

Ich konnte es kaum erwarten, hier rauszukommen. Den Desinfektionsmittelgeruch, die Visiten und das Krankenhausessen, das man nur mit viel Fantasie als Essen bezeichnen konnte, hatte ich gründlich satt.

Stattdessen freute ich mich nun auf zu Hause und, ja, ein wenig sogar auch auf die Schule. Die Herbstferien waren schon vorbei, und es würde für mich einiges nachzuholen geben, aber ich hatte Lust darauf, zu lernen und wieder ein Teil des normalen Lebens zu sein.

Natürlich würde es anfangs noch Gerede geben, und das dämliche Samara-Video würde mich bestimmt noch eine Weile verfolgen, aber das würde ich schon irgendwie hinbekommen. Ich wollte all die dunklen Dinge endlich hinter mir lassen und neu anfangen.

Sascha hatte darauf bestanden, mich abzuholen. Er wollte gleich nach dem Ende seiner Schicht zur Mittagszeit vorbeikommen, und Ella hatte versprochen, anschließend für uns zu kochen. Also nutzte ich den verbleibenden Vormittag für einen Besuch bei Zoe. Sie würde noch eine weitere Woche bleiben müssen, bis sie sich wieder ganz stabilisiert hatte, hatten die Ärzte gesagt.

Inzwischen war sie auf eine andere Station verlegt worden. Ihre Eltern hatten ihr ein schickes Einzelzimmer auf der Privatstation organisiert, mit einem großen Fernseher, freiem WLAN und deutlich besserem Essen. Zudem hatte Zoes Mom ihr versprochen, sie könne sich bei jedem Lieferservice der Stadt alles bestellen, worauf sie Appetit habe. Und als sei das noch nicht genug, hatte Maria Wagner bei ihrem letzten Besuch fünf Packungen Oreos mitgebracht – vier für Zoe und eine für mich.

Ich setzte mich zu Zoe aufs Bett, und wir plauderten und lachten, während wir uns zum x-ten Mal *Stranger Things* auf ihrem iPad anschauten. Zoe konnte die Dialoge ihrer Lieblingsserie inzwischen auswendig – vor allem natürlich die von Eleven.

Als wir bei der Szene ankamen, in der der verschwundene Junge mittels einer Weihnachtslichterkette mit seiner Mutter aus einer Parallelwelt kommuniziert, stoppte Zoe den Film und sah mich ernst an.

»Haben wir das wirklich gemacht? Ich meine, haben wir auch irgendwie miteinander gesprochen, als ich weg war?«

»Ich weiß nicht«, sagte ich. Es war noch keine eineinhalb Wochen her, aber irgendwie schien es mir nun schon sehr viel länger. Und mit jedem Tag fühlte es sich mehr und mehr wie die Erinnerung an einen bösen Traum an, die allmählich verklang. »Ich war jedenfalls überzeugt, dass du es bist. Dein Schatten ist mir immer wieder gefolgt. Wie ein Geist. Als ob du mir mitteilen wolltest, dass du meine Hilfe brauchst.«

Zoe starrte nachdenklich auf ihre Hände. »Ich kann mich nicht daran erinnern. Nur dass ich dich in dem Tunnel gesehen habe, in dieser Dunkelheit und dieser widerlichen Kälte. Wie sich dort alles angefühlt hat ...« Sie schüttelte sich, dann sagte sie: »Ganz am Anfang, als Vanessa mich in diesen Keller gebracht hat, dachte ich, ich würde sterben. Dr. Mehra hat gesagt, dass das an der Droge lag, dass ich vermutlich einen Kreislaufkollaps hatte und fast draufgegangen bin. Fast so wie du. Er sagte auch, dass unsere Begegnung in dem Tunnel nur eine Halluzination gewesen sein kann. Aber es hat sich so echt angefühlt. Vielleicht, weil ich dich dort gesehen habe.«

»Wie war es für dich, als du dort gewesen bist?«

Sie legte die Stirn in Falten, und ich sah, dass es ihr schwerfiel, noch einmal daran zu denken. »Na ja, ich hatte eine Riesenangst und es war ganz eigenartig. Ich kam mir wie in einem Fiebertraum vor. Alles schien irgendwie verzerrt. Wie in diesem Spiegelkabinett, in dem wir mal gewesen sind. Ich wollte nur noch weg von dort. Da war zwar dieses Licht, aber ich konnte nicht hingehen. Ich konnte mich überhaupt nicht rühren, und dann …«

Sie strich sich durch die kurzen Haare und seufzte wie jemand, dem bewusst war, dass er gerade etwas Unglaubliches erzählte. Kein Wunder, für sie war das eine neue Erfahrung, und sie hatte noch nicht die Zeit gehabt, sich über alles klar zu werden. Ich hatte ja ebenfalls lange an mir gezweifelt.

»Dann war ich plötzlich wieder in dem Keller«, fuhr sie fort. »Vanessa war bei mir. Ich glaube, sie hat mich zurückgeholt. Sie wollte bestimmt nicht, dass ich sterbe.«

»Das denke ich auch«, sagte ich. Vanessa mochte vielleicht neidisch und auf eine verquere Weise wütend auf ihre Schwester gewesen sein, aber sie hatte das Leben sehr wohl respektiert. Ganz besonders sie.

»Zuerst dachte ich, sie wäre auch nur eine Einbildung«, sagte Zoe. »Weil sie wie ich aussah. Aber als die Wirkung der Droge nachließ und mein Verstand klarer wurde, hat sie mir alles erklärt, ihre ganze verrückte Geschichte. Sie war wütend auf mich, dabei hatte ich ihr doch nichts getan. Es war so schlimm, ich hatte doch nichts von ihr gewusst.«

»Aber du wusstest, dass dich deine Eltern adoptiert haben?«

Zoe nickte. »Ich habe es dir nie erzählt. Das war wohl ein

Fehler und es tut mir leid. Aber weißt du, irgendwie schien mir das nie wichtig. Mom und Dad haben es mir gesagt, als ich noch klein war, aber es hat mir nie etwas ausgemacht. Für mich waren die beiden schon immer meine Eltern. Und das werden sie auch immer sein.«

Ich dachte noch einmal an Rolf Wagners Worte, dass die Adoption für Zoe nie eine Rolle gespielt hatte, und nickte. Ja, normalerweise hätte es wirklich keine Bedeutung gehabt, dass Zoe nicht die leibliche Tochter der Wagners war. Erst durch Vanessas Erscheinen war es bedeutend geworden. Und damit hatte niemand von uns rechnen können.

»Ich glaube, zwischen uns beiden gibt es eine ganz besondere Verbindung«, sagte ich und sah auf das iPad, wo noch immer das eingefrorene Bild der Lichterkette zu sehen war. »Bestimmt habe ich deswegen immer wieder deinen Schatten gesehen. Einmal bist du mir sogar richtig erschienen. In meinem Bad.«

Zoe sah mich mit großen Augen an. »Echt jetzt? Ich war in deinem Bad?«

»Ja, das war verdammt unheimlich. Aber so kam ich darauf, dass das Mädchen bei dir zu Hause nicht du sein kann. Weil sie nicht unser Freundschaftsband getragen hat.«

»Wow«, flüsterte Zoe. »Das weiß ich echt nicht mehr. Bist du dir wirklich sicher?«

Ich zuckte mit den Schultern. »Na ja, in dieser Nacht ging es mir nicht so gut. Ich hatte direkt davor einen schlimmen Traum. Vielleicht war das tatsächlich nur eine Halluzination, irgendeine Nachricht aus meinem Unterbewusstsein, aber vielleicht auch nicht.«

Zoe griff nach meiner Hand und unsere bunten Bänder berührten sich. »Ich musste jedenfalls ständig an dich denken,

Nikka. Irgendwie wusste ich, dass du mich suchst und mich finden wirst. Bestimmt waren wir auf irgendeine Art zusammen – miteinander verbunden. Klingt völlig abgefahren, was?«

»Ja«, sagte ich. »Das klingt echt abgefahren. Aber unsere Freundschaft bringt eben nichts auseinander.«

Zoe strahlte. »Darauf kannst du wetten!«

EPILOG

Eine Woche später kam der Winter und über Nacht fiel der erste Schnee. Viel zu früh, wie der Meteorologe im Fernsehen sagte. Doch das Wetter selbst schien es nicht zu kümmern, dass erst Mitte November war. Es machte, was es wollte, so wie das Leben auch.

An dem Samstag, an dem Vanessa beerdigt wurde, lag die Welt unter einer dicken weißen Decke begraben. Die Sonne schien von einem frostig klaren Himmel und von den schneebedeckten Friedhofsbäumen hingen Eiszapfen wie gefrorene Tränen herab.

Rainer und Veronica Strach hatten mit dem Termin für die Beerdigung gewartet, bis Zoe aus der Klinik entlassen worden war. Es war ihnen wichtig, dass Zoe sich ein letztes Mal von ihrer Schwester verabschieden konnte.

»Wir hängen an unserem Dasein und hungern nach einem erfüllten Leben«, sagte Rainer Strach bei seiner Trauerrede, »und manchmal fällt es uns schwer zu akzeptieren, dass wir nicht immer das bekommen, was wir uns wünschen. Ich glaube, das ist die größte Herausforderung, die das Leben an uns stellt. Dass wir lernen, das Beste aus dem zu machen, was wir haben – selbst dann, wenn es nicht viel ist.«

Im Grunde genommen beerdigten sie Vanessa nun zum zweiten Mal und das musste schlimm für sie sein.

Als der Sarg in die Grube hinabgelassen wurde, dachte ich an den Abend mit Vanessa. Wie wir uns unterhalten hatten, wie sie sich über die Pizza und den Kinobesuch gefreut hatte, wie sie alles über mich hatte wissen wollen. Weil sie hungrig nach dem Leben gewesen war.

Wir hatten Vanessa verziehen, auch wenn das, was sie getan hatte, nicht zu entschuldigen war. Aber zu wissen, dass man Dinge vielleicht nur noch einmal in seinem Leben tun konnte, die für andere selbstverständlich waren, gab diesen Dingen einen ganz besonderen Wert. Einen Wert, für den man wahrscheinlich alles tun würde.

Doch das konnte vielleicht nur jemand verstehen, der selbst schon einmal gestorben war. Jemand wie ich.

Nach der Trauerfeier gingen wir zurück zum Parkplatz. Zoe hatte noch etwas Schwierigkeiten mit dem Gehen und ihre Eltern stützten sie.

Sascha und ich gingen mit Ella am Ende der Gruppe, als ich zwischen den Grabsteinen einen kleinen Jungen sah. Er war vielleicht fünf oder sechs Jahre alt und starrte mich so ernst an, als ob er mich kannte.

Ich hatte den Jungen noch nie gesehen. Er schien zu niemandem aus der Trauergemeinde zu gehören und er war auch nicht für eine Beerdigung gekleidet. Er trug eine viel zu leichte rote Windjacke, dünne Jeans und Turnschuhe, in denen er bestimmt fror.

»Geht schon mal voraus, ich komme gleich nach«, sagte ich zu Ella und ging zu dem Jungen hinüber.

Als er mich auf sich zukommen sah, wurde sein Blick ärgerlich. »Warum bist du vor mir weggelaufen?«

»Weggelaufen?« Ich sah ihn verwundert an. »Wie meinst du das? Ich bin doch nicht vor dir weggelaufen.«

»Doch, bist du!« Er verzog schmollend das Gesicht. »Ich wollte dich festhalten, damit du bei mir bleibst. Zweimal sogar. Aber jedes Mal hast du geschrien und dann bist du weggerannt.«

»Ich … verstehe nicht«, stammelte ich. »Wovon redest du?«

Er senkte den Blick und begann zu schluchzen. »Es ist so dunkel dort und ich fürchte mich so.«

»Nikka?« Sascha trat neben mich und sah mich verblüfft an. »Ist alles in Ordnung?«

Ich spürte, wie ich am ganzen Körper zu zittern begann. »Ich … da ist dieser kleine Junge. Er …«

Doch als ich mich wieder nach dem Jungen umsah, war er verschwunden. An der Stelle, an der er gestanden hatte, lag unberührter Schnee, auf den der Frost eine glitzernde Eisschicht gezaubert hatte.

»Ein Junge?« Sascha sah sich nach allen Seiten um. »Was für ein Junge denn? Einer von den Strach-Zwillingen? Die sind doch schon mit ihren Eltern im Auto.«

»Dann muss ich mich wohl getäuscht haben«, murmelte ich und fröstelte.

Sascha legte einen Arm um mich. »Komm, lass uns gehen, es ist kalt hier.«

Oh ja, dachte ich. *Aber es gibt einen Ort, an dem es noch viel kälter ist. Und dunkel.*

Als wir zu seinem Wagen gingen, blickte ich noch einmal über die Schulter zurück, und für eine Sekunde stockte mir der Atem. Ich blieb wie versteinert stehen und konnte es nicht fassen.

Überall sah ich nun dunkle Schatten. Sie zeichneten sich

deutlich vor dem verschneiten Hintergrund ab. Es waren die Umrisse von Männern, Frauen und Kindern und sie alle schienen mich anzusehen.

Je länger ich hinsah, desto mehr kamen hinzu. Manche von ihnen waren fast so klar zu erkennen wie der kleine Junge. Er war nun wieder da, keine zwanzig Meter von mir entfernt, und starrte mich wieder anklagend an.

Hinter ihm erhob sich ein großer schlanker Schatten, der mir auf entsetzliche Weise vertraut vorkam. Nur erkannte ich nun, dass es nicht Zoe war, sondern eine Frau. Sie war ebenfalls hochgewachsen und hatte kurze Haare. Doch jetzt, wo ich sie deutlicher sah, stellte ich fest, dass ihre Haare fast schwarz waren.

Die Frau legte eine Hand auf die Schulter des Jungen – als ob sie zu ihm gehörte.

»Ich habe dich zu deiner Freundin geführt«, glaubte ich ihre Stimme zu hören. »Ich habe dich begleitet, und jetzt ist es an dir, etwas für uns zu tun.«

Wohin wir auch gehen, irgendetwas bringen wir immer *mit*, hatte Cordelia gesagt. Ich war sogar zweimal an den dunklen Ort gegangen, und nun war mir klar, dass ich von Anfang an weitaus mehr von dort mitgebracht hatte als nur einen Begleiter.

Es ist nicht vorbei, dachte ich und starrte auf das Heer aus Schatten vor mir.

Es würde nie vorbei sein.

Nicht, bevor *alles* vorbei war.

NACHWORT UND DANK

Ich war sechs, als ich zum ersten Mal einen Toten sah. Damals wohnten wir in einer Neubausiedlung am Stadtrand und unser Haus stand an einer viel befahrenen Straßenkreuzung.

Im Gegensatz zu heute gab es an dieser Kreuzung seinerzeit noch keine Verkehrsinsel, und sie war auch noch nicht so gut beschildert, weshalb es dort recht häufig zu Unfällen kam. Meist waren es nur Blechschäden, und ich glaube mich zu erinnern, dass ein- oder zweimal auch ein Krankenwagen kommen musste. Doch an jenem Samstag gab es dort einen Toten.

Es war Herbst, draußen war es kalt, und es stürmte und regnete. Wahrscheinlich hatte der junge Mann deshalb den Lastwagen übersehen. Mit seinem kleinen Auto war er frontal in die Seite des Lasters gerast und die Wucht des Aufpralls hatte ihn durch die Windschutzscheibe auf die Straße geschleudert. Zu der Zeit gab es in Deutschland noch keine Gurtpflicht, die wurde erst ein Jahr später eingeführt.

Ich war allein zu Hause (wahrscheinlich waren meine Eltern beim Wochenendeinkauf) und sah vom Küchenfenster aus zu, wie die Polizei und die Rettungskräfte die Unfallstelle sicherten. Dabei blieb mir vor allem das Bild eines Sanitäters in Erinnerung, der den Toten auf der Straße mit einer Plastikfolie abdecken wollte. Doch die Folie wurde immer wieder vom Wind hochgerissen.

Es kann nicht lange gedauert haben, bis der Leichenwagen eintraf, aber mir kam es wie eine Ewigkeit vor, in der ich nur auf diesen toten jungen Mann starrte. Es war ein so schrecklicher Anblick gewesen und dennoch hatte ich nicht wegschauen können. Und ich war nicht der Einzige, dem es so ging. Viele der Nachbarn schauten aus ihren Fenstern und manche kamen direkt zum Unfallort.

Denn jenseits des Schreckens hat der Tod auch etwas Faszinierendes, das uns alle auf eine instinktive Weise anzuziehen scheint. Wohl deshalb, weil es uns irgendwann alle einmal treffen wird.

Damals versuchte ich mir vorzustellen, wie es ist, tot zu sein. Aber selbst heute, wo ich nun fast fünfzig bin, gelingt es mir immer noch nicht.

Inzwischen musste ich von vielen nahestehenden Menschen für immer Abschied nehmen, und natürlich wünschte ich mir, es gäbe einen Ort, an dem wir irgendwann wieder vereint sind. Aber es geht mir wie Dr. Mehra im Roman: Um daran glauben zu können, bräuchte ich einen Beweis. Und da mich bisher nichts überzeugen konnte, hatte ich das Thema lange Zeit verdrängt, wie es wohl die meisten von uns tun.

Das änderte sich erst, als ich im Sommer 2012 selbst nur knapp dem Tod entging. Nach einer Meniskus-Operation hatte sich in meiner Kniekehle ein Thrombus gebildet und der machte sich wenig später auf den Weg zu meinem Herz. Hätte mein Arzt diesen Blutpfropf nicht rechtzeitig bemerkt, hätte es ein schlimmes Ende nehmen können.

Nach diesem Vorfall begann ich mich intensiver mit dem Tod zu beschäftigen. Einfach war das nicht, denn für die meisten Menschen in unserem Kulturkreis scheint es immer noch ein Tabu zu sein, über dieses Thema zu sprechen.

Während beispielsweise die Hindus auf Bali jede Beerdigung wie ein Freudenfest feiern und sogar Fremde dazu einladen (meine Frau und ich hatten einmal die Gelegenheit, so etwas mitzuerleben), sind Beerdigungen bei uns meist traurige und ernste Angelegenheiten. Würden wir bei einem Begräbnis tanzen und lachen, würde man uns wahrscheinlich des Friedhofs verweisen.

So hat nun mal jeder seine eigene Art, sich mit dem Tod auseinanderzusetzen. Und jeder von uns wird sich irgendwann einmal fragen, wie es sein wird, wenn man stirbt, und ob es so etwas wie ein Leben danach gibt.

Neben zahllosen religiösen Vorstellungen, die sich seit Anbeginn der Menschheit entwickelt haben, versucht auch die Wissenschaft diesem Geheimnis auf die Spur zu kommen. Der im Roman erwähnte Dr. Duncan MacDougall zählte um 1900 zu den Pionieren der sogenannten Todesforschung. Heute gilt der britische Kardiologe Dr. Sam Parnia zu den führenden Köpfen in diesem Bereich. Seine AWARE-Studie über hirnorganische Vorgänge während des Sterbens lieferte mir viele wichtige Informationen für diese Geschichte.

Dass daraus letztlich ein richtiges Buch wurde, verdanke ich meiner mutigen Verlegerin Susanne Krebs, die sich von diesem ernsten Thema nicht abschrecken ließ. Weitere Unterstützung hatte ich durch meine Lektorin Michelle Landau. Dank ihrer hilfreichen Hinweise hat diese Geschichte ein leicht verändertes, aber umso besseres Ende erhalten.

Mein weiterer Dank gilt Dr. Anja Metzger, Cornelia Geißler, meinem Bruder Christoph und meiner Frau Anita, die mich in allen klinischen und neurologischen Fragen beraten und mir die erforderlichen Lebensrettungsmaßnahmen erklärt haben.

Vor allem aber danke ich den fünf Personen, die bereit waren, mir von ihren Nahtoderfahrungen zu berichten. Viele von Nikkas Erlebnissen und Cordelias Theorien wurden davon inspiriert.

Zwei Dinge finde ich dabei besonders bemerkenswert: Zum einen gab es in den Berichten dieser Personen sehr viele Überschneidungen. Und das, obwohl sie sich nicht persönlich kennen und aus unterschiedlichen Kulturen stammen. Auch ist nicht jeder von ihnen religiös. Trotzdem glauben sie jetzt an ein Dasein nach ihrem Tod. Denn jeder von ihnen hatte das Licht gesehen.

Der zweite bemerkenswerte Punkt ist, dass keiner von ihnen in dieser Danksagung namentlich erwähnt werden will. Unabhängig voneinander gaben sie an, sich vor Spott zu fürchten – dass man das, was sie erlebt zu haben glauben, als irgendeine esoterische oder religiöse Spinnerei oder gar als Wichtigtuerei abtun würde. Denn solche Erfahrungen hatten sie schon gemacht.

Das finde ich bedauerlich, zumal wir in einer Gesellschaft leben, die doch eigentlich für alle Themen aufgeschlossen sein möchte.

Allerdings muss ich gestehen, dass auch ich immer noch Zweifel habe. In diesem Punkt bin ich wie Sascha im Roman. Trotzdem möchte ich mich der Möglichkeit, dass es nach unserem Tod irgendwie weitergehen könnte, nicht ganz verschließen. Schließlich wäre es doch wunderbar, wenn wir uns irgendwann alle auf der anderen Seite wiedersehen. In diesem ganz besonderen Licht, am besten auf einer tollen Party.

Aber bis dahin wird hoffentlich noch viel Zeit vergehen.

Und auch wenn wir nicht wissen, was der Tod uns bringen wird, haben wir doch das Leben in diesem Augenblick gewiss. Also lasst uns das Beste daraus machen.

Wulf Dorn
Januar 2019

© Isabelle Grubert

Autor

Wulf Dorn (*1969) war zwanzig Jahre in einer psychiatrischen Klinik tätig, ehe er sich ganz dem Schreiben widmete. Mit seinem 2009 erschienenen Debütroman »Trigger« gelang ihm ein internationaler Bestseller, dem weitere folgten. Dorns Bücher werden in zahlreiche Sprachen übersetzt und begeistern eine weltweite Leserschaft. Für seine Storys und Romane wurde er mehrfach ausgezeichnet, u. a. mit dem französischen »Prix Polar«, dem »ELLE Readers Award« und dem »Glauser Preis«.

Von Wulf Dorn sind bei cbj erschienen:

Mein böses Herz (30891)
Die Nacht gehört den Wölfen (31178)

Mehr über cbj auf Instagram unter @hey_reader